KB071147

올랜도

올랜도

Orlando: A Biography

버지니아 울프 장편소설　이미애 옮김

ORLANDO: A BIOGRAPHY
by VIRGINIA WOOLF (1928)

이 책은 실로 꿰매어 제본하는 정통적인 사철 방식으로 만들어졌습니다.
사철 방식으로 제본된 책은 오랫동안 보관해도 손상되지 않습니다.

V. 색빌웨스트에게 바친다

서문

이 책을 쓰는 동안 나는 많은 벗들의 도움을 받았다. 그중에 이미 작고하셨고 너무도 저명한 분들은 감히 이름을 들먹이고 싶지 않지만, 글을 읽거나 쓰는 사람이라면 디포, 토머스 브라운 경, 월터 스콧 경, 매콜리 경, 에밀리 브론테, 드퀸시, 월터 페이터 — 가장 먼저 떠오르는 이름들을 열거하자면 — 에게 영원한 빚을 지고 있다고 말하지 않을 수 없다. 생존한 벗들은 각자 나름대로 저명하기는 해도 살아 있는 분들인 까닭에 경외심을 덜 일으킨다. 나는 특히 C. P. 생어 씨에게 은혜를 입었다. 부동산법에 관한 그의 지식이 아니었더라면 이 책을 쓸 수 없었을 것이다. 또한 시드니터너 씨의 폭넓고 특별한 학식 덕분에, 바라건대, 나는 한심한 실수를 저지르지 않을 수 있었다. 아서 웨일리 씨의 중국어 지식도 매우 유익했는데, 얼마나 큰 도움이 되었는지는 나만이 안다. 마담 로포코바(J. M. 케인스의 부인)는 가까이서 러시아어를 수정해 주었다. 회화 예술에 대해 내가 가진 지식은 전부 로저 프라이 씨의 비길 데 없는 공감과 상상력 덕분이다. 다른 부분에서는 조카 줄리언 벨의 가혹하지만 남달리 예리한 비판이 도움이 되었다. 해러게이트와 첼트넘의 기록 보관소에서 끈덕지게 진행된 M. K. 스노든 양의 연구는 비록 허사로 돌아갔지만 몹시도 고된 작업이었다. 다른 벗들도 일일이 열거할 수 없는 다양한 방식으로 도움을 주었다. 나는 그들의 이름을 나열하는 것으로 만족해야겠다. 앵거스 데이비드슨 씨, 카트라이트 부인, 재닛 케이스 양, 버너스 경(엘리자베스 시대 음악에 관한 그의 지식은 매우 소중했다), 프랜시스 비렐 씨, 동생 에이드리언 스티븐 박사, F. L. 루카스 씨, 데즈먼드 매카시 부부, 가장 큰 힘이 되어 준 비평가인 형부 클라이브 벨, G. H. 라일랜즈 씨, 레이디 콜팩스, 넬리 복스올 양, J. M. 케인스 씨, 휴 월폴 씨, 바이올렛 디킨슨 양, 에드워드 색빌 웨스트 씨, 세인트 존 허친슨 부부, 덩컨 그랜트 씨, 스티븐 톰린 부부, 오토라인 모렐 씨와 레이디 모렐, 시어머니 시드니 울프 부인, 오스버트 시트웰 씨, 마담 자크 라베라, 코리 벨 대령, 발레리 테일러 양, J. T. 셰퍼드 씨, T. S. 엘리엇 부부, 에설 샌즈 양, 낸 허드슨 양, 조카 퀜틴 벨(오랜 기간의 소중한 소설 협력자), 레이먼드 모티머 씨, 레이디 제럴드 웰즐리, 리턴 스트레이치 씨, 세실 자작 부인, 호프 멀리스 양, E. M. 포스터 씨, 해럴드 니콜슨 님, 그리고 언니 버네사 벨 — 이렇게 열거하다 보니 너무 길어질 위험이 있고, 너무나 출중한 인물들로 두드러진 목록이 되었다. 내게는 더없이 즐거운 기억을 일깨우는 이름들이지만 독자들에게는 큰 기대감을 일으킬 테고, 그 기대감은 이 책에서 어그러질 수밖에 없을 것이다. 그러므로 나는 변함없이 정중하게 대해 준 영국 박물관과 런던 공문서 보관소 관리들에게, 자신만이 베풀 수 있는 도움을 주었던 조카딸 앤젤리카 벨에게, 그리고 인내심을 가지고 변함없이 내 연구를 도와주고 심오한 역사 지식으로 이 책의 정확성을 기해 준 남편에게 감사를 표하는 것으로 이 글을 마무리 지으려 한다. 마지막으로, 비록 그분의 이름과 주소를 잃어버렸지만, 미국의 어느 신사분에게 감사를 드리고 싶다. 그분은 너그럽게도 내 이전 작품들의 구두점과 식물학, 곤충학, 지리, 연대표를 아무런 대가 없이 수정해 주셨고, 바라건대 이번에도 수고를 아끼지 않으실 것이다.

V. W.

1. 소년 올랜도

제1장

그 사내는(당대의 의상이 성별을 숨기는 면이 있기는 했어도 그가 남자라는 점은 의심할 바 없었으므로) 서까래에 매달려 흔들거리고 있는 한 무어인의 머리통을 잘라 내려고 칼을 휘두르고 있었다. 낡은 축구공 색깔의 그 머리통은 푹 꺼진 볼과 코코넛 털처럼 거칠고 메마른 머리털 한두 올을 제외하면 축구공처럼 보였다. 올랜도의 아버지나 어쩌면 할아버지가 야만인들이 사는 아프리카의 벌판에서, 달빛 아래 갑자기 튀어나온 거대한 이교도의 어깨에서 잘라 낸 머리였다. 이제 그 머리통은 그를 살해한 영주의 방대한 저택에서, 다락방들 사이로 쉴 새 없이 불어 대는 미풍에 조용히, 끊임없이 흔들거리고 있었다.

올랜도의 조상들은 아스포델로스의 들판과 자갈밭, 낯선 강들이 흐르드는 들판에서 말을 달렸고, 다양한 색깔의 머리들을 수많은 어깨에서 잘라 내어 가지고 돌아와서는 서까래에 매달았다. 올랜도는 자신도 그러겠노라 맹세했다. 하지만 이제 열여섯 살에 불과한 어린 소년이라 친지들과 함께 아프리카나 프랑스에서 말을 달릴 순 없었으므로, 어머니와 공작새들이 노니는 정원에서 슬쩍 물러 나와 다락방으로 올라가서는 칼을 휘둘러 맹렬히 찌르며 허공을 가르곤 했다. 때로 끈이 잘려서 두개골이 바닥에 쿵 하고 떨어지면 그는 기사처럼 정중하게 머리통을 다시 끈으로 묶어 손 닿지 않는 곳에 매달았다. 그러면 그 적은 쪼그라든 검은 입술로 의기양양하게 씩 웃었다. 두개골은 이리저리 흔들렸다. 그가 꼭대기 층에서 살고 있는 이 저택은 너무나 방대해서 바람도 그 안에 갇힌 듯 겨울이든 여름이든 이리저리 불어 댔다. 사냥꾼들이 그려진 초록색 벽걸이도 끊임없이 흔들렸다. 그의 조상들은 처음 등장했을 때부터 귀족이었다. 그들은 머리에 보관(寶冠)을 쓰고 안개 낀 북부에서 나타났다. 거대한 문장(紋章)이 그려진 창문의 스테인드글라스를 통해 들어온 햇빛이 방 안에 검은 막대 무늬와 노란 웅덩이를 만들어 바닥을 얼룩지게 하지 않는가? 지금 올랜도는 햇빛에 투과된 문장 속 사자의 노란 몸뚱이 한가운데 서 있었다. 그가 창틀에 손을 얹고 창문을 밀어낸 순간 그의 손은 나비의 날개처럼 빨강, 파랑, 노랑으로 물들었다. 그러므로 상징을 좋아하고 상징을 해독하려는 성향이 있는 사람들은, 올랜도의 맵시 있는 다리와 멋진 몸, 건장한 어깨 전체가 문장의 다양한 색조로 물들었지만, 창문을 활짝 열었을 때 그의 얼굴은 오로지 햇빛을 받아 환히 빛났다고 말할 것이다. 그보다 더 정직하고 침울한 얼굴은 어디에서도 찾을 수 없을 터였다. 이런 아들을 낳은 어머니는 행복하고, 그의 생애를 기록하는 전기 작가는 더더욱 행복할 것이다! 그의 어머니는 속을 끓일 필요가 없고, 전기 작가는 소설가나 시인의 도움을 간청할 필요가 없을 테니까. 그는 어떤 공적을 쌓고 또 다른 공적으로, 어떤 명예를 얻고 또 다른 명예로, 어떤 관직을 수행하고 또 다른 관직으로 나아갈 것이고 전기 작가는 그의 뒤를 따를 테니, 결국 그 어떤 자리이든 그들 욕망의 최고 정점에 이를 것이다. 겉으로 보기에 올랜도는 바로 그런 인생을 살아가기에 딱 어울리는 모습이었다. 발그레한 뺨은 복숭아처럼 솜털에 덮여 있었는데, 입술 위에 난 솜털의 색깔이 뺨의 솜털보다 아주 조금 더 짙었다. 짧은 입술은 아몬드처럼 하얗고 정교한 이빨 위로 살짝 올라가 있었다. 팽팽하게 당겨진 화살 같은 코는 조금도 흐트러짐 없이 곧게 뻗었다. 머리칼은 검고, 작은 귀는 머리에 바싹 붙어 있었다. 그러나 아아, 이 소년의 아름다움을 다 열거하려면 무엇보다도 이마와 눈을 언급하지 않을 수 없다. 아아, 이마와 눈 없이 태어난 사람은 거의 없다. 창문 옆에 서 있는 올랜도를 흘끗 쳐다보면, 그의 눈은 물에 흠뻑 젖은 제비꽃 같고, 눈이 아주 커서 넘치도록 고인 물로 부풀어 오른 듯 보이는 것을, 또 그의 이마는 장식 없는 메달 같은 양쪽 관자놀이에 눌려 봉긋 부풀어 오른 대리석 돔처럼 보이는 것을 당장 인정하지 않을 수 없다. 그의 눈과 이마를 보면 그 즉시 우리는 그렇게 열광적으로 찬미한다. 그의 눈과 이마를 보면 그 즉시 우리는 훌륭한 전기 작가들이 무시하려 드는 수천 가지의 불쾌한 것들을 인정하지 않을 수 없다. 어떤 광경, 가령 그의 어머니, 초록색 옷을 입은 아름다운 숙녀가 공작새들에게 먹이를 주기 위해 하녀 트위쳇을 거느리고 밖으로 나가는 광경을 보면 그는 심란해졌다. 새들과 나무들을 보면 마음이 즐거워졌고, 저녁 무렵 집으로 돌아가는 하늘의 까마귀를 보면서는 죽음을 동경하게 되었다. 그리하여 이 모든 광경과 정원에서 들려오는 소리 — 망치 두드리는 소리, 장작 패는 소리 — 가 나선형 계단을 올라 그의 두뇌 — 그의 두뇌는 아주 널찍했다 — 에 밀려들면, 훌륭한 전기 작가들이 모두 혐오하는 열정과 격정의 거침없는 폭발과 혼란을 일으켰다. 그러나 이야기를 계속해 보자. 올랜도는 천천히 창에서 방 안으로 머리를 들이고는, 탁자에 앉아서 평생 이 시간이면 매일 해오던 일을 하는 사람처럼 거의 무의식적인 태도로 〈에설버트: 5막으로 된 비극〉이라는 표지가 붙은 공책을 꺼낸 후 얼룩이 진 낡은 깃펜을 잉크병에 담갔다.

얼마 지나지 않아 올랜도는 시를 열 페이지 이상 써내려 갔다. 그의 글은 확실히 유창하지만 관념적이었다. 그의 비극 속 등장인물은 〈악〉, 〈범죄〉, 〈고통〉이었다. 또 괴상망측한 나라의 왕들과 여왕들도 있었는데, 무시무시한 음모에 빠져 혼란을 겪었고 고귀한 감정에 휩싸여 있었다. 그가 실제로 입에 올렸을 법한 단어는 단 하나도 없이 전체적으로 유창하고 감미로운 시였다. 아직 열일곱 살도 되지 않은 그의 나이와 16세기가 끝나려면 몇 년 더 지나야 한다는 점을 고려할 때, 그 시는 대단히 놀라운 것이었다. 이윽고 그는 쓰기를 중단했다. 그는 젊은 시인이라면 누구나 다 그렇듯이 자연을 묘사하고 있었는데, 초록 색조에 꼭 들어맞는 것을 찾으려고

(이 부분에서 그는 여느 시인들보다 더 대담한 면모를 보였다) 사물 그 자체를 관찰하였다. 우연히도 창문 밑에서 자라던 월계수 관목이 눈에 들어왔다. 그러자 그는 더 이상 글을 쓸 수 없었다. 자연의 초록색과 문학의 초록색은 전혀 별개이기 때문이다. 자연과 문학은 본래 서로 적대적인 듯하다. 이 둘을 붙여 놓으면 서로를 산산이 찢어발긴다. 지금 올랜도의 눈에 들어온 초록색은 그의 운을 망쳐 놓고 운율을 쪼개 놓았다. 더욱이 자연은 그 나름의 술수를 부린다. 일단 창밖의 꽃들 사이를 날아다니는 꿀벌이나 하품하는 개, 지는 태양을 바라보면서 〈앞으로 내가 석양을 얼마나 많이 볼 수 있을까〉 등등의 생각을 하게 되면(이런 생각은 너무 잘 알려져 있어서 자세히 쓸 만한 가치도 없다) 펜을 내려놓고 망토를 걸친 뒤 성큼성큼 밖으로 걸어 나가게 되고, 그러다가 페인트를 칠한 궤에 발을 부딪힌다. 올랜도는 약간 재바르지 못했으니까.

그는 누구와도 마주치지 않으려고 조심했다. 정원사 스텁스가 오솔길을 따라 오고 있었다. 그가 지나갈 때까지 올랜도는 나무 뒤에 숨어 있다가 정원 담장에 나 있는 작은 문으로 나왔다. 그는 마구간과 개 사육장, 양조장, 목공소, 세탁장, 수지 양초를 만드는 곳, 소를 도살하는 곳, 편자를 만드는 곳, 가죽조끼를 깁는 곳들을 ― 이 저택은 다양한 일에 종사하는 많은 사람들이 에워싼 소도시 같았다 ― 돌아갔고, 누구의 눈에도 띄지 않은 채 파크[1]를 가로질러 언덕으로 향하

1 *park*. 대저택에서 집과 가까이 있는 정원, 연못, 온실 등을 벗어나 사유

17

는, 양치식물이 무성한 오솔길에 이르렀다. 아마도 인간의 여러 자질 중에는 서로 유사한 것들이 있어서, 한 가지 자질이 다른 자질을 이끌어 내는 모양이다. 여기서 전기 작가는 그의 재바르지 못한 동작이 고독에 대한 사랑과 종종 결합된다는 사실에 주목할 수밖에 없다. 발을 헛디뎌 궤에 부딪힌 후 올랜도는 당연히 고적한 곳과 광활한 풍경을 동경했고, 자신이 언제까지나 영원토록 혼자임을 느끼고 싶었다.

그리하여 긴 침묵이 흐른 뒤에 마침내 그는 이 글에서 처음으로 입을 열어 〈나는 혼자야〉라고 나직이 말했다. 그는 양치식물과 산사나무 관목들 사이로 재빨리 걸음을 옮겨 사슴들과 들새들을 놀라게 하면서 언덕을 올라 참나무 한 그루가 서 있는 꼭대기에 이르렀다. 아주 높은 곳이어서 영국 자치주 열아홉 개가 한눈에 내려다보였다. 맑은 날이면 30개, 날씨가 아주 쾌청하면 40개의 자치주도 볼 수 있었다. 때로는 영국 해협과 끝없이 밀려오는 파도도 보였다. 강들과 그 위에서 미끄러지는 유람선, 바다로 출항하는 갤리언선, 연기를 내뿜고 둔탁하게 쾅쾅거리며 대포를 발사하는 함대, 해안가의 보루, 초원 한가운데 자리 잡은 성들, 이쪽의 감시탑과 저쪽의 요새, 그리고 성벽으로 둘러싸인 골짜기에 올랜도의 아버지 집처럼 방대한 또 다른 대저택이 소도시처럼 덩어리를 이루고 있는 것을 볼 수 있었다. 동쪽으로는 런던의 뾰족탑들과 도시의 연무가 보였다. 그리고 하늘과 닿은 지평선에

지 안에 포함된 들판과 숲, 강, 언덕 등을 가리킨다. 이하 〈원주〉라고 표시한 주 외에는 모든 주는 옮긴이의 주이다.

바람이 적절한 방향으로 불 때는 스노든산의 바위투성이 봉우리와 들쭉날쭉한 모서리가 구름들 사이로 웅장한 산세를 드러냈다. 올랜도는 잠시 서서 세어 보고, 응시하고, 알아보았다. 저것이 부친의 집이고, 저것은 삼촌의 집이었다. 숙모는 저기 숲 사이의 거대한 탑 세 개를 소유하고 있었다. 황야는 그들 가문의 소유였고, 숲, 꿩과 사슴, 여우, 오소리, 나비도 그들 것이었다.

그는 깊은 숨을 내쉰 뒤 참나무 발치의 땅에 몸을 내던졌다(그의 동작에는 열정이라 불릴 만한 면이 있었다). 그는 덧없이 흘러가는 이 여름날 하늘 아래에서 땅의 등뼈를 느끼며 누워 있기를 좋아했다. 참나무의 단단한 뿌리가 대지의 등뼈로 여겨졌던 것이다. 혹은 이미지가 꼬리에 꼬리를 물고 이어져, 그 뿌리는 그가 타고 있는 큰 말의 잔등이 되고 혹은 요동치는 배의 갑판이 되었다 — 단단한 것이면 뭐든 상관없었다. 그는 떠도는 자기 마음을 끌어다 맬 무언가가 필요했기 때문이다. 그의 옆구리를 잡아당긴 그 마음을. 저녁나절 이 시간쯤에 산책을 나올 때마다 자극적인 사랑의 질풍으로 채워지는 듯한 그 마음을. 그는 그 마음을 참나무에 묶었다. 거기 누워 있다 보면 그의 내면과 주위의 소란한 움직임이 서서히 잦아들었다. 작은 이파리들은 움직임을 멈춘 채 매달려 있었고, 사슴은 걸음을 멈추었다. 흐릿한 여름날의 구름이 제자리에 머물러 있었다. 땅 위에 늘어진 그의 팔다리가 무거워졌다. 그가 너무 고요히 누워 있었기에 사슴이 조금씩 그에게 다가왔고, 까마귀들이 그의 주위를 선회했고, 제비들이 내려와 빙빙 돌았고, 잠자리들은 휙 스쳐 지나갔다. 여름날 저녁의 온갖 풍요로움과 사랑의 활동이 그의 몸 주위에 거미줄처럼 짜이는 듯했다.

한 시간쯤 후 — 해가 재빨리 가라앉으며 흰 구름이 붉게 물들고, 언덕은 보라색으로, 숲은 자줏빛으로, 골짜기는 검은빛으로 물들어 갈 때 — 트럼펫 소리가 울렸다. 올랜도는 벌떡 일어섰다. 그 날카로운 소리는 골짜기 저 아래 어두운 곳에서 들려왔다. 오밀조밀하고 세밀하게 설계된 곳, 복잡한 미로, 소도시이지만 벽으로 둘러싸인 곳. 그 소리는 골짜기에 세워진 바로 그의 방대한 저택 한가운데서 울려 퍼졌다. 그가 바라보는 사이, 하나의 트럼펫 소리가 되풀이 울리고 날카로운 다른 소리들과 합쳐져 배가되면서, 조금 전까지 깜깜했던 그 저택에서 어둠이 물러나고 빛줄기가 어둠을 갈랐다. 작은 빛들이 급하게 서두르며 움직이는 것이, 호출에 답하느라 복도를 황급히 달려가고 있는 하인들의 불빛 같았다. 높고 환하게 타오르는 다른 빛들은 아직 도착하지 않은 손님들을 영접할 준비를 끝낸 텅 빈 연회장에서 타오르고 있는 듯 보였다. 또 다른 빛들은 한순간 내려앉았다가 흔들리고, 가라앉았다가 떠오르곤 하는 것이 마치 마차에서 내린 위대한 왕녀를 더없이 정중하게 영접하고 경호하며 실내로 안내하느라 고개를 숙이고 무릎을 꿇고 일어서는 군인들과 하인들의 손에 들린 불빛들 같았다. 마차들이 중앙 마당에서 방향을 돌려 나아갔다. 말들의 깃털 장식이 나부꼈다. 여왕이 행차한 것이다.

올랜도는 더 이상 보고 있지 않았다. 벌떡 일어나 언덕을 내달렸다. 쪽문으로 들어섰다. 나선형 계단을 부리나케 올라갔다. 자기 방으로 들어갔다. 그는 양말을 방 한구석에 내던지고 조끼를 다른 쪽에 내던졌다. 머리를 물에 적시고 손을 문질러 닦았다. 손톱을 깎았다. 6인치짜리 거울과 낡은 양초 두 개만 앞에 둔 채, 그는 마구간 시계로 10분도 채 지나지 않아 진홍색 반바지를 입고 레이스 깃을 달고 호박단 조끼를 입고 겹꽃 달리아만큼 커다란 장미 모양의 리본이 달린 신발을 발에 끼워 넣었다. 이제 준비가 다 끝났다. 얼굴은 발갛게 달아올랐고 잔뜩 흥분한 상태였다. 그런데 이미 너무 늦었다.

그는 자기가 알고 있는 지름길을 통해 수많은 방들과 계단들을 지나 연회장으로 향했다. 저택의 반대편으로 5에이커나 떨어진 곳이었다. 그러나 반쯤 지났을 때 그는 하인들이 거주하는 뒤편 숙소에서 걸음을 멈췄다. 스튜클리 부인의 방문이 열려 있었다 — 틀림없이 그녀는 안주인의 시중을 들기 위해 열쇠를 모두 갖고 나갔을 것이다. 그런데 거기 하인들의 식탁에, 커다란 맥주잔을 옆에 두고 종이를 앞에 둔 채, 상당히 뚱뚱하고 초라한 행색의 한 남자가 앉아 있었다. 누런색의 거친 나사 옷을 입고 있었는데 옷깃이 조금 더러웠다. 손으로 펜을 잡고 있었지만 글을 쓰고 있는 것은 아니었다. 그는 어떤 생각이 마음에 드는 형태를 갖추거나 탄력을 얻을 때까지 머릿속에서 위아래로, 앞뒤로 굴려 보고 있는 것 같았다. 기이한 감촉의 녹색 돌멩이처럼 둥글고 그늘진 그의 눈은 한 곳을 향해 고정되어 있었다. 그는 올랜도를 쳐다보지 않았다. 올랜도는 정신없이 서두르던 참이었지만 그 자리에 딱 멈춰 섰다. 이 사람은 시인일까? 시를 쓰고 있었을까? 〈내게 알려 주세요〉라고 말하고 싶었다. 〈세상의 모든 것을……〉 시인들과 시에 대해 올랜도는 한없이 열광적이고 터무니없고 엉뚱한 생각을 갖고 있었던 것이다. 하지만 자신을 쳐다보지 않고 식인 거인이나 사티로스, 어쩌면 바다의 심연을 응시하고 있을 사람에게 어떻게 말을 걸 수 있겠는가? 그래서 올랜도는 가만히 서서 남자를 지켜보았다. 그가 바라보는 동안 남자는 손가락으로 펜을 이리저리 돌리고, 응시하며 생각에 잠겼다가는 재빨리 대여섯 줄을 쓰고 고개를 쳐들었다. 그러자 올랜도는 몹시 부끄러워져서 줄행랑을 쳤고, 간신히 제시간에 연회장에 당도하여 겨우 무릎을 꿇고 정신없이 고개를 숙이며 장미 향수가 담긴 사발을 위대한 여왕에게 직접 바칠 수 있었다.

그는 너무 수줍어서 장미 향수에 담근 여왕의 반지 낀 손밖에 보지 못했다. 하지만 그것만으로도 충분했다. 인상적인 손이었다. 여윈 손의 긴 손가락들은 마치 보주(寶珠)나 홀(笏)을 감싸고 있듯이 구부러져 있었다. 초조하고 성마르고 병약한 손이었다. 그러나 명령을 내리는 손이기도 했다. 높이 쳐들기만 해도 모가지를 떨어뜨릴 수 있는 손이었다. 그 손은 좀약을 넣어 모피를 보관하는 장롱 냄새를 물씬 풍기는 늙은 몸에 붙어 있으리라고 그는 짐작했다. 하지만 그 몸은 온갖 비단과 화려한 보석에 둘려 있었고, 좌골 신경통으로 고통에 시달릴지라도 아주 꼿꼿한 자세를 유지했으며, 수천 가지 공포에 엮여 있어도 절대 움찔하지 않았다. 여왕의 눈은 연노란색이었다. 커다란 반지들이 물속에서 반짝일 때 그는 이 모든 것을 느꼈다. 그때 무언가가 그의 머리칼을 눌렀는데 — 아마 그 때문에 그는 역사가에게 도움이 될 만한 것을 하나도 보지 못했을 것이다. 사실 그의 마음은 서로 상반되는 것들 — 깜깜한 어둠과 눈부시게 빛나는 촛불, 초라한 시인과 위대한 여왕, 고요한 들판과 소란스러운 하인들 — 로 뒤죽박죽이어서 아무것도 볼 수 없었다. 그의 눈엔 손만 보였다.

동일한 자세 때문에 여왕은 그의 머리통만 볼 수 있었을 게다. 그러나 손만 보고도 위대한 여왕의 성마름이나 용기, 허약함, 공포 같은 갖가지 속성을 지닌 몸을 유추하는 일이 가능하다면, 권좌에 앉은 귀부인은 머리통만 내려다보고 그만큼 많은 것을 유추할 수 있으리라. 웨스트민스터 사원에 진열된 밀랍 인형이 실물을 충실히 반영했다고 믿을 수 있다면, 그 귀부인은 언제나 눈을 활짝 뜨고 있으니 말이다. 자기 앞에서 그토록 경건하고 순진무구하게 숙인 검은 머리, 구불거리는 긴 머리칼은 그 귀족 청년의 누구보다도 멋들어진 다리와 보랏빛 눈, 황금처럼 순수한 마음, 충성심과 남자다운 매력을 암시했다. 이런 자질들이 자신의 기대에 미치지 못할수록 늙은 여인은 그런 자질을 더욱 사랑했다. 여왕은 나이에 비해 빨리 늙어 가고 있었고 쇠약해지며 몸이 굽고 있었다. 귀에서는 항상 대포 소리가 들렸다. 눈앞에선 늘 독약 방울이 반짝였고 예리한 단도가 보였다. 여왕은 식탁에 앉아 귀를 기울였다. 해협에서 함포 소리가 들려왔다. 여왕은 두

23

려웠다 — 저 소리는 저주일까, 저건 험담일까? 이런 시커먼 배경 때문에 그와 대조되는 순진무구함과 단순함은 그녀에게 더욱 소중했다. 전해 내려오는 이야기에 의하면, 바로 그날 밤 올랜도가 곤히 잠들었을 때, 여왕은 과거에 대주교의 소유였다가 왕의 소유가 된 방대한 수도원 건물을 올랜도의 아버지에게 증여하는 양피지 서류에 최종적으로 공식 서명했다.

올랜도는 아무것도 모르는 채 밤새도록 깊은 잠을 잤다. 여왕의 키스를 받았어도 알지 못했다. 여자의 마음이란 복잡하기 그지없어서, 여왕의 마음에 그 젊은 사촌(그들은 같은 혈통을 이어받았다)에 대한 기억이 생생하게 남았던 것은, 여왕의 입술이 닿았을 때 그가 무의식중에 흠칫 놀랐기 때문일 것이다. 어떻든 그가 이 고요한 시골에서 지낸지 2년도 채 지나지 않았고, 비극 스무 편과 사극 열두 편, 소네트 스무 편밖에 쓰지 못했을 무렵, 화이트홀 궁전으로 와서 여왕을 수행하라는 전갈이 왔다.

「내 순진한 사촌이 이제 오는군!」 긴 복도를 따라 걸어오는 올랜도를 보면서 여왕이 말했다(그에게는 늘 순진해 보이는 평온한 분위기가 감돌았는데, 엄밀히 말하면 더 이상 그에게 어울리지는 않는 말이었다).

「이리 오렴!」 여왕이 말했다. 여왕은 난롯가에 꼿꼿이 앉아 있었다. 그러고는 올랜도를 한 발짝 떨어진 곳에 세운 뒤 위아래로 훑어보았다. 언젠가 밤중에 마음속으로 그려 보았던 모습을 지금 눈앞에 보이는 실물과 맞춰 보고 있었을까?

자기 짐작이 옳았다고 생각했을까? 여왕은 올랜도의 눈과
입, 코, 가슴, 엉덩이, 손을 훑어보았다. 찬찬히 바라보는 그
녀의 입술이 눈에 띄게 씰룩거렸다. 하지만 그의 다리에 눈
이 닿았을 때 여왕은 큰 소리로 웃음을 터뜨렸다. 그는 바로
귀족 신사의 전형이었다. 그러나 내면은 어떨까? 여왕은 그
의 영혼을 꿰뚫을 듯이 노란 매의 눈을 반짝이며 응시했다.
청년은 여왕의 시선을 견뎌 내며 얼굴을 발갛게 붉혔고, 그
것이 그에겐 잘 어울렸다. 강한 힘과 우아함, 낭만, 어리석음,
시, 청춘 ─ 여왕은 그를 책의 한 페이지처럼 읽었다. 그러고
는 즉시 자기 손가락에서(관절이 좀 부어 있었다) 반지를 빼
어 그의 손가락에 끼워 주며 그를 왕실 재무 담당관이자 중
신으로 임명했다. 그러고 나서 관직의 표시인 사슬을 그의
몸에 둘러 주고, 그에게 무릎을 꿇으라고 명령한 뒤 다리의
가장 가느다란 부분에 보석으로 장식된 가터 훈장을 달아 주
었다. 그 이후 올랜도는 원하는 것은 무엇이든 손에 넣을 수
있었다. 여왕이 마차를 타고 공식 행차할 때 그는 여왕의 마
차 문 옆에서 말을 타고 달렸다. 여왕은 그를 스코틀랜드의
불행한 왕비[2]에게 슬픈 임무를 띤 사절로 파견했다. 그가 폴
란드 전쟁에 참전하기 위해 막 출항하려는 순간에 여왕은 그
에게 돌아올 것을 명령했다. 그 부드러운 살이 찢겨 나가고
그 곱슬머리가 먼지 속에 굴러다니는 것을 떠올리며 여왕이
어떻게 견딜 수 있겠는가? 여왕은 그를 계속 옆에 두었다. 여

2 엘리자베스 여왕은 1586년에 스코틀랜드의 메리 여왕에게 처형 결정
을 알리도록 토머스 색빌을 보냈다.

왕이 한창 승리를 구가하여 러던 탑에서 축포가 울리고, 공중에 자욱한 화약 연기로 사람들이 재채기를 해대고, 창문 밑에서 사람들의 환호성이 울려 퍼질 때,[3] 여왕은 시녀들이 자신을 눕혀 준 방석 위로(그녀는 몹시 노쇠했다) 그를 끌어내려 앉히고는 그 어마어마한 옷 더미 속에(여왕은 한 달 동안 옷을 갈아입지 않았다) 그의 얼굴을 파묻게 했다. 그 냄새는 어머니의 모피가 보관된 자기 집 낡은 옷장에서 나는 냄새와 똑같다고, 그는 어린 시절의 기억을 떠올리며 생각했다. 그는 여왕의 포옹에 절반쯤 숨이 막힌 상태로 일어섰다. 〈나의 승리는 바로 이거야!〉라고 여왕이 나직이 속삭였다. 그때 폭죽이 공중으로 솟구쳐 터지면서 여왕의 뺨을 진홍색으로 물들였다.

그 늙은 여인은 그를 사랑했던 것이다. 남자를 보면 그 진가를 알아보았던 — 일반적인 방식은 아니었지만 — 여왕은 올랜도를 위해 찬란하고 야심 찬 미래를 세워 놓았다. 그에게 토지를 하사했고, 저택을 양도했다. 그는 여왕의 노년에 아들이 될 터였고, 허약한 몸의 수족이 될 것이었으며, 쇠락하는 자신의 몸을 기댈 참나무가 될 것이었다. 여왕은 뻣뻣한 양단 드레스 차림으로(이때 그들은 리치먼드 궁전에 있었다) 난롯가에 꼿꼿이 앉아서, 쉰 목소리로 꺽꺽거리면서 이런 약속들과 기이하게 위압적이면서도 다정한 말을 내뱉었다. 벽난로에 장작을 아무리 높이 쌓아도 그녀의 몸은 따뜻해지지 않았다.

3 스페인의 무적함대를 대파한 사건(1588)에 대한 언급.

어느덧 기나긴 겨울이 다가왔다. 파크의 나무들에 서리가 내려앉았다. 강은 느릿느릿 흘러갔다. 어느 날 땅 위에 눈이 쌓이고, 검은 판자로 둘러싸인 방들은 그림자로 가득하고, 파크에서 수사슴들이 울부짖고 있을 때, 여왕은 첩자가 두려워 늘 옆에 두었던 거울 속에서, 살인자가 두려워 언제나 열어 놓았던 문틈으로, 어떤 계집애에게 키스하는 청년 — 저것이 올랜도일 수 있을까? — 을 보았다. 저 뻔뻔한 계집애는 대체 누구일까? 여왕은 금손잡이가 달린 칼을 움켜잡고 거세게 거울을 내리쳤다. 요란한 소리를 내며 유리가 부서졌다. 사람들이 달려와 여왕을 들어 의자에 다시 앉혔다. 하지만 그 후 여왕은 병에 걸렸고, 남은 생애가 끝날 때까지 남자의 배신에 대해 신음하며 온갖 한탄을 늘어놓았다.

그것은 올랜도의 잘못일 수 있으리라. 하지만 올랜도를 탓할 수 있을까? 당시는 엘리자베스 시대였고, 그들의 도덕은 우리 시대의 도덕이 아니었다. 그들의 시인도, 그들의 날씨도, 그들의 채소도 우리 시대와는 달랐다. 모든 것이 달랐다. 날씨 자체도, 여름의 열기와 겨울의 냉기도 전혀 다른 속성을 가졌을 것이라고 믿어도 좋으리라. 화창하고 호색적인 대낮은 땅과 물이 나눠지듯 밤과 확연히 나뉘었다. 석양은 더 붉고 더 강렬했으며, 새벽은 더 하얀 서광을 발했다. 우리 시대의 어슴푸레한 빛과 서서히 짙어지는 땅거미를 그들은 알지 못했다. 비가 한번 오면 억수같이 쏟아졌고 그렇지 않으면 전혀 내리지 않았다. 태양이 눈부시게 빛나거나, 짙은 어둠이 뒤덮였다. 시인들은 그들의 버릇대로 이런 현상을 정신적 영역으로 옮겨 해석하면서 장미꽃 색깔이 바래고 꽃잎이 떨어지는 것을 아름답게 노래했다. 순간은 덧없이 짧다고 그들은 노래했다. 그 순간이 지나면 모두들 잠을 자야 하는 기나긴 밤이 왔다. 그들은 갓 피어난 패랭이꽃과 장미꽃이 오래가도록 보존하기 위해 온실이나 저장소의 장치를 이용하려 들지 않았다. 보다 서서히 어정쩡하게 진행되는 우리 시대의 시들어 버린 번잡함과 애매모호함을 그들은 알지 못했다. 모든 것이 격렬했다. 태양은 떠오르고 가라앉았다. 연인은 사랑하고 떠났다. 시인들이 시에서 노래한 것을 젊은이들은 실천에 옮겼다. 아가씨들은 장미꽃 같아서 그들의 한창때는 꽃이 지듯 금세 지나갔다. 그런 까닭에 해가 지기 전에 꽃을 따야 한다. 낮은 덧없이 지나가고, 그 짧은 시간이 전부이기 때문이다. 그러므로 올랜도가 날씨가 이끄는 대로, 시인들과 그 시대가 이끄는 대로, 땅에는 눈이 덮여 있고 여왕이 복도에서 경계의 눈길을 늦추지 않는데도 불구하고, 창턱의 의자에 앉아 그의 꽃을 땄다고 해서 우리가 그를 나무랄 수는 없다. 그는 아직 어렸고 소년 같았다. 그는 자연이 명령한 대로 행동했다. 그 아가씨의 이름이 무엇인지 우리는 엘리자베스 여왕과 마찬가지로 알지 못한다. 도리스나 클로리스, 델리아, 다이애나였을 것이다. 그는 그들 모두에게 차례로 시를 써 보냈던 것이다. 마찬가지로 그 아가씨는 궁녀였을 수도, 하녀였을 수도 있다. 올랜도는 다양한 취향을 갖고 있었으니까. 정원에서 자라는 꽃만 좋아하지 않았고, 야생화나 잡초에도 언제나 매혹을 느꼈다.

여기서 우리는 전기 작가로서, 그의 별난 특징 중 하나를 무례하게 까발려 보려 한다. 그것은 그의 먼 조상 가운데 어느 할머니가 헐렁한 작업복을 입고 우유 통을 나르던 여자였다는 사실을 통해 설명이 가능할 것이다. 그의 몸에는 켄트나 서식스의 흙 알갱이들이 노르망디에서 온 묽고 섬세한 액체와 뒤섞여 있었다. 그는 누런 흙과 귀족의 푸른 피의 혼합이 좋은 것이라고 주장했다. 확실히 그는 늘 신분이 낮은 무리와 어울리기를 좋아했다. 특히 학식이 있고 기지를 발휘하여 종종 무리를 압도하는 사람들과는 마치 혈연적 공감이라도 있는 듯이 즐겨 교류했다. 머릿속에 시가 넘쳐흐르고 어떤 기발한 표현을 생각해 내지 않고는 잠자리에 들지 못했던 이 한창때의 그에게는 궁녀보다 여관 주인 딸의 뺨이 더 싱싱하고, 사냥터지기 조카딸의 재치가 더 발랄해 보였다. 그래서 그는 밤중에 회색 망토를 뒤집어쓰고 목에 달린 별과 무릎에 붙은 가터 훈장을 숨기고 와핑 올드 스테어스[4]나 맥줏집에 가곤 했다. 거기 모래 깔린 뒷골목과 볼링장, 그런 지역의 누추한 건물들 사이에서 맥주잔을 앞에 놓고 앉아서, 그는 카리브해에서 겪은 곤경과 공포, 잔학 행위를 자랑스레 떠벌리는 선원들의 이야기에 귀를 기울였다. 누군가는 발가락을 잃었고, 누군가는 코를 잃었다는 이야기였다 — 입으로 들려주는 이야기는 글로 적힌 이야기만큼 세련되거나 멋지게 윤색되지 않기 마련이다. 그는 특히 선원들이 일제히 불러 대는 아조레스 제도의 노래를 듣기 좋아했고, 그러는 사

4 템스강으로 내려가는 계단과 선착장이 있는 곳.

이 그들이 그 지역에서 가져온 잉꼬들은 그들의 귀에 달린 귀고리를 쪼아 대거나 손가락의 루비 반지를 탐욕스러운 단단한 부리로 톡톡 쪼아 대며 자기 주인들처럼 더러운 욕설을 쏟아 냈다. 여자들은 잉꼬들 못지않게 대담한 말을 퍼부었고 자유분방하게 행동했다. 그들은 올랜도의 무릎에 걸터앉아 그의 목에 팔을 둘렀고, 그의 더플 망토 아래 뭔가 범상치 않은 것이 숨겨져 있을 거라 짐작하면서 올랜도와 마찬가지로 진상을 캐내려고 열심이었다.

기회가 없는 것은 아니었다. 강은 아침 일찍부터 밤늦게까지 드나드는 바지선과 나룻배, 온갖 종류의 배들로 부산했다. 멋진 배들이 매일매일 인도를 향해 떠났다. 이따금 정체불명의 털북숭이 사내들이 탄 시커멓고 너덜너덜한 배가 힘겹게 기어 와선 정박하기도 했다. 해가 진 뒤 배 위에서 희롱거리는 남녀가 있어도 누구 하나 그들을 찾지 않았다. 혹은 남들의 눈을 피해 보물 자루들 사이에서 안전하게 서로 껴안고 곤히 잠든 남녀를 보았다는 소문이 들려도 누구 하나 눈살을 찌푸리지 않았다. 사실 올랜도와 서키, 컴벌랜드 백작에게 벌어진 사건이 바로 그런 것이었다. 몹시 무더운 날이었다. 올랜도와 서키는 격렬히 사랑을 나눈 뒤 루비 자루 사이에서 잠에 빠져들었다. 그날 밤늦게, 스페인 투기사업에 큰 재산이 걸려 있던 백작은 홀로 등불을 들고 전리품을 살펴보러 왔다. 그는 등불을 들어 통을 비추었다가 순간 깜짝 놀라 욕설을 내뱉으며 물러섰다. 통 옆에서 두 사람이 뒤엉켜 자고 있었다. 천성적으로 미신을 믿었고 자신이 저지른 많은 범죄가 양심에 걸렸던 백작은 그 커플이 ― 그들은 붉은 망토에 덮여 있었고 서키의 가슴은 올랜도의 시에 나오는 영원한 눈처럼 새하얬다 ― 자기를 비난하기 위해 무덤에서 일어난, 익사한 선원들의 유령이라고 여겼다. 그는 성호를 그으며 회개하겠다고 맹세했다. 지금도 신 로드에 늘어서 있는 빈민 구호소들은 그 순간의 공포가 빚어낸 가시적 결실이다. 그 교구의 가난한 노파 열두 명은 낮에는 차를 마실 수 있고 밤에는 머리를 가려 줄 지붕이 있다는 것을 하느님께 감사한다. 그러니 보물선에서 뒹굴며 나누었던 불륜의 사랑은 ― 하지만 도덕에 대한 얘기는 그만두도록 하자.

그러나 오래지 않아 올랜도는 이런 식의 생활과 비뚤비뚤하고 불편한 주변 거리뿐 아니라 사람들의 야만적인 태도에 싫증이 났다. 우리 시대와 달리 엘리자베스 시대 사람들은 범죄와 가난을 매력적으로 여기지 않았다. 그들은 우리 현대인들처럼 학식을 수치스럽게 여기지 않았다. 도살업자의 아들로 태어난 것이 축복이고, 글을 읽을 줄 모르는 것이 미덕이라는 우리 시대의 믿음을 그들은 전혀 갖지 않았다. 우리가 〈인생〉과 〈실체〉라고 부르는 것이 어떻게든 무지나 야만성과 연관되어 있다고는 전혀 상상하지 않았다. 또한 이 두 단어에 해당하는 말도 아예 없었다. 올랜도가 그들과 어울린 것은 〈인생〉을 추구하기 위해서가 아니었다. 그들을 떠난 것도 〈실체〉를 추구하기 위해서가 아니었다. 하지만 제이크스가 코를 잃었다는 이야기나 서키가 정조를 잃었다는 이야기를 ― 그런 이야기를 늘어놓는 그들의 말재주가 감탄스러웠다는 점은 인정해야 한다 — 수십 번 듣다 보니 그 반복되는 이야기가 조금씩 지루해지기 시작했던 것이다. 코를 베어 내는 방법도 한 가지뿐이고 순결을 잃는 방법도 한 가지밖에 없기 때문인데 — 그의 눈엔 적어도 그렇게 보였다 — 반면에 예술과 과학은 그의 호기심을 깊이 자극하는 다양성이 있었다. 그래서 그들을 행복한 기억으로 간직한 채 그는 노천 술집과 볼링장에 노상 드나들던 일을 그만두었다. 회색 망토를 옷장에 걸고, 목에 걸린 별을 반짝이게 드러내고, 무릎 아래 단 가터 훈장을 빛내면서, 그는 제임스 왕[5]의 궁정에 다시 나타났다. 그는 젊었고, 부유했고, 잘생겼다. 어느 누구도 그보다 더 큰 환호와 환영을 받을 수는 없었을 것이다.

실로 많은 숙녀들이 그에게 기꺼이 호감을 드러냈다는 것은 분명했다. 적어도 세 숙녀의 이름이 그의 이름과 거침없이 결부되어 혼인설이 나돌았다. 클로린다, 파빌라, 유프로시니 — 그는 자신의 소네트에서 그들을 이렇게 불렀다.

그 숙녀들을 순서대로 살펴보자. 클로린다는 꽤 상냥하고 유순한 아가씨였다. 올랜도는 여섯 달 반 동안 그녀에게 푹 빠져 지냈다. 그런데 그녀는 흰 속눈썹을 가지고 있었고, 피를 보면 견디지 못했다. 아버지의 식탁에 구운 산토끼가 올라오면 졸도해 버렸다. 또 성직자들에게서 큰 감화를 받은 그녀는 가난한 사람들에게 주기 위해 자기 속옷을 아껴 두었다. 그리고 올랜도를 개심시켜 그의 악행을 고치겠노라고 마음먹었다. 이런 일에 넌더리가 난 그는 그 혼사에서 물러났

5 엘리자베스 여왕의 뒤를 이어 1603년에 왕위에 오른 제임스 1세.

고, 오래지 않아 그녀가 천연두에 걸려 죽었을 때 그리 안타까워하지 않았다.

다음으로 파빌라는 전혀 다른 아가씨였다. 그녀는 서머싯셔에 사는 가난한 신사의 딸이었는데, 순전히 부지런하고 관찰력이 예리했던 까닭에 궁정에서의 지위가 차차 높아졌고, 멋진 승마 솜씨와 섬세한 발등, 우아한 춤 솜씨로 모두의 찬사를 받았다. 그런데 몹시 경솔하게도 그녀는 실크 스타킹을 찢어 놓은 스패니얼을(공정을 기하기 위해 말하자면, 파빌라에겐 스타킹이 몇 개 없었는데, 그것도 대부분 거친 나사로 짠 것이었다) 올랜도의 창문 밑에서 채찍질하여 반쯤 죽여 놓았다. 동물을 열렬히 좋아하던 올랜도는 그제야 그녀의 이빨이 구부러진 것, 앞니 두 개가 안쪽으로 굽었다는 것을 알아차렸다. 그것은 여자들에겐 사악하고 잔인한 성격을 드러내는 분명한 징후라고 그는 말하면서, 바로 그날 밤 약혼을 파기해 버렸다.

세 번째로 유프로시니는 그가 그때까지 가장 진지한 열정을 느낀 아가씨였다. 그녀는 아일랜드 데즈먼드 가문 태생으로, 올랜도의 가문 못지않게 오래되고 유서 깊은 족보를 가지고 있었다. 그녀는 금발에 얼굴이 발그레하고 점액질 기질이라 약간 냉담했다. 이탈리아어를 유창하게 구사했고, 윗니는 완벽했지만 아랫니는 약간 변색되어 있었다. 그녀는 늘 무릎에 휘핏과 스패니얼 강아지를 앉히고는 자기 접시에 있는 흰 빵을 개들에게 먹였고, 하프시코드에 맞춰 감미롭게 노래를 불렀다. 정오가 되기 전에는 옷단장이 끝나지 않는

데, 몸치장을 하는 데 매우 세심하게 주의를 기울였기 때문이다. 간단히 말해서, 그녀는 올랜도 같은 신사에게 완벽한 신붓감이었다. 그래서 혼사는 원만하게 진행되었고, 양쪽 변호사들이 양가의 큰 재산을 결합하기 전에 필요한 사안들, 즉 계약서와 미망인 급여 설정 부동산, 계승적 재산권 처분, 가옥과 대지, 부동산 자유 보유권 같은 문제들을 분주히 협의하고 있을 때, 당시 영국의 기후답게 갑자기 혹독한 한파가 찾아왔다.[6]

그 혹한은 영국에서 유례없이 극심한 것이었다고 역사가들은 말한다. 새들이 공중에서 날아가다 얼어붙어 돌멩이처럼 땅에 뚝뚝 떨어졌다. 노리치에서는 젊은 시골 여자가 평소처럼 튼튼하고 건강한 몸으로 길을 건넜는데, 길모퉁이에서 얼음처럼 차가운 돌풍이 불어닥치자 그 순간 가루가 되어 부서져서는 한 줌의 먼지가 되어 지붕 위로 날아가는 것을 본 사람들이 있었다. 양들과 소들이 어마어마하게 죽어 나갔다. 자다가 얼어붙은 시신들은 이불에서 떼어 낼 수가 없었다. 길 위에서 얼어붙어 꼼짝 못 하는 돼지 떼는 드물지 않게 볼 수 있는 광경이었다. 들판에 가득한 양치기나 쟁기질하던 사람, 말, 새를 쫓던 어린 소년들 모두 그 순간의 동작 그대로, 누군가는 코에 손을 댄 채, 누군가는 술병을 입술에 댄 채, 누군가는 1미터쯤 떨어진 산울타리에 박제처럼 앉아 있는 큰 까마귀들을 향해 던지려고 돌을 든 자세로 뻣뻣하게

6 영국에선 1608년에 템스강이 얼어붙을 정도로 전례 없는 혹한이 몰아쳤다.

굳어 버렸다. 혹한이 너무나 극심해서 때로는 일종의 석화 작용을 일으키기도 했다. 더비셔의 어느 지역에 암석이 유난히 많이 늘어난 것은 화산 분출 때문이 아니라고들 했다. 화산이 분출된 적은 전혀 없었던 것이다. 사실은 재수 없는 여행자들이 발을 딛고 있던 자리에서 문자 그대로 돌이 되어 버린 석화 현상 때문이라는 것이다. 교회는 이 문제에 별다른 도움을 주지 못했고, 어떤 지주들은 이 유물들이 축성받을 수 있도록 조치했지만, 대다수의 사람들은 그것을 이정표나 양들이 몸을 비벼 댈 기둥으로 사용했고, 모양새가 적절한 돌은 소의 여물통으로 이용하기도 했다. 오늘날까지도 그 암석들은 대체로 이런 용도에 감탄스러울 정도로 잘 쓰이고 있다.

시골 사람들은 극도의 결핍으로 고통받고 교역이 중단된 반면에, 런던은 더할 나위 없이 화려한 축제를 즐겼다. 궁정은 그리니치에 있었고, 새로 등극한 왕은 자신의 대관식을 기회로 삼아 시민들의 환심을 사려 했다. 그는 깊이가 20피트가 넘고 좌우 길이가 6~7마일이 넘도록 얼어붙은 템스강을 깨끗이 쓸고, 사비를 들여 빙판 위에 정자와 미로, 뒷골목과 음료수 매점 등등을 갖춘 공원이나 유원지 같은 공간을 꾸미게 했다. 자신과 궁정 신하들을 위해서는 왕궁 출입문 바로 맞은편에 일정한 공간을 남겨 두었다. 그 공간은 비단 밧줄로 난간이 둘러져 일반 대중의 출입이 차단되었는데, 당장 영국에서 가장 화려한 사교계의 중심이 되었다. 콧수염을 기르고 주름 칼라가 달린 옷을 입은 위대한 정치가들이 로열

파고다의 진홍색 차양 밑에서 국사를 재빨리 해치웠다. 군인
들은 타조 깃털이 덮이고 줄무늬로 장식된 정자에서 무어인
들을 정복하고 터키를 몰락시킬 계획을 세웠다. 해군 제독들
은 술잔을 든 채 좁은 길을 성큼성큼 오르내리면서 먼 수평
선을 훑어보고 북서 항로와 스페인 함대 이야기를 늘어놓았
다. 연인들은 흑담비 털이 깔린 긴 의자에 앉아 시시덕거렸
다. 왕비와 궁녀들이 밖으로 걸어 나올 때면 얼어붙은 장미
꽃이 소나기처럼 우두둑 떨어졌다. 알록달록한 풍선들은 공
중에 떠서 꼼짝도 하지 않았다. 여기저기에서 삼나무와 참나
무 장작으로 거대한 모닥불을 피웠고, 소금을 듬뿍 뿌려 초
록색과 오렌지색, 자주색 불꽃을 일으켰다. 그러나 모닥불을
아무리 맹렬하게 피워도 그 열기는 얼음을 녹일 정도로 강하
지 않았다. 얼음은 희한하게 투명하면서도 강철처럼 단단했
다. 실로 얼음이 너무나 깨끗해서, 1미터 남짓 되는 깊은 곳
에서 얼어붙은 작은 돌고래와 넙치를 여기저기에서 볼 수도
있었다. 뱀장어 떼가 혼수상태에서 꼼짝 않고 있었는데, 그
것들이 죽었는지 아니면 단지 활동이 정지된 상태라서 온기
가 있으면 되살아날 것인지를 놓고 철학자들은 골똘히 생각
에 잠겼다. 20패덤[7] 깊이로 강이 얼어붙은 런던 브리지 근처
에서는 지난가을에 너무 많은 사과를 실은 채 파손된 나룻배
가 강바닥에 가라앉아 있는 것이 선명하게 보였다. 과일을
싣고 서리[8] 쪽의 시장에 가는 중이던 그 나룻배에서 노파는

7 깊이의 단위. 1패덤은 약 1.8미터에 해당한다.
8 Surrey. 영국 잉글랜드 남부에 있는 카운티.

체크무늬 숄을 두르고 불룩한 치마를 입은 채 앉아서 마치 손님을 맞으려는 듯 무릎에 사과를 잔뜩 올려놓고 있었다. 하지만 입술 주위의 시퍼런 기미가 진실을 말해 주고 있었다. 제임스 왕은 특히 그 광경을 즐겨 바라보았고, 궁정의 신하들을 단체로 데리고 나가 함께 구경하기도 했다. 간단히 말해서, 대낮에 보이는 그 화려하고 유쾌한 풍경을 능가할 것은 아무것도 없었다. 하지만 축제가 가장 흥겹게 무르익는 시간은 한밤중이었다. 빙판은 깨지지 않고 견고한 상태를 유지했고 밤은 더없이 고요했다. 달과 별들은 단단히 박힌 다이아몬드처럼 눈부시게 빛났다. 플루트와 트럼펫의 멋진 음악에 맞춰 신하들은 춤을 추었다.

사실 올랜도는 쿠랑트와 볼타 무곡[9]에 맞춰 경쾌한 스텝을 밟을 줄 아는 청년이 아니었다. 그는 동작이 어설픈 데다 약간 얼빠진 구석이 있었다. 그는 환상적인 이국적 박자보다 어린 시절 고향에서 추던 소박한 춤을 더 좋아했다. 실은 그가 정월 7일 저녁 6시경 카드리유인지 미뉴에트인지 춤이 막 끝나 양발을 모았을 때, 러시아 대사관의 임시 가설물에서 나오는 한 인물이 그의 눈길을 끌었다. 러시아식의 헐렁한 웃옷과 바지 차림 때문에 청년인지 여자인지 알 수 없는 그 형체가 그에게 극도의 호기심을 불러일으켰다. 이름이 무엇이든, 성별이 뭐든 간에, 그 사람은 중키에 아주 호리호리한 몸매를 가지고 있었고, 굴 색깔의 벨벳 옷을 걸치고 있었는

9 쿠랑트는 프랑스의 춤이고, 볼타는 이탈리아 춤으로 16~17세기에 유행했다.

데 가장자리에 흔치 않은 초록빛이 감도는 모피가 둘러져 있었다. 그러나 이런 소소한 것들은 그 인물의 몸에서 뿜어져 나오는 특이한 유혹적 매력에 가려졌다. 올랜도의 마음속에서 더없이 극단적이고 터무니없는 이미지와 비유들이 솟아올라 뒤엉키고 휘감겼다. 그 3초 사이에 그는 그녀를 멜론이라고, 파인애플이라고, 올리브라고, 에메랄드라고, 눈 속의 여우라고 불렀다. 그녀의 목소리를 들은 적이 있는지, 그녀를 맛본 적이 있는지, 그녀를 본 적이 있는지, 아니면 이 세 가지를 다 경험한 적이 있는지 그는 알지 못했다(이야기를 끌어가는 동안 한순간도 중간에 끊어서는 안 되지만, 여기서 서둘러 말해 두는 편이 좋겠다. 이 순간 그가 떠올린 이미지는 죄다 그의 감각에 어울리게 지극히 단순했고, 대부분 그가 소년 시절에 맛보기 좋아했던 것에서 비롯되었다고. 하지만 그의 감각은 매우 단순하면서도 동시에 매우 강렬했다. 그러므로 이야기를 잠시 중단하고 그 이미지들의 근원을 거슬러 올라가는 것은 불가능하다). ……멜론, 에메랄드, 눈 속의 여우…… 그는 미친 듯이 이렇게 외치면서 응시했다. 그 소년이, 어떤 여자도 저토록 민첩하고 활기차게 스케이트를 탈 수는 없을 테니까, 슬프게도 틀림없이 소년일 그 인물이 미끄러지듯 그를 스쳐 지나갔을 때, 올랜도는 자신과 동성이라서 포옹할 수 없다는 생각에 화가 치밀어 머리칼을 잡아뜯고 싶은 기분이었다. 그런데 스케이트를 타던 그 사람이 더 가까이 다가왔다. 다리와 손, 동작은 소년처럼 보였다. 그러나 저런 입술을 가진 소년은 없고, 저런 가슴을 가진 소년도 없었다. 어떤 소년도 저렇게 바다 밑바닥에서 건져 올린 듯한 눈을 갖고 있지 않았다. 마침내 스케이트를 타던 그 인물이, 시중드는 어느 귀족의 팔에 기대어 느릿느릿 발을 옮기던 국왕에게 최대한 우아하게 절하기 위해 미끄러지듯 다가와 멈추었다. 그에게서 한 뼘도 떨어져 있지 않았다. 여자였다. 올랜도는 뚫어져라 응시했다. 온몸이 떨렸고 뜨겁게 열이 올랐다가 차가워졌다. 여름날 허공에 온몸을 내던지고 싶었다. 발로 도토리를 짓밟아 으깨고 싶었고, 두 팔을 번쩍 들어 너도밤나무와 참나무를 흔들어 대고 싶었다. 그러나 실제로는 그저 그의 작고 흰 이빨들 위로 입술을 오므렸고, 그러다 뭔가 물어뜯으려는 듯 1센티미터쯤 벌렸다가 깨물듯이 다물었다. 레이디 유프로시니가 그의 팔에 기대고 있었다.

그는 그 낯선 여자가 마로샤 스타니로브스카 다그마르 나타샤 일리아나 로마노비치 공주라는 사실을 알아냈다. 그녀는 대관식에 참석하기 위해 삼촌이거나 아버지인 러시아 대사를 따라온 것이었다. 그 러시아인들에 대해서는 알려진 바가 거의 없었다. 그들은 모피 모자를 쓰고 긴 수염을 늘어뜨린 모습으로 가만히 앉아서 거의 아무 말도 하지 않았고, 어떤 검은 액체를 마시고는 이따금 얼음 위에 내뱉었다. 영어를 쓰는 사람은 전혀 없었고, 적어도 몇 명은 프랑스어를 알고 있었지만 당시 영국 궁정에서는 프랑스어가 거의 쓰이지 않았다.

올랜도가 그 공주와 안면을 트게 된 것은 다음과 같은 사건을 통해서였다. 그들은 유명 인사들을 접대하기 위해 거대한 차양 밑에 펼쳐 놓은 커다란 식탁에서 서로 맞은편에 자리를 잡게 되었다. 공주는 젊은 귀족인 프랜시스 비어 경과 머리 백작 사이에 앉아 있었다. 그녀는 곧 그들을 몹시 당황하게 만들면서 우스운 광경을 연출했다. 두 귀족 다 나름대로는 멋진 청년이었지만 프랑스어를 아직 태어나지 않은 아기만큼이나 알지 못했다. 정찬이 시작되었을 때 공주가 백작을 바라보며 그의 마음을 홀린 우아한 태도로 〈*Je crois avoir fait la connaissance d'un gentilhomme qui vous était apparenté en Pologne l'été dernier*(작년에 폴란드에서 당신과 친척인 어떤 신사분을 만난 것 같아요)〉라든가 〈*La beauté des dames de la cour d'Angleterre me met dans le ravissement. On ne peut voir une dame plus gracieuse que votre reine, ni une coiffure plus belle que la sienne*(영국 궁정 숙녀들의 아름다움이 제 마음을 기쁘게 해주네요. 당신들의 여왕님보다 더 우아한 귀부인은 찾아볼 수 없어요. 여왕님의 헤어스타일보다 더 아름다운 것도 없고요)〉라고 말하자 프랜시스 경과 백작 둘 다 더없이 당황한 기색을 드러냈다. 프랜시스 경은 그녀에게 서양고추냉이 소스를 듬뿍 덜어 주었고, 백작은 자기 개에게 휘파람을 불어 골수가 든 뼈를 애걸하게 만들었다. 그러자 공주는 더 이상 웃음을 참지 못했고, 올랜도는 수퇘지들의 머리와 박제된 공작새들 너머로 그녀와 눈길이 마주치자 함께 웃음을 터뜨렸다. 그는 웃었다. 하지만 그의 웃음 띤 입술은 경이로움에 얼어붙었다. 지금까지 나는 대체 누구를 사랑했고, 무엇을 사랑했던가. 그는 혼란스러운 감정으로 자문했다. 온통 피골이

상접한 늙은 여자일 뿐이라고 그는 대답했다. 뺨이 붉은 창녀들도 일일이 세어 보자면 적지 않았다. 훌쩍거리던 수녀도 한 명 있었다. 산전수전 다 겪고 입이 거친, 돈과 권력을 추구하던 여자도 있었다. 레이스를 휘감은 채 고개를 까닥이는 허식 덩어리 여자도 있었다. 올랜도에게 사랑이란 톱밥과 타고 남은 재를 연상시킬 뿐이었다. 그가 사랑에서 얻은 즐거움은 더없이 김빠진 맛이었다. 자신이 어떻게 하품도 하지 않고 그것을 끝까지 견뎌 냈는지 의아했다. 그가 공주를 보았을 때 그의 걸쭉한 피가 녹았고, 그의 핏줄에서 얼음이 포도주로 변했던 것이다. 강물이 흐르는 소리와 새들의 노랫소리가 들렸다. 황량한 겨울 풍경에 봄기운이 스며들었다. 그의 남성성이 깨어났다. 그는 칼을 손으로 움켜잡았고, 폴란드인이나 무어인보다 더 위험한 적을 향해 돌격했다. 그는 깊은 물속으로 뛰어들었다. 그는 갈라진 바위틈에서 자라는 위험한 꽃을 보았고, 손을 뻗었다 ─ 실은 그가 자신의 가장 열정적인 소네트를 줄줄이 읊고 있을 때, 공주가 그에게 말을 걸었다. 「소금 좀 건네주시겠어요?」

그의 얼굴이 새빨개졌다.

「더없이 기쁜 마음으로, 마담.」 그는 프랑스어의 억양을 완벽하게 구사하며 대답했다. 다행히도 그는 프랑스어를 모국어처럼 말할 수 있었다. 어머니의 하녀에게 그 언어를 배웠던 것이다. 하지만 그 언어를 배우지 않았더라면 더 나았을지 모른다. 그 목소리에 대답하지 않았더라면, 그 눈빛을 좇지 않았더라면······.

공주가 말을 이었다. 자기 옆에 앉아 마부처럼 행동하는 이 시골뜨기들이 누구냐고 물었다. 내 접시에 저들이 쏟아 놓은 이 구역질 나는 액체는 뭔가요? 영국에서는 개들이 사람들과 같은 식탁에서 밥을 먹나요? 5월제 장식 기둥처럼 머리칼을 높이 세우고 식탁 끝에 앉아 있는 저 우스꽝스러운 사람이 진짜 왕비인가요? 국왕은 늘 저렇게 침을 흘리나요? 저 수다스러운 멋쟁이들 중에서 어느 쪽이 조지 빌리어스[10]인가요? 이런 질문들에 올랜도는 처음엔 살짝 당황했지만 아주 교묘하고 익살스럽게 던진 질문이라서 웃지 않을 수가 없었다. 주위 사람들의 멍한 얼굴을 보니 한마디도 알아듣지 못했음이 분명했기에 그는 그녀처럼 완벽한 프랑스어를 구사하며 그녀의 질문 못지않게 자유분방하게 대답했다.

이렇게 시작된 두 사람의 관계는 오래지 않아 궁정의 스캔들이 되었다.

올랜도가 러시아 공주에게 그저 예의상 필요한 정도를 넘어 지나치게 관심을 보인다는 사실이 주목받았다. 그가 그녀에게서 멀리 떨어져 있는 경우가 거의 없는 데다 그들이 매우 쾌활하게 대화를 이어 가면서 자주 얼굴을 붉히고 웃음을 터뜨렸으므로, 주위에 있는 사람들은 한마디도 알아듣지 못했지만 아무리 둔한 사람이라도 그 화제를 짐작할 수 있었다. 더욱이 올랜도 자신에게 일어난 변화는 놀라운 것이었다. 그토록 활기에 넘치는 그를 이전까지 어느 누구도 본 적이 없

---

10 George Villiers(1592~1628). 제임스 1세의 총신으로, 후에 버킹엄 공작이 되었다.

었다. 하룻밤 사이에 그는 쭈뼛거리던 소년의 어설픈 태도를 떨쳐 버린 것이다. 부인들의 방에 들어갈 때면 탁자에 놓인 장식물의 절반을 휩쓸어 떨어뜨리곤 하던 뚱한 애송이에서 우아하고 남자다운 예의를 갖춘 귀족으로 변모했다. 그가 그 모스크바인(사람들은 그녀를 이렇게 불렀다)의 손을 잡아 썰매에 태워 주거나, 그녀에게 춤을 추자고 손을 내밀거나, 그녀가 떨어뜨린 물방울무늬 손수건을 집어 주거나, 혹은 최고의 숙녀가 연인에게 기대하고 연인이 서둘러 알아서 처리하는 그런 다양한 의무들을 수행하는 광경을 보면서, 나이 든 사람들의 침침한 눈에서는 빛이 났고 젊은이들의 빠른 맥박은 더 빨리 뛰었다. 하지만 그런 광경 위에는 구름이 드리워져 있었다. 노인들은 어깨를 으쓱했다. 젊은이들은 손가락을 펼쳐 입을 가리고는 킥킥거렸다. 올랜도가 다른 여자와 약혼한 사이라는 것은 모두들 알고 있었다. 레이디 마거릿 오브라이언 오데어 오레일리 티어코넬(소네트에서 유프로시니로 등장하는 여성의 본래 이름은 이랬다)의 왼손 검지에는 올랜도가 선물한 화려한 사파이어 반지가 끼어져 있었다. 올랜도의 관심을 받을 최고의 권리는 그녀에게 있었다. 그런데 그녀가 자기 옷장의 손수건(수십 장도 넘게 있었는데)을 모두 빙판 위에 떨어뜨려도 올랜도는 그것을 집어 주려고 몸을 굽히지 않았다. 또 그녀가 썰매에 올라타기 위해 그가 손을 잡아 주기를 20분간 기다렸지만 결국에는 흑인 하인의 시중을 받는 것으로 만족해야 했다. 스케이트를 탈 때 좀 서툴렀던 그녀의 옆에서 격려해 주는 사람 하나 없었고, 그녀가 다소 큰 소리를 내며 넘어져도 누구 하나 그녀를 일으켜 세워 주고 스커트에 묻은 눈을 털어 주지 않았다. 그녀는 천성적으로 점액질의 기질이라서 성급히 화를 내지 않았고, 대다수 사람들과 달리, 한낱 외국 여자가 자신을 밀어내고 올랜도의 관심을 독차지할 수 있으리라고는 쉽게 믿지 않았다. 하지만 결국 레이디 마거릿도 자기 마음의 평화를 깨뜨릴 어떤 일이 벌어지고 있다는 의혹을 품지 않을 수 없었다.

실로 하루하루가 지나면서 올랜도는 자기감정을 숨기는 데 더욱 소홀해졌다. 그는 이런저런 핑계를 대면서 정찬이 끝나자마자 일행을 남겨 둔 채 일어섰고, 스케이트를 타면서 카드리유 춤을 추려고 조를 편성하는 사람들로부터 슬며시 빠져나갔다. 다음 순간에는 러시아 공주도 사라졌음을 알게 되었다. 그러나 무엇보다 궁정의 분노를 사고 궁정의 가장 민감한 부분, 그 허영심에 상처를 입힌 것은, 템스강의 공용 공간을 왕실 사유 공간과 분리하기 위해 울타리를 두르고 쳐 놓은 비단 밧줄 아래로 그 둘이 미끄러져 내려가 평민들 속으로 사라져 버리는 것이 종종 목격되었다는 점이다. 그것은 공주가 갑자기 얼음판에 발을 구르면서 소리를 지르곤 했기 때문이었다. 「날 멀리 데려가 줘요. 당신네 영국 패거리들이 혐오스러워요.」 패거리란 궁정 자체를 가리킨 말이었다. 그녀는 영국 궁정을 참을 수 없었다. 거기에는 얼굴을 빤히 쳐다보며 남의 사생활을 캐기 좋아하는 노파들과 남의 발을 밟고 다니는 거만한 젊은이들 천지라고 그녀는 말했다. 그들에게서는 고약한 냄새가 났고, 그들의 개들이 그녀의 다리 사이로 뛰어다녔다. 그녀는 우리에 갇힌 느낌이었다. 러시아에서는 폭이 16킬로미터나 되는 넓은 강들이 있어서 말 여섯 필을 나란히 세우고 하루 종일 달려도 한 사람과도 마주치지 않았다. 게다가 그녀는 런던 탑과 그곳의 경비병, 템플바[11]에 매달린 머리들을 보고 싶어 했고, 런던 시내의 보석상에 가고 싶어 했다. 그래서 올랜도는 그녀를 시내로 데려가 경비병들과 반역자들의 머리를 보여 주었고, 왕립 거래소에서 그녀의 마음에 드는 물건을 전부 사주었다. 하지만 그것으로는 충분하지 않았다. 수상하게 여기거나 빤히 쳐다보는 사람이 없는 곳에서 하루 종일 은밀히 함께 있고 싶은 욕구가 두 사람에게서 점점 커져 갔다. 그래서 그들은 런던 쪽이 아닌 그 반대 방향으로 내달려 이내 군중을 벗어나 얼어붙은 템스강 하류에 이르렀다. 그곳에는 바닷새들과 물 한 통 긷기 위해 헛되이 얼음을 쪼개거나 땔감으로 쓸 막대기든 낙엽이든 주우려는 시골 노파를 제외하면 살아 있는 사람은 누구 하나 오지 않았다. 가난한 사람들은 오두막을 떠나지 않았고, 형편이 더 나은 사람들은 온기와 오락을 찾아 런던으로 몰려들었다.

덕분에 올랜도와 사샤는(그는 그녀를 약칭으로 불렀는데, 그것은 그가 어렸을 때 키웠던 하얀 러시아산 여우의 이름이었다. 눈처럼 털이 부드러운 그 여우는 강철 같은 이빨로 그

---

11 시티City of London라고 불리는 런던의 상업 중심지로 들어가는 중세에 지어진 아치형의 출입구. 죄인의 목을 매달던 곳이기도 했으며 원래는 웨스트민스터의 서쪽에 있었으나 1879년에 교외로 이전했다.

를 무지막지하게 물었다가 그의 아버지에게 사살되고 말았다) 강을 독차지했다. 스케이팅과 사랑으로 몸이 달아오른 그들은 강이 굽이진 한적한 곳에 드러눕곤 했다. 강둑에 노란 고리버들이 죽 늘어선 곳에서 큰 모피 망토를 뒤집어쓴 채 올랜도는 그녀를 팔로 그러안으며 생전 처음으로 사랑의 기쁨을 알게 되었다고 중얼거렸다. 그러고 나서 환희의 절정이 지나고 격정이 가라앉아 황홀한 기분으로 얼음 위에 누워서는 자신의 예전 연인들에 대해 그녀에게 이야기했고, 그녀와 비교하면 그들은 나무토막이나 삼베, 타고 남은 재 부스러기 같다고 말했다. 그러면 그의 격정에 웃음을 터뜨리며 그녀는 또 한 번 그의 가슴에 파고들었고, 사랑을 나누기 위해 다시 그를 포옹하곤 했다. 그때 그들은 자신들의 뜨거운 열기에도 얼음이 녹지 않은 것에 놀라워했고, 그처럼 자연스럽게 얼음을 녹일 수단이 없어서 차가운 강철 칼로 얼음을 쪼아야 하는 불쌍한 노파를 동정했다. 그러고는 망토에 휘감긴 채 온갖 세상사에 대해 시시콜콜한 이야기를 나누었다. 어떤 광경들과 여행에 대해, 무어인과 이교도에 대해, 어떤 남자의 수염과 어떤 여자의 피부에 대해, 사샤가 직접 식탁에서 먹이를 주는 쥐에 대해, 저택 현관에서 항상 흔들리는 벽걸이에 대해, 어떤 얼굴과 어떤 깃털에 대해. 그들이 무슨 얘기를 나누건 간에 너무 시시하지도 않았고 너무 거창하지도 않았다.

그러다가 갑자기 올랜도는 예의 우울한 기분에 빠져들곤 했다. 얼음 위를 절뚝거리며 걸어가는 노파 때문에 그런 기

분이 들었을 수도 있고, 아무 이유 없이 그랬을 수도 있다. 그
러면 그는 엎어져서 얼굴을 빙판에 대고 얼어붙은 물속을 바
라보며 죽음을 생각했다. 행복과 우울함을 갈라놓는 것은 칼
날보다도 두껍지 않다는 철학자[12]의 말이 옳았던 것이다. 여
기서 더 나아가 그 철학자는 행복과 슬픔이 쌍둥이라는 의견
을 밝히고, 모든 극단적 감정은 광기와 결합된다는 결론을
이끌어 내면서, 우리에게 참된 교회(그의 견해로는 재세례파
교회)에서 위안을 구할 것을 당부한다. 참된 교회야말로 이
바다에서 세파에 흔들리는 모든 이들에게 유일한 항구이자
피난처이고 정박지라고 그는 말했다.

「모든 것은 죽음으로 끝나지.」 올랜도는 똑바로 앉아서 우
울하고 어두운 얼굴로 말하곤 했다(그의 마음이 지금 이런
식으로 돌아가면서 삶과 죽음 사이를 맹렬하게 오가고 있고
중간의 어딘가에서 멈추지 않으므로, 그의 전기 작가도 멈춰
서는 안 되고 가급적 재빨리 날아올라 이 무모하고 열정적이
며 어리석은 행동과 돌연히 터져 나오는 엉뚱한 말에 보조를
맞춰야 한다. 인생의 이 시기에 올랜도가 그런 상태에 빠져
있었다는 것은 부정할 수 없다).

「만물은 죽음으로 끝나지.」 올랜도는 얼음 위에 똑바로 앉
아 말하곤 했다. 그러나 어쨌든 영국인의 피가 한 방울도 흐
르지 않고, 해가 더 천천히 지고 새벽은 그리 급작스럽게 밝
아 오지 않고 문장을 어떻게 끝맺는 것이 최선일지 몰라 종
결되지 않는 경우가 허다한 러시아에서 태어난 사샤는 그를

12 『우울증의 해부』(1621)를 쓴 로버트 버튼에 대한 언급.

빤히 쳐다보았다. 그가 어린애처럼 유치하게 보여 비웃었을지 모르지만 아무 말도 하지 않았다. 이윽고 몸에 닿는 얼음이 차갑게 느껴지면 그녀는 냉기가 싫어서 그를 끌어당겨 일으켜 세우고는 아주 매혹적으로, 아주 재치 있게, 아주 현명하게 말을 건넸다(하지만 불행히도 늘 프랑스어로 말했는데, 그 언어를 번역하면 맛이 사라진다는 것은 잘 알려진 사실이다). 그러면 그는 얼어붙은 강이나 다가오는 깜깜한 밤, 그 노파와 그 밖의 모든 것을 잊어버리고는, 그녀를 무엇에 비유할 수 있을지 — 그 숱한 이미지들을 불러일으켰던 여자들처럼 진부해진 수천 가지 이미지들 속에 뛰어들어 철벅거리며 뭔가를 건져 내서 — 말해 주었다. 당신을 눈이나 크림, 대리석, 체리, 설화 석고, 황금 현에 비유할 수 있을까요? 전혀 그렇지 않아요. 당신은 여우나 올리브 같아요. 높은 곳에서 내려다보는 바다에 밀려오는 파도 같고, 에메랄드 같고, 아직 구름에 가린 푸른 산에 비치는 태양 같고…… 영국에서 내가 본 적도 없고 알지도 못했던 그 무엇 같아요. 그는 언어를 아무리 샅샅이 뒤져 보아도 적절한 표현을 찾을 수 없었다. 다른 풍경과 다른 언어가 필요했다. 사샤를 묘사하기에는 영어가 너무나 거침없고 너무나 노골적이며 너무나 입에 발린 언어였다. 그녀가 하는 말은 대단히 솔직하고 도발적으로 보였지만, 거기에는 무언가 숨겨져 있었다. 그녀의 행동은 아무리 대담하게 보였어도 어딘가 감추어진 부분이 있었다. 그래서 에메랄드 속에 녹색 불꽃이 숨겨져 있는 듯했고, 혹은 태양이 언덕에 갇혀 있는 것 같았다. 겉으로만 또렷하게 보일 뿐, 속에선 종잡을 수 없는 불꽃이 일었다. 불꽃이 일어났다가 사라졌다. 그녀는 결코 영국 여자들처럼 한결같은 빛줄기를 내비치지 않았다. 그런데 이렇게 말하다가 레이디 마거릿과 그녀의 스커트가 흘끗 떠오르자 도취 상태에 빠져 있던 올랜도는 격렬하게 내달렸고, 그녀를 얼음판 위에서 점점 더 빨리 이끌어 가면서 자신은 그 불꽃을 쫓을 것이고 그 보석을 얻기 위해서라면 물속에도 뛰어들 것이라는 등등의 맹세를 쏟아 냈다. 그 맹세는 고통스럽게 시를 쥐어 짜낸 시인의 열정으로 헐떡이는 숨결에 실려 나왔다.

그러나 사샤는 아무 말도 하지 않았다. 올랜도는 그녀에게 여우이자 올리브이고 초록 언덕 같다고 말하고는, 자기 집안의 역사를 들려주었다. 영국에서 가장 유서 깊은 가문 중 하나이고 자기 조상은 카이사르의 군대와 함께 로마에서 왔으며 술 달린 가마를 타고 코르소(로마의 큰 도로)를 다닐 수 있다면서, 그것은 황제의 혈연에게만 주어지는 특권(그에게는 오만하고 고지식하게 잘 믿는 구석이 있었는데, 그것은 다분히 유쾌하게 느껴졌다)이라고 말했다. 그런 다음 자기 얘기를 멈추고 그녀에게 물었다. 당신의 집은 어디 있어요? 아버지는 무얼 하시는 분이에요? 오빠나 남동생이 있나요? 왜 삼촌과 단둘이 여기 왔어요? 그러자 그녀가 선뜻 대답하기는 했지만 왠지 둘 사이에 어색한 기운이 감돌았다. 처음에 그는 그녀의 신분이 그녀가 원하는 만큼 높지 않거나 자기 나라 사람들의 야만적인 생활 방식이 부끄러워서일 거라고 짐작했다. 왜냐하면 러시아 여자들은 수염을 기르고 남자들은 허리 밑으로 털을 두르고 양성(兩性) 모두 추위를 물리치기 위해 소기름을 마구 바르고 고기를 손가락으로 찢어 먹으며 영국 귀족이라면 외양간으로 쓰기에도 주저할 오두막에서 산다는 이야기를 들었던 것이다. 그래서 그는 더 이상 캐묻지 않았다. 하지만 다시 생각해 보니 그녀의 침묵이 그런 이유 때문일 리 없다는 생각이 들었다. 그녀는 털 하나 없이 매끈한 턱을 가지고 있었고, 벨벳 드레스 차림에 진주를 걸고 있었으며, 그녀의 매너는 분명 외양간에서 자란 여자의 것이 아니었다.

그렇다면 그녀는 그에게 무엇을 숨긴 걸까? 그의 강렬한 감정 밑에 도사린 의혹은 기념비 아래 깔려 있다가 갑자기 움직여 기념비 전체를 흔들리게 하는 모래 같았다. 그 고뇌에 갑자기 사로잡혀 버럭 불같은 분노를 터뜨리면, 그녀는 그를 어떻게 진정시켜야 할지 몰랐다. 어쩌면 그를 진정시키고 싶지 않았을지도 모른다. 그가 화내는 모습이 재미있어서 일부러 분노를 유발했을지도 모른다 — 묘하게 비뚤어진 러시아인들의 기질이 그랬다.

이야기를 계속하자면 — 그날은 평소보다 더 멀리 스케이트를 타고 나갔다가 그들은 정박한 배들이 강 한가운데 얼어붙은 곳에 이르렀다. 그 배들 중에 머리가 둘 달린 검은 독수리 깃발이 큰 돛대에서 휘날리는 러시아 대사의 배가 있었다. 그 깃발에 매달린 몇 미터 길이의 고드름이 다채로운 색깔로 반짝이고 있었다. 순간 사샤는 배에 남겨 둔 옷가지 몇 벌이 있다는 사실을 떠올렸고, 두 사람은 그 배에 사람이 없으리라 생각하고 옷을 찾으러 배에 올라갔다. 올랜도는 과거 자신에게 일어났던 어떤 사건 때문에 누군가 선량한 시민이 자기들보다 먼저 이 은신처를 찾았더라도 놀라지 않았을 것이다. 실제로 그런 일이 현실로 나타났다. 그들이 갑판에 올라선 지 얼마 되지 않아 한 멋진 젊은이가 밧줄 더미 뒤에서 뭔가를 하다가 깜짝 놀라 일어났다. 그는 러시아어로 자신은 이 배의 선원이며 공주가 원하는 것을 찾도록 도와주겠다고 말하는 것 같았다. 그러고는 양초 덩어리에 불을 붙이고 그녀와 함께 갑판 아래로 사라졌다.

시간이 흐르는 동안 올랜도는 자신의 꿈에 잠겨 오로지 인생의 기쁨과 그의 보석 — 희귀한 보석 — 같은 그녀를 되돌릴 수 없이, 떼어 낼 수 없이 자기 사람으로 만들 방법에 대해서 생각했다. 분명 장애물이 있고 극복해야 할 어려움이 있었다. 그녀는 러시아에서 살아갈 생각이었고, 거기에는 얼어붙은 강들과 야생마들, 그리고 서로의 목을 따는 남자들이 있다고 말했다. 사실 소나무와 눈 덮인 풍경, 욕정과 살육의 습성은 그에게 매력적으로 보이지 않았다. 또 유쾌하게 사냥을 다니고 나무를 가꾸는 쾌적한 시골 생활을 접고 공직도 포기하고 장래를 망치면서 토끼 대신 순록을 사냥하고 카나리아산 백포도주 대신 보드카를 마시고 소매 안에 — 무엇을 위해서인지도 모르면서 — 비장의 칼을 넣어 다니며 살고 싶지 않았다. 하지만 그녀를 위해서라면 이 모든 것을 감수하고 그보다 더한 일도 감내할 작정이었다. 레이디 마거릿과의 결혼이 일주일 앞으로 잡혀 있었지만, 명백히 말도 되지 않

는 일이었으므로 그는 단 한 번도 생각하지 않았다. 그녀의
친척들은 고귀한 숙녀를 저버렸다며 그를 비난할 테고, 그의
친지들은 카자크 여자와 눈 덮인 황야를 위해 세상에서 가장
멋진 장래를 망쳐 버렸다고 그를 조롱할 것이다. 사샤와 비
교해 볼 때 그런 것들은 지푸라기만큼의 무게도 나가지 못했
다. 첫 그믐날 밤에 그녀와 달아날 것이다. 배를 타고 러시아
로 갈 것이다. 그는 곰곰이 생각했다. 갑판을 배회하면서 그
는 그런 계획을 세웠다.

　그러다가 서쪽으로 몸을 돌렸을 때, 세인트 폴 성당의 십
자가 위에 오렌지처럼 걸린 태양이 보여 정신을 차렸다. 핏
빛의 붉은 태양이 빠르게 가라앉고 있었다. 날이 저물고 있
었다. 사샤가 들어간 지 한 시간도 더 지났다. 그녀를 확고히
믿고 있음에도 불구하고 불현듯 어두운 예감에 사로잡혀 의
혹의 그늘이 드리워진 그는 그들이 화물칸으로 내려가던 곳
으로 맹렬히 뛰어들었다. 그러고는 어둠 속의 상자들과 커다
란 통들 사이에서 발을 헛디디다가 구석에서 새어 나오는 희
미한 불빛에 거기 앉아 있는 두 사람을 보았다. 딱 1초간 그
들을 보았다. 선원의 무릎에 앉아 있는 사샤를 보았고, 그에
게 몸을 수그린 그녀를 보았고, 서로 포옹하는 두 사람을 보
았다. 순간 맹렬한 분노가 치밀어 올라 피어오른 붉은 구름
이 그 빛을 덮어 버렸다. 엄청난 고뇌에 사로잡힌 그가 큰 소
리로 울부짖는 바람에 배 전체에 메아리가 울렸다. 사샤가
두 사람 사이에 몸을 던졌다. 그러지 않았더라면 그 선원은
단검을 꺼내기도 전에 목이 졸려 죽었을 것이다. 다음 순간

52

올랜도는 지독한 현기증이 나서 비틀거렸고, 그들은 그를 바닥에 눕혀 브랜디를 먹여서 정신을 차리게 했다. 그가 겨우 정신을 차리고 갑판에 쌓아 놓은 자루 위에 앉았을 때, 사샤는 그에게 고개를 숙이고 핑핑 도는 그의 눈앞에서 그를 물었던 여우처럼 살그머니 나긋나긋하게 왔다 갔다 하면서 그를 꼬드기기도 하고 비난하기도 했다. 그래서 그는 조금 전에 목격한 광경을 의심하게 되었다. 촛불의 촛농이 흐르지 않았던가? 그림자가 움직이지 않았던가? 그 상자가 무거워서 선원이 상자 옮기는 것을 도와주고 있었다고 그녀가 말했다. 올랜도는 순간 그녀를 믿었다 — 분노에 휩싸인 나머지 자신이 보게 될까 봐 가장 겁냈던 것이 환각으로 떠오른 게 아닌지 누가 알겠는가? 그러나 다음 순간에는 그녀의 기만에 더 격렬한 분노가 타올랐다. 그러자 사샤가 새파랗게 질린 얼굴로 갑판에 쾅쾅 발을 구르며 그날 밤으로 떠나겠다고 말하면서, 로마노비치 혈통의 일원인 자신이 비천한 선원의 품에 안겼다면 자기를 파멸시켜 달라고 신에게 호소했다. 실로 두 사람을 나란히 놓고 보면(그는 그들을 함께 보는 것을 도저히 참을 수 없었다) 올랜도는 그 털북숭이 바다짐승의 앞발에 안긴 연약한 여자를 떠올렸던 자신의 더러운 상상력에 화가 치밀었다. 그 남자는 몸집이 거대해서 신발을 벗어도 195센티미터는 되었고, 흔해 빠진 철사 귀고리를 귀에 걸고 있었다. 날아가던 굴뚝새나 개똥지빠귀가 앉아 쉬어 가는 짐마차 말처럼 보이기도 했다. 그래서 올랜도는 순순히 그녀의 말에 설복되었고, 그녀를 믿었고, 그녀에게 용서를 빌었다.

하지만 그들이 다시 다정하게 뱃전을 내려오고 있을 때, 사샤가 사다리에 손을 올려놓은 채 걸음을 멈추더니 황갈색의 얼굴 넓적한 짐승에게 인사말인지 농담인지 혹은 애정의 표현인지를 한바탕 쏟아 냈다. 올랜도는 러시아어를 한마디도 알아들을 수 없었다. 하지만 그녀의 어조에서(러시아어의 자음 탓이었을지 모른다) 며칠 전 밤에 목격한 장면을 떠올렸다. 바닥에서 집어 든 양초 조각을 구석에서 남몰래 갉아 먹는 그녀를 우연히 보았던 것이다. 그래, 그 양초는 분홍색이었고, 금박이 둘러져 있었고, 국왕의 식탁에 있던 것이었다. 그래도 소기름으로 만든 것이었는데, 그녀가 그것을 갉아 먹었던 것이다. 그녀의 손을 잡고 얼음판으로 데려가면서 그는 그녀에게 어딘가 비천한 구석이 있지 않은지, 상스러움을 풍기는 면이 있지 않은지, 소작농의 혈통을 드러내는 구석이 있지 않은지를 생각했다. 그리고 지금은 갈대처럼 호리호리하지만 마흔이 되어 거추장스러울 정도로 뚱뚱해지고, 지금은 종달새처럼 쾌활하지만 그때는 우둔해진 그녀를 상상했다. 그러나 다시 런던을 향해 스케이트를 지치는 동안 그런 의심은 그의 가슴에서 녹아 버렸다. 거대한 물고기에 코가 꿰어 내키지는 않지만 스스로 동의하면서 물살을 가르고 빠르게 돌진하는 느낌이었다.

놀랍게도 아름다운 저녁이었다. 해가 지면서 맹렬하게 타오르는 석양의 붉은 구름을 배경으로 런던의 둥근 돔과 뾰족탑, 첨탑, 작은 탑들이 칠흑 같은 어둠 속에 떠올랐다. 저기 채링크로스의 번개무늬가 새겨진 십자 탑이 있고, 저기에 세인트 폴 성당의 둥근 지붕이 있었다. 저기에 런던 탑의 육중한 사각 건물들이 있고, 저기 템플바에 끝부분의 둥근 덩어리를 제외하고 이파리가 모두 떨어진 나무 덤불처럼 보이는 것은 창끝에 꽂힌 머리들이었다. 이제 웨스트민스터 성당의 창문들이 환하게 밝혀졌고 (올랜도의 상상에는) 천상의 다채로운 방패처럼 타올랐다. 이제 서쪽 하늘은 (또다시 올랜도의 상상에는) 천사들의 무리가 천상의 계단을 끊임없이 오르내리는 황금빛 창문 같았다. 그들은 헤아릴 수 없이 깊은 허공에서 내내 스케이트를 타고 있는 것 같았다. 얼음이 그만큼 새파레지고 유리처럼 매끄러워서 그들은 더 속도를 내어 도시로 달려갔다. 그들 주위에서 선회하던 흰 갈매기들은 그들이 스케이트로 빙판에 그리는 것과 똑같은 곡선을 그리며 날개로 공중을 훑었다.

사샤가 그를 안심시키려는 듯 평소보다 더 다정하게 굴고 더 애교를 떨었다. 평소에는 과거에 대한 얘기를 거의 하지 않았지만, 이제는 러시아에서 겨울철이면 스텝 지대에서 늑대들이 울부짖는 소리를 듣곤 했다고 말하면서 그 소리를 알려 주려고 세 번이나 늑대 소리를 흉내 냈다. 그래서 그는 고향의 눈 속에서 헤매던 수사슴들이 온기를 찾아 현관에 들어섰을 때 어떤 노인이 양동이에 오트밀을 퍼 담아 먹였던 일을 얘기해 주었다. 그러자 그녀는 그를 칭찬했다. 동물에 대한 그의 애정과 용맹함, 그의 멋진 다리를. 그녀의 칭찬에 몹시 기뻐진 그는 비천한 선원의 무릎에 앉아 있는 그녀를 상상하고 마흔 살에 뚱뚱하고 둔해진 그녀를 상상함으로써 그

2. 어린 러시아 공주

녀를 모욕했던 것을 떠올리고는 부끄러워서 자기는 그녀에 대한 적절한 찬사를 찾을 수 없다고 말했다. 하지만 이내 그녀가 샘과 초록 풀밭, 흐르는 시냇물 같다는 비유를 떠올리고는, 그녀를 더 꼭 붙잡고 그녀의 몸을 돌려 강의 절반을 가로질렀다. 그러자 갈매기들과 가마우지들도 방향을 선회했다. 마침내 그녀는 숨이 찬 듯 멈추고 약간 헐떡이면서 올랜도가 (러시아에 있는 트리처럼) 노란 유리 방울이 달리고 수백만 개의 양초가 켜져 거리 전체를 밝힐 만큼 눈부시게 빛나는 크리스마스트리 같다고 말했다(아마 이렇게 옮길 수 있을 것이다). 빨갛게 달아오른 그의 뺨과 검은 곱슬머리, 검은색과 진홍색이 어우러진 그의 망토 때문에 그는 몸속에 켜진 등불에서 나오는 자신의 빛으로 타오르는 듯 보였던 것이다.

이내 올랜도의 발그레한 뺨을 제외하고 모든 색깔이 사라졌다. 어둠이 몰려왔다. 석양의 오렌지빛이 사라지면서 횃불과 모닥불, 활활 타오르는 화톳불, 그 밖에 강물을 밝히는 다른 기구들에서 피어오르는 놀랍도록 눈부신 흰빛이 나타나자 기묘한 변화가 일어났다. 하얀 석조 교회들과 귀족의 대저택들이 마치 공중에 떠 있는 듯 기다란 줄무늬를 이루며 군데군데 형체를 드러냈다. 특히 세인트 폴 성당은 금빛으로 반짝이는 십자가를 제외하곤 모두 어둠에 잠겼다. 웨스트민스터 사원은 줄기만 남은 잿빛 나뭇잎 같았다. 모든 것이 시들고 변해 버렸다. 두 사람이 축제장에 다가갔을 때, 소리굽쇠에서 나오는 듯한 낮은 소리가 점점 더 크고 요란하게 울리더니 함성이 되었다. 이따금 공중에 불꽃이 솟아오르면 큰 환호가 잇달았다. 이윽고 어마어마한 군중 틈에서 빠져나오자, 강의 표면 위에서 각다귀처럼 이리저리 돌고 있는 작은 형체들이 보였다. 새까만 겨울밤이 이 눈부신 동그라미들 주위와 그 위를 우묵한 어둠의 사발처럼 짓눌렀다. 이 어둠 속으로 간간이 불꽃이 솟구쳐 올라 기대감을 일깨우고 입을 딱 벌리게 하면서 초승달이나 뱀, 왕관 모양으로 화려하게 타올랐다. 그 순간 숲들과 멀리 있는 언덕들이 여름날의 대낮처럼 초록색을 드러내다가 다음 순간 다시 겨울과 암흑에 완전히 잠기고 말았다.

그때쯤 올랜도와 공주는 왕실 사유 공간에 이르렀고, 비단 밧줄에 한껏 가까이 몰려든 엄청난 평민들에게 가로막혀 들어갈 수 없다는 것을 알게 되었다. 자기들의 은밀한 만남을 끝내고 싶지 않은 데다 자기들을 감시할 예리한 눈들과 맞닥뜨리기 싫어 두 사람은 거기서 머뭇거리며 도제들과 양복장이들, 어부의 아내들, 말 장수들, 사기꾼들, 굶주린 학자들, 머리 가리개를 두른 하녀들, 오렌지를 파는 아가씨들, 말구종들, 술 취하지 않은 시민들, 음란한 술집 급사들, 그리고 사람들 주변에서 얼쩡거리며 소리를 지르고 사람들 사이를 밀치고 다니는 꼬마 부랑아들과 어깨를 부딪치며 꾸물거렸다. 런던 뒷거리의 온갖 어중이떠중이들이 거기 모여서 농담을 나누며 떠밀고, 여기서는 주사위를 던지고, 저기서는 운세를 점치고, 거칠게 밀치고, 간지럼을 태우고, 꼬집기도 했다. 여기는 시끌벅적하고 저기는 시무룩하며, 일부는 입이 찢어지도록 벌리고, 다른 이들은 지붕에 앉은 갈까마귀처럼 불손했다. 모두들 각자의 지갑 사정과 신분에 따라 다양한 차림새를 하고 있었다. 여기 있는 이들은 모피와 모직물을 둘렀고, 저기 넝마를 걸친 이들은 얼음판에서 발을 보호하려고 행주를 감았다. 오늘날의 펀치 앤드 주디 쇼[13]와 비슷한 것이 무대인지 점포에서 열리고 있었고, 맞은편에선 사람들이 북새통을 이루고 있었다. 거기서는 일종의 연극이 상연되고 있었다. 흑인 하나가 팔을 흔들며 고함을 지르고 있었다. 흰옷을 입은 여자가 침대에 누워 있었다. 연극이 거칠기는 했지만 배우들은 뛰어다니며 계단을 오르내리고 때로 발을 헛디뎠다. 군중은 발을 구르며 휘파람을 불어 댔고, 그러다가 지루해지면 오렌지 껍질을 빙판에 내던져 개가 달려들게 했다. 그 와중에도 연극 대사의 놀랍고도 나긋나긋한 멜로디가 음악처럼 올랜도를 자극했다. 몹시 빠르고 과감하며 경쾌하게 혀를 놀려 나온 그 대사는 와핑의 술집에서 노래 부르던 선원들을 연상시켰는데, 의미 없는 말이라도 그에게는 포도주처럼 감미로웠다. 하지만 이따금 어떤 구절은 그의 마음속 깊은 곳에서 떼어 낸 것처럼 얼음판을 가로질러 들려오곤 했다. 저 무어인의 광란은 그 자신의 광란 같았고, 무어인이 침대에 누운 여자의 목을 졸랐을 때 그는 자기 손으로 사샤를 죽인 것 같았다.

이윽고 연극이 끝났다. 사방이 깜깜해졌다. 눈물이 그의 뺨을 타고 흘러내렸다. 하늘을 올려다보니 거기도 온통 깜깜했다. 파멸과 죽음이 모든 것을 덮어 버린다고 그는 생각했

13 펀치와 그의 아내 주디를 주요 인물로 구성한 전통 인형극.

다. 구더기들이 우리를 먹어 치운다.

생각건대 이제 해와 달의
거대한 일식이 일어나고
공포에 질린 지구가 입을 벌리리니 ——[14]

그가 이렇게 말했을 때, 흐릿한 별 하나가 그의 기억에 떠올랐다. 어두운 밤이었다. 칠흑같이 깜깜한 밤이었다. 하지만 바로 이런 밤을 그들은 기다려 왔다. 이런 밤에 달아나기로 계획했던 것이다. 그는 모든 것을 기억했다. 때가 온 것이다. 별안간 솟구친 열정에 그는 사샤를 끌어당기며 그녀의 귀에 〈*Jour de ma vie*(내 인생의 빛)〉라고 속삭였다. 그것이 그들의 신호였다. 한밤중에 그들은 블랙프라이어스 근방의 여관에서 만날 터였다. 거기서 말들이 기다리고 있었다. 달아날 만반의 준비가 되어 있었다. 이렇게 그들은 헤어져 그녀는 그녀의 텐트로 갔고, 그는 그의 텐트로 갔다. 아직 한 시간가량 남아 있었다.

자정이 되기 한참 전부터 올랜도는 기다리고 있었다. 먹물처럼 새까만 어둠이 깔린 밤이어서 누가 코를 베어 가도 모를 정도로 깜깜한 밤이었다. 그것은 무조건 다행스러운 노릇이었다. 하지만 더없이 엄숙한 정적이 감돌아 1킬로미터 떨어진 곳에서 나는 말발굽 소리나 어린애의 울음소리도 들릴 정도였다. 올랜도는 자그마한 안뜰에서 서성거리며 자갈길

14 셰익스피어의 「오셀로」 제5막 제2장의 대사.

에서 규칙적으로 들려오는 말발굽 소리나 어떤 여자의 바스
락거리는 치맛자락 소리에 여러 차례 가슴을 졸였다. 하지만
가까이 다가온 사람은 밤늦게 집으로 돌아가는 상인이거나
그리 순진하지 않은 일로 집을 나서는 여자였다. 그들이 지
나가자 거리는 한층 더 고요해졌다. 그러고 나자 도시 빈민
들이 옹기종기 모여 사는 지역의 작은 집들 아래층에서 새어
나오던 불빛이 침실로 올라갔고, 이어 하나둘 꺼졌다. 인근
의 가로등은 기껏해야 두세 개뿐이었는데, 게으른 야경꾼이
새벽이 되기 한참 전에 불빛이 꺼지도록 내버려 두는 일도
종종 있었다. 그러면 어둠은 전보다 더 깊어졌다. 올랜도는
손전등의 심지를 바라보고 안장의 뱃대끈을 살펴보고 권총
의 화약을 재웠다. 신경 써야 할 일을 더 이상 찾을 수 없을
때까지 이런 일들을 적어도 열두 번은 되풀이했다. 자정까지
는 아직 20분 정도 남아 있었지만 그는 여관 응접실로 들어
갈 수 없었다. 여관 안주인은 아직도 선원 몇몇에게 셰리주
와 값싼 카나리아 와인을 팔고 있었고, 선원들은 거기 앉아
노래를 불러 대며 드레이크 제독과 호킨스 제독, 그렌빌 제
독[15]에 대한 얘기를 늘어놓다가 의자에서 굴러떨어져 모래
깔린 바닥에서 그대로 곯아떨어졌다. 맹렬하게 뛰는 그의 벅
찬 가슴에 어둠은 더욱 자애롭게 느껴졌다. 그는 모든 발소
리에 귀를 기울였고 온갖 소리에 어림짐작을 해보았다. 술

15 프랜시스 드레이크Francis Drake(1545~1596)는 해적 출신으로 스
페인 무적함대를 물리쳤고, 존 호킨스John Hawkins(1532~1595)와 리처드
그렌빌Richard Grenville(1542~1591) 역시 무적함대를 격파한 영웅이다.

취한 사람의 고함이나, 밀짚에 누워 신음하는 소리, 다른 고통을 겪는 불쌍한 사람들이 울부짖는 소리가 들릴 때마다 그의 모험에 나쁜 징조를 암시하는 양 그의 폐부를 날카롭게 찔렀다. 하지만 사샤에 대해서는 아무 걱정도 없었다. 용감하게도 그녀는 이 모험을 아무렇지 않게 여겼다. 그녀는 남자처럼 부츠를 신고 망토와 바지 차림으로 혼자 올 것이다. 그녀의 발걸음은 워낙 가벼워 이 고요한 정적 속에서도 거의 들리지 않을 것이다.

그래서 그는 어둠 속에서 기다렸다. 갑자기 무언가가 그의 얼굴을 부드러우면서도 묵직하게 내리쳤다. 그는 기대감에 부풀어 잔뜩 긴장하고 있었기에 깜짝 놀라 칼을 움켜잡았다. 그는 이마와 뺨을 열두 번이나 세차게 얻어맞았다. 메마른 한파가 아주 오래 지속되었기 때문에 1분이 지나서야 그것이 빗방울이라는 것을 깨달을 수 있었다. 빗방울이 얼굴을 내리친 것이다. 처음에는 빗방울이 천천히, 유유히, 하나씩 떨어졌다. 그러나 여섯 개의 빗방울이 이내 60개가 되었고 그러고는 6백 개가 되었고 그러다가 끊임없이 분출하듯 쏟아져 내렸다. 마치 단단하게 굳은 하늘이 풍부하게 넘치는 샘물을 쏟아붓는 듯했다. 5분이 지나자 올랜도는 온몸이 흠뻑 젖었다.

급히 말들에 덮개를 씌운 뒤 그는 여관 문의 상인방(上引枋) 밑에서 비를 피했다. 거기서도 앞뜰을 바라볼 수 있었다. 이제 대기는 안개로 자욱해졌다. 폭우가 쏟아지면서 김이 피어오르고 빗소리가 요란하게 울려 사람이나 동물의 발소리는 들리지 않았다. 큰 구멍이 파인 길들은 곧 물에 잠겨서 지나다닐 수 없게 될 것이다. 그러나 이런 날씨의 변화가 그들의 도주에 어떤 영향을 미칠지에 대해 그는 거의 생각하지 않았다. 그의 신경은 온통 사샤가 오는지 보려고 등불 빛에 흐릿하게 빛나는 자갈 깔린 길을 뚫어지게 바라보는 데 쏠려 있었다. 때로 어둠 속에서 장대 같은 비를 맞고 있는 그녀의 모습이 보이는 것 같았다. 그러나 그 환영은 사라졌다. 갑자기 무시무시하고 불길한 소리로, 올랜도의 영혼 속 고뇌로 머리칼을 곤두서게 만든 공포와 경악에 찬 소리로, 세인트 폴 성당의 시계가 자정의 첫 번째 종을 울렸다. 종소리는 무자비하게 네 번이나 더 울렸다. 연인들이 쉽게 빠지는 미신적 예감으로 그는 사샤가 여섯 번째 종소리와 함께 나타날 것이라고 믿었다. 그러나 여섯 번째 종소리의 메아리가 사라졌고, 일곱 번째 종소리가 울리고, 여덟 번째 종소리가 울렸다. 근심에 찬 그의 마음에 그 소리는 죽음과 재앙을 예고하고, 그런 다음 선언하는 소리처럼 들렸다. 마침내 열두 번째 종소리가 울렸을 때 그는 자신의 운명이 결정되었음을 알았다. 그녀가 늦을지도 모른다, 방해를 받았을지도 모른다, 길을 잃었을지도 모른다. 이렇게 합리적인 마음을 먹고 이성적으로 따져 봐야 아무 소용도 없었다. 올랜도의 열정적이고 다감한 마음은 진실을 알고 있었다. 다른 시계들도 하나씩 쨍그랑 소리를 울려 퍼뜨렸다. 그녀의 기만과 그의 굴욕을 알리는 종소리가 온 세상에 울리는 것 같았다. 그의 마음 한 구석에 웅크리고 있던 오래된 의혹이 숨어 있던 곳에서 밖으로 튀어나왔다. 뱀들이 튀어나와 그를 깨물었는데, 뒤에 나온 뱀이 앞서 나온 것보다 더 지독했다. 그는 폭우가 쏟아지는 가운데 문간에 서서 꼼짝도 하지 않았다. 몇 분이 지나자 그의 무릎이 약간 처졌다. 폭우는 계속 쏟아져 내렸다. 그 와중에 커다란 대포 소리가 울린 것 같았다. 참나무들이 쪼개지고 찢겨 나가는 듯 굉음이 들려왔다. 또 거친 함성과 사람 소리 같지 않은 끔찍한 신음 소리가 들렸다. 그러나 올랜도는 세인트 폴 성당의 시계가 2시를 알릴 때까지 꼼짝 않고 서 있었다. 그러고 나서는 이빨을 모두 드러내며 지독히도 자조적으로 〈내 인생의 빛!〉이라고 외치면서 등불을 내동댕이치고 말에 올라 어딘지 모를 곳으로 달렸다.

이미 이성적으로 판단할 수 있는 단계는 넘었으므로, 그를 바다 쪽의 강둑으로 몰아간 것은 어떤 맹목적인 본능이었을 것이다. 평소와 달리 갑자기 동이 트더니 하늘이 흐릿한 노란색으로 물들고 빗줄기가 거의 멎었을 때, 그는 자신이 와핑 너머의 템스 강둑에 있음을 알게 되었다. 이제 그의 눈에 더없이 특이한 광경이 들어왔다. 세 달이 넘도록 절대로 변하지 않을 듯 돌처럼 두껍고 단단한 얼음이 깔려 있고 그 위에 화려한 도시가 세워져 있던 곳에 누르스름한 물살이 거칠게 요동치고 있었다. 밤사이 강이 풀린 것이다. 마치 저 밑의 화산 지대에서 유황이 샘처럼 솟구쳐 올라(많은 철학자들이 이런 견해로 기울었다) 얼음을 맹렬하게 깨뜨리고 거대한 얼음덩어리들을 사납게 휩쓸어 가는 듯했다. 그 물결을 바라보기만 해도 어찔어찔했다. 물살이 격렬하고 혼란스럽게 요동쳤다. 강은 온통 빙산으로 뒤덮여 있었다. 어떤 빙산은 볼링장만큼 넓고 집채만큼 높았다. 모자만 한 빙산도 있었는데, 대부분 기이하게 빙빙 돌며 흘러갔다. 이따금 얼음덩어리들이 무리 지어 흘러가며 앞을 가로막는 것들을 모두 가라앉혔다. 강물은 극심한 고통에 시달리는 뱀처럼 빙빙 돌고 소용돌이치면서 얼음덩어리들 사이로 돌진하며 얼음덩어리들을 이쪽저쪽 강둑으로 내던지는 것 같았다. 얼음덩어리가 잔교와 기둥에 부딪히는 소리가 크게 들려왔다. 그러나 가장 끔찍하고 무서운 공포를 일으키는 광경은, 간밤에 빙판 위에 갇혀 있다가 이제 말할 수 없이 괴로운 심정으로 빙빙 도는 위험한 얼음 섬에서 서성거리는 사람들이었다. 물살에 뛰어들든 얼음 위에 그대로 있든 그들의 운명은 의심할 수 없었다. 때로 이처럼 가여운 사람들이 떼를 지어 함께 떠내려왔는데, 일부는 무릎을 꿇고 있었고 또 아기에게 젖을 먹이는 사람들도 있었다. 한 노인은 성서를 큰 소리로 읽고 있는 것 같았다. 조금 지나서 한 사람이 그의 좁은 집에 홀로 걸터앉아 떠밀려 왔는데, 그의 운명이 가장 끔찍했다. 사람들이 바다로 휩쓸려 가는 동안 누군가는 헛되이 도움을 청하는 소리를 질렀고, 과거의 행실을 고치겠다고 미친 듯이 약속하거나, 자신의 죄를 고백하고 하느님이 기도를 들어주신다면 교회제단에 재산을 바치겠다고 맹세했다. 공포에 질려 어리둥절한 얼굴로 꼼짝 않고 앉아서 말없이 앞을 뚫어지게 응시하는 사람들도 있었다. 옷차림으로 판단하건대 뱃사공이나 우편배달부인 젊은이들 한 무리가 허세를 부리는 듯 술집에서 부르는 외설적인 노래를 고래고래 소리쳐 불렀고, 어느 나무에 부딪혀서는 불경스러운 말을 내뱉으며 물속으로 가라앉았다. 가장자리에 모피를 댄 가운과 황금 목걸이로 보건대 귀족이 분명한 한 노인은 아일랜드 반역자들에게 복수해야 한다고 소리 지르며 올랜도가 서 있던 곳에서 멀지 않은 곳의 물속에 빠졌다. 아일랜드인들이 이런 극악무도한 짓을 저질렀다고 그는 마지막 숨으로 외쳤다. 은주전자나 다른 귀중품을 가슴에 끌어안고 죽는 사람들도 많았다. 적어도 스무 명이 넘는 불쌍한 인간들은 자신들의 탐욕 때문에 익사했다. 황금 술잔이 굴러떨어지거나 자기 눈앞에서 떠내려가는 모피 가운을 그냥 내버려 두지 못하고 강둑에서 물속으로 뛰어들었던 것이다. 가구와 귀중품, 갖가지 소유물이 빙산에 실려 떠내려갔다. 온갖 희한한 광경 가운데 새끼에게 젖을 먹이는 고양이도 볼 수 있었고, 20명분의 저녁 식사가 호화롭게 차려진 식탁과 침대에 누워 있는 남녀, 그뿐 아니라 어마어마한 수의 조리 기구도 있었다.

너무 큰 충격을 받은 나머지 어안이 벙벙해서 올랜도는 한동안 꼼짝도 하지 못하고 옆에서 사납게 흘러가는 물결의 무서운 질주를 바라보기만 했다. 이윽고 정신을 차린 그는 말에 박차를 가하며 강둑을 따라 바다 쪽으로 힘껏 달려갔다. 굽은 강줄기를 돌자 이틀 전만 해도 각국 대사들의 배들이 얼어붙어 움직일 수 없었던 유역의 맞은편에 이르렀다. 그는 황급히 배들을 살펴보았다. 프랑스 배와 스페인 배, 오스트리아 배, 터키 배. 프랑스 배는 계류장에서 풀려났고, 터키 배는 뱃전이 찢어져서 물이 빠르게 들어차고 있었지만, 그래도 모든 배들이 아직은 물에 떠 있었다. 그러나 러시아 배는 어디서도 보이지 않았다. 순간 올랜도는 그 배가 물에 잠겨 가라앉은 게 분명하다고 생각했다. 그러나 등자에 발을 얹은 채 몸을 곧추세우고 매와 같은 눈 위에 손으로 그늘을 드리운 후 멀리 바라보자, 수평선에 떠 있는 배 한 척이 시야에 들어왔다. 그 배의 큰 돛대에서 검은 독수리가 휘날리고 있었다. 모스크바 대사의 배가 앞바다로 나아가고 있었다.

재빨리 말에서 뛰어내린 그는 미친 듯이 화가 나서 물살을 헤치고 나아갈 듯이 뛰어들었다. 무릎까지 물에 잠긴 그는 그 믿을 수 없는 여자에게 그녀의 성(性)이 늘 받아 온 온갖 모욕적인 욕설을 퍼부었다. 신의 없고, 지조 없고, 변덕스럽고, 악마이자 화냥년이고, 사기꾼이라고 그는 소리쳤다. 빙빙 소용돌이치는 물결이 그의 말을 삼키더니 부서진 항아리와 지푸라기를 그의 발치에 내던졌다.

제2장

이제 전기 작가는 한 가지 어려움에 봉착하게 되었는데, 그것에 대해 얼버무리고 넘어가기보다는 솔직하게 고백하는 편이 나을 듯싶다. 올랜도의 생애를 서술하면서 지금까지는 개인적인 문서와 역사적 자료들 덕분에 전기 작가는 첫 번째 의무를 수행할 수 있었다. 그 의무란 지워질 수 없는 진실의 족적을 따라 좌고우면하지 않고 터벅터벅 걷는 것이고, 길가의 꽃에 유혹되지 않고 그늘을 탐하지 않으며 우리가 무덤에 털썩 떨어져서 머리 위의 비석에 〈끝〉이라고 쓸 때까지 끊임없이 체계적으로 그 길로 나아가는 것이다. 이제 우리가 마주칠 사건은 바로 우리의 길을 가로막고 있기에 무시할 수 없다. 하지만 그 사건은 비밀스럽고 불가사의하며 문서화되어 있지 않아서 설명할 길이 없다. 그것을 해석하려면 여러 권의 책을 쓸 수도 있고, 그것의 진정한 의미에 입각하여 종교적 체계를 세울 수도 있겠다. 우리의 소박한 의무는 오로지 알려진 대로 사실을 기술하고, 독자가 자기 마음대로 해석하도록 내버려 두는 것이다.

혹한과 홍수로 수천 명의 사망자가 발생하고 올랜도의 희망이 완전히 사라진 — 그는 당대 최고 귀족들의 눈 밖에 나 궁정에서 추방되었다. 아일랜드의 데즈먼드 가문이 격노한 것은 당연했고, 국왕은 이미 아일랜드 사람들과의 관계에 골치 아픈 일이 많이 있었으므로 이 사건을 덧붙이고 싶어 하지 않았다 — 그 불운한 겨울이 지나고 여름이 되어, 올랜도는 시골의 자기 저택으로 물러나서 철저히 고독하게 살았다. 그러던 어느 6월 아침 — 18일로 토요일이었는데 — 그가 늘 일어나던 시간에 깨어나지 않았다. 시종이 그를 깨우러 갔을 때 그는 곤히 자고 있었다. 어떻게 해도 그를 깨울 수 없었다. 그는 혼수상태에 빠진 듯이 누워 있었고, 숨을 쉬고 있는지 어떤지도 감지할 수 없었다. 개들을 그의 방 창문 아래 데려다 짖게 하고 심벌즈와 북, 딱따기를 그의 방에서 끊임없이 두들겨 대고 그의 베개 밑에 가시금작화 가지를 끼워 넣고 그의 발에 겨자씨 고약을 붙였지만, 그는 꼬박 7일간 깨어나지 않았고, 음식도 먹지 않았고, 살아 있는 징후를 전혀 보이지 않았다. 7일째 되는 날 그는 평소 일어나던 시간(정확히 말하면 8시 15분 전)에 깨어났고, 아우성치는 부인네들과 마을의 점쟁이 패거리들을 자기 방에서 몰아냈다. 지극히 당연한 일이었다. 그런데 희한한 사실은 그는 자신이 혼수상태에 빠졌던 것을 전혀 알지 못하는 듯 보였고, 마치 하룻밤의 잠에서 깨어난 듯 옷을 입고 자기 말을 대기시켰다는 것이다. 하지만 그의 두뇌 어딘가에서 어떤 변화가 일어났음이 분명하다고 여겨졌다. 그의 행동은 더할 나위 없이 합리적이고 전보다 더 진중하고 차분해 보였지만, 지난 시절을 또렷하게 기억하지 못하는 것 같았기 때문이다. 사람들이 혹한이나 스케이팅, 축제에 대해 얘기하면 그는 귀를 기울였지만 자신이 직접 목격했다는 징후를 전혀 보이지 않았고, 그저 구름을 밀어내려는 듯이 손으로 이마를 쓸어 낼 뿐이었다. 지난 여섯 달 동안의 사건들이 화제에 오를 때면 그는 오래전에 지나간 시절의 혼란스러운 기억 때문에 애를 먹는 듯이, 혹은 누군가 그에게 들려준 이야기를 기억해 내려고 애쓰는 듯이, 괴로워 보이기보다는 어리둥절한 표정이었다. 러시아나 공주 혹은 배가 언급되면 그는 왠지 모르게 불안하고 우울한 기분에 빠져들어 자리에서 일어나 창밖을 내다보거나 개를 부르고, 혹은 칼을 들고 삼나무 조각을 깎기 시작했다. 그러나 당시 의사들은 지금보다 더 현명하지 않았으므로 휴식과 운동, 단식과 영양 섭취, 교제와 고독을 처방했고, 온종일 침대에 누워 있어야 한다고 권유하거나 점심 식사와 저녁 식사 사이에 말을 타고 40마일을 달려야 한다고 했고, 늘 그렇듯이 진정제와 자극제를 동시에 처방하면서 아침에 깨어날 때는 도롱뇽의 침으로 만든 우유 술을 마시고, 잠자리에 들 때는 공작새의 담즙을 한 모금 마시라고 자기들 마음 내키는 대로 다양하게 처방한 뒤 그를 내버려 두면서, 그가 일주일 간 잠을 잔 것이라는 의견을 내놓았다.

그러나 그가 잠을 잔 것이라면 그 잠은 대체 어떤 속성을 가진 것이냐고 우리는 묻지 않을 수 없다. 그 잠은 더없이 괴로운 기억들, 인생을 영원히 망쳐 버릴 듯한 사건들을 검은 날개로 비벼서 그 쓰라림을 떨어내고 그것들을, 가장 추악하고 비열한 사건까지도, 윤기와 작열하는 빛으로 아름답게 꾸며 주는 최면이자 치유책이었을까? 인생의 격동이 우리를 산산조각 내지 않도록 죽음의 손가락이 이따금 그 격동 위에 얹혀야 하는 것일까? 우리는 매일매일 죽음을 소량씩 섭취해야 하는 존재이고, 그러지 않으면 살아가는 일을 지속할 수 없도록 만들어진 것일까? 그렇다면 우리의 가장 은밀한 곳까지 파고들어 우리가 가장 소중하게 간직한 것들을 바라지 않는데도 변화시키는 그것은 어떤 신비로운 힘을 가지고 있을까? 극심한 고통으로 지쳐 버린 올랜도가 일주일간 죽었다가 다시 살아난 것일까? 만일 그렇다면 죽음의 본질은 무엇이고, 삶의 본질은 무엇인가? 이런 질문에 대한 답을 얻으려고 30분 넘게 기다렸지만 아무 답도 나오지 않으니 이야기를 계속해 가자.

이제 올랜도는 극도의 고독한 생활에 빠져들었다. 그가 궁정에서 얻은 불명예와 그 자신의 격렬한 비탄이 그 이유였다. 하지만 그는 스스로를 변호하려 들지 않았고, (기꺼이 방문해 주었을 친구가 많았지만) 어느 누구도 초대하지 않았기에, 자기 조상들의 방대한 저택에서 홀로 지내는 것이 그의 기질에 맞는 것 같았다. 고독은 그의 선택이었다. 그가 어떻게 시간을 보냈는지 아무도 알지 못했다. 그가 최대한 많이 고용했던 하인들은 대개 빈방의 먼지를 털거나 아무도 잠자지 않는 침대들의 침대보를 반듯하게 정리하는 일로 하루하루를 보냈다. 하지만 어두운 밤에 그들이 케이크와 에일 맥주를 놓고 둘러앉아 노닥거리던 때, 그들은 회랑을 따라가던 불빛 하나가 연회실을 지나서 층계를 오르고 침실로 들어가는 것을 지켜보았고, 자신들의 주인이 온 집안을 홀로 배회하고 있음을 알았다. 누구도 감히 그를 따라가지 않았다. 그 저택에는 온갖 유령들이 출몰했을 뿐만 아니라, 저택의 규모가 워낙 어마어마해서 길을 잃기 십상이었고, 어떤 비밀 계단에 굴러떨어지거나 어떤 문을 열었다가 바람이 불어와 닫혀 버리면 영원히 갇힐 수 있기 때문이었다. 이런 사건들이 심심치 않게 일어났다는 것은 몹시 고통스러운 자세로 죽은 사람과 동물의 해골이 빈번히 발견되면서 확인할 수 있었다. 그래서 불빛이 완전히 사라지면 가정부 그림스디치 부인은 목사인 더퍼 씨에게 주인어른이 나쁜 사고를 당하지 않으셨으면 좋겠다고 말했다. 더퍼 씨는 주인이 남쪽으로 반 마일 떨어진 빌리아드 테이블 코트의 예배당에서 자기 조상들의 무덤들 사이에 무릎 꿇고 있음이 분명하다는 의견을 제시했다. 주인의 양심에 걸리는 죄가 있기 때문이라고 더퍼 씨는 염려했다. 그 말에 그림스디치 부인은 많은 사람들이 거의 다 그렇다고 조금 날카롭게 쏘아붙였고, 스튜클리 부인과 필드 부인, 옛 보모인 카펜터는 모두 목소리를 높여 주인 나리를 칭찬했다. 마부들과 집사들은 저토록 훌륭한 귀족이 여우 사냥을 나가거나 사슴을 추격할 수 있는데도 침울하게 집 안에서 서성이는 것을 보려니 한없이 안타깝다며 힘주어 말하곤 했다. 심지어 어린 세탁부나 부엌데기인 주디와 페이스도 큰 맥주잔과 케이크를 돌리면서 주인 나리의 친절한 행위를 큰 소리로 증언했다. 주인 나리보다 더 친절한 신사는 어디에도 없었다. 머리에 꽂을 리본 매듭이나 꽃다발을 사는 데쓸 작은 은화를 주인 나리처럼 아낌없이 나눠 주는 신사도 없었다. 심지어 그들이 기독교도로 개종시킬 생각으로 그레이스 로빈슨이라 불렀던 흑인 여자도 그들의 의도를 알아차리고는 주인 나리가 잘생기고 유쾌하며 멋진 신사라는 데 동의한다는 듯 그녀가 할 수 있는 유일한 방법으로 이빨을 드러내며 활짝 웃었다. 간단히 말해서, 그의 하인들과 하녀들 모두 그를 대단히 존경했고, 그들의 주인을 이런 곤경에 빠뜨린 외국 공주(그들은 이보다 더 상스러운 말로 불렀다)를 저주했다.

그러나 더퍼 씨가 주인 나리를 찾으러 나설 필요가 없도록 주인이 무덤들 사이에서 안전하게 계실 거라고 말한 것은 겁이 많거나 뜨거운 에일 맥주를 좋아했기 때문이겠지만, 그의 예상은 과히 틀리지 않았을 수도 있다. 이제 올랜도는 죽음과 부패를 생각하며 기이한 즐거움을 느꼈던 것이다. 그는 양초를 손에 들고 긴 화랑과 무도회장을 배회하며 그가 발견할 수 없는 어떤 사람과의 유사성을 찾아내려는 듯 초상화를 하나씩 하나씩 찬찬히 바라보고 나서, 예배당의 가족석으로 올라가 몇 시간 동안 문장이 그려진 깃발이 흔들거리는 것을 바라보았고, 박쥐나 박각시나방이 움직이는 대로 흔들리는 달빛을 바라보며 벗 삼았다. 그러나 이런 것만으로는 충분하지 않았기에 그는 열 세대에 걸친 조상들의 관이 층층이 쌓여 있는 지하실로 내려갔다. 그곳을 찾는 사람이 거의 없다

보니 쥐들이 관 속을 마음대로 드나들어서 이제 그가 걸음을 옮기다 보면 누군가의 대퇴골이 망토에 걸렸고, 발밑에서 구르던 늙은 맬리스 경의 두개골이 부서졌다. 그곳은 무시무시한 무덤이었다. 정복자 윌리엄과 함께 프랑스에서 온 그의 집안의 초대 귀족이 저택 밑을 깊이 파서 만든 무덤이었다. 온갖 부귀영화 밑에는 부패가 도사리고 있고, 육체 밑에는 해골이 있고, 그 위에서 춤추고 노래하는 우리는 저 밑에 누워야 하고, 진홍색 벨벳이 먼지로 변하고, 저 반지(이쯤에서 올랜도는 등불을 내려 구석에 떨어져 있는 보석이 빠진 황금 반지를 집어 들었다)는 루비가 떨어져 나갔고, 반짝이는 눈이 더는 빛나지 않는다는 것을 입증하고 싶었던 듯이.「이 군주들에게서 남은 것이라곤 하나도 없군.」올랜도는 봐줄 만한 감상에 빠져 조상들의 지위를 한껏 과장하며 이렇게 말하곤 했다.「손가락 하나 빼곤 말이지.」그는 해골의 손을 잡고 관절을 이리저리 돌려 보았다.「이건 누구의 손이었을까?」그는 계속해서 물음을 이어 갔다.「오른손인가, 왼손인가? 여자의 손일까, 남자의 손일까? 노인일까, 젊은이일까? 이 손은 군마(軍馬)를 재촉하며 몰았을까, 바늘을 부지런히 놀렸을까? 장미꽃을 뜯었을까, 차가운 총칼을 움켜잡았을까? 아니면…….」그러나 이 부분에서 상상력이 부족했든지, 아니면 좀 더 그럴듯하게 설명하자면, 손으로 할 수 있는 일이 너무 많이 생각났기 때문인지, 그는 그의 버릇대로 창작의 가장 기본 원칙인 삭제 때문에 몸을 사렸다. 그래서 그 손을 다른 뼈들 위에 내려놓으면서, 이런 주제에 대해서는 노리치의 의

사이자 작가인 토머스 브라운[16]이 놀랍도록 흥미로운 글을 썼다고 생각했다.

등불을 들고 뼈들이 제대로 정돈되었는지 살펴본 뒤에(올랜도는 낭만적인 성향이기는 했지만, 유별나게 꼼꼼해서 조상의 두개골은 고사하고 바닥에 떨어진 실뭉치도 보기 싫어했으므로) 그는 기이하게도 우울한 심정으로 다시 화랑을 배회하며 초상화들 사이에서 뭔가를 찾으려 했고, 마침내 어떤 무명 화가가 그린 네덜란드의 설경을 보고는 발작적으로 울음을 터뜨리며 걸음을 멈췄다. 이럴 때면 인생이 더 이상 살만한 가치가 없는 것 같았다. 그는 자기 조상들의 해골과 인생이 무덤 위에 세워져 있다는 깨달음도 다 잊은 채 거기 서서 몸을 떨며 흐느꼈다. 오로지 러시아 바지 차림에 눈초리가 치켜 올라가고 입술은 뾰족 내민 채 진주 목걸이를 목에 건 여자에 대한 욕망 때문이었다. 그녀는 가버렸다. 그를 버리고 떠난 것이다. 다시는 그녀를 보지 못할 것이다. 그래서 그는 흐느껴 울었다. 그리고 나선 자기 방으로 돌아갔다. 그림스디치 부인은 창문에 어리는 불빛을 보다가 술잔을 입에서 떼고 주인님이 안전하게 침실로 돌아가셨다며 하느님에게 감사를 드렸다. 그가 잔혹하게 살해되었을지도 모른다고 내내 걱정했던 것이다.

올랜도는 의자를 탁자 쪽으로 끌어당겨 앉았다. 그러고는

16 Thomas Browne(1605~1682). 울프가 대단히 찬탄했고 에세이에서 종종 언급한 의사로서 저서로는 종교와 과학이 대립하는 시대에 종교적 신념을 서술한『의사의 종교』(1635)와 매장 형식을 논하면서 생사관을 피력한『호장론』(1658)이 있다.

토머스 브라운 경의 저서를 펼치고, 그 의사의 가장 길고 경이롭게 비틀어진 사고의 섬세한 표현을 살펴보았다.

이런 문제에 대해서는 전기 작가가 자세히 진술해 봐야 유익할 리 없겠지만, 독자의 역할을 잘 수행하면서 여기저기 흩어진 몇 안 되는 암시에서 살아 숨 쉬는 한 인물의 전체적인 윤곽과 영역을 그려 내고, 아주 은밀한 속삭임에서 살아 있는 목소리를 듣고, 종종 아무 언급이 없을 때도 그가 어떤 모습이었는지 정확히 보고, 지침이 될 만한 말 한마디 없어도 그가 무슨 생각을 했는지 정확히 짐작할 수 있는 사람들 — 바로 이와 같은 독자를 위해서 우리는 글을 쓰는데 — 이런 독자의 눈에는 올랜도가 다양한 기질이 묘하게 혼합된 인물로 선명히 드러날 것이다. 그에게는 우울함, 나태함, 열정, 고독을 즐기는 기질이 뒤섞여 있었다. 이 책의 첫 장에서 그가 죽은 흑인의 머리에 칼을 휘두르다 떨어뜨리자 정중하게 손이 닿지 않는 곳에 다시 매달고 창가에 가서 책을 보았을 때 보여 준 뒤틀리고 미묘한 기질은 말할 것도 없다. 책을 좋아하는 성향은 어린 시절부터 드러났다. 한밤중에도 책을 읽고 있는 어린 그를 시종이 종종 발견하곤 했다. 책을 읽지 못하게 촛불을 치우면 개똥벌레를 키워 빛을 밝히려 했다. 다시 개똥벌레를 치우자 그는 부싯돌로 불을 붙여 온 집 안을 태울 뻔했다. 실크의 주름을 펴서 거기 함축된 의미를 드러내는 일은 소설가에게 맡기고 간단명료하게 말하자면, 그는 문학에 대한 사랑으로 괴로워하는 귀족이었다. 당대의 많은 사람들, 더욱이 그처럼 신분이 높은 사람들은 그런 사랑에 감염되지 않았고, 자기들 뜻대로 자유롭게 달리거나 말을 타거나 사랑을 나누었다. 하지만 어떤 사람들은 그리스 신화의 낙원에 피는 아스포델의 꽃가루를 먹고 자란 벌레에 일찌감치 감염되었다. 그리스와 이탈리아에서 퍼져 나온 그 벌레는 극히 치명적인 속성을 갖고 있어서 한 대 치려고 치켜든 손을 떨리게 하고, 사냥감을 찾으려는 눈을 흐리게 하고, 사랑을 고백하려는 혀를 더듬거리게 한다. 이 질병의 치명적인 속성은 현실을 환상으로 대치하는 것이라서, 행운의 여신이 베풀어 준 온갖 선물들 — 가령 접시라든가 리넨, 저택, 남자 하인, 카펫, 침대 — 을 풍족하게 누리던 올랜도가 책을 펼치기만 하면 이 어마어마한 재산이 모두 안개로 변해 버리곤 했다. 9에이커에 달하는 그의 석조 저택이 사라졌다. 150명에 달하는 저택의 하인들도 사라졌다. 여든 마리의 말도 보이지 않았다. 카펫과 소파, 화려한 장신구, 도자기, 접시, 양념 통, 대개 금박을 입힌 신선로 냄비와 다른 가재도구도 독기가 퍼지면 바다 안개가 증발하듯 사라져 버렸다. 그리하여 올랜도는 실오라기 하나 걸치지 않은 맨몸으로 홀로 앉아 책을 읽곤 했다.

이제 고독하게 살아가다 보니 그 질병은 신속히 그를 잠식해 들어갔다. 그가 밤늦도록 여섯 시간 내리 책을 읽는 때도 자주 있었다. 가축 도살이나 밀 수확에 대한 지시를 받으려고 하인들이 방에 들어오면 그는 읽고 있던 큰 책을 밀어 놓고 그들이 무슨 말을 하는지 도통 모르겠다는 듯 멍한 표정을 지었다. 이는 매우 심각한 일이어서 매사냥꾼 홀과 마부 가일스, 가정부 그림스디치 부인, 목사 더퍼 씨는 안타까워했다. 저런 멋진 신사는 책을 읽을 필요가 없다고 그들은 말했다. 책은 중풍에 걸린 사람이나 죽어 가는 사람들에게 주라고 그들은 말했다. 그런데 더 나쁜 일이 기다리고 있었다. 일단 독서의 질병이 잠식해 들어가면 몸이 너무나 쇠약해져서, 잉크병에 숨어 있고 깃털 펜에서 곪아 가는 치명적 병균의 손쉬운 먹잇감이 되어 버린다. 가여운 인간이 글을 쓰는 데 빠져드는 것이다. 이것은 가진 것이라고는 비가 새는 지붕 아래 놓인 의자와 탁자뿐이라서 결국 잃을 것이 많지 않은 가난한 사람에게도 나쁜 일이지만, 여러 채의 저택과 가축, 하녀, 당나귀와 리넨을 소유하고 있으면서도 글을 쓰려는 부자의 고충은 가련하기 그지없다. 그 모든 재산을 향유하는 즐거움이 달아나 버린다. 그는 뜨거운 쇳덩이에 난타당하고 해충에 뜯긴다. 작은 책 한 권을 쓰고 유명해질 수 있다면, 가지고 있는 마지막 동전 한 푼까지도(그 세균의 악성은 이 정도로 지독하다) 내놓을 것이다. 하지만 페루의 금을 모두 내놓아도 보석처럼 우아한 시 한 줄도 얻지 못할 수 있다. 그래서 그는 폐결핵에 걸려 앓아눕거나 자기 머리통을 권총으로 쏴버리고 혹은 돌아누워 벽만 바라본다. 그가 어떤 자세로 목격되든 그것은 중요하지 않다. 그는 죽음의 문턱을 넘었고, 지옥의 불꽃을 경험한 것이다.

다행히 올랜도는 강인한 체질이어서 그 질병은 (곧 밝힐 이유로 인해) 수많은 그의 동료들을 부숴 버렸듯이 그를 깨뜨리지는 못했다. 그러나 이후의 사건에서 드러나듯이 그도 깊은 고통을 받았다. 토머스 브라운 경의 책을 한 시간 가량 읽고 나서 수사슴이 울부짖는 소리와 야경꾼이 질러 대는 소리를 통해 밤이 깊었고 모두 안전하게 잠들었음을 확인한 후, 그는 방을 가로질러 주머니에서 은으로 만든 열쇠를 꺼내 구석에 서 있는 큰 상감 세공 캐비닛을 열었다. 그 안에 50개가량의 삼나무 서랍이 있었는데, 각각에 올랜도의 필체로 말끔하게 글씨가 적힌 종이가 붙어 있었다. 그는 어느 서랍을 열어야 할지 망설이는 듯 멈춰 섰다. 어떤 서랍에는 〈아약스[17]의 죽음〉이라고 적혀 있었고, 다른 서랍에는 〈피라무스의 탄생〉, 또 다른 서랍에는 〈아울리스의 이피게네이아〉, 또 다른 서랍에는 〈히폴리투스의 죽음〉, 또 다른 서랍에는 〈멜레아그로스〉, 또 다른 서랍에는 〈오디세우스의 귀향〉이라고 적혀 있었다. 인생의 위기에 처한 신화적 인물의 이름이 적히지 않은 서랍은 거의 없었다. 서랍마다 올랜도의 필체로 쓰인 상당한 분량의 원고가 들어 있었다. 사실 올랜도는 이렇게 여러 해 동안 크나큰 고통을 받았던 것이다. 올랜도는 사과를 달라는 소년보다 더 간절히 종이를 달라고 요청했다. 사탕을 달라는 소년보다 더 간절하게 잉크를 요청했다. 그는 사람들이 대화를 나누거나 게임을 하는 곳에서 슬그머니 물러나, 신부의 비밀 은신처나 어머니의 침실 뒤 벽장 커튼 뒤로 몸을 숨겼다. 바닥에 큰 구멍들이 파여 있고 찌르레기의 똥 냄새가 지독한 곳에서 한 손에는 잉크병을, 다른 손에는 펜을 들고 무릎에는 두루마리를 펼쳐 놓았다. 그렇게 해서 스물다섯 살이 되기 전에 약 마흔일곱 편의 희곡과 사극, 로

17 그리스 신화에 등장하는 트로이 전쟁 때의 영웅.

맨스, 시를 썼다. 산문으로 된 글도 있었고 운문으로 쓴 글도 있었으며, 프랑스어와 이탈리아어로 쓴 글도 있었다. 모두 낭만적이고, 모두 다 길었다. 그는 그중 한 편을 치프사이드의 세인트 폴스 크로스 맞은편에 있는 페더즈 앤드 코로넷의 존 볼에게 맡겨 인쇄했다. 인쇄된 책자를 보고 더없이 기뻤지만 그는 어머니에게도 그것을 보여 주지 않았다. 글을 쓰는 것은 말할 나위도 없고 글을 출판하는 것은 귀족에게 속죄할 수 없는 치욕이라는 것을 알고 있었기 때문이다.

하지만 이제 깊은 밤중에 홀로 있었기에, 그는 이 보물 창고에서 〈제노필리아의 비극〉이던가 그 비슷한 제목의 두툼한 원고와 간단히 〈참나무〉(많은 원고 가운데 단음절로 된 제목은 이것뿐이었다)라고 적힌 얄팍한 원고를 골랐다. 그런 다음 잉크병 쪽으로 다가가 깃털 펜을 만지작거리며 이런 악행에 중독된 사람들이 자신만의 의식을 시작할 때 보여 주는 시도를 했다. 하지만 그는 이내 중단했다.

이 중단은 그의 인생사에서 대단히 중요하며, 사람들을 무릎 꿇리거나 강물이 핏물이 되어 흐르게 하는 수많은 행위보다 훨씬 더 중요하므로, 우리는 마땅히 그가 왜 멈추었는지를 묻고 충분히 숙고한 후에 이러이러한 이유 때문이라고 대답해야 한다. 자연은 인간에게 수없이 기묘한 장난을 쳐왔는데, 진흙과 다이아몬드, 무지개와 화강암을 조합하여 각양각색으로 인간을 만들고 이것을 종종 걸맞지 않은 상자에 채워 넣는다. 그래서 시인은 도살업자의 얼굴을 갖고, 도살업자는 시인의 얼굴을 갖고 있다. 자연은 혼란스럽고 불가사의한 것

을 좋아해서 지금도(1927년 11월 1일) 우리는 우리가 왜 위
층으로 올라가는지, 왜 다시 내려오는지를 알지 못한다. 우
리의 일상적인 행위 대부분은 미지의 바다에 떠 있는 배의
항로와 같다. 돛대 꼭대기에 오른 선원들은 망원경을 수평선
쪽으로 향한 채 저기 육지가 있는지 없는지를 묻는다. 이 물
음에 우리가 예언자라면 〈있다〉고 답하고, 우리가 정직한 사
람이라면 〈없다〉고 말한다. 아마 거추장스럽게 긴 이 문장 외
에도 책임져야 할 것이 아주 많은 자연은 우리 내면에 온갖
잡동사니 — 경찰관의 바지가 알렉산드라 여왕의 면사포와
나란히 놓여 있다 — 를 제공함으로써 자기 임무를 더욱 복
잡하게 만들어 왔고, 우리의 혼란을 가중시켰을 뿐 아니라,
그 잡동사니 전부를 어떻게든 실 한 가닥으로 살짝 엮어 놓
았다. 기억이란 재봉사이고, 더군다나 변덕스러운 재봉사이
다. 기억은 안팎으로, 위아래로, 여기저기로 바늘을 놀린다.
우리는 다음에 무엇이 올지, 이후에 무엇이 이어질지 알지
못한다. 그러므로 탁자에 앉거나 잉크병을 자기 쪽으로 끌어
당기는 것과 같은 평범하기 그지없는 동작도 서로 무관한 수
천 개의 단편적인 조각들을 뒤흔들어 놓아, 때로는 밝은 조
각이, 때로는 어두운 조각이 빨랫줄에 걸린 열네 명 가족의
속옷이 돌풍에 나부끼듯 매달려 까닥이고 펄럭이다가 떨어
진다. 더없이 일상적인 우리의 행위는 전혀 부끄러워할 필요
가 없는, 의기양양하게 장담했던 한 가지 일이 아니라, 펄럭
이며 퍼덕이는 날갯짓과 명멸하는 빛으로 시작한다. 그런 까
닭에 올랜도는 펜을 잉크에 담갔을 때 실은 사라진 공주의

조롱하는 얼굴을 보았고, 독화살 같은 수백만 개의 질문을 즉시 스스로에게 던졌던 것이다. 그녀는 어디 있을까? 왜 그를 떠났을까? 러시아 대사는 그녀의 삼촌이었을까 아니면 그녀의 정부였을까? 그들은 음모를 꾸민 것일까? 그녀는 강요당했던 것일까? 그녀는 기혼이었을까? 그녀는 죽었을까? 이런 질문들이 그에게 독을 쏟아부었기에 그는 고뇌를 다른 곳으로 분출하려는 듯 깃털 펜을 잉크병 깊숙이 찔러 댔고, 그 바람에 잉크가 사방으로 튀었다. 그러자 이 행동이, 어떻게 설명할 수 있을지 모르지만(어떻게도 설명할 수 없을 것이다―기억을 설명하기란 불가능하므로), 당장 그 공주의 얼굴을 전혀 다른 얼굴로 바꾸어 놓았다. 그런데 저게 누구의 얼굴이지? 그는 자문했다. 환등 슬라이드 한 장이 다음 장을 통해 절반쯤 보이듯 옛 그림 위에 겹쳐진 새 그림을 보면서 30초 정도 기다린 후에야 그는 중얼거릴 수 있었다. 「여러 해 전에 엘리자베스 여왕께서 여기 식사하러 오셨을 때 트위쳇의 방에 앉아 있던 그 퉁퉁하고 초라한 남자의 얼굴이군. 그를 보았었지.」 올랜도는 울긋불긋한 넝마 조각이 보이는 또 다른 조각을 포착하고 말을 이었다. 「아래층으로 내려가는 길에 방을 들여다보았는데 탁자에 앉아 있었어. 눈빛이 아주 놀라웠지.」 올랜도가 말했다. 「그 누구보다도 말이야. 그런데 그 사람은 대체 누구였지?」 그가 물었다. 여기서 기억이 처음에는 그 남자의 이마와 눈, 기름에 얼룩진 거친 옷깃을 더해 주었고, 다음으로 몸에 딱 붙는 상의와 마지막으로 치프사이드 주민들이 신는 두꺼운 부츠를 떠올려 주었다. 「귀족은 아니야. 우리 일원은 아니야.」 올랜도가 말했다(그는 누구보다 예의 바른 신사였으므로 소리 내서 말하지 않았을 것이다. 하지만 이 말은 귀족이라는 신분이 마음에 얼마나 지대한 영향을 미치는지, 그에 덧붙여, 귀족이 작가가 되는 것은 얼마나 어려운 일인지를 보여 준다).「아마 시인이었을 거야.」 기억은 그를 완전히 어리둥절하게 만들어 놓았으므로, 이제는 그 모든 이미지를 깨끗이 덮어 버리거나 아니면 전혀 어울리지 않는 바보 같은 기억, 가령 고양이를 쫓아가는 개나 붉은 면수건에 코를 푸는 노파를 떠올려야 했으리라. 그래서 변덕스러운 기억을 도저히 따라갈 수 없으니 올랜도는 진지하게 펜을 종이에 댔어야 했으리라(우리가 마음을 먹기만 하면 제멋대로 놀아나는 기억을 그 온갖 오합지졸과 쓰레기와 함께 집 밖으로 몰아낼 수 있기 때문이다). 그러나 올랜도는 멈추었다. 기억이 여전히 크고 빛나는 눈을 가진 초라한 남자의 이미지를 그의 눈앞에 떠올려 놓고 있었다. 그는 계속 바라보았고, 계속 멈추어 있었다. 이런 정지 상태가 우리를 파멸시킨다. 이럴 때 요새에서는 선동이 일어나고, 군대는 반란을 일으킨다. 앞서 그가 멈추었을 때, 사랑이 그 무시무시한 패거리와 함께 퉁소를 불고 심벌즈를 치며 어깨에서 잘려 머리칼이 피투성이인 머리통들을 들고 불쑥 들이닥쳤다. 그는 사랑으로 인해 저주받은 자의 고문을 받았다. 이제 그가 다시 멈추자 그렇게 생겨난 틈으로 성질 고약한 여자 같은 야망과 마녀 같은 시, 매춘부 같은 명예욕이 그의 마음속으로 뛰어들어와서는 함께 손을 잡고 마음껏 날뛰며 춤을 추었다. 그래서 고적한 자기 방에 똑바로 서서 그는 자기 종족의 최고 시인이 되겠노라고, 자기 이름에 불멸의 빛을 비추겠노라고 맹세했다. 그는 (조상들의 이름과 공적을 나열하며) 보리스 경은 전쟁에서 이슬람교도를 죽였고, 가웨인 경은 터키인들과 싸워 그들을 죽였으며, 마일스 경은 폴란드인들을, 앤드루 경은 프랑크인들을, 리처드 경은 오스트리아인들을, 조던 경은 프랑스인들을, 허버트 경은 스페인인들을 죽였다고 말했다. 그러나 살육과 전쟁, 음주와 성행위, 소비와 사냥, 승마와 식사, 이 모든 것에서 남은 건 무엇이란 말인가? 두개골과 손가락뼈뿐이다. 그 반면에, 라고 말하며 그는 탁자에 펼쳐져 있던 토머스 브라운 경의 책으로 눈길을 돌렸다가 다시 멈추었다. 밤바람과 달빛에서 흘러나오는 주문처럼, 방 안 구석구석에서 브라운 경의 말들이 성스럽고 감미롭게 흘러나왔다. 그 말들이 이 글을 쏘아보아 쩔쩔매게 되지 않도록, 우리는 그 말들이 죽었다기보다는 방부 처리되어 생생한 색깔을 유지한 채 온전하게 숨 쉬며 안치되어 있는 무덤에 그대로 내버려 두어야겠다. 올랜도는 브라운 경이 이룬 성취를 자기 조상들의 업적과 비교하면서, 조상들과 그들의 행위는 먼지와 재로 돌아갔지만 이 남자와 그의 말은 영원히 남았다고 소리쳤다.

오래지 않아 그는 마일스 경과 다른 조상들이 어떤 왕국을 손에 넣으려고 무장한 기사들에 맞서 벌인 전투가 지금 자신이 불멸을 얻기 위해 영국의 언어에 맞서 벌이는 전투의 절반만큼도 치열하지 않음을 알아차렸다. 글 쓰는 작업의 고

충을 어느 정도 이해하는 사람이라면 다음과 같은 이야기를 상세히 들을 필요도 없을 것이다. 막상 글을 쓸 때는 괜찮은 듯싶었는데 읽어 보면 너무나 형편없어서, 수정하고 갈기갈기 찢고, 잘라 내고 끼워 넣고, 황홀경에 빠졌다가 절망에 빠지고, 밤에는 즐거웠다가 아침이면 불쾌하고, 어떤 시상을 포착했다가 놓쳐 버리고, 자신의 책이 눈앞에 선명하게 보였다가 사라지고, 밥을 먹으며 등장인물들의 역할을 연기해 보고, 산책을 하며 그들의 말을 입에 올려 보고, 울기도 하고 웃기도 하고, 이런 문체와 저런 문체 중 어느 것을 택할지 망설이고, 영웅시의 격조 높은 문체를 선호하다가 소박하고 단순한 시풍을 좋아하고, 그리스의 템페 계곡을 좋아하다가 영국의 켄트나 콘월 들판을 좋아하고, 그러다 보면 자신이 세상에서 가장 성스러운 천재인지 가장 멍청한 바보인지 도무지 분간할 수 없게 된다.

이 마지막 의문에 대한 답을 얻기 위해 오랜 시간 열광적으로 노력을 기울인 뒤, 그는 여러 해에 걸친 고독한 생활을 정리하고 외부 세계와 소통하기로 했다. 자일스 아이샴이라는 노퍽 출신의 친구가 런던에 살고 있었다. 자일스는 양갓집 태생이었지만 작가들을 많이 알고 있었기 때문에 그를 그 축복받은, 실로 신성한 동업자들 중 몇 명과 접촉할 수 있게 주선해 줄 수 있었다. 지금과 같은 처지의 올랜도의 눈에는 책을 쓰고 출판한 사람에게는 영광스러운 후광이 감돌았고, 그것은 높은 혈통과 신분의 영광을 모두 능가했던 것이다. 그런 성스러운 사고에 젖어 있는 사람들은 몸도 달라져야 할 거라고 그는 상상했다. 그런 사람들은 머리칼에서 후광이 비쳐야 하고, 숨결에서 향기가 나야 하고, 입술에서 장미가 자라야 한다. 물론 그 자신이나 더퍼 씨는 거기에 해당되지 않았다. 그가 생각할 수 있는 가장 큰 행복은 커튼 뒤에 앉아서 그들의 이야기를 엿듣는 것이었다. 작가들의 대담하고 다양한 대화를 상상하면, 자신과 궁정 친구들이 개나 말, 여자, 카드 게임에 대해 떠벌리던 얘기는 극히 야만적인 것으로 여겨졌다. 그는 자신이 늘 학구적이라는 말을 들어 왔고 고독과 책을 사랑한다고 조롱받아 왔음을 뿌듯하게 생각했다. 그는 결코 미사여구를 늘어놓는 데 능하지 않았다. 숙녀들의 응접실에서 얼굴을 붉히며 꼼짝 않고 서 있거나 근위대 병사처럼 성큼성큼 걷곤 했다. 멍하니 다른 생각에 빠져 있다가 말에서 떨어진 적도 두어 번 있었다. 한번은 운을 맞추다가 레이디 윈칠시의 부채를 부순 적도 있었다. 그가 사교계 생활에 부적합하다는 것을 드러낸 이런 사건들과 저런 사건들을 부지런히 떠올리자, 젊은 시절의 온갖 격동과 어설픔, 홍조, 긴 산책, 시골에 대한 사랑은 자신이 상류 계층에 속한다기보다는 신성한 종족에 속하며 태생적으로 귀족이라기보다는 작가임을 입증한다는, 지울 수 없는 희망이 그를 사로잡았다. 대홍수가 일어난 밤 이후에 처음으로 그는 행복을 느꼈다.

이제 그는 클리퍼드 인에 살고 있는 니컬러스 그린 씨에게 그의 작품에 대한(당시에 닉 그린은 매우 유명한 작가였다) 찬사를 명확히 표현한 편지와 친분을 맺고 싶다는 욕구를 전해 달라고 노퍽의 아이샴에게 부탁했다. 올랜도 자신은 그에 대한 보답으로 제공할 것이 없으므로 감히 친분을 맺자고 간청하지 못하지만, 니컬러스 그린 씨가 친절하게 방문해 준다면 언제든 그린 씨가 지정한 시간에 사륜마차를 페터 레인 모퉁이로 보내 그를 안전하게 올랜도의 저택으로 모셔 오겠다고 했다. 이런 말 다음에 나올 표현은 우리가 능히 채워 넣을 수 있고, 오래지 않아 그린 씨가 그 초대를 받아들이겠다는 의사를 밝혔을 때 올랜도가 느낀 즐거움은 충분히 상상할 수 있다. 그린 씨는 사륜마차에 올라탔고, 4월 21일 월요일 7시 정각에 본채의 남쪽 홀에 내려섰다.

그 홀은 많은 국왕과 여왕, 그리고 대사들이 극진한 환영을 받은 곳이었다. 족제비 털을 두른 법복 차림의 판사들도 거기 내려섰다. 온 나라의 가장 사랑스러운 숙녀들, 더없이 근엄한 전사들도 거기에 왔었다. 플로든 전투와 아쟁쿠르 전투에서 휘날렸던 깃발이 거기 달려 있었다. 사자와 표범, 화관이 다채로운 색깔로 그려진 문장이 거기 진열되었다. 거기 긴 탁자 위에 금은제(金銀製) 식기류가 놓여 있었다. 거기 이탈리아산 대리석으로 만든 거대하고 정교하게 세공된 벽난로에서 밤이면 무수한 이파리와 까마귀나 굴뚝새 둥지가 달린 오크 나무가 통째로 태워져 재로 변했다. 시인 니컬러스 그린은 이제 한 손에 작은 가방을 들고 챙이 처진 모자를 쓰고 검은 상의를 입은 소박한 차림으로 거기 내려섰다.

그를 맞으러 서둘러 나간 올랜도가 살짝 실망한 것은 어쩔 수 없는 일이었다. 시인은 중키를 넘지 않았고 빈약한 외모였다. 몸이 야위고 등이 약간 굽었는데, 홀에 들어서면서 누위 있던 큰 개에 발이 걸려 비틀거리자 개가 그를 물었다. 더욱이 올랜도는 인간에 대해 잘 알고 있음에도 불구하고 그를 어떤 사람으로 평가해야 할지 몰라 난감했다. 시인에게는 하인이나 지주나 귀족이나 어느 쪽에도 속하지 않는 무언가가 있었다. 둥근 이마와 매부리코는 괜찮았지만 턱이 쑥 들어가 있었다. 눈은 반짝였지만 입술이 늘어진 데다 침을 흘렸다. 그러나 심상치 않은 것은 얼굴 전체의 표정이었다. 귀족의 얼굴을 보기 좋게 만들어 주는 당당한 평온함은 전혀 없었다. 그렇지만 잘 훈련된 하인의 얼굴에 나타나는 품위 있는 비굴함도 전혀 없었다. 깊은 주름과 잔주름이 잡힌 그 얼굴은 잔뜩 찌푸려져 있었다. 시인이기는 했지만 그는 아부하기보다는 꾸짖는 데 익숙하고, 정답게 속삭이기보다는 말다툼을 일삼고, 말을 타고 달리기보다는 손을 짚고 힘겹게 기어가고, 안락하게 쉬기보다는 몸부림을 치고, 사랑하기보다는 증오하는 데 익숙한 것 같았다. 이것은 그의 기민한 동작에서, 그리고 어딘가 불같이 맹렬하고 의심 많은 그의 눈빛에서도 드러났다. 올랜도는 약간 당황했다. 하지만 그들은 정찬을 들기 위해 식당으로 갔다.

식당에서 올랜도는 평소 당연하게 여겨 왔던 많은 하인들과 화려한 식탁이 왠지 모르지만 난생처음 부끄럽게 여겨졌다. 더욱 기이하게도, 암소의 젖을 짜며 살았던 증조모 몰을 떠올리자 전에는 불쾌했지만 이제는 자부심이 느껴졌다. 그는 어떻게든 이 초라한 여인과 그녀의 우유 통을 언급하려 했는데, 그때마다 시인이 그를 앞질러 자기 이야기를 늘어놓았다. 그린이라는 이름이 흔해 빠진 것을 보건대, 그 집안이 정복자 윌리엄과 함께 영국 해협을 건너왔고 프랑스에서는 최고 귀족이라는 사실이 참으로 이상야릇하다는 것이었다. 불행히도 그 집안은 몰락했고 그리니치 왕실 자치구에 가문의 이름을 남긴 것 외에는 아무 일도 하지 못했다. 이어 잃어버린 성과 문장들, 북부의 남작인 사촌들, 서부 귀족들과의 교혼(交婚), 이름 끝에 e를 붙여서 표기한 그린 가문[18]과 e를 붙이지 않은 집안 등에 대한 이야기가 식탁에 사슴 고기가 올라올 때까지 계속 이어졌다. 그제야 올랜도는 증조모 몰과 그녀의 암소 이야기를 간신히 꺼냈고, 물새 요리가 식탁에 올라올 때쯤에는 마음의 부담을 약간 덜 수 있었다. 그리고 맘지 포도주가 아낌없이 오갈 때가 되어서야 올랜도는 그린 가문이나 암소보다 더 중요한 문제라고 생각하지 않을 수 없는 주제, 시라는 성스러운 주제를 감히 꺼낼 수 있었다. 그 단어를 처음 입에 올리자 시인의 눈은 불처럼 번뜩였다. 그는 지금까지의 신사다운 점잖은 태도를 떨치고 포도주 잔을 탁소리 나게 식탁에 내려놓고는 자신의 희곡과 어떤 시인과 비평가에 대한 이야기를 늘어놓았다. 버림받은 아가씨의 입에서 흘러나올 법한 이야기를 제외하면 올랜도는 지금까지 그의 말처럼 한없이 길고 복잡다단하며 격렬하고 신랄한 이야기를 들어 본 적이 없었다. 시 자체에 대해서 올랜도가 알아들을 수 있었던 말은 시는 산문보다 팔기 어렵고 시행이 더

18 여기서 니콜러스 그린Nicolas Greene은 자신의 성 〈Greene〉이 평범한 인물들의 성 〈Green〉과 달리 유서 깊은 가문을 나타낸다고 과시하고 있다.

짧기는 하지만 쓰는 데 더 긴 시간이 걸린다는 것뿐이었다. 이렇게 대화는 곁가지로 빠지면서 끝없이 이어졌고, 급기야 올랜도는 용기를 내어 자신이 몹시 무모하게도 글을 써보았노라고 넌지시 알려 주었다. 그러자 이 대목에서 시인은 벌떡 일어섰다. 쥐 한 마리가 벽판 뒤에서 찍찍거렸다고 그가 말했다. 실은 2주일간 쥐가 찍찍거리는 소리 때문에 온 신경이 곤두서 있었다고 했다. 물론 그의 저택에 쥐가 들끓고 있겠지만 올랜도는 쥐 소리를 들어 본 적이 한 번도 없었다. 그러자 시인은 지난 10여 년간 자신의 몸 상태가 어떠했는지를 떠벌리기 시작했다. 건강이 몹시 좋지 않아서 자신이 아직까지 살아 있다는 게 놀라울 뿐이라고 했다. 그는 중풍과 통풍, 학질, 수종을 앓았고, 세 가지 열병을 연속해서 앓았다. 게다가 심장이 커지고 비장이 확대되고 간 질환도 있다고 덧붙였다. 그러나 무엇보다도 척추에서 불쾌한 감각을 느끼곤 하는데, 그것은 말로 도저히 표현할 수 없는 느낌이라고 말했다. 척추 위에서부터 세 번째 마디는 불덩이처럼 타오르고, 밑에서부터 두 번째 마디는 얼음처럼 차가웠다. 때로 아침에 깨어나면 머리가 납덩어리가 된 것 같고, 어떤 때는 마치 사람들이 1천 개의 양초에 불을 붙여서 그의 몸속에 마구 던지는 것 같았다. 그는 매트리스 아래 끼워진 장미 이파리도 느낄 수 있고, 발에 닿는 자갈의 감촉만으로도 런던의 어느 거리인지 알아낼 수 있다고 말했다. 전체적으로 보아 그의 몸은 지극히 섬세하고 특이하게 결합된 조직이라서(이 말을 하면서 그는 무심코 그러듯이 손을 치켜들었는데, 실로 더없이 섬세하게 생긴 손이었다) 시집을 5백 부밖에 팔지 못한 것을 생각하면 엄청난 당혹감을 느끼지만, 그것은 물론 대체로 자신에 대한 음모 때문이라고 했다. 자신이 할 수 있는 말은 영국의 시는 죽었다는 것뿐이라고 주먹으로 탁자를 내리치며 결론을 내렸다.

셰익스피어와 크리스토퍼 말로, 벤 존슨, 토머스 브라운, 존 던이 지금도 글을 쓰고 있거나 바로 얼마 전까지도 써왔는데 어떻게 그런 말을 할 수 있는지 이해할 수 없다고 올랜도는 자기가 좋아하는 영웅들의 이름을 줄줄 열거하며 말했다.

그린은 냉소적으로 웃었다. 셰익스피어가 꽤 괜찮은 장면들을 쓴 것은 사실이라고 그는 인정했다. 하지만 셰익스피어는 그 장면들을 주로 말로에게서 가져왔다. 말로는 유망한 시인이었지만, 서른 살도 되기 전에 죽은 청년에 대해 뭐라고 말할 수 있겠는가? 브라운에 대해 말하자면, 그는 산문으로 시를 쓰려 했는데 그런 기발한 착상에 사람들은 오래지 않아 싫증을 느꼈다. 존 던은 의미의 결핍을 어려운 단어로 포장한 사기꾼이었다. 얼간이들은 속아 넘어갔다. 하지만 그런 문제는 앞으로 열두 달만 지나면 한물가고 말 것이다. 벤 존슨을 보자면, 존슨은 자기 친구이고, 그는 자기 친구에 대해 나쁘게 말하고 싶지 않다고 했다.

아니, 문학의 위대한 시대는 지나가 버렸다고 그는 결론을 내렸다. 위대한 문학의 시대는 고대 그리스였다. 엘리자베스 시대는 어느 모로 보나 그리스 시대에 뒤떨어졌다. 그 시대에 사람들은 *La Gloire*(영광)(그가 그 단어를 〈글로르〉라고 발음하는 바람에 올랜도는 처음엔 그 말을 알아듣지 못했다)이라 부를 만한 성스러운 야심을 가슴속에 품고 있었다. 요즘의 젊은 작가들은 출판업자들에게 고용되어 돈벌이가 될 만한 쓰레기를 쏟아 낸다. 셰익스피어가 이런 일의 주범이었고, 벌써 그 대가를 치르고 있다. 지금 시대의 특징은 젠체하는 기발한 발상과 무모한 실험인데, 그리스인들은 그런 것을 한순간도 용인하지 않았을 거라고 그는 말했다. 이런 말을 하려면 몹시 가슴 아프지만 — 자기 생명을 사랑하듯이 문학을 사랑하므로 — 이 시대에는 좋은 점을 하나도 찾아볼 수 없고 미래에 대한 희망도 없다는 것이었다. 이렇게 말하고 나서 그는 직접 포도주를 또 한 잔 따랐다.

　이런 주장에 올랜도는 큰 충격을 받았다. 하지만 이렇게 비판을 쏟아 낸 사람 자신은 결코 의기소침해 보이지 않는다는 것을 알아차리지 않을 수 없었다. 오히려 자신의 시대를 매도하면서 그럴수록 그의 표정은 더욱 의기양양해졌다. 플리트 스트리트에 있는 콕 술집에서 키트 말로[19]와 다른 이들이 모였던 어느 날 밤이 생각난다고 그가 말했다. 키트는 늘 그랬듯이 약간 술에 취해서 신바람이 났고 어리석은 얘기를 늘어놓을 기세였다. 그가 일행에게 자기 술잔을 휘두르고 딸꾹질을 하면서 〈내 목숨을 걸고 말하는데 말이야, 빌. (셰익스피어에게 건넨 말이었다.) 크나큰 파도가 밀려오고 있는데, 자네가 그 꼭대기에 타고 있네〉라고 떠들어 대던 것이 지

19 크리스토퍼 말로를 말한다.

금도 기억난다. 이 말은 자신들이 이제 막 도래할 영국 문학
의 위대한 시대에 흥분하고 있으며 셰익스피어가 꽤 중요한
시인이 되리라는 뜻이라고 그린이 설명했다. 말로 자신에게
는 다행스럽게도, 그는 이틀 후 술에 취해 벌인 싸움에서 살
해되었으므로 그 예측이 맞았는지 틀렸는지를 살아생전에
보지 못했다. 「가엾고 어리석은 인간이지요.」 그린이 말했다.
「그런 말을 떠벌리다니. 과연 위대한 시대라고? 엘리자베스
시대가 위대한 시대라니!」

「그러니, 백작님.」 그린이 편안하게 의자에 다시 앉아서 손
가락으로 포도주 잔을 문지르며 말을 이었다. 「우리는 나름
대로 최선을 다해야 합니다. 과거를 소중히 여기고, 고대인
들을 모범으로 삼고, 돈벌이를 위해서가 아니라 글로르(올랜
도는 그가 더 나은 발음을 구사하기를 바랐을 것이다)를 위
해 글을 쓰는 작가들을(그런 이들이 아직은 몇 명 남아 있으
니까요) 존중해야겠지요. 글로르는 고귀한 마음의 원동력입
니다. 저는 연간 3백 파운드의 연금을 분기별로 받을 수만 있
다면 오로지 글로르를 위해 살아갈 겁니다. 아침마다 침대에
누워 키케로를 읽겠지요. 그의 문체를 모방해서 아무런 차이
도 찾아볼 수 없는 글을 쓸 겁니다. 제 생각에는 그런 글이 훌
륭한 글입니다.」 그린이 말했다. 「그것이 제가 글로르라고 부
르는 것이지요. 하지만 그러려면 연금을 받을 수 있어야 합
니다.」

이때쯤 올랜도는 자기 작품에 대해 시인과 논의하겠다는
기대를 모두 버렸다. 그렇지만 이제 셰익스피어와 벤 존슨,

그리고 다른 작가들의 삶과 성격에 대한 이야기에 이르렀으므로 그것은 그리 중요하지 않았다. 그린은 그 작가들을 가까이에서 보아 온 터라 그들에 관한 우스운 일화들을 많이 들려줄 수 있었다. 올랜도는 난생처음으로 수없이 폭소를 터뜨렸다. 그런 사람들이 그의 신이었던 것이다! 절반은 술주정뱅이였고, 전부 호색가였다. 대부분 아내와 말다툼을 일삼았고, 모두들 거짓말을 하고 시시하기 그지없는 음모를 꾸몄다. 그들은 문간에 서서 인쇄소의 수습공 머리에 세탁물 청구서를 대고 그 뒷장에 시를 휘갈겨 썼다. 그렇게 「햄릿」이 인쇄에 들어갔고, 그렇게 「리어」도 인쇄에 들어갔고, 그렇게 「오셀로」도 인쇄되었다. 그러니 이 희곡들이 현재 결함을 드러내는 것은 결코 놀랍지 않은 일이라고 그린은 말했다. 이 작가들은 나머지 시간에 선술집과 노천 맥줏집에서 술을 진탕 마시고 흥청거리며 떠들썩하게 놀았다. 그럴 때면 서로 재기를 뽐내려고 도저히 믿을 수 없는 말들을 주고받았다. 그곳의 유흥에 비하면 궁정 신하들의 연회는 아무리 흥겨워도 맥 빠져 보일 정도였다. 이런 이야기를 그린이 신나서 들려주었기에 올랜도의 기분은 더없이 흥겹게 달아올랐다. 그린은 흉내 내는 재주가 있어서 죽은 사람도 산 사람처럼 되살려 놓았고, 3백 년 전에 쓰인 책이기만 하면 그 책에 대해 최고의 찬사를 늘어놓았다.

이렇게 시간을 보내면서 올랜도는 그 손님에 대해 호감과 경멸, 찬탄과 동정심이 묘하게 뒤섞인 감정을 느꼈다. 뿐만 아니라 한마디로 뭐라 말할 수 없이 모호하지만 두려움과 매혹이 뒤섞인 감정을 느꼈다. 손님은 자기 얘기를 끊임없이 늘어놓았다. 하지만 아주 유쾌한 말상대여서 그의 학질 이야기에 계속해서 귀를 기울이지 않을 수 없었다. 그런 데다 그는 재치가 넘쳤고, 또한 매우 불경해서 하느님과 여자를 함부로 들먹였다. 게다가 그의 머릿속에는 이상한 재주와 별난 지식이 넘쳐흘렀다. 그는 샐러드를 만드는 3백 가지 방법을 알고 있었고, 포도주의 배합에 정통했으며, 대여섯 가지 악기를 연주할 수 있었고, 커다란 이탈리아식 벽난로에서 치즈를 노르스름하게 구운 첫 번째이자 마지막 사람이었을 것이다. 그가 제라늄과 카네이션을 구별하지 못하고, 참나무와 자작나무를, 마스티프와 그레이하운드를, 암사슴과 암양을, 밀과 보리를, 경작지와 휴경지를 구분하지 못하며, 작물의 윤작에 대해서도 알지 못하고, 오렌지는 땅속에서 순무는 나무 위에서 자란다고 생각하며, 시골 풍경보다 도시 풍경을 선호했다는 것이나 그 밖의 많은 사실들은 그런 부류의 사람을 만나 본 적이 없던 올랜도를 놀라게 했다. 심지어 그를 경멸했던 하녀들도 그의 농담에 킥킥거렸고, 그를 혐오한 남자 하인들은 그의 이야기를 들으려고 주위에서 어슬렁거렸다. 실로 그린이 머물고 있는 동안 저택은 전에 없이 활기에 넘쳤다. 그로 인해 올랜도는 여러 가지를 생각하게 되었고, 이런 생활 방식을 예전의 방식과 비교하게 되었다. 그는 예전에 익숙했던 스페인 국왕의 뇌졸중이나 암캐의 교미와 같은 화제를 떠올려 보았고, 마구간과 옷장을 오가며 보내던 날들을 되돌아보았다. 귀족들이 포도주 잔을 앞에 놓고 코를 골다가 자기들을 깨운 사람을 못마땅하게 여겼던 것도 기억했다. 그들의 몸은 활동적이고 용맹하지만 그들의 마음은 나태하고 소심하다는 것도 떠올렸다. 이런 생각들이 교차하면서 곤혹스럽고 적절한 균형을 잡을 수 없게 되자 그는 다시는 편안한 잠을 허용하지 않을 불안하고 성가신 유령을 집 안에 들여놓았다는 결론에 이르렀다.

같은 순간에 닉 그린은 정반대의 결론에 이르렀다. 어느 날 아침 한없이 부드러운 이불 속에서 더없이 푹신한 베개를 베고 누워 수백 년간 민들레나 소루쟁이 같은 잡초 하나 나지 않았던 드넓은 잔디밭을 퇴창 너머로 바라보며, 그는 어떻게든 여기서 달아나지 않으면 산 채로 질식할 거라고 생각했다. 침대에서 일어나 비둘기 소리를 들으면서 옷을 갈아입고 분수에서 물이 떨어지는 소리를 들으며, 그는 플리트 스트리트의 자갈길에서 짐마차 말이 헐떡거리는 소리를 듣지 못한다면 글을 한 줄도 쓸 수 없을 거라고 생각했다. 옆방에서 하인이 꺼져 가는 불을 되살리고 식탁에 은접시를 차려 놓는 소리를 들으며, 이런 식으로 더 오래간다면 잠에 빠져들 테고(여기서 그는 입을 딱 벌리고 하품했다) 자다가 죽음에 빠질 거라고 생각했다.

결국 그는 올랜도의 방을 찾아갔고, 사방이 너무나 고요해서 밤새 한잠도 이룰 수 없었다고 말했다(사실 그 저택은 둘레가 15마일에 이르는 파크와 3미터 높이의 성벽에 둘러싸여 있었다). 무엇보다도 그의 신경을 압박하는 것은 정적이라고 말했다. 그러고는 올랜도가 허락해 준다면 바로 그날 오전에 방문을 마치겠다고 덧붙였다. 이 말에 올랜도는 약간 안도감을 느꼈지만 다른 한편으로는 그를 보내고 싶지 않은 마음도 굴뚝같았다. 그가 없으면 온 집 안이 지루해질 거라고 생각했다. 헤어질 때 (이 주제에 대해서는 아직 언급하고 싶지 않았으므로) 올랜도는 경솔하게도 헤라클레스의 죽음에 관한 자신의 희곡을 건네주었고, 그 작품에 대한 의견을 알려 달라고 요청했다. 시인은 작품을 받더니 글로르와 키케로에 관해 뭐라고 중얼거리기 시작했다. 올랜도는 그의 말을 가로막고 분기별로 연금을 지급하겠다고 약속했다. 그러자 그린은 여러 차례 애정을 약속하고는 마차에 껑충 올라탄 뒤 가버렸다.

마차가 사라지자 저택의 방대한 홀은 전에 없이 넓고 화려하고 텅 비어 보였다. 올랜도는 그 이탈리아식 벽난로에서 다시는 치즈를 구워 먹을 마음이 들지 않으리라고 느꼈다. 이탈리아 회화에 관한 재치 있는 농담을 듣지도 못할 테고, 솜씨 있게 제대로 혼합된 펀치를 맛보지도 못할 테고, 수천 가지 훌륭한 재담과 말장난을 영원히 듣지도 못할 것이다. 그러나 시인을 보기만 하면 물어뜯으려 해서 거의 6주간 묶여 있던 마스티프를 풀어놓으면서, 올랜도는 그 투덜거리는 목소리에서 벗어난 것이 얼마나 다행스럽고, 다시 혼자라는 것이 얼마나 호사스러운 일인지를 생각하지 않을 수 없었다.

닉 그린은 바로 그날 오후에 페터 레인 모퉁이에서 마차를 내렸고, 집 안이 그가 떠났을 때와 크게 달라지지 않았음을 알았다. 말하자면 그린 부인은 어느 방에서 아기를 낳는 중이었고, 톰 플레처는 다른 방에서 술을 마시고 있었다. 바닥 여기저기에 책들이 굴러다녔다. 아이들이 진흙 놀이를 하던 화장대에 저녁 식사가 변변치 않지만 차려져 있었다. 그러나 여기야말로 글을 쓰는 데 적합한 분위기라고 그린은 느꼈다. 이곳에서야 글을 쓸 수 있었다. 그는 실제로 글을 썼다. 주제 는 이미 정해졌다. 집 안에 틀어박힌 귀족, 시골에 은둔한 귀 족 저택의 방문 — 그가 새로 쓸 시는 이런 제목을 달게 될 터 였다. 그는 어린 아들이 고양이 귀를 간질일 때 사용하는 펜 을 잉크병 대신 사용하는 달걀 컵에 담갔다 뺀 뒤 당장 그 자 리에서 매우 발랄한 풍자를 휘갈겨 써내려 갔다. 그 풍자문 은 너무나 정확한 묘사를 담고 있었기에, 신랄한 조롱을 받 은 그 젊은 귀족이 올랜도라는 것은 누구도 의심할 수 없었 다. 올랜도의 사사로운 말과 행동, 그가 열광하는 대상과 어 리석은 생각부터 그의 머리칼 색깔과 이국적으로 r을 굴리며 발음하는 방식까지 생생하게 그려져 있었다. 이것만으로도 의심스러운 구석이 남아 있을 경우에 대비해, 그린은 그 귀 족이 쓴 비극, 헤라클레스의 죽음에 나오는 단락을 조금도 꾸미지 않고 소개함으로써 그 문제에 못을 박았다. 그 비극 은 그가 예상했던 대로 더할 나위 없이 장황하고 과장된 허 풍이었다.

당장 인쇄되어 여러 판이 나오고 그린 부인의 열 번째 출 산 비용을 댈 수 있게 해준 이 팸플릿은 그런 글에 관심이 있 는 친구들에 의해 곧바로 올랜도에게 전해졌다. 그것을 받았 을 때 올랜도는 무섭도록 차분하게 처음부터 끝까지 읽었다.

그러고는 벨을 눌러 하인을 부른 뒤 부젓가락으로 그것을 집어 넘겨주며 장원의 가장 더럽고 악취가 진동하는 두엄 더미 한가운데 떨어뜨리라고 명했다. 그리고 하인이 돌아서서 나가려 할 때 다시 불러 세웠다. 「마구간에서 가장 빠른 말을 타고 전력을 다해 하리치로 달려가게. 거기서 노르웨이로 가는 배를 타게나. 노르웨이 국왕의 개 사육장에서 제일 훌륭한 엘크하운드(사슴 사냥개)를 암컷과 수컷으로 사다 주게. 지체 없이 개들을 데려오고.」 그는 이렇게 말하고 나서 자기 책들을 바라보며 들릴락 말락 하게 중얼거렸다. 「인간들과의 관계는 끝났으니까.」

의무를 수행하는 데 완벽하게 훈련된 하인은 허리 숙여 절하고 떠났다. 그러고는 자기가 맡은 임무를 유능하게 완수해 딱 3주가 되는 날, 최고의 사슴 사냥개 세 마리를 줄에 묶어 데리고 돌아왔다. 그중의 암컷이 바로 도착한 날 밤에 정찬 식탁 밑에서 귀여운 강아지를 여덟 마리 낳았다. 올랜도는 강아지들을 자기 침실로 데려갔다.

「인간들과의 관계는 끝났으니까.」 그가 말했다. 그럼에도 불구하고 그는 시인에게 분기별로 연금을 지급했다.

그리하여 서른 살가량의 나이에 이 젊은 귀족은 인생이 제공할 수 있는 모든 것을 경험했고, 그 경험들이 모두 무가치하다는 것을 깨달았다. 사랑과 야망, 여자들과 시인들, 모두 다 똑같이 공허했다. 문학은 우스꽝스러운 짓거리였다. 그린의 시골 귀족 방문기를 읽은 날 밤에 그는 소년 시절의 꿈이었던 아주 짧은 시 「참나무」만 남기고 쉰일곱 편의 작품을 활활 불태워 버렸다. 이제 그가 조금이라도 믿는 것은 두 가지밖에 없었다. 개와 자연, 사슴 사냥개와 장미 덤불이었다. 다양하기 그지없는 세상과 복잡하기 짝이 없는 인생이 차차 그두 가지로 귀결되었다. 개들과 장미 덤불이 전부였다. 산더미처럼 거대한 환상에서 벗어났고, 그 결과 자신은 한 오라기의 환상도 없이 벌거벗은 처지라고 느끼면서 그는 개들을 불러 파크를 성큼성큼 가로질렀다.

그는 아주 오랫동안 글을 쓰고 읽으면서 은둔 생활을 해온터라 6월이면 한창 절정에 이르는 자연의 상쾌한 기쁨을 까맣게 잊고 있었다. 맑은 날이면 잉글랜드의 절반과 덤으로웨일스와 스코틀랜드 일부도 내려다보이는 높은 언덕에 이르자 그는 자기가 좋아하는 참나무 밑에 털썩 드러누웠다. 앞으로 남은 생애 동안 어떤 남자나 여자에게도 말을 걸 필요가 없다면, 자신의 개들에게 말하는 능력이 생기지 않는다면, 어떤 시인이나 공주도 다시 만나지 않는다면, 자기에게남은 세월을 꽤 만족해하며 지낼 거라고 생각했다.

그 후로 그는 날마다, 주마다, 달마다, 해마다 변함없이 그언덕에 올랐다. 너도밤나무가 황금색으로 물들어 가고, 돌돌말린 어린 고사리 잎사귀가 펼쳐지는 것을 보았다. 달이 초승달 모양에서 둥글게 차오르는 것을 보았다. 그는 또 보았다—하지만 독자들은 이어지는 변화를 묘사한 문단을 상상할 수 있을 것이다. 초목이 녹색에서 황금색으로 물들어 가는 것을, 달이 떠오르고 해가 지는 것을, 겨울이 지나 봄이 오고 여름이 지나 가을이 되는 것을, 낮이 저물어 밤이 되고 밤이 지나 낮이 되는 것을, 폭풍우가 몰려왔다가 맑은 날이 이어지고, 한 노파가 30분이면 쓸어 버릴 수 있는 먼지 조금과 거미줄 몇 개를 제외하면 자연이 2백~3백 년간 대체로 변함없이 지속되어 온 것을. 그런데 이 문단은 그저 〈시간이 흘렀다〉(이 부분에서 얼마만한 시간인지 정확하게 괄호 안에 표기할 수도 있겠다), 그리고 아무 일도 일어나지 않았다는 간단한 진술[20]만으로 훨씬 더 빨리 결론에 이를 수 있었으리라고 느끼지 않을 수 없다.

하지만 시간은 동물과 식물이 놀랍도록 때맞춰 번성하고 서서히 사라지게 하면서도, 불행히도 인간의 마음에는 그처럼 단순하게 영향을 미치지 않는다. 더욱이 인간의 마음은 마찬가지로 기묘하게 시간에 작용한다. 한 시간이 언짢은 상태의 인간 마음에 머물 때는 시계 시간의 50배나 100배 길이로 늘어날 수 있다. 반면에 한 시간이 마음의 시계에서 정확히 1초를 나타낼 수도 있다. 시계의 시간과 마음의 시간이 희한하게도 일치하지 않는 사실에 대해서는 보다 많이 알려져야 하고 더욱 깊이 연구할 만하다. 그러나 이미 말했듯이 관심사가 매우 제한된 전기 작가는 한 가지 단순한 진술에 국한해야 한다. 지금 올랜도처럼 서른 살에 이른 인간에게는 생각하고 있을 때의 시간은 지나치게 길어지는 반면에 행동하고 있을 때의 시간은 지나치게 짧아진다는 것이다. 그러므

20 여기서 버지니아 울프는 『올랜도』(1928) 바로 직전에 출간된 소설 『등대로』(1927)의 중간 부분 〈시간이 흐르다〉에 대해 스스로 풍자하고 있다.

로 올랜도가 지시를 내리고 방대한 자기 장원(莊園)에 필요한 조치를 취하는 데 걸린 시간은 눈 깜짝할 사이였다. 하지만 그가 홀로 언덕에 올라 참나무 밑에 주저앉으면 그 즉시 1초 1초가 둥글어지며 채워지기 시작했고 결국에는 절대 사라지지 않을 것 같았다. 게다가 그 1초 1초는 더없이 기이하고 다양한 것으로 채워졌다. 그는 가장 현명한 사람들도 곤혹스럽게 여겼던 사랑이란 무엇인가, 우정이란 무엇인가, 진실이란 무엇인가와 같은 물음들에 직면하여 그런 문제에 대해 생각하게 되었던 것이다. 생각에 잠기면 매우 길고 복잡다단하게 보였던 자신의 과거가 그 즉시, 사라져 가는 1초에 밀려 들어가, 그것을 원래 크기의 열두 배로 부풀리고 수천 가지 색채로 물들이며 세상의 온갖 자질구레한 것들을 채워 넣었다.

이러한 사색(아니면 그것을 어떤 단어로 부르든 간에)에 잠겨서 그는 자기 인생의 여러 달을, 여러 해를 보냈다. 그가 아침 식사 후에 서른 살의 젊은이로 나갔다가 저녁 식사 시간에 적어도 쉰다섯의 장년으로 돌아오곤 했다는 말은 과장이 아닐 것이다. 몇 주가 지나면 그의 나이에 백 년이 더해지기도 했고, 또 몇 주가 지나면 최대 3초만 더해지기도 했다. 전체적으로 보아, 인간 생애(동물의 생애에 대해서는 주제넘게 언급하지 않겠다)의 길이를 측정하는 것은 우리의 능력을 넘어서는 일이다. 인생이 아주 길다고 말하자마자 장미 꽃잎이 땅에 떨어지는 시간보다도 짧다는 것을 깨닫게 되기 때문이다. 불행히도 아둔한 우리의 두뇌를 번갈아 가며 지배하거나 더욱 혼란스럽게도 동시에 지배하는 두 가지 힘, 즉 짧음과 깊 중에서 올랜도는 때로 코끼리 발이 달린 신의 영향을 받았고, 때로는 모기 날개가 달린 파리의 영향을 받았다. 그에게는 인생이 엄청 길게 느껴졌다. 하지만 그래도 인생은 순식간에 지나갔다. 그러나 인생이 한없이 길게 뻗어 나가고 순간순간이 한없이 부풀어 올라 그가 방대한 영원의 사막에서 홀로 헤매고 있는 듯이 보일 때도, 평범한 사람들 사이에서 살아온 30년의 세월이 단단히 말아서 그의 가슴과 두뇌에 끼워 놓은 그 빽빽한 양피지 문서를 반반하게 펴서 해독할 시간은 없었다. 그가 〈사랑〉에 대한 숙고를 끝내기 오래전에 (그동안 참나무에 열두 번이나 새싹이 움텄다가 낙엽이 되어 땅에 떨어졌다) 〈야심〉이 밀치고 들어왔고, 그다음엔 〈우정〉이나 〈문학〉이 자리 잡았다. 사랑이란 무엇인가라는 첫 번째 물음은 결론에 이르지 못했기 때문에, 아주 사소한 계기만 있어도 혹은 아무런 계기가 없더라도 되살아나서 책이나 은유, 인생의 목적에 대한 물음을 여백으로 밀쳐 내고, 기회를 보아 다시 뛰어들 때까지 기다리게 했다. 사랑에 대한 숙고 과정은 더더욱 길어졌는데, 그것은 장밋빛 비단옷을 입은 늙은 엘리자베스 여왕이 상아 코담뱃갑을 들고 황금 손잡이가 달린 칼을 옆에 둔 채 긴 융단 의자에 앉아 있는 초상화 같은 그림들뿐 아니라 숱한 냄새 ─ 여왕은 향수 냄새를 물씬 풍겼다 ─ 와 소리 ─ 그 겨울날 리치먼드 파크에서 수사슴들이 울어 댔다 ─ 가 실례로 풍부하게 주어졌기 때문이었다. 그래서 사랑에 대한 사색은 눈과 겨울, 활활 타오르는 통나무 난롯불, 러시아 여자들, 황금 칼, 수사슴이 우는 소리, 침을 흘리는 늙은 제임스 왕과 폭죽, 엘리자베스 여왕의 범선 화물칸에 실린 보물 자루들로 물들었다. 그것들을 하나씩 자기 마음속에 있던 자리에서 떼어 내려 하자, 바다 밑바닥에 가라앉은 유리 조각 주위에 1년이 지난 후 뼛조각들과 잠자리, 동전, 익사한 여자들의 머리칼이 쌓여 불어나 있듯이 그것들에 다른 물질이 덕지덕지 붙어 있음을 그는 알게 되었다.

「맙소사! 또 은유를 썼군!」 이렇게 말하며 그는 탄성을 질렀다(이것은 그의 마음이 무질서하고 우회적인 방식으로 작동하고 있음을 보여 주고, 그가 사랑에 관한 결론에 이르기 전에 참나무에 숱하게 꽃이 피고 시든 까닭을 설명해 줄 것이다). 「그런데 은유를 써야 할 필요가 있을까?」 그는 자문했다. 「단어를 많이 써서 단순하게 말하면 되잖아…….」 그러고는 사랑이 무엇인지를 많은 단어를 써서 단순하게 말하는 방법을 30분간(아니면 2년 반이었던가) 생각해 보곤 했다. 「그런 비유는 명백히 거짓이야.」 그는 이렇게 주장했다. 「어떤 잠자리도 극히 예외적인 상황이 아니라면 바다 밑바닥에서 살 수 없을 테니까. 그리고 문학이 진실의 신부이자 아내가 아니라면, 그렇다면 문학은 대체 뭐란 말인가? 빌어먹을!」 그는 소리쳤다. 「신부라고 말한 뒤에 아내를 덧붙일 까닭이 어디 있어? 차라리 할 말을 간단히 하고 끝내는 편이 낫지 않겠어?」

그래서 그는 풀은 초록색이고 하늘은 푸른색이라고 말하려 했다. 그렇게 함으로써 비록 멀리 떨어져 있기는 하지만 여전히 존경하지 않을 수 없는 소박한 시 정신의 비위를 맞추려 했다. 「하늘은 푸르고 풀은 초록이야.」 그가 말했다. 그러면서 고개를 들어 올려다보자 하늘은 오히려 1천 명의 성모 마리아의 머리에서 흘러내린 베일처럼 보였다. 풀밭은 마법에 걸린 숲에서 털북숭이 사티로스의 포옹으로부터 달아나기 위해 아가씨들이 도주하듯이 흐릿해지고 침침해졌다. 「맹세코, 어느 쪽이 더 진실한지 모르겠어. 둘 다 전적으로 틀렸어.」 그는 말했다(생각을 소리 내서 말하는 고약한 습관이 생겼던 것이다). 그러고는 시란 무엇인가, 진실이란 무엇인가, 라는 문제를 풀지 못해 깊은 좌절에 빠졌다.

여기서 그의 독백이 잠시 중단된 동안, 6월의 어느 날 팔꿈치를 괸 채 온몸을 뻗고 누워 있는 올랜도를 보는 것이 얼마나 이상한 일인지를 생각해 보면 우리에게 도움이 될 것이다. 여러 가지 능력을 갖추고 있고 건강한 신체를 지닌(그의 뺨과 팔다리를 보라) 이 멋진 젊은이가(공격을 지휘하고 결투하는 데 있어서는 조금도 주저하지 않을 사내가) 사고의 무력증에 빠져 있고, 그것에 지나치게 감염된 나머지, 시에 관한 문제나 자신의 창작 능력에 관해서는 오두막 문간에서 어머니 뒤에 선 어린 소녀처럼 수줍어했다는 것을 생각해 보면, 그린이 그의 비극을 조롱한 사건은 공주가 그의 사랑을 조롱한 것만큼이나 그에게 깊은 상처를 주었다고 우리는 믿는다. 그러나 다시 이야기로 돌아가면 ─

올랜도는 계속 생각했다. 그는 계속해서 풀밭과 하늘을 바라보았고, 런던에서 시집을 낸 진짜 시인이라면 풀과 하늘에 대해 뭐라고 말할지 생각해 보려고 애썼다. 그동안 기억은 (기억의 습성에 대해서는 이미 언급한 바 있다) 그의 눈앞에 니컬러스 그린의 얼굴을 변함없이 떠올렸다. 스스로 기만적인 인물이라는 것을 입증했지만 냉소적이고 입 가벼운 그 인간이 뮤즈의 화신이라도 되는 듯이, 그리고 올랜도가 바로 그 남자에게 경의를 표해야 한다는 듯이. 그래서 올랜도는 그 여름날 아침에 그에게 직설적 표현이나 비유적인 표현을 다양하게 제시했고, 닉 그린은 계속 고개를 저으며 조롱하고 글로르와 키케로와 우리 시대 시의 죽음에 대해 뭐라고 중얼거렸다. 마침내 올랜도는 벌떡 일어나서(겨울이었고 몹시 추운 날이었다) 그의 인생에서 가장 주목할 만한 맹세를 했다. 그 무엇보다도 엄중하게 그를 옭아맨 맹세였다. 「내가 혹시라도 닉 그린이나 시의 여신 뮤즈의 비위를 맞추려고 시를 쓰거나 쓰려 한다면 끝장나도 좋아. 시시하든 훌륭하든 그저 그렇든 난 오늘부터 오로지 내가 즐겁게 쓸 수 있는 것을 쓰겠어.」 이렇게 말하면서 그는 원고 뭉치를 반으로 찢어 조롱을 일삼는 그 수다쟁이의 얼굴에 내던지는 몸짓을 했다. 그러자 돌을 던지려고 몸을 굽히면 휙 달아나는 똥개처럼, 기억이 닉 그린의 얼굴을 쑥 처박아 버려서 보이지 않았고, 그 자리에 아무것도 떠오르지 않았다.

하지만 올랜도는 여전히 계속 생각했다. 사실 생각할 것이 많았다. 그가 양피지를 북 찢었을 때, 화려한 장식이 새겨진 두루마리가 단번에 찢어졌던 것이다. 그는 고적한 자기 방에서 자신을 위해 그 두루마리 원고를 만들었고, 왕이 대사를 임명하듯 스스로를 자기 종족의 첫 번째 시인이자 자기 시대의 첫 번째 작가로 임명했고, 자신의 영혼에 불멸성을 부여했고, 자신의 육신에 한 민족의 경의가 담긴 무형의 깃발이 영원히 펄럭이고 월계수로 둘러싸인 무덤을 하사했다. 이 모두가 감동적이긴 했지만, 그는 이제 그 원고를 찢어서 쓰레기통에 던졌다. 「명성이란 이를테면(그의 말을 가로막을 늬그린이 없었으므로 그는 마음껏 이미지들에 탐닉했는데, 그중 가장 차분한 이미지 한두 개만 선택하겠다) 팔다리를 마음대로 움직이지 못하게 구속하는 편직 코트이고, 심장을 억누르는 은재킷이고, 허수아비를 뒤덮은 얼룩덜룩한 방패와 마찬가지야.」 이런 등등의 말이었다. 그 말의 골자는 이런 것이었다. 명성은 사람을 방해하고 옥죄는 반면에, 무명은 안개처럼 사람을 감싼다. 무명은 어둡고 풍만하며 자유롭다. 무명은 마음이 방해받지 않고 제 길로 나아가게 해준다. 무명의 인간에게는 자비로운 어둠이 풍족하게 쏟아진다. 그가 어디에서 오고 어디로 가는지 아무도 모른다. 그는 진실을 추구하고 말할 것이다. 그만이 자유롭다. 그만이 진실하다. 그만이 평화롭다. 그래서 그는 참나무 아래에서 고요한 기분에 잠겼다. 땅 위에 노출된 참나무의 단단한 뿌리가 그의 눈엔 오히려 편안하게 보였다.

그는 무명의 가치에 대해, 바다의 심층부로 되돌아가는 파도처럼 이름 없는 존재의 즐거움에 대해 오랜 시간 깊은 생각에 잠겼다. 무명은 진저리 나는 질투와 악의를 마음에서 제거해 주고, 너그러움과 관대함이 핏줄에서 자유롭게 흐르도록 해주며, 감사의 말이나 찬사 없이 주고받을 수 있게 해준다고 생각했다. 그런 방식이야말로 모든 위대한 시인들이 밟아 온 길이라고(그리스어에 대한 그의 지식은 이런 생각을 입증하기에 충분치 않았지만) 생각했다. 셰익스피어는 그렇게 글을 썼을 테고, 교회를 지은 건축가들은 그렇게 건물을 세웠음에 틀림없다고 그는 생각했다. 무명으로, 감사나 칭송을 바라지 않고 낮에는 오로지 자기들의 일거리만을, 밤에는 운 좋게 마실 수 있는 맥주 한잔을 바라며. 〈이런 삶은 얼마나 경탄스러운가.〉 그는 참나무 아래서 팔다리를 쭉 뻗으며 생각했다. 〈그러니 지금 이 순간의 삶을 즐기지 않을 이유가 없겠지.〉 이 생각이 총알처럼 그의 뇌리를 뚫고 지나갔다. 야망이 낚싯줄의 추처럼 뚝 떨어졌다. 사랑에 차이고 허영심에 질책을 받아 쓰라렸던 가슴의 상처에서 벗어나고, 명성을 탐낼 때는 인생의 쐐기풀밭에서 그를 아프게 찔러 댔지만 이제 명예에 무관심해진 사람을 괴롭힐 수 없는 가시가 모두 떨어져 나가자, 그는 내내 활짝 뜨고 있었지만 자기 생각 외에는 아무것도 보지 못했던 눈을 떴고, 저 아래 우묵한 골짜기에 서 있는 자기 집을 내려다보았다.

그 저택은 봄의 이른 햇살을 받으며 누워 있었다. 그것은 저택이라기보다는 소도시처럼 보였다. 이 사람 저 사람의 뜻대로 여기저기 지은 곳이 아니라 하나의 구상을 마음에 품은 건축가 한 명이 신중하게 지은 소도시 같았다. 회색, 붉은색, 진자주색의 안뜰과 건물들이 대칭적으로 정연하게 배치되어 있었다. 어떤 안뜰은 직사각형 모양이었고, 어떤 곳은 정사

109

각형 형태였다. 여기에는 분수가 있고 저기에는 조각상이 놓여 있었다. 어떤 건물들은 나지막했고 어떤 건물은 뾰족했다. 여기에는 예배당이, 저기에는 종탑이 있었다. 건물들 사이에 새파란 잔디가 깔린 공간이 있고, 삼나무 숲이 있고, 화려한 꽃들이 만발한 꽃밭이 있었다. 이 모든 것들은 기복을 이루며 뻗어 나간 육중한 성벽에 에워싸여 있었지만, 모든 곳이 너무나 잘 정리되어 있어서 각 부분마다 적절히 뻗어 나갈 공간이 있는 것 같았다. 수많은 굴뚝에서 나온 연기가 끊임없이 소용돌이치며 허공으로 사라졌다. 1천 명의 인간과 아마도 2천 필의 말을 수용할 수 있는, 방대하지만 질서 정연한 이 저택은 이름을 모르는 일꾼들에 의해 지어졌다고 올랜도는 생각했다. 여기서 셀 수 없이 긴 세월 동안 무명의 가족들이 무명의 세대를 이어 가며 살아왔다. 그 수많은 리처드나 존, 앤, 엘리자베스 중 어느 누구도 자신의 흔적을 뒤에 남기지 않았다. 하지만 모두 삽과 바늘을 들고 함께 일해 오며 사랑의 행위를 나누고 아이를 낳으며 이 집을 남겼다.

이 저택이 지금처럼 고귀하고 인간적으로 보였던 적은 없었다.

그렇다면 그는 왜 자신을 그들보다 더 높이 세우고 싶어 했던가? 그 무명인들의 창조적 작품, 그 사라진 자들의 노고를 능가하려는 시도는 극도의 자만심과 교만함의 소치인 듯 보였다. 유성처럼 타올라 먼지도 남기지 않는 것보다는 무명의 존재로 떠나면서 아치나 온실, 복숭아가 무르익는 담장을 남기는 편이 더 나았다. 저 아래 잔디밭에 자리 잡은 대저택을 바라보고 얼굴을 빛내면서, 그는 저기 살았던 무명의 신사 숙녀들이 나중에 올 사람들을 위해, 빗물이 샐 지붕을 위해, 쓰러질 나무를 위해, 무언가를 잊지 않고 떼어 두었다고 말했다. 부엌에는 늙은 목동을 위한 따뜻한 구석 자리가 늘 마련되어 있었고, 굶주린 사람들을 위한 음식이 항상 준비되어 있었다. 그들이 앓아누워도 그들의 술잔은 반짝이도록 잘 닦여 있었고, 그들이 임종을 맞아도 그들의 창문은 환히 빛났다. 그들은 귀족이었지만 두더지잡이나 석공과 함께 무명으로 살아가는 데 만족했다. 무명의 귀족이여, 잊힌 건축가들이여. 이렇게 그는 자신을 냉담하고 무관심하며 나태하다고 비판한 사람들에게 철저히 반박하려는(실은 어떤 자질이 우리가 찾는 곳의 반대편에 있는 경우가 종종 있으므로) 열띤 기세로 그들을 불렀다. 이렇게 그는 그의 저택과 혈족을 더없이 감동적으로 힘차게 불렀다. 그러나 마무리 부분에 이르렀을 때 — 마무리가 없다면 웅변이 무슨 소용이 있겠는가? — 그는 말을 더듬었다. 그는 그들의 발자취를 따라 그들의 저택에 돌 하나를 더 올려놓겠다는 취지로 멋지게 끝내고 싶었겠지만, 이 저택은 이미 4만 제곱미터에 걸쳐 있었으므로 돌멩이 하나라도 더 올려놓는 것은 군더더기 같았기 때문이다. 마무리 부분에서 가구를 언급해도 될까? 침대 옆에 놓을 의자와 탁자, 매트에 대해 말해도 될까? 웅변을 마무리하는 데 필요한 것이 무엇이든 간에, 그 저택에 실제로 필요한 것은 바로 그런 것들이었다. 자신의 연설을 잠시 미완으로 남겨 둔 채, 그는 앞으로 저택에 가구를 비치하는 데 노력을 아끼지 않겠다고 결심하며 언덕을 성큼성큼 걸어 내려갔다. 곧 그를 보러 오라는 전갈을 듣고 이제는 좀 늙은 선량한 그림스디치 부인의 눈에 눈물이 고였다. 그들은 함께 저택을 둘러보았다.

국왕 침실(〈그분은 제이미 왕[21]이셨어요, 주인 나리〉라고 부인이 말하면서 그들의 저택에 왕이 행차하여 자고 간 후로 많은 날들이 지났음을 암시했다. 하지만 그 불쾌한 공화정 시절은 지났고, 이제 다시 영국에 국왕이 들어섰다)[22]의 수건 걸이는 다리가 하나 없었다. 공작 부인의 시동 대기실로 이어지는 작은 찬장의 큰 물병들에는 받침대가 없었다. 그린씨가 지저분하게 파이프 담배를 피우다 카펫에 낸 얼룩은 그녀와 주디가 아무리 문질러 닦아도 지워지지 않았다. 실로 올랜도가 그 저택의 365개 침실 각각에 장미목 의자와 향나무 캐비닛, 은세숫대야, 도자기 사발, 페르시아 카펫을 비치하려고 모두 합산해 보니, 결코 만만한 일이 아니라는 것을 알 수 있었다. 물려받은 유산이 몇천 파운드가 남아 있었지만, 그것으로는 화랑 몇 개에 태피스트리를 걸고 식당에 멋진 조각 의자들을 배치하고 왕족들을 위한 침실에 순은 거울과 똑같은 금속으로 장식한(그는 은을 지나치리만큼 좋아했다) 의자들을 비치하는 정도밖엔 할 수 없을 것이다.

그는 이제 진지하게 그 일에 착수했는데, 우리가 그의 금

21 제임스 1세.
22 크롬웰이 청교도 혁명을 통해 공화정(1649~1660)을 수립했고, 그 후 찰스 2세가 왕위에 올랐다.

전 출납부를 살펴보면 의심할 바 없이 그것을 입증할 수 있다. 이 시기에 그가 구입한 물품 목록을 살펴보자. 여백에 비용이 합산되어 있지만 그것은 생략한다.

스페인제 담요 50쌍, 같은 수의 진홍색과 흰색 견직물 커튼, 진홍색과 흰색 실크로 수놓은 하얀 새틴 침대 장식용 천……

노란 새틴 의자 70개와 스툴 60개, 여기에 잘 어울리는 뻣뻣한 마직 커버……

호두나무 탁자 67개……

다섯 다스의 베네치아 유리잔이 들어 있는 묶음 상자 17개……

30미터 길이의 매트 102개……

은색 파치먼트 레이스가 달린 진홍색 다마스크직 쿠션 97개와 얇은 직물로 감싼 발 받침대와 그에 적합한 의자……

등잔 12개 각각에 필요한 나뭇가지 모양의 등갓 50개……

이미 우리는 하품을 시작하고 — 목록이라는 것이 사람에게 미치는 영향은 그러하다. 그러므로 여기서 중단한다면, 그 목록이 끝나서가 아니라 지루해서이다. 이 목록에는 99페이지가 더 있었고, 지출 총액은 몇천 파운드에 이르렀다. 그것을 오늘날의 화폐로 환산하면 수백만 파운드에 달한다. 그런데 낮 시간을 이처럼 보내고 나서 밤이 되면 두더지가 파놓은 1백만 개의 굴을 평평하게 고르는 데 시간당 10페니의 노임을 지불할 때 얼마나 들 것인지를 또 계산하고 있는 올랜도 경을 보게 되었다. 또한 둘레가 15마일에 달하는 파크를 둘러싼 울타리를 보수하려면 한 되에 5페니 반인 못이 몇백 파운드가 필요할지 등등을 계산하고 있었다.

그런 계산은 사실 지루하다. 벽장은 이거나 저거나 대개 비슷하고, 두더지가 파놓은 흙 두둑은 수백만 개가 있어도 별반 다르지 않기 때문이다. 그러나 올랜도는 그 덕분에 유쾌한 여행을 하게 되었고, 멋진 모험도 했다. 가령 그는 브뤼주 근방의 도시에 사는 눈먼 여인들을 모두 동원하여 은침대에 늘어뜨릴 덮개를 수놓게 했다. 베네치아에서 그에게 (오로지 칼끝으로 위협함으로써) 옻칠한 찬장을 구입하게 한 무어인과 벌인 모험에 대해서는 다른 사람의 입으로 들려줄 가치가 충분히 있을 것이다. 그 일은 여러 가지 변화를 가져오기도 했다. 때로 서식스주의 일꾼들이 여러 필의 말로 큰 목재를 끌어와서 톱으로 잘라 회랑 바닥에 깔곤 했다. 또한 양털과 톱밥이 가득 찬 페르시아산 궤에서 마침내 접시 하나 혹은 황옥 반지 하나를 꺼내는 일도 있었다.

마침내 화랑에는 탁자를 더 놓을 공간이 없었고, 탁자 위에는 진열장을 더 놓을 공간이 없었고, 진열장에는 장미 꽃꽂이용 수반을 더 놓을 공간이 없었고, 수반에는 말린 꽃 한 줌을 더 넣을 공간이 없었다. 어디에든 무엇이든 더 채워 넣을 공간이 없었다. 간단히 말해 저택은 완벽하게 구비된 것이었다. 정원에는 각양각색의 스노드롭과 크로커스, 히아신스, 목련, 장미, 백합, 과꽃, 달리아, 배나무와 사과나무, 체리, 뽕나무, 희귀한 꽃을 피우는 어마어마한 관목들, 상록수와 다년생 나무들이 서로 뿌리가 섞이며 무성하게 자라서 꽃이 없는 땅덩어리가 없었고, 그늘지지 않은 풀밭이 없었다. 더욱이 그는 화려한 깃털이 달린 들새를 수입했고, 말레이 곰 두 마리도 수입했다. 그 곰들의 고약한 습성은 충실한 마음을 숨기고 있다고 그는 믿었다.

이제 모든 것이 갖추어졌다. 저녁이 되어 수많은 은촛대에 불이 켜지고, 회랑에서 끝없이 살랑거리던 미풍이 푸른색과 녹색이 어우러진 아라스 벽걸이를 뒤흔들어 사냥꾼들이 말을 달리고 다프네가 달아나는 듯이 보일 때, 은그릇이 빛나고 래커 광택이 반짝이고 장작불이 타오를 때, 조각 의자들의 팔걸이가 드러나고, 벽 위에서 돌고래가 등에 탄 인어들과 함께 헤엄칠 때, 이 모든 것과 그 이상의 많은 것들이 그의 취향에 맞춰 완벽하게 갖춰졌을 때, 올랜도는 사슴 사냥개들을 이끌고 집 안을 거닐면서 만족감을 느꼈다. 이제 그 연설의 마무리 부분에 넣을 것이 마련되었다고 생각했다. 그 연설은 완전히 새로 시작하는 편이 나을지도 모른다. 그런데 화랑들을 거닐다 보니 아직도 무언가 부족하다는 느낌이 들었다. 아무리 풍부하게 도금되고 정교하게 조각된 의자나 탁자라도, 백조들의 구부러진 목을 밟은 사자 발이 받치는 소파라도, 한없이 부드러운 백조 솜털로 만든 침대라도 그 자체로는 충분하지 않았다. 거기 앉은 사람들, 거기 누운 사람들이 있어야 그것들은 진가를 발휘한다. 그래서 올랜도는 이웃의 귀족들과 상류층 신사들을 초대하여 대단히 화려한 연회를 베풀기 시작했다. 365개의 침실이 한 달간 완전히 손님들로 채워진 적도 있었다. 손님들은 52개의 층계에서 서로 밀치고 다녔다. 3백 명의 하인이 식품 저장실에서 부산하게 움직였다. 거의 매일 밤마다 연회가 열렸다. 이렇게 몇 년이 지나자 올랜도의 벨벳 옷의 털이 닳았고, 그의 재산 절반이 사라졌다. 하지만 그는 이웃들에게서 좋은 평판을 얻었고, 그 자치주의 직책을 스무 개나 보유하게 되었으며, 매년 후원에 고마워하는 시인들이 그리 진심이 느껴지지 않는 헌사를 써서 보낸 책을 열두 권쯤 받았다. 당시 그는 작가들과 어울리지 않으려고 조심했고, 이국 혈통의 여자들에게 늘 거리를 두었지만, 그래도 여자들과 시인들에게 지나친 아량을 베풀었고 그들은 그를 흠모했다.

그러나 연회가 절정에 이르고 손님들이 한껏 즐기고 있을 때면 그는 홀로 자기 방으로 물러나곤 했다. 거기서 문을 닫고 아무도 없음을 확인한 뒤에 낡은 공책을 꺼내곤 했다. 어머니의 반짇고리에서 훔친 실크로 묶고 소년의 둥근 필체로 〈참나무: 시〉라고 제목을 붙인 책이었다. 그는 자정을 알리는 종이 울릴 때까지, 그 이후에도 한참이 지나도록 거기에 시를 써넣곤 했다. 하지만 써넣는 글만큼 줄을 그어 지운 것이 많았기에 한 해가 지날 무렵 그 글의 분량은 연초보다 적었고, 계속 써나가다 보면 그 시는 완전히 지워질 것 같았다. 그의 문체가 놀라울 정도로 달라졌다고 문헌사가는 언급할 것이다. 화려한 수사는 순화되었고, 과다한 표현은 억제되었으며, 성숙한 산문이 열렬히 뿜어져 나오는 샘을 응결시켰다. 바깥 풍경에도 예전보다 화환이 적게 꽂혀 있었고 들장미도

가시가 적고 덜 엉클어져 있었다. 어쩌면 감각도 약간 둔해져서 꿀과 크림이 예전만큼 미각을 유혹하지 않았을지 모른다. 또한 거리의 배수 시설이 좋아졌고 저택의 조명이 나아졌다는 사실도 문체에 영향을 미쳤으리라는 것을 의심할 수 없다.

어느 날 그가 엄청난 노력을 기울이며 「참나무: 시」에 한두 행을 덧붙이고 있을 때, 어떤 그림자가 그의 눈꼬리를 스쳤다. 그것이 그림자가 아니라 그의 방에서 내다보이는 네모난 안뜰을 가로지르는, 승마용 모자와 망토를 걸친 헌칠한 숙녀의 형체라는 것을 그는 곧 알아차렸다. 그가 있는 방은 저택의 가장 안쪽에 있었고 그 숙녀는 낯선 사람이었기에 올랜도는 그녀가 어떻게 그곳에 들어왔을지 의아했다. 3일 후 그 유령 같은 형체가 다시 나타났고, 수요일 정오에 또다시 나타났다. 이번에는 그녀를 따라가 보겠다고 올랜도는 작정했다. 그녀는 발각될까 두려워하지 않는 게 분명했다. 그가 다가가자 그녀는 걸음을 늦추고 그의 얼굴을 똑바로 쳐다보았다. 귀족 저택의 내밀한 경내에서 이처럼 발각된 다른 여자라면 겁을 먹었을 것이다. 그런 얼굴에 그런 두건을 두르고 그런 외모의 소유자인 다른 여성이라면 자기 모습을 숨기려고 베일을 어깨에 둘렀을 것이다. 이 숙녀는 무엇보다도 산토끼를 연상시켰다. 깜짝 놀랐지만 고집을 부리는 산토끼, 멍청하고도 대담한 기색으로 수줍음을 극복한 산토끼, 똑바로 앉아서 귀를 쫑긋 세웠지만 떨면서 뾰족한 코를 씰룩거리며 튀어나온 큰 눈으로 추격자를 쏘아보는 산토끼. 더욱이 이 산토끼는 키가 6피트는 되었는데 고풍스러운 두건을 두르고 있어서 더 커 보였다. 이렇게 정면으로 마주치자 그녀는 소심함과 대담함이 묘하게 뒤섞인 시선으로 올랜도를 응시했다.

우선 그녀는 예법에 맞기는 하지만 어딘지 서툴게 무릎을 굽혀 절하면서, 무단으로 침범한 자신을 용서해 달라고 말했다. 그러고 나서 몸을 다시 쭉 펴자 6피트 2인치는 되어 보였는데, 낄낄거리고 호호거리며 불안하게 웃어 댔다. 그래서 올랜도는 그녀가 정신 병원에서 탈출했음에 틀림없다고 생각했다. 그런데 그녀는 자신이 루마니아 영토의 핀스터아르호른과 스캔드옵붐의 황녀 해리엇 그리젤다라고 말을 이었다. 그와 만나기를 간절히 원했다는 것이었다. 그래서 파크게이트에 있는 제과점 위층에 숙소를 얻었고, 그의 초상화를 보았는데 오래전에 죽은 — 이렇게 말하며 그녀는 큰 소리로 웃었다 — 여동생과 닮았다는 것이었다. 그녀는 영국 왕실을 방문 중이었고, 왕비와 사촌 간이었다. 국왕은 아주 좋은 사람이지만 맨정신으로 잠자리에 드는 일이 거의 없었다. 이렇게 말하면서 그녀는 또다시 낄낄거리고 호호거리며 웃었다. 결국 그는 그녀를 안으로 들여서 포도주 한잔을 대접할 수밖에 없었다.

실내로 들어오자 그녀는 루마니아의 황녀에게 걸맞은 거만한 태도를 되찾았다. 그녀는 숙녀들에게서 찾아보기 어려운 포도주에 관한 해박한 지식을 드러내고 자기 나라의 총기와 사냥꾼들의 습성에 대해 다분히 지각 있는 의견을 제시했는데, 그렇지 않았더라면 그들의 대화는 자연스럽게 이어지지 않았을 것이다. 마침내 그녀가 벌떡 일어서더니 이튿날 방문하겠다고 선언하고는 또다시 이상하게 절을 하고 떠났다. 다음 날 올랜도는 말을 타고 나갔다. 그다음 날은 모른 척했다. 3일째 되는 날은 커튼을 쳐서 창문을 가렸다. 나흘째 되는 날에는 비가 내렸다. 숙녀를 빗속에 세워 둘 수도 없는 노릇이고 말동무가 반갑지 않은 기분도 아니어서 그는 그녀를 안으로 들였고, 그의 조상이 소유해 온 갑옷이 자코비의 작품일지 아니면 톱의 작품일지에 관해 의견을 물었다. 그는 톱의 작품일 거라고 생각했다. 그녀는 다른 의견을 제시했는데, 어느 쪽이든 그리 중요하지 않다고 말했다. 그러나 이 전기의 진행에서 조금 중요한 사실은, 해리엇 황녀가 매듭을 묶는 방법과 관련해서 자기주장을 예시하느라 황금 정강이 덮개를 꺼내 올랜도의 다리에 끼웠다는 점이다.

올랜도가 어느 귀족보다도 멋진 다리를 갖고 있다는 것은 이미 언급한 바 있다.

황녀가 발목 잠금장치를 끼웠을 때의 무엇 때문인지, 혹은 몸을 굽힌 그녀의 자세 때문인지, 혹은 올랜도의 오랜 은둔 탓인지, 혹은 이성 간에 일어나는 자연스러운 공감 때문인지, 아니면 버건디 포도주 탓인지, 아니면 난롯불 탓인지 — 이런 이유들 가운데 어느 것이든 책임을 져야 한다. 올랜도처럼 훌륭한 가정 교육을 받은 귀족이 자기 집에서 숙녀를 대접했고, 그 숙녀는 자기보다 상당한 연장자이고 매우 길쭉한 얼굴에 빤히 쳐다보는 눈을 가진 데다 우스꽝스럽게도 더운 날씨에 외투와 승마용 망토를 걸치고 있는데도 — 그 귀족이

3. 황녀 해리엇

느닷없이 맹렬한 격정에 압도되어 방을 뛰쳐나갔다면, 분명 무언가는 책임을 져야 할 것이다.

하지만 그것이 어떤 종류의 격정이었느냐고 당연히 의문을 제기할 수 있다. 그리고 그 의문에 대한 답은 사랑 그 자체만큼이나 양면적이다. 왜냐하면 사랑이란…… 하지만 사랑을 잠시 논외로 하자면, 실제로 일어난 일은 이렇다.

황녀 해리엇 그리젤다가 잠금장치를 끼우려고 몸을 숙였을 때, 올랜도는 갑자기 이해할 수 없이 멀리서 퍼덕이는 사랑의 날갯짓 소리를 들었다. 멀리서 흔들리는 부드러운 깃털이 급히 밀려드는 물결, 눈 속의 사랑스러운 자태, 홍수 속의 부정(不貞), 이런 수천 가지 기억을 그의 내면에 일깨웠다. 날갯짓 소리가 점점 가까워지자 그는 얼굴을 붉히며 몸을 떨었다. 다시는 이렇게 동요되는 일이 없을 줄 알았는데, 그는 동요했다. 그는 양손을 들고 그 아름다운 새가 자기 어깨에 내려앉게 하려 했다. 그때 — 끔찍하게도! — 까마귀가 나무에서 굴러떨어지며 찢어지는 소리를 내기 시작했다. 대기는 거친 검은 날개에 덮여 어두워졌다. 깍깍 소리가 들렸고, 지푸라기와 잔가지, 깃털이 떨어졌다. 그러고는 모든 새들 가운데 가장 육중하고 더러운 콘도르가 그의 어깨에 거꾸로 처박혔다. 그래서 그는 방을 뛰쳐나갔고, 하인을 보내 황녀 해리엇을 마차까지 전송하게 했던 것이다.

이제 다시 돌아가서 말하자면, 사랑은 두 얼굴을 갖고 있기 때문이다. 하나는 희고, 다른 하나는 검다. 두 개의 몸이 있어 하나는 매끄럽고, 다른 하나는 털북숭이다. 그것은 두 개의 손, 두 개의 발, 두 개의 발톱이 있고, 실로 모든 부위가 두 개이고 정확히 상반된다. 하지만 그 두 가지는 아주 단단하게 결합된 까닭에 분리될 수 없다. 이번에 올랜도의 사랑은 하얀 얼굴을 그에게로 향하고 매끄럽고 사랑스러운 몸은 바깥쪽으로 향한 채 그에게로 날아왔다. 그녀는 순수한 기쁨의 공기를 퍼뜨리며 점점 다가왔다. 갑자기(어쩌면 황녀를 보았을 때) 그녀는 빙 돌아 몸을 돌리더니 검은 털투성이의 야만적인 모습을 드러냈다. 그의 어깨에 떨어진 더럽고 혐오스러운 것은 낙원의 새, 사랑이 아니라 콘도르, 욕정이었다. 그래서 그는 달아났고, 그래서 시종을 불렀다.

하지만 독수리는 그 정도로 해선 쉽게 내쫓기지 않았다. 황녀는 계속 제과점 위층에 머물렀고, 그뿐 아니라 올랜도는 매일 밤낮으로 더없이 더러운 환영에 시달렸다. 언제라도 똥투성이의 새가 그의 책상에 내려앉을 수 있었는데, 그가 저택에 은으로 만든 가구를 새로 비치하고 벽에 아라스 벽걸이를 건 일은 모두 헛수고로 여겨졌다. 그 새는 거기 의자들 사이에서 어슬렁거렸다. 회랑을 가로질러 꼴사납게 뒤뚱거리며 다니기도 했다. 때로 그 새는 난로 철망에 머리를 떨군 채 앉아 있었다. 그가 쫓아내면 그 새는 다시 돌아와서 창문이 깨질 때까지 쪼아 댔다.

결국 그는 자기 저택에서 살 수 없음을 깨달았다. 이 문제를 즉시 해결하기 위해 조치를 취해야 한다고 느껴, 자기와 같은 처지에 놓인 어느 젊은이라도 했을 법한 일을 했다. 찰스 국왕에게 자신을 콘스탄티노플의 특사로 보내 달라고 요청했던 것이다. 국왕은 화이트홀에서 거닐고 있었다. 넬 귄[23]이 국왕의 팔짱을 끼고 있었다. 그녀는 그에게 개암 열매를 던졌다. 그런 멋진 다리를 가진 청년이 고국을 떠나는 것은 한없이 유감스러운 일이라며 그 호색적인 숙녀는 한숨을 지었다. 하지만 운명은 가혹했다. 그녀가 할 수 있는 일이라곤 올랜도가 배를 타고 떠나기 직전에 그녀의 어깨 너머로 키스를 보내는 것뿐이었다.

23 Nell Gwyn(1650~1687). 찰스 2세의 정부.

제3장

실로 대단히 불운하고 매우 유감스러운 점은, 올랜도가 고국의 공무에 매우 중요한 역할을 수행했던 이 시기의 생애를 판단하는 데 있어 필요한 정보가 우리에게 거의 없다는 것이다. 우리는 그가 자기 의무를 훌륭히 수행했음을 알고 있다. 그가 받은 바스 훈장과 공작 작위를 보라. 우리는 그가 찰스 국왕과 터키인들 간의 매우 미묘한 협상에 관여했음을 알고 있고, 이에 관해서는 공문서 보관소에 있는 조약문이 입증하고 있다. 하지만 그의 재직 중에 일어난 혁명과 그 후에 발생한 화재로 인해 신뢰할 만한 기록을 끌어낼 수 있는 문서가 모두 훼손되거나 소실되었기에, 우리가 제시할 수 있는 정보는 안타깝게도 완전하지 못하다. 가장 중요한 문장의 한가운데가 누렇게 그을린 서류도 종종 있었다. 1백 년간 역사가들을 어리둥절하게 했던 비밀을 이제야 밝힐 수 있겠다고 기대감에 부풀었을 때, 문서에서 손가락이 들어갈 만한 구멍을 발견하기도 했다. 우리는 새까맣게 타고 남은 부분에서 변변찮은 결론을 꿰어 맞추려고 최선을 다했지만, 때로는 추론하고 추정하고 심지어 상상력을 동원해야만 했다.

올랜도는 하루하루를 대개 이와 같이 보낸 듯하다. 7시쯤 일어나 긴 터키 망토로 몸을 감싸고, 궐련에 불을 붙인 뒤 난간에 팔꿈치를 기대곤 했다. 그렇게 서서 도취된 듯 발아래 펼쳐진 도시를 바라보았다. 이 시간에는 안개가 너무 짙게 끼어서 산타 소피아 성당의 반구형 지붕과 다른 건물들이 허공에 떠 있는 것처럼 보였다. 안개가 차차 엷어지면서 본모습이 서서히 드러났다. 단단히 뭉친 물방울들이 보이기도 했다. 저기에 강이 있고, 저기 갈라타 다리가 있다. 저기에 눈이나 귀가 없는 순례자들이 녹색 터번을 두르고 동냥을 하고 있다. 저기에 잡종 개가 죽은 동물의 내장을 파헤치고 있다. 저기에 숄을 두른 여자들이 있다. 저기에 수많은 원숭이들이 있다. 저기에 긴 장대를 들고 말을 탄 남자들이 있다. 오래지 않아 온 도시가 채찍 소리, 징 소리, 기도를 올리는 외침 소리, 당나귀를 내리치는 소리, 놋쇠로 보강된 바퀴가 덜컹거리는 소리로 깨어났다. 그동안 발효된 빵과 향, 향신료에서 나는 시큼한 냄새가 페라의 고지까지 올라왔는데, 그것은 피부색이 다양한 야만적 주민들이 날카로운 소리를 내면서 내뿜는 숨결 같았다.

이제 햇살을 받아 반짝이는 광경을 바라보면서, 그는 서리와 켄트 자치주나 런던과 턴브리지 웰스의 마을과 달라도 이렇게 다른 곳은 없을 거라고 생각했다. 바위들이 우뚝 솟은 황량한 아시아의 민둥산들이 오른쪽과 왼쪽으로 이어졌고, 거기에 약탈자 두목의 황폐한 성 한두 개가 매달려 있었다.

거기에는 목사관도 없고, 영주의 저택도 없었다. 오두막도, 참나무도, 느릅나무도, 제비꽃도, 담쟁이도, 들장미도 없었다. 양치류가 타고 오를 산울타리도 없고, 양들을 방목할 초원도 없었다. 집들은 달걀 껍데기처럼 하얗고 아무런 꾸밈도 없었다. 뿌리부터 속속들이 영국인인 그가 그럼에도 불구하고 이 거친 전경에서 마음속 깊이 환희를 느끼고, 멀리 저 산길들과 고원을 거듭 바라보면서 예전에 염소들과 목동들만 다녔을 저곳을 혼자 걸어 보겠다는 계획을 세우고, 절기에 맞지 않는 화려한 꽃들에 열렬한 애정을 느끼고, 너저분한 잡종 개를 고향의 사냥개보다 더 사랑하고, 거리의 매캐하고 톡 쏘는 냄새를 열렬히 콧구멍에 들이마신 것은 스스로에게도 놀라웠다. 그는 십자군 전쟁 시절에 자기 조상 중 한 사람이 체르케스족[24]의 소작농 여성과 어울리지 않았을지 궁금했다. 그럴 수도 있었으리라 생각하며 자기 얼굴이 약간 거무스름한 편이라고 상상하고는 몸을 씻으러 안으로 들어갔다.

한 시간 뒤, 적절히 향수를 뿌리고 머리를 둥글게 말고 성유를 바른 후에 그는 비서들과 다른 고위 관리들의 방문을 받았다. 그들은 그가 가진 황금 열쇠로만 열 수 있는 붉은 상자를 차례로 가져왔다. 그 안에는 더없이 중요한 문서들이 있었는데, 그 서류들에서 지금 남은 것은 덩굴무늬 장식이나 타버린 실크 조각에 붙어 있는 봉랍 같은 파편들뿐이다. 그러므로 그 문서의 내용에 대해서는 말할 수 없지만, 올랜도가 밀랍으로 인장을 찍기도 하고, 색색의 리본을 다양하게

24 캅카스산맥 서북쪽 시르카시아 지방의 원주민.

부착하기도 하고, 자기 작위를 큰 글자로 쓰고, 대문자들을 멋지게 장식하며 바쁘게 일하다 보면 점심시간이 되었다. 30가지 요리가 나오는 멋진 식사였을 것이다.

점심 식사 후 육두마차가 준비되었다고 시종이 알려 주면, 그는 거대한 타조 털 부채를 머리 위로 흔들며 달려가는 자주색 제복 차림의 터키 병사들을 앞세우고 다른 대사들이나 고관들을 방문하러 갔다. 그 의식은 언제나 똑같았다. 공관 안뜰에 이르면 터키 병사들이 부채로 정문을 두드렸고, 즉시 문이 열리며 화려하게 장식된 큰 방이 드러났다. 안에 두 사람이 앉아 있었는데, 대체로 남자와 여자였다. 서로 깊이 고개 숙여 절하며 인사를 나누었다. 첫 번째 방에서는 날씨 이야기만 할 수 있었다. 날이 맑다거나 흐리고 덥다거나 춥다는 말을 하고 나면 다음 방으로 건너갔다. 여기서도 다시 두 사람이 일어나 그에게 인사했다. 여기서는 주거지로서 콘스탄티노플과 런던을 비교하는 얘기만 할 수 있었다. 당연히 대사는 콘스탄티노플을 선호한다고 말했고, 집주인들은 물론 런던을 본 적이 없음에도 불구하고 런던을 선호한다고 말했다. 다음 방에서는 찰스 국왕과 술탄의 건강에 대해 상세히 얘기를 나눠야 했다. 그다음 방에서는 대사와 집주인 아내의 건강에 대해 간략하게 얘기를 나눴다. 다음 방에선 대사는 주인의 가구를 칭찬했고, 주인은 대사의 의상을 칭찬했다. 그다음 방에서는 달콤한 음식이 제공되었고, 주인은 음식이 변변치 않다며 개탄하고 대사는 훌륭하다고 극찬했다. 마침내 물 담배를 피우고 커피를 마시는 것으로 그 의식은 마무리되었다. 그러나 담배를 피우고 커피를 마시는 것은 격식에 맞게 동작을 취한 것일 뿐, 담뱃대에는 담배가 없고 커피 잔에는 커피가 없었다. 실제로 담배를 피우고 커피를 마셨다면 과다 섭취로 몸이 쇠약해졌을 것이다. 이 방문을 마치자마자 또 다른 곳을 방문해야 했기 때문이다. 다른 고관들의 집에서도 동일한 의식이 정확히 동일한 순서로 예닐곱 번 반복되었다. 그래서 종종 밤늦은 시간에야 대사는 집에 돌아갈 수 있었다. 올랜도는 이런 임무를 경탄스러울 정도로 잘 수행했고, 그것이 외교관의 임무 중 가장 중요한 부분이라는 것을 부정하지 않았다. 하지만 그런 임무 수행에 틀림없이 지쳤을 테고 아주 침울할 정도로 침체되는 때도 종종 있어서, 자기 개들만 데리고 홀로 저녁 먹는 것을 선호했다. 실제로 그가 개들에게 모국어로 건네는 말도 엿들을 수 있었다. 때로 그가 보초병들이 알아보지 못하게 변장을 하고 밤늦게 대문을 나서곤 했다는 소문도 돌았다. 그럴 때는 갈라타 다리 위에서 군중과 어울리거나 시장 거리를 거닐었고, 혹은 신발을 벗고 모스크에 들어가 예배 보는 사람들 틈에 끼곤 했다. 한번은 그가 열병을 앓고 있다는 사실이 알려졌을 때, 염소를 시장으로 끌고 가던 목동들이 산꼭대기에서 영국인 귀족을 보았는데 그가 하느님에게 기도하는 소리를 들었다고 말했다. 그가 바로 올랜도일 거라 여겨졌는데, 그의 기도는 소리 내어 읊은 시였음이 틀림없다. 그가 망토 주머니에 아직도 많은 분량의 원고를 갖고 다녔음이 알려져 있었던 것이다. 문에서 귀 기울이던 하인들은 대사가 자기 방에 혼자 있을 때 이상하게 노래를 부르듯이 무언가 읊조리는 소리를 들었다.

이런 단편적인 사실을 토대로 우리는 최선을 다해 당시 올랜도의 생활과 성격을 그려 내야 한다. 올랜도가 콘스탄티노플에서 보낸 날들에 관해 확증되지 않은 소문이나 전설, 일화가 오늘날까지도 전해진다(우리는 그중 몇 가지만 인용했다). 그 소문들은 이제 인생의 전성기에 이른 그가 사람들의 애정을 불러일으키고 눈길을 사로잡는 힘을 갖고 있음을 입증한다. 그 힘을 보존하기 위한 보다 지속적인 자질들까지 모두 잊힌 후에도 그것은 오래도록 기억에 남는다. 그 힘은 아름다운 외모와 혈통, 그리고 희귀한 천부적 자질이 혼합된 신비로운 것이었다. 우리는 그것을 매력이라고 부르고 더 이상 왈가왈부하지 않는다. 사샤가 말했듯이 그는 촛불 하나를 밝히려고 애쓰지 않아도 그의 내면에서 〈1만 개의 촛불〉이 타올랐다. 자기 다리에 대해 전혀 생각하지 않아도 그가 걸어다니는 모습을 보면 수사슴 같았다. 그가 평상시의 목소리로 말해도 그 메아리는 은으로 만든 징처럼 울렸다. 그런 까닭에 그를 둘러싼 소문이 무성했다. 많은 여자들과 몇몇 남자들이 그를 흠모했다. 그들은 그에게 말을 걸 필요도, 그를 볼 필요도 없었다. 특히 낭만적인 경치가 펼쳐지거나 해가 지고 있을 때 그들은 실크 스타킹을 신은 귀족 신사의 모습을 눈앞에 떠올렸다. 올랜도는 가난하고 교육받지 못한 사람들에게도 부자들에게 그렇듯 똑같이 매력을 발휘했다. 목동들과 집시들, 당나귀 몰이꾼들은 지금도 〈우물에 에메랄드를 빠뜨린〉 영국 귀족에 대해 노래한다. 그것은 틀림없이 올랜도를 가리키는 노래였는데, 한번은 화가 났거나 도취한 순간에 그가 보석 반지를 손가락에서 빼내 샘에 던져 버린 모양이다. 그 보석은 어느 시동이 물속에서 찾아냈다. 그런데 잘 알려져 있다시피 이런 낭만적인 매력은 지극히 내성적인 성격과 결부된 경우가 많다. 올랜도는 친구를 전혀 사귀지 않았던 것 같다. 어느 신분 높은 숙녀가 그와 가까워지려는 마음에 영국에서 먼 길을 찾아왔고 그에게 관심을 보이며 성가시게 굴었지만, 그는 끈덕지게 자기 임무를 계속 수행했다. 그래서 그가 호른에서 대사로 근무한 지 2년 반도 지나지 않았을 때, 찰스 국왕은 그에게 최고 귀족의 작위를 내리겠다는 의사를 밝혔다. 시기하는 자들은 이것이 올랜도의 멋진 다리를 잊지 못하고 애정을 드러낸 넬 귄 덕분이라고 말했다. 하지만 그녀는 올랜도를 단 한 번 보았을 뿐이고 당시 왕에게 개암 열매를 던지느라 바빴으므로, 올랜도가 공작 작위를 받은 것은 그의 종아리 때문이 아니라 그의 공적 덕분이었던 것 같다.

그의 일생에서 대단히 중요한 순간에 이르렀으므로 우리는 여기서 멈춰야겠다. 공작 작위 수여식은 아주 유명하고 실로 논란이 분분한 사건을 일으키게 되었으므로, 우리는 타 버린 서류들과 작은 끈 조각들 사이에서 최대한 조심스럽게 나아가며 그 사건을 묘사해야 한다. 라마단의 금식 기간이 끝날 무렵에 바스 훈장과 귀족 특허 증서가 에이드리언 스크로프 경의 소형 군함에 실려 도착했다. 올랜도는 그 작위 수

4. 대사 올랜도

여식을 계기로 콘스탄티노플에서 그 이전에도 이후에도 본 적이 없는 화려한 연회를 열었다. 맑고 청명한 밤에 어마어 마한 군중이 몰려들었고, 대사관 창문마다 휘황한 빛이 흘러 나왔다. 그런데 여기서도 사실을 자세히 알 수가 없는데, 화 재로 인해 그런 기록이 모두 사라져 버렸고, 가장 중요한 점 에서 명확하지 않아 감질나게 하는 파편만 남았기 때문이다. 그러나 손님으로 초대되었던 영국 해군 사관 존 페너 브리그 의 일기를 보면, 다양한 국적의 사람들이 안뜰에 〈통에 담긴 청어 떼처럼 꼭 들어차 있었다〉. 불쾌할 정도로 사람들이 밀 려드는 바람에 브리그는 그 행사를 좀 더 잘 보려고 유다 나 무에 올라갔다. 터키 사람들 사이에선 어떤 기적이 일어날 거라는 소문이 돌았었다(이것은 올랜도가 사람들의 상상력 에 신비로운 영향을 미쳤음을 보여 주는 또 다른 증거이다). 〈그래서〉라고 브리그는 쓰고 있다(하지만 그의 기록도 불에 탄 부분과 구멍이 많아서 어떤 문장은 전혀 알아볼 수 없다). 〈폭죽이 공중으로 날아오르기 시작했을 때 우리는 무척 불안 했다. 원주민들이…… 사로잡히지 않을까 하는…… 모두에게 불쾌한 결과가 남는…… 무리 중의 영국 숙녀들에게…… 내 손이 슬그머니 단검을 움켜잡았음을 자백한다. 다행히…….〉 그는 약간 장황한 문체로 이어 갔다. 〈이런 공포는 당분간 터 무니없어 보였고, 원주민들의 태도를 관찰하면서…… 이처럼 불꽃 제조 기술에서 우리의 재주를 보여 준 것은 그들에게 깊은 인상을 주었다는 이유만으로도 가치 있는 일이라는 결 론에 이르렀다. ……영국인의 우월성…… 실로 그 광경은 도저히 묘사할 수 없는 장관이었다. 나는 번갈아 가며…… 허락해 주신 하느님을 칭송하다가, 돌아가신 내 가여운 어머니가…… 바랐다. 대사의 명령에 따라, 여러 면에서 무지막지하지만 동양 건축의 매우 인상적인 특징인 긴 창문들이…… 활짝 열렸고, 그 안에서 영국 숙녀들과 신사들이…… 가면극을 묘사한…… 어떤 활인화를 볼 수 있었다……. 말소리는 들리지 않았지만, 수많은 동포가 더없이 우아하고 품위 있게 차려입은 광경을 보자…… 나는 감동을 받아서…… 할 수 없지만 분명 부끄럽지 않은 감동을 받았다……. 나는 어떤 귀부인의 놀라운 행동을 관찰하고 있었는데 — 그것은 모든 이들의 시선을 집중시키고 여성 전반과 고국에 불명예를 가져올 법한 것으로, 그때…….〉 불행히도 유다 나무의 가지 하나가 부러져 브리그 하사는 땅에 떨어졌다. 나머지는 하느님(그의 일기에서 대단히 중요한 부분을 차지하는)에 대한 감사와 부상에 대한 상세한 기록뿐이다.

다행히 하토프 장군의 딸 페네로프 하토프 양이 그 광경을 안에서 지켜보고 그 사건을 편지에 적었는데, 그 편지도 많이 훼손되었지만 턴브리지 웰스[25]에 있는 여자 친구에게 결국 도달했다. 페네로프 양은 그 용감한 사관 못지않게 아낌없이 찬사를 쏟아 냈다. 〈기막히게 황홀했어〉라고 그녀는 한 장에서 열 번이나 감탄한다. 〈경이롭고…… 이루 말로 표현할 수 없고…… 황금 접시에…… 가지 달린 촛대와…… 플러시 바지를 입은 흑인들…… 피라미드처럼 쌓인 얼음…… 분수처럼

25 영국 잉글랜드 남동부 켄트주에 위치한 도시.

쏟아져 나오는 니거스 술…… 군함 모양으로 만든 젤리……
수련 모양의 백조… 황금 새장 속의 새들…… 길게 트인 진
홍색 벨벳 코트를 걸친 신사들…… **적어도 6피트 높이로 치장**
한 숙녀들의 머리 장식…… 뮤직 박스…… 페레그린 씨가 내
게 **아주** 사랑스럽게 보인다고 말했는데, 네게만 알려 주는 거
야. 왜냐하면 내가 알기에…… 오! 너희 모두가 얼마나 그리
웠는지! ……우리가 팬타일에서 보았던 그 무엇보다도 훌륭
하고…… 마실 것이 넘쳐흐르고…… 어떤 신사들은 맥을 못
추고…… 레이디 베티는 기막히게 아름답고…… 가여운 레이
디 본엄은 불행히도 의자가 없는데 실수로 주저앉았고……
신사들은 모두 정중하고…… 너와 사랑하는 벳시가 이곳에
있기를 수천 번이나 바랐고…… 그런데 모든 이들이 바라보
고, 모든 눈들이 주목한 대상은…… 그 점을 부정할 만큼 고
약한 사람은 없으니까 모두들 인정했듯이 그건 바로 대사님
이었어. 그토록 멋진 다리를 갖고 있다니! 그토록 멋진 얼굴
이라니! 그토록 기품 있는 태도라니! 그분이 방으로 들어오
는 모습을 보면! 그분이 다시 나가는 모습을 보면! 그런데 그
분의 표정에 어딘가 **관심을 끄는** 구석이 있어서, 왠지 모르지
만 그분이 **고통을 받았다고** 느끼게 되더구나! 사람들 말로는
어떤 숙녀 때문이래. 몰인정한 괴물 같으니! **다정한 존재라고**
일컬어지는 우리 여성 중 한 명이 어찌 그리 뻔뻔스러울 수 있
는지! 대사님은 미혼이고, 그곳에 모인 숙녀 중 절반은 그분
을 열렬히 사랑하고 있어. ……톰과 게리, 피터 그리고 사랑
하는 야옹이(아마도 그녀의 고양이)에게 수천 번의 키스를

보낼게.〉

당시의 관보를 보면 〈시계가 12시를 알렸을 때, 희귀한 러그가 걸려 있는 중앙 발코니에 대사가 나타났다. 그의 양옆으로 신장이 6피트가 넘는 제국 경호대의 터키인 여섯 명이 횃불을 들고 섰다. 대사가 나타나자 폭죽이 공중으로 날아올랐고, 사람들이 크게 함성을 지르자 대사는 고개를 깊이 숙여 절하고 터키어로 몇 마디 감사의 뜻을 전했다. 터키어를 유창하게 구사하는 것이 그의 재주 중 하나였다. 다음으로 에이드리언 스크로프 경이 영국 제독의 정장을 갖춰 입고 앞으로 나왔다. 대사는 한쪽 무릎을 꿇었고, 제독은 가장 고귀한 바스 훈위의 칼라를 그의 목에 둘러 주고 그의 가슴에 별을 달아 주었다. 그런 다음 외교단의 다른 신사가 당당하게 앞으로 나와 그의 어깨에 공작의 예복을 둘러 주었고, 진홍색 쿠션 위에 놓인 공작의 보관을 그에게 넘겨주었다.

마침내 매우 정중하고 우아한 태도로 깊이 고개 숙여 절한 뒤 당당하게 몸을 세운 올랜도는 딸기 이파리 모양의 황금 보관을 들어, 그 광경을 목격한 사람이라면 누구도 잊지 못할 몸짓으로 보관을 자기 이마 위에 올려놓았다. 바로 그 순간에 첫 번째 소요가 시작되었다. 사람들은 기적을 기대했는데 — 하늘에서 황금 소나기가 쏟아질 거라는 예언이 있었다고 말한 사람들도 있었다 — 일어나지 않았거나, 아니면 그 순간이 공격 개시의 신호로 선택되었을 것이다. 누구도 알지 못하는 것 같다. 그런데 올랜도의 이마에 보관이 얹힌 순간 엄청난 함성이 일었다. 종이 울리기 시작했다. 예언자들의 거친 외침이 사람들의 함성 너머로 들려왔다. 수많은 터키인들이 고꾸라지고 엎어져 이마를 땅에 부딪혔다. 문 하나가 벌컥 열렸다. 원주민들이 연회장으로 몰려 들어갔다. 여자들이 비명을 질렀다. 올랜도를 못 견디게 사랑한다고 알려진 숙녀가 촛대를 붙잡아 땅에 내던졌다. 에이드리언 스크로프 경과 푸른 제복의 영국 군대가 없었더라면 어떤 일이 벌어졌을지 누구도 알 수 없다. 제독은 나팔을 불도록 명했고, 1백 명의 수병이 즉시 〈차렷〉 자세를 취했다. 소요가 가라앉았고 적어도 얼마간은 사방이 조용해졌다.

지금까지 우리는 좁긴 하지만 분명히 확인된 진실의 땅 위에 서 있다. 그러나 그날 밤늦게 무슨 일이 벌어졌는지는 누구도 정확히 알지 못한다. 보초병들과 다른 사람들의 증언을 살펴보면, 대사는 벗하는 사람 하나 없이 평소처럼 방에 들어가 새벽 2시까지 나오지 않았다. 대사가 공작의 휘장을 걸친 채 자기 방으로 들어가 문을 닫는 것이 목격되었다. 그날 밤늦은 시간에 대사의 방 창문 아래 뜰에서 목동들이나 불어댈 듯한 시골풍의 음악을 들었다고 주장하는 사람들도 있었다. 치통 때문에 잠을 이루지 못한 세탁부는 망토인지 가운인지를 두른 남자가 발코니로 나오는 것을 보았다고 말했다. 그러고 나서 몸을 잔뜩 휘감기는 했지만 농민 출신이 분명한 여자가 그 남자가 내려 준 밧줄에 의해 발코니로 끌어 올려졌다고 말했다. 그들은 〈연인들〉처럼 열렬히 포옹했고, 함께 방으로 들어가서 커튼을 내렸기에 그다음에는 아무것도 볼 수 없었다고 세탁부가 말했다.

이튿날 아침에 이제는 공작으로 불려야 할 올랜도가 잠옷이 엉클어진 채 깊은 잠에 빠져 있는 것을 그의 비서들이 발견했다. 침실은 약간 어수선했고, 그의 보관은 굴러떨어져 바닥에 뒹굴었고, 망토와 가터 훈장은 의자 위에 무더기로 던져져 있었다. 탁자에는 서류가 흩어져 있었다. 전날 밤의 피로가 상당했기에 처음에는 누구도 의심하지 않았다. 그러나 오후가 되어도 그가 여전히 잠에서 깨어나지 않자 의사를 불러왔다. 의사는 연고와 쐐기풀, 구토제 등 예전에도 사용했던 비법을 써보았지만 성공하지 못했다. 올랜도는 계속 잠에 빠져 있었다. 그의 비서들은 탁자 위의 서류들을 검토할 의무가 있다고 생각했다. 시를 갈겨 쓴 종이가 많이 있었는데, 참나무에 대한 언급이 많았다. 또 국사에 관련된 다양한 문서도 있었고, 영국의 자기 장원을 관리하는 문제와 관련된 사적 서류도 있었다. 그러다가 그들은 훨씬 더 중요한 문서를 발견했다. 그것은 다름 아닌 결혼 증서였다. 귀족이자 가터 훈작사이자 기타 등등인 올랜도 경과 로시나 페피타라는 댄서 사이에 작성되고 서명되고 증인 서명을 받은 문서였다. 로시나의 아버지는 누군지 모르지만 집시라는 풍문이 있었고, 어머니 역시 누군지 몰라도 갈라타 다리 맞은편에서 열리는 장터에서 고철을 파는 여자로 알려져 있었다. 비서들은 경악하여 서로 얼굴을 쳐다보았다. 올랜도는 여전히 잠을 자고 있었다. 그들이 밤낮으로 지켜보았지만, 그는 고른 숨결과 평소처럼 발그레한 안색 이외에는 살아 있는 징조를 보이지 않았다. 그를 깨우기 위해 비서들은 과학적 지식이나 기발한 재주를 총동원하여 할 수 있는 일을 다 시도했다. 하지만 그는 여전히 깨어나지 않았다.

그가 수면 상태에 빠져든 지 이레째 되는 날(5월 10일 목요일), 브리그 하사가 그 징후를 처음 감지했던 무시무시하고 유혈이 낭자한 폭동의 첫 번째 총성이 터져 나왔다. 술탄에 저항해서 봉기한 터키인들이 온 도시에 불을 지르고 눈에 띄는 외국인들을 칼로 찌르거나 태형에 처했다. 몇몇 영국인들은 가까스로 달아났지만, 영국 대사관의 신사들은 예상할 수 있는 대로 정부 서류함을 지키다가 죽거나 극단적인 경우에는 열쇠 더미를 이교도에게 넘기느니 차라리 삼켜 버리는 쪽을 택했다. 폭도들은 올랜도의 방에도 쳐들어왔지만 겉보기에 죽은 듯 쭉 뻗어 있는 그를 보고는 손대지 않고 내버려 둔 채 그의 보관과 가터 예복을 빼앗아 갔을 뿐이었다.

이제 다시 어둠이 내려앉았다. 실로 더 깊은 어둠이 깔렸으면 좋으련만! 어둠이 너무 짙게 깔려서 그 불투명한 허공으로 아무것도 볼 수 없으면 좋으련만! 마음속에서 이런 탄성이 터져 나올 지경이다. 이 부분에서 펜을 잡고 이 작품에 〈끝〉이라고 쓸 수 있으면 좋으련만! 앞으로 일어날 일을 독자에게 알리지 않고 올랜도가 죽어서 땅에 묻혔다고 장황하게 늘어놓을 수 있으면 좋으련만! 그러나 여기서, 슬프게도 전기 작가의 잉크병 옆에서 망을 보며 감시하는 엄격한 신들, 진실과 공정, 정직이 〈안 돼!〉 하고 소리친다. 그들은 은트럼펫을 입술에 대고 큰 소리로 진실을 요구한다! 그리고 또다시 그들은 진실을 외친다! 그러고는 세 번째로 함께 트럼펫을 불어 우렁찬 소리를 울려 퍼지게 한다. 진실, 그리고 오로지 진실을!

그러자 — 고맙기도 해라! 우리에게 숨 돌릴 틈을 주다니! — 한없이 부드럽고 성스러운 서풍의 숨결이 퍼져 나가며 벌려 놓은 듯 문이 조용히 열리고 세 인물이 들어선다. 먼저 〈청순〉의 레이디가 온다. 그녀의 이마는 새하얀 어린 양털 레이스 띠로 둘려 있고, 머리칼은 바람에 흩날리는 눈사태 같고, 손에는 암거위의 흰 깃털이 들려 있다. 그녀의 뒤에서 더 당당한 걸음으로 〈정절〉의 레이디가 들어온다. 그녀의 이마에는 타오르면서도 사그라들지 않는 불길의 작은 탑처럼 생긴 고드름 왕관이 씌워져 있고, 그녀의 눈은 순수한 별이고, 그녀의 손가락이 닿으면 뼛속까지 얼어붙는다. 바로 뒤에서 당당한 자매들의 그림자에 가려 〈정숙〉의 레이디가 들어온다. 셋 중에 가장 연약하고 아름다운 그녀의 얼굴은 구름에 반쯤 가려진 가느다란 낫 모양의 초승달 같다. 그들은 올랜도가 자고 있는 방 한가운데로 나아간다. 〈청순〉의 레이디가 호소하면서도 명령하는 몸짓으로 먼저 말을 꺼낸다.

「나는 잠자는 새끼 사슴의 수호자. 내게 소중한 것은 눈과 떠오르는 달, 은빛 바다. 내 가운으로 얼룩덜룩한 암탉의 알과 얼룩진 조가비를 덮어 가리고, 악덕과 가난을 가려 주지. 부서지기 쉽고 어둡고 의심스러운 모든 것을 내 베일로 덮어 버리지. 그러니 말하지 마라, 밝히지 마라. 삼가라, 오, 삼가라.」

여기서 나팔 소리가 울려 퍼진다.

「청순은 물러가라! 청순은 사라져라!」

그러자 〈정절〉의 레이디가 말한다.

「내 손이 닿으면 얼어붙고, 내 눈길이 닿으면 돌로 변하지. 나는 춤추는 별과 부서지는 파도를 멈추게 했지. 내가 머무는 곳은 알프스의 가장 높은 봉우리. 내가 걸음을 옮기면 내 머리칼에서 번개가 번뜩이지. 내 눈길이 닿는 곳에선 목숨이 사라지지. 올랜도를 깨우느니 차라리 그를 뼛속까지 얼려 버리겠어. 삼가라, 오, 삼가라!」

여기서 나팔 소리가 울려 퍼진다.

「정절은 물러가라! 정절은 사라져라!」

그러자 〈정숙〉의 레이디가 들릴락 말락 나지막하게 말한다.

「나는 〈정숙〉이라 불리는 자. 나는 처녀이고 앞으로도 그럴 터. 기름진 땅과 비옥한 포도밭은 내게 맞지 않아. 번식은 혐오스러워. 사과가 주렁주렁 달리고 양 떼가 새끼를 낳으면 나는 달아나고, 또 달아나지. 내 망토가 떨어지고, 내 머리칼이 눈을 가리고. 아무것도 보이지 않아. 삼가라, 오, 삼가라!」

다시 나팔 소리가 울려 퍼진다.

「정숙은 물러가라! 정숙은 사라져라!」

비통해하고 한탄하는 몸짓으로 세 자매는 손을 잡고 천천히 춤을 추며 베일을 흔들고 노래하면서 간다.

「진실은 네 무시무시한 굴에서 나오지 마라. 겁 많은 진실이여, 더 깊이 숨어라. 너는 밝혀지지 않고 풀리지 않으면 더 좋을 것들을 태양의 잔혹한 눈앞에 드러내 놓으니. 너는 수치스러운 것의 베일을 벗기고 컴컴한 것을 드러내 버리지. 숨어라! 숨어라! 숨어라!」

그들은 올랜도를 자신들의 베일로 덮으려는 몸짓을 한다. 그동안 나팔 소리는 계속해서 요란하게 울린다.

「진실, 오로지 진실을!」

이 소리에 자매들은 나팔 소리를 죽이려는 듯 나팔 입구를 베일로 덮으려 하지만 소용이 없다. 모든 나팔이 다 같이 요란하게 울렸던 것이다.

「진저리 나는 자매들이여, 물러가라!」

자매들은 심란해져서 일제히 울부짖고, 그러면서도 계속 빙빙 돌며 베일을 위아래로 세차게 흔든다.

「늘 이렇지는 않았어! 그런데 남자들은 우리를 더 이상 원하지 않아. 여자들은 우리를 혐오해. 우리는 갈 거야. 우리는 가겠어. 나는 닭장으로 갈 거야. (〈청순〉이 이렇게 말한다.) 나는 아직 겁탈당하지 않은 서리의 고원으로 갈 거야. (〈정절〉이 이렇게 말한다.) 나는 담쟁이덩굴에 덮이고 커튼이 드리워진 안락한 구석 자리로 갈 거야. (〈정숙〉이 이렇게 말한다.) 여기가 아니라 저기에. (셋이 다 함께 손을 잡고 올랜도가 누워 있는 침대를 향해 절망적인 작별의 몸짓을 한다.) 아직도 보금자리와 내실에, 사무실과 법정에 살고 있어. 우리를 사랑하는 자들, 우리를 공경하는 자들, 처녀들과 실업가들, 변호사와 의사들, 금지하는 자들, 부정하는 자들, 이유도 모르면서 숭배하는 자들, 이해도 못하면서 칭찬하는 자들,

보지 않기를 바라고 알지 못하기를 바라며 어둠을 사랑하는, 아직도 수많은 (고맙게도) 점잖은 족속들이. 그들은 여전히 우리를 숭배하는데, 그럴 이유가 있지. 우리가 그들에게 부와 번영, 평안과 안락을 주었으니까. 그들에게로 우리는 간다. 너를 내버려 두고. 오라, 자매들이여, 오라! 여기는 우리가 있을 곳이 아니니.」

그들은 뭔가 감히 바라보지 못할 것을 차단하려는 듯이 베일을 머리 위로 흔들면서 황급히 물러나고, 그들의 등 뒤로 문이 닫힌다.

그리하여 이제 방에는 잠든 올랜도와 트럼펫 연주자만 남았다. 트럼펫 연주자들이 나란히 서서 어마어마한 소리로 불어 댄다.

「진실을!」

이 소리에 올랜도가 깨어났다.

그는 기지개를 켜면서 일어섰다. 완전히 벌거벗은 몸으로 우리 앞에 똑바로 섰다. 트럼펫이 〈진실! 진실! 진실!〉이라고 외치는 동안 우리는 어쩔 도리 없이 고백해야 한다 — 그가 여자라는 사실을.

트럼펫 소리가 서서히 사라졌고, 올랜도는 알몸으로 서 있었다. 세상이 시작된 이래 그 어느 인간보다도 매혹적인 모습이었다. 그의 몸에는 남자의 힘과 여자의 우아함이 결합되어 있었다. 그가 거기 서 있는 동안 은트럼펫은 강렬한 폭발음으로 불러낸 이 사랑스러운 모습을 두고 떠나기 아쉬운 듯

긴 여운을 남겼고, 〈정절〉과 〈청순〉과 〈정숙〉의 레이디는 호기심이 동해 문간에서 들여다보다가 그 알몸을 향해 타월 같은 옷을 던졌다. 그것은 안타깝게도 몇 인치 옆에 떨어졌다. 올랜도는 기다란 거울에 비친 자신의 몸을 위아래로 훑어보았고, 전혀 당황한 기색 없이 걸어갔는데 아마 화장실에 갔을 것이다.

여기서 이야기가 중단된 틈을 이용해 몇 가지 사실을 진술할 수 있겠다. 올랜도는 여자가 되었다 — 그것은 부정할 수 없는 사실이었다. 하지만 그 밖의 다른 점에서는 예전과 똑같았다. 성이 달라짐으로써 미래가 달라지기는 하겠지만, 정체성이 바뀌는 일은 전혀 일어나지 않았다. 그 얼굴은 두 사람의 초상화를 보면 알 수 있듯이 실제로 똑같았다. 그의 기억은 — 그런데 앞으로는 관례에 따라 〈그의〉 대신 〈그녀의〉라고 말해야 하고, 〈그〉 대신 〈그녀〉라고 말해야 하니 — 그녀의 기억은 아무런 장애도 맞닥뜨리지 않고 과거 생애의 온갖 사건들을 생생히 되돌아볼 수 있었다. 기억의 맑은 연못에 검은 물방울 몇 개가 떨어진 것처럼 약간 흐릿한 부분이 있을지도 모른다. 어떤 일들은 조금 희미해졌다. 하지만 그게 전부였다. 고통 없이 완벽하게, 올랜도 스스로도 놀란 기색이 전혀 없게끔 변화가 일어난 것 같았다. 이런 점들을 고려하면서 많은 사람들은 그러한 성의 변화가 자연의 법칙에 어긋난 것이라 주장하며 다음과 같이 입증하려고 엄청난 노력을 기울였다. (1) 올랜도는 언제나 여자였다. (2) 올랜도는 이 순간도 남자이다. 이 문제는 생물학자들과 심리학자들이 결정하도록 내버려 두자. 우리로서는 단순한 사실을 기술하는 것으로 충분하다. 올랜도는 서른 살까지 남자였다가 여자가 되어 이후 여자로 살아갔다는 것이다.

인간의 성과 성징을 다루는 일은 다른 이들에게 맡기자. 우리는 그런 불쾌한 주제에서 가급적 빨리 발을 빼려 한다. 이제 올랜도는 몸을 씻었고, 성별과 무관하게 입을 수 있는 터키식 코트와 바지를 입고 나서 자기 처지를 생각해 보아야 했다. 지금까지 그녀의 이야기를 공감하며 따라온 독자라면 그녀가 몹시 위태롭고 곤혹스러운 처지에 놓였으리라는 생각이 제일 먼저 떠오를 것이다. 젊고 아름다운 귀족인 그녀는 잠에서 깨어나 보니 신분 높은 아가씨에게는 더없이 난감할 수밖에 없는 처지에 놓였음을 알게 된 것이다. 그녀가 벨을 누르거나 비명을 지르거나 기절해 버렸다 해도 우리는 그녀를 비난하지 않을 것이다. 그런데 올랜도는 혼란스러운 기미를 전혀 보이지 않았다. 그녀의 행동은 극히 용의주도해서, 미리 계획한 징후를 드러낸다고도 생각할 수 있었다. 먼저 그녀는 탁자 위에 널린 서류를 찬찬히 살펴보았고, 시로 쓰인 듯한 것을 집어 가슴속에 넣었다. 그러고는 내내 그녀의 침대 옆을 떠나지 않았고 거의 굶어 죽을 지경이었던 살루키 사냥개를 불러 밥을 먹이고 빗질을 해주었다. 그러고는 권총 두 자루를 허리춤에 끼워 넣고 대사의 옷장에서 한 자리를 차지했던 최고 품질의 동양산 진주와 에메랄드를 꿴 줄 몇 개를 몸에 둘렀다. 이 일이 끝나자 그녀는 창밖으로 몸을 내밀어 나지막이 휘파람을 불고는 핏자국이 얼룩진 부서진 계단을 내려왔다. 계단에는 쓰레기통과 조약서, 긴급 공문, 인장, 봉랍 등등이 흩어져 있었다. 올랜도는 안뜰에 들어섰다. 거기 큰 무화과나무 그늘에서 당나귀를 탄 늙은 집시가 기다리고 있었다. 그는 다른 당나귀의 고삐를 잡아끌었다. 올랜도는 다리를 들어 그 당나귀에 올라탔다. 이렇게 대영 제국의 대사는 집시와 동행하여 당나귀를 타고 바싹 마른 개 한 마리를 거느린 채 술탄의 궁정을 빠져나와 콘스탄티노플을 떠났다.

  그들은 며칠 밤낮을 달렸다. 어떤 때는 인간들의 힘으로, 때로는 자연의 힘으로 벌어진 다양한 사건을 겪었고, 그 모든 사건에서 올랜도는 용감하게 처신했다. 일주일이 지나지 않아 그들은 올랜도가 예전에 인연을 맺은 집시 종족의 가장 큰 야영지였던 브루사 외곽의 고지에 이르렀다. 그녀가 대사관 발코니에서 종종 바라보던 산들이었다. 그녀는 종종 이 산에 가보기를 갈망했었다. 항상 가고 싶었던 곳에 직접 와보면, 사색적인 마음은 생각할 거리를 얻게 된다. 그러나 얼마간은 달라진 상황이 너무 즐거워서, 사색으로 즐거움을 망치고 싶지 않았다. 날인하고 서명할 서류도 없고, 글씨를 장식해야 할 필요도 없으며, 누군가를 방문해야 할 필요도 없는 기쁨만으로 충분했다. 집시들은 목초지를 따라 이동했다. 가축이 풀을 뜯어 먹고 나면 다른 곳으로 옮겨 갔다. 그녀는 어쩌다 몸을 씻으려면 개울에서 씻었다. 어느 누구도 그녀에게 붉은색이나 푸른색이나 녹색의 서류 상자를 바치지 않았다. 야영지 전체에 황금 열쇠는 고사하고 열쇠조차 없었다.

〈방문〉이라는 단어도 아예 존재하지 않았다. 그녀는 염소의 젖을 짰고 땔나무를 모았다. 이따금 암탉의 알을 훔쳤지만 늘 그 자리에 동전이나 진주를 놓아두었다. 그녀는 가축을 돌보았고, 덩굴 껍질을 벗겼으며, 포도를 밟아 으깼다. 염소 가죽 자루에 포도주를 부어 들고 마셨다. 그리고 이 시간대에는 자신이 텅 빈 커피 잔과 담배 없는 파이프를 앞에 놓고 마시며 담배 피우는 시늉을 해야 했던 것을 기억하고 큰 소리로 웃으며, 빵 한 조각을 두툼하게 자른 뒤에 러스텀의 파이프가 비록 소똥으로 채워져 있었지만 한 모금 피워 보겠다고 청했다.

혁명이 나기 전에 올랜도와 은밀하게 소통해 왔음이 분명한 그 집시들은 그녀를 자신들의 일원으로 여기는 듯했다(그것은 언제나 한 종족이 보여 줄 수 있는 최고의 경의이다). 그녀의 검은 머리칼과 가무스레한 얼굴은 그녀가 태생적으로 그들과 같은 종족인데 아기였을 때 어떤 영국 공작이 개암나무에서 낚아채 야만적인 땅으로 데려갔다는 믿음을 지탱해 주었다. 그 땅은 사람들이 너무 허약하고 질병에 잘 걸려서 야외 공기를 견디지 못하므로 집 안에서만 살아가는 곳이었다. 그 때문에 그들은 그녀가 비록 자기들보다 여러모로 열등하지만 자기들과 비슷해지도록 그녀를 기꺼이 도와주려 했다. 치즈를 만들고 바구니를 짜는 기술과 훔치고 새덫을 놓는 기술도 가르쳐 주었고, 심지어 그녀를 자기들 종족 안에서 결혼시키려고 생각하기도 했다.

그러나 올랜도는 영국에서 어떤 습관인지 질병인지(여러

분이 그것을 어느 쪽으로 간주하든 간에) 도저히 몰아낼 수 없는 고질병에 걸린 것이 확실해 보였다. 어느 날 저녁, 그들이 모두 모닥불 주위에 앉아 있고, 석양이 테살리아의 언덕 너머로 눈부시게 타오르고 있을 때 올랜도가 소리쳤다.

「너무나 먹음직스러워!」(집시들에게는 〈아름다움〉을 뜻하는 단어가 없다. 가장 가까운 의미를 가진 표현이 그것이다.)

젊은 집시들이 요란하게 폭소를 터뜨렸다. 아니, 하늘이 먹음직스럽다니! 하지만 젊은이들보다 외국인을 더 많이 보아 온 노인들은 의혹을 품게 되었다. 그들은 올랜도가 이따금 여기를 보다가 저기를 바라보고, 아무 일도 하지 않으면서 몇 시간씩 앉아 있는 것을 보았다. 염소들이 풀을 뜯든 멀리 다른 곳으로 달아나든 개의치 않고 언덕 꼭대기에서 멍하니 앞을 응시하는 그녀를 발견하곤 했다. 노인들은 그녀가 어쩌면 자신들과는 다른 믿음을 갖고 있을지도 모른다는 의혹을 품었고, 그녀가 모든 신 가운데 가장 비열하고 잔인한 신, 즉 자연의 손아귀에 사로잡혔을지도 모른다고 생각했다. 그들의 생각은 그리 틀리지 않았다. 자연에 대한 사랑이라는 영국 병이 그녀에게는 선천적인 질병이었고, 영국보다 훨씬 더 광대하고 더욱 강력한 자연이 펼쳐진 이곳에서 그녀는 전에 없이 자연의 손아귀에 빠져들었다. 그 질병은 너무 잘 알려져 있고 유감스럽게도 너무 자주 묘사되었으므로, 아주 간략하게 하지 않는다면 새로 묘사할 필요가 없다. 산맥이 이어지고, 골짜기가 있고, 개울이 흘렀다. 그녀는 산에 올랐고,

골짜기를 배회했고, 시냇가에 앉았다. 그녀는 언덕을 성벽에, 비둘기 가슴에, 암소 옆구리에 비유했다. 그녀는 꽃을 에나멜에 비유했고, 풀밭을 닳아서 얇아진 터키산 양탄자에 비유했다. 나무들은 시든 할망구였고, 양은 회색 바위였다. 모든 사물이 실은 뭔가 다른 것이었다. 그녀는 산꼭대기에서 작은 호수를 찾아냈고, 거기에 숨겨져 있을 듯한 지혜를 찾아내기 위해 몸을 던질 뻔했다. 산꼭대기에서 저 멀리 마르마라 바다 너머의 그리스 평원을 바라보면서(그녀의 시력은 놀라웠다) 분명 파르테논 신전일 것이라 짐작되는 희고 기다란 줄 한두 개가 보이는 아크로폴리스를 알아보았을 때, 그녀의 동공과 더불어 그녀의 영혼도 확장되었다. 그녀는 자연의 신도들이 모두 그렇듯이 산의 장엄함을 공유하고 초원의 평온함을 나눌 수 있기를 기도했다. 그러고 나서 고개를 숙여 내려다보면 붉은 히아신스와 자주색 붓꽃에 마음이 동해서 자연의 선함과 아름다움에 황홀해하며 소리쳤다. 다시 눈을 들어 날아오르는 독수리가 보이면 그것이 느낄 환희를 상상하며 자기도 그런 환희를 느꼈다. 집으로 돌아오면서 그녀는 별과 봉우리, 횃불이 제각기 자기에게만 신호를 보내 준 듯이 인사를 보냈다. 마침내 집시들의 천막에 들어와 깔개에 드러누워서 그녀는 다시 소리치지 않을 수 없었다. 먹음직스러워! 먹음직스러워! (인간의 의사소통 수단은 이처럼 불완전해서 〈아름다워〉라고 말하고 싶을 때 〈먹음직스러워〉라고 표현할 수밖에 없고 역으로도 마찬가지라 해도, 사람들이 어떤 경험이든 혼자 간직하기보다 조롱과 오해를 견디는 쪽을 선택한다는 것은 희한한 일이지만 사실이기 때문이다.) 젊은 집시들이 웃음을 터뜨렸다. 하지만 올랜도를 당나귀에 태워 콘스탄티노플에서 데려온 노인 러스텀 엘 사디는 아무 말 없이 앉아 있었다. 그의 코는 언월도처럼 생겼고, 그의 뺨은 긴 세월 동안 무쇠 같은 우박을 맞아 온 듯 깊게 파여 있었다. 가무스름한 얼굴에 눈은 예리했다. 그는 앉아서 물 담뱃대를 끌어당기고 올랜도를 자세히 관찰했다. 그녀가 믿는 신은 자연일 거라는 의심이 마음속 깊이 파고들었다. 어느 날인가는 눈물을 흘리고 있는 그녀를 보았다. 그녀의 신이 그녀에게 벌을 준 거라고 생각하면서 그는 전혀 놀랍지 않다고 그녀에게 말했다. 그는 동상에 걸려 오그라든 왼쪽 손가락들을 보여 주었다. 또 떨어진 바위에 뭉개진 오른발을 보여 주었다. 그녀의 신이 인간에게 이런 일을 저지른다고 그는 말했다. 〈그렇지만 너무 아름다워요〉라고 그녀가 영어 단어를 사용해 말하자 그는 고개를 가로저었다. 그녀가 그 말을 되풀이하자 그는 화가 났다. 자신이 믿는 것을 그녀가 믿지 않는다는 사실을 깨달았다. 그는 현명하고 경험 많은 인물이었지만 그 사실은 충분히 격분할 만한 것이었다.

지금까지 더할 나위 없이 행복하게 지냈던 올랜도는 이런 견해 차이가 드러나자 혼란스러웠다. 자연이 아름다운 대상인지 아니면 잔인한 대상인지 그녀는 생각하기 시작했다. 그리고 아름다움이란 무엇인지, 아름다움이 자연 그 자체에 내재한 것인지 아니면 그녀 자신에게 존재하는지 자문했다. 이렇게 생각이 이어지면서 실체의 본질에 관한 물음을 던졌고,

거기서 진실에 대한 물음으로 나아갔으며, 그것은 결국 사랑과 우정, 시에 대한 물음으로 (고향의 높은 언덕에서 내려다보던 나날들처럼) 이어졌다. 이런 것에 대해 깊이 숙고하다 보니, 자기 생각을 단 한 단어로도 표현할 수 없는 형편이라서 펜과 잉크에 대한 갈망이 전에 없이 강렬해졌다.

「아! 글을 쓸 수만 있다면!」 그녀는 (글로 쓰인 단어는 공유된다는, 글 쓰는 사람들의 묘한 자부심을 갖고 있었기에) 소리쳤다. 하지만 그녀에게는 잉크가 없었고, 종이라고는 작은 쪼가리뿐이었다. 그녀는 산딸기 열매와 포도주로 잉크를 만들었다. 그리고 「참나무」 원고에서 찾아낸 약간의 빈 공간과 여백에 일종의 속기법으로 자연 풍경을 긴 무운시로 묘사했고, 아름다움과 진실에 대한 자신과의 대화를 꽤 간결하게 이어 갔다. 이러면서 그녀는 몇 시간이고 극도의 희열을 느꼈다. 그러나 집시들은 의혹을 품었다. 무엇보다도 그들은 그녀가 젖을 짜고 치즈를 만드는 데 전처럼 능숙하지 않다는 것을 알아차렸다. 그리고 그녀는 대답하기 전에 종종 머뭇거렸다. 또 한번은 잠을 자고 있던 집시 소년이 자신에게 닿은 그녀의 눈길을 느끼면서 공포에 질려 깨어난 적이 있었다. 성인 남녀 수십 명에 달하는 종족 전체가 때로 이런 거북함을 느끼곤 했다. 그 거북함은 자신들이 무슨 일을 하고 있든 그 일이 자기들의 손아귀에서 재처럼 바스라진다는 느낌에서(그들의 감각은 매우 예리했고, 그들의 어휘보다 훨씬 발달해 있었다) 비롯되었다. 바구니를 짜던 노파나 양가죽을 벗기던 소년이 노래를 부르거나 흥얼거리며 만족스럽게 일

하고 있을 때, 올랜도는 텐트로 들어와서 불가에 털썩 주저
앉아 불꽃을 응시하곤 했다. 그러면 그녀가 그들을 쳐다보지
않아도 그들은 여기에 의혹을 품은 자가 있다고 느꼈다. (우
리는 지금 집시들의 언어를 대충 번역해서 전달하고 있다.)
여기에 어떤 일을 행위 그 자체를 위해 하지 않고, 또한 보는
것 그 자체를 위해 보지 않는 사람이 있다. 여기에 양가죽을
믿지 않고, 바구니도 믿지 않으며, 뭔가 다른 것을 보는(이 부
분에서 그들은 불안하게 텐트 주위를 돌아보았다) 사람이 있
다. 그러면 모호하고도 몹시 불쾌한 감정이 그 소년과 노파
의 마음에 영향을 미치기 시작한다. 그들은 실버들 가지를
부러뜨렸고, 손가락을 베었다. 엄청난 분노가 그들의 마음에
들어찼다. 그들은 올랜도가 텐트 밖으로 나가서 다시는 돌아
오지 않기를 바랐다. 하지만 그녀가 쾌활하고 자발적인 성격
이라는 것은 그들도 인정했다. 그리고 그녀가 가진 진주 하
나만 있으면 브루사에서 최고로 좋은 염소 한 떼를 살 수 있
었다.

그녀는 자신과 집시들 사이에 어떤 차이가 있음을 조금씩
의식하게 되었고, 그 때문에 그들 속에서 결혼하고 영원히 정
착하려는 생각을 때로 주저하게 되었다. 처음에 그녀는 자신
이 유서 깊고 문명화된 종족 출신인 반면에 집시들은 야만인
들보다 별로 나을 게 없는 무지한 종족이기 때문이라고 그 이
질감을 설명하려 했다. 어느 날 밤 집시들이 영국에 대해 물
었을 때, 그녀는 약간 자부심을 느끼며 자신이 태어난 집을
묘사하고 그 저택에 365개의 침실이 있으며 4백~5백 년간

자기 가문의 소유였다고 말하지 않을 수 없었다. 또한 그녀의 조상은 백작이거나 공작이었다고 덧붙였다. 이 말에 집시들이 불편해하는 것을 그녀는 알아차렸다. 하지만 그녀가 자연의 아름다움에 찬탄했을 때처럼 분개하지는 않았다. 이제 그들의 태도는 정중했다. 하지만 어떤 낯선 이가 자신의 비천한 혈통이나 가난을 밝혔을 때 양갓집 사람들이 그렇듯이 염려해 주는 기색이었다. 러스텀은 그녀를 따라 텐트 밖으로 나와서, 그녀의 부친이 공작이었고 그녀가 묘사한 온갖 침실과 가구를 갖고 있었더라도 그녀가 신경 쓸 필요는 없다고 말했다. 자기들 누구도 그런 것 때문에 그녀를 나쁘게 생각하지 않는다는 것이었다. 그 순간 그녀는 예전에 느껴 보지 못한 수치심을 느꼈다. 러스텀과 다른 집시들은 4백~5백 년간 이어진 혈통을 그저 보잘것없는 것으로 여기고 있음이 분명했다. 그들의 혈통은 적어도 2천~3천 년 전으로 거슬러 올라갔다. 그리스도가 태어나기 수백 년 전에 피라미드를 건설한 조상의 후예인 집시들에게 하워즈 가문이나 플랜태저넷 가문의 족보는 스미스와 존스의 족보보다 나을 것도 없고 못할 것도 없었다. 양쪽 다 보잘것없었다. 더욱이 목동들은 먼 옛날부터 이어지는 혈통을 갖고 있어도 오랜 혈통이라 해서 특히 훌륭하거나 가치 있는 것도 아니었다. 부랑아들과 거지들도 모두 그런 혈통을 갖고 있었다. 그 집시는 아주 예의 바른 사람이라서 드러내 놓고 말하진 않았으나, 인간이 온 대지를 소유하고 있는 마당에(그들은 언덕 꼭대기에서 이야기를 나눴는데, 한밤중에 주위의 산들이 어둠 속에 우뚝 솟아 있었다) 침실 수백 개를 소유한다는 것은 더없이 저속한 야심이라고 여기고 있음이 분명했다. 그 집시의 관점에서 보면, 공작이란 땅과 돈을 무가치하게 생각하는 사람들로부터 그것들을 낚아챈 모리배이자 강도에 불과한 존재라는 것을 올랜도는 이해했다. 방은 한 칸만 있어도 충분하며 한 칸도 없는 편이 더 나은데, 365개의 침실을 짓는 것보다 더 나은 일을 생각하지 못하는 인간이 공작인 것이다. 그녀는 자기 조상들이 들판에 또 다른 들판을, 저택에 또 다른 저택을, 명예에 또 다른 명예를 축적해 왔음을 부정할 수 없었다. 그들 중 어느 누구도 성인이나 영웅 혹은 인류의 위대한 은인이 되었던 적이 없었다. 또한 그녀의 조상이 3백~4백 년 전에 감행했던 일을 지금 시도하는 사람은 천박한 벼락부자이자 투기꾼이고 졸부라는 맹렬한 비난을 — 바로 그녀의 가문으로부터 가장 떠들썩하게 — 받으리라는 주장에(러스텀은 너무 점잖은 사람이라서 그것을 역설하지 않았지만 그녀는 이해했다) 반박할 수도 없었다.

이런 주장에 대해 그녀는 집시들의 생활 자체가 거칠고 야만적이라는, 완곡하지만 흔히 볼 수 있는 의견을 제시하려 했다. 그러자 그 즉시 두 사람 사이에 상당한 반감이 싹텄다. 실로 그 정도의 의견 차이라면 유혈 사태나 혁명을 일으키는 데도 부족함이 없다. 그보다 못한 이견으로도 수많은 마을이 약탈되었고, 여기서 언급된 어떤 주장에 대해서든 조금이라도 양보하기보다는 화형을 당하는 쪽을 선택한 수백만의 순교자들이 있다. 인간의 가슴에서 가장 강력한 열정은, 다른 사람들로 하여금 자신이 믿는 대로 믿게 만들려는 욕망이다. 자신이 더없이 고귀하게 여기는 것을 다른 사람이 저급하게 평가한다는 자각만큼 그의 행복을 뿌리째 뽑아 버리고 그의 마음을 분노로 채우는 것도 없다. 휘그당과 토리당, 자유당과 노동당 — 그들이 싸우는 이유는 자신들의 위신을 높이려는 것 아닌가? 한쪽 사람들과 다른 쪽 사람들을 서로 반목하게 만들고 어느 교구가 다른 교구의 몰락을 열망하게 만드는 것은 진실에 대한 사랑이 아니라 상대를 압도하려는 욕망이다. 각 측은 진실의 승리와 미덕의 고양을 추구하기보다는 자기 마음의 평화와 상대의 종속을 추구한다 — 그러나 이런 집단적 도덕률은 도랑물처럼 혼탁하므로 역사가들의 본령이고, 그들에게 맡겨야 한다.

「467개의 침실이 그들에게는 아무 의미도 없어.」 올랜도가 한숨을 쉬며 말했다.

「그녀는 염소 떼보다 석양을 더 좋아해.」 집시들이 말했다.

올랜도는 어떻게 해야 할지 도무지 알 수 없었다. 집시들을 떠나 다시 대사가 되는 것은 견딜 수 없을 것 같았다. 하지만 잉크도, 종이도 없고, 탤벗 가문에 대한 존경심이나 수많은 침실에 대한 존중심이 없는 곳에서 계속 살아가는 것도 마찬가지로 불가능했다. 어느 맑은 날 아침에 아토스산의 비탈에 앉아 염소 떼를 돌보면서 그녀는 이런 생각에 잠겨 있었다. 그때 그녀가 신봉하는 자연이 아마도 어떤 속임수를 썼거나 기적을 만들어 냈을 것이다 — 이 점에서도 의견이 분분한 까닭에 어느 쪽이 옳은지 확실히 말할 수 없다. 올랜도는 눈앞의 가파른 산비탈을 우울하게 응시하고 있었다. 이제 한여름이었다. 눈앞의 풍경을 무엇에든 비유해야 한다면 마른 뼈다귀나 양의 뼈대, 수천 마리의 독수리가 쪼아 댄 하얗고 거대한 두개골에 비유할 수 있을 것이다. 강렬한 햇빛이 내리쬐면서, 작은 무화과나무 그늘에 앉아 있는 올랜도의 얇은 망토에 무화과나무의 이파리 무늬를 찍어 댔다.

건너편의 민둥산 비탈에 그림자를 드리울 것이 전혀 없는데도 갑자기 그림자가 나타났다. 그림자의 색깔이 재빨리 짙어지더니, 황량한 바위가 있던 곳에 금세 녹색 구멍이 나타났다. 그녀가 바라보는 가운데 그 구멍은 점점 더 깊어지며 넓어졌고, 산비탈에 큰 공원만 한 공간이 벌어졌다. 그 안에서 물결치듯 구릉진 푸른 잔디밭이 보였다. 여기저기 점점이 박힌 참나무도 볼 수 있었다. 나뭇가지들 사이에서 깡충깡충 뛰어다니는 개똥지빠귀도 보였다. 그늘에서 그늘로 우아하게 발을 옮기는 사슴을 볼 수 있었고, 심지어는 벌레들이 윙윙거리는 소리와 영국에서 여름날이면 들려오는 부드러운 한숨 소리와 펄럭이는 소리도 들을 수 있었다. 그녀가 황홀한 심정으로 한참 바라보고 있을 때 눈이 내리기 시작했다. 이내 그 풍경 전체가 노란 햇빛이 아니라 자줏빛 색조로 뒤덮였다. 이제 나무를 싣고 길을 따라 가는 육중한 수레가 보였다. 땔감을 만들기 위해 톱질하러 가고 있다는 것을 그녀는 알았다. 그다음에는 고향의 지붕들과 종탑, 탑들과 뜰이 나타났다. 눈이 하염없이 내리고 있었고, 이제 눈덩이가 지붕에서 미끄러져 땅에 떨어지는 소리를 들을 수 있었다. 수천 개의 굴뚝에서 연기가 피어올랐다. 모든 것이 너무나 선명하고 또렷해 눈 속에서 벌레를 쪼아 대는 까마귀도 볼 수 있었다. 그러고 나서 자줏빛 그림자가 서서히 짙어지더니 수레와 잔디밭과 방대한 저택을 뒤덮었다. 모든 것을 완전히 삼켜 버렸다. 이제 그 초록색 구멍에는 아무것도 남지 않았다. 초록색 잔디밭이 아니라 눈부시게 빛나는 산비탈뿐이었고, 수천 마리의 독수리가 쪼아 대서 풀 한 포기 없이 헐벗은 바위 같았다. 그러자 그녀는 격렬한 울음을 터뜨렸다. 그러고는 성큼성큼 걸어 집시들의 야영지로 돌아가서, 바로 이튿날 배를 타고 영국으로 돌아가겠다고 그들에게 말했다.

그런 결정을 내린 것이 그녀에게는 다행스러운 일이었다. 젊은이들이 이미 그녀를 살해하기로 계획했던 것이다. 그녀가 자기들과 똑같이 생각하지 않기 때문에 명예를 위해 그럴 수밖에 없다고 그들은 말했다. 하지만 그녀의 목을 자른다면 그들도 유감스러웠을 터였기에 그녀가 떠난다는 소식을 환영했다. 운 좋게도 영국 상선 한 척이 영국으로 돌아가기 위해 항구에서 돛을 올리고 있었다. 올랜도는 목걸이에서 떼어낸 진주 한 알로 뱃삯을 지불했고 남은 지폐 몇 장을 지갑에 넣었다. 그 지폐를 집시들에게 주고 싶었지만, 그들이 돈을 경멸한다는 것을 그녀는 알고 있었다. 그래서 그들을 끌어안는 것으로 만족했다. 그녀 쪽에서는 진심 어린 포옹이었다.

제4장

목걸이에 달린 열 번째 진주를 팔아서 남은 금화 몇 개로 올랜도는 당시 여자들이 입는 옷을 완벽하게 차려입었다. 그래서 그녀는 지금 지체 높은 영국 아가씨의 차림새로 〈사랑에 빠진 숙녀〉호의 갑판에 앉아 있었다. 이상한 일이지만 실제로 그녀는 이 순간까지 자신의 성에 대해 거의 생각해 보지 않았었다. 지금까지 입었던 터키식 바지 때문에 자신이 여자라는 사실에 관심을 두지 않았을 수도 있다. 그런 데다 집시 여자들은 한두 가지 중요한 점을 제외하면 집시 남자들과 별반 다르지 않았다. 어떻든 그녀는 다리에 휘감기는 스커트 자락을 느끼고 선장이 그녀를 위해 갑판에 차양을 쳐주겠다고 아주 정중하게 제안했을 때 비로소 흠칫 놀라며 자신의 성으로 인한 불이익과 특권을 깨달았다. 하지만 그녀가 놀란 것은 흔히 예상할 수 있는 생각 때문이 아니었다.

다시 말하자면 오로지 자신의 순결과 그 순결을 어떻게 지킬 것인가, 라는 생각 때문에 놀란 것은 아니었다. 일반적인 상황에서 혼자 여행하는 사랑스러운 아가씨라면 그 문제 외에 다른 것은 생각하지 않았을 것이다. 여성의 자기 관리는 전체적으로 그 초석 위에 세워져 있다. 순결은 그들의 보석이고 정수이므로, 여자들은 그것을 지키는 일에 미친 듯이 전념하고 강제로 순결을 빼앗기면 죽음을 선택하기도 한다. 그러나 30년쯤 남자로 살아왔고 더욱이 대사 직을 수행했던 사람이라면, 여왕을 품에 안았던 적이 있고, 들리는 소문이 옳다면 신분이 낮은 숙녀도 한두 명 안아 본 사람이라면, 로시나 페피타라는 여자와 결혼했고, 이런 등등의 행보를 밟아 온 사람이라면, 그런 문제로 그렇게 놀라지는 않을 것이다. 올랜도가 흠칫 놀란 것은 매우 복잡다단한 문제라서 단번에 요약할 수 없다. 사실 올랜도는 순식간에 결론에 도달할 수 있는, 두뇌 회전이 빠른 사람이라고 비난을 받은 적이 없다. 그녀는 기나긴 항해를 마칠 때가 되어서야 비로소 자신이 깜짝 놀랐던 까닭을 논리적으로 고찰할 수 있었다. 그러니 우리도 그녀의 보폭에 맞춰 그녀를 따라가야겠다.

〈맙소사!〉 깜짝 놀랐다가 차분해졌을 때 그녀는 차양 밑에서 몸을 쭉 뻗으며 생각했다. 〈이렇게 살아간다면 분명 쾌적하고 한가롭겠어.〉 그녀는 다리를 한 번 걷어차며 생각했다. 〈그런데 뒤꿈치에 스커트가 이렇게 달라붙으니 성가시기 그지없네. 하지만 옷감은(꽃무늬가 있는 실크) 세상에서 가장 아름다운 것이야. 내 피부가(이 부분에서 그녀는 무릎에 손을 얹었다) 지금처럼 돋보인 적은 없었어. 하지만 이런 드레스를 입고 물속에 뛰어들어 헤엄칠 수 있을까? 안 되겠지! 그러니 수병의 보호에 나를 맡겨야겠지. 그 점에 대해 반감이

드는 걸까? 지금 그런 걸까?〉 그녀는 부드럽게 풀려 가던 생각의 흐름에서 꼬인 매듭을 처음 직면하고는 의아한 심정이 들었다.

그 매듭을 풀기 전에 저녁 식사 시간이 되었다. 그런데 다름 아닌 선장이, 멋진 외모의 소유자인 니콜라스 베네딕트 바르톨루스 선장이 그녀에게 콘비프 한 조각을 잘라 주면서 그녀 대신 그 매듭을 풀어 주었다.

「지방이 조금 붙어 있는 부분을 드릴까요, 마담?」 그가 물었다. 「당신의 손톱만큼 아주 작게 잘라 드릴게요.」 이 말을 듣자 기분 좋은 떨림이 그녀의 몸속에 퍼져 나갔다. 새들이 노래했고 급류가 쏟아져 들어왔다. 그것은 수백 년 전에 처음 사슴를 보았을 때 느꼈던, 이루 말할 수 없는 기쁨을 상기시켰다. 그때는 그녀가 쫓아갔고, 지금은 그녀가 달아났다. 어느 쪽이 더 큰 희열을 느낄까? 남자가 혹은 여자가? 어쩌면 똑같지 않을까? 아니, (선장에게 고맙다고 말하면서도 거절하며) 거절하는 것이, 그리고 이맛살을 찌푸리는 그를 보는 것이 가장 즐거운 일이라고 그녀는 생각했다. 글쎄, 그가 원한다면 세상에서 가장 얇고 가장 작은 고기 조각을 먹을 것이다. 이것은, 그의 제안에 응하고 그의 미소를 보는 것은 세상의 그 무엇보다도 기분 좋은 일이었다. 〈저항하고 순응하는 것, 순응하고 저항하는 것보다 더 절묘한 즐거움은 없으니까.〉 그녀는 갑판 위 의자로 돌아와 생각을 이어 갔다. 〈그것이 달리 맛볼 수 없는 황홀경에 빠지게 한다는 점은 분명해.〉 그녀는 계속 생각했다. 〈그러니 오로지 수병에게 구조되

는 기쁨을 맛보기 위해 물속에 몸을 내던지는 일이 없으리라
고 장담할 수는 없겠는걸.〉

(지금의 그녀는 집에 딸린 놀이터나 장난감 찬장을 처음으
로 선물받은 아이와 같다는 것을 기억해야 한다. 그런 것을
평생 누려 온 성숙한 여자들에게는 그녀의 주장이 호소력이
없을 것이다.)

〈그런데 마리로즈호의 조종실에 있던 젊은이들은 선원에
게 구출되는 기쁨을 맛보려고 갑판 너머로 몸을 던진 여자에
대해 뭐라고 말했더라?〉 그녀는 생각했다. 〈그런 여자들을
부르는 말이 있었어. 아! 그래, 그거…….〉 (하지만 우리는 그
단어를 생략해야겠다. 극히 무례한 말이었고, 숙녀의 입술에
서 나오기에는 기묘한 단어였다.) 〈맙소사! 맙소사!〉 그녀는
생각을 마무리하며 다시 외쳤다. 〈그렇다면 이제 다른 성의
견해가 아무리 터무니없다고 생각하더라도 존중해 주어야
하나? 내가 스커트를 입어야 한다면, 수영할 수 없다면, 수병
에게 구출되어야 한다면, 맙소사!〉 그녀는 외쳤다. 〈존중해
야 하다니!〉 그러자 침울한 기분이 그녀를 압도했다. 천성적
으로 솔직했고 모호하게 얼버무리는 것은 무엇이든 혐오했
기에 그녀는 거짓말을 따분하게 여겼다. 거짓으로 말하는 것
은 에둘러 빙 돌아가는 것처럼 보였다. 하지만 꽃무늬 옷이
나 수병에게 구출되는 즐거움, 이런 것들이 오로지 우회적인
방식으로만 얻어질 수 있다면, 우회적으로 하는 수밖에 없다
고 그녀는 생각했다. 자신이 청년이었던 시절에 여자들은 순
종적이고 순결하며 향기롭고 아름답게 가꾸어야 한다고 주

장했던 일이 기억났다. 〈이제 나는 그런 욕망에 대해 내 몸으로 대가를 치러야겠지.〉 그녀는 생각했다. 〈여자들이 (내가 여자로서 짧은 기간에 경험한 것으로 판단하자면) 순종적이거나 순결하고, 향기롭고 아름답게 가꾸는 것은 천성이 아니니까. 여자들은 삶의 즐거움을 누리기 위해서 꼭 필요한 이런 매력을 더없이 따분한 훈련을 통해서만 얻을 수 있어. 머리치장만 봐도 그래.〉 그녀는 생각했다. 〈그것만으로도 오전에 한 시간은 걸릴 거야. 거울을 들여다보는 데 또 한 시간이 걸리고. 코르셋을 하고 끈을 졸라매고. 몸을 씻고 분을 바르고, 실크 옷을 벗고 레이스를 입고, 레이스를 벗고 실크 드레스를 입고. 한 해가 가고 새해가 와도 순결해야 하고…….〉 이런 생각을 하다가 짜증이 나서 그녀는 발을 휙 쳐들었는데, 종아리가 몇 센티미터쯤 드러났다. 돛대에 올라갔던 한 선원이 그 순간 우연히 아래를 내려다보다가 너무 놀란 나머지 발을 잘못 디뎠고 자칫하면 떨어져 죽을 뻔했다. 〈아내와 가족을 부양해야 할 정직한 남자가 내 발목을 보다가 목숨을 잃을 수 있다면, 인도적인 고려에서 앞으론 발목을 가려야겠군.〉 올랜도는 이렇게 생각했다. 하지만 그녀의 다리는 그녀의 몸에서 가장 아름다운 부분이었다. 그런데 선원이 돛대에서 떨어지지 않도록 여자의 아름다운 자태를 모두 가려야 한다면 참으로 묘한 일이라고 그녀는 생각했다. 「빌어먹을!」 다른 상황이었더라면 어렸을 때 배웠을 여성의 신성한 의무를 처음으로 깨달으며 그녀가 말했다.

〈일단 영국 땅을 밟게 되면 다시는 이런 욕설을 내뱉을 수 없겠지.〉그녀는 생각했다. 「그리고 다시는 한 인간의 머리통을 부숴 버리거나, 누군가에게 새빨간 거짓말을 한다고 욕을 하거나, 칼을 뽑아서 상대의 몸을 베어 버리거나, 혹은 같은 귀족들 사이에 앉거나, 보관을 쓰거나, 열을 지어 행진하거나, 또는 누군가에게 사형 선고를 내리거나, 군대를 이끌거나, 군마를 타고 화이트홀을 의기양양하게 활보하거나, 가슴팍에 각양각색의 메달 일흔두 개를 달 수 없겠지. 일단 영국 땅을 밟으면 내가 할 수 있는 일이라곤 고작해야 차를 따르고 어떻게 해드릴지 귀족들에게 묻는 것일 테지, 설탕을 넣으세요? 크림을 넣으세요?〉이런 말을 조심스레 내뱉어 보며 그녀는 과거에 자신이 자랑스럽게 속했던 다른 성, 즉 남성다움을 얼마나 낮게 평가하고 있는지를 깨닫고 몸서리를 쳤다. 〈여자의 발목을 보았다고 돛대에서 떨어지다니. 여자들의 칭찬을 받으려고 가이 포크스[26]처럼 차려입고 거리에서 행진하다니. 여자들에게 비웃음을 받을까 봐 여자들을 교육받지 못하게 하다니. 치마를 두른 더없이 부정한 계집의 노예가 되다니. 그러면서도 마치 만물의 영장인 양 돌아다니다니. 맙소사!〉그녀는 생각했다. 〈그들이 우리를 얼마나 바보 취급하는지. 우리는 또 얼마나 바보 같은지!〉이 부분에서 그녀의 말은 두 가지 의미를 담고 있기 때문에, 그녀는 어느 성에도 속하지 않는 듯이 두 성을 다 같이 질책하는 것 같았다. 사실 그녀는 얼마간 오락가락했다. 그녀는 남자였다. 그녀는

26 Guy Fawkes(1570~1606). 1605년 가톨릭에 대한 탄압에 저항하여 영국 국회를 폭파하려던 음모 사건의 주동자.

여자였다. 그녀는 각각의 비밀을 알았고, 각각의 약점을 공유했다. 마음이 더없이 혼란스럽고 끊임없이 변화하는 상태에 빠져들었다. 무지의 위안은 그녀에게 허용되지 않았다. 그녀는 돌풍에 휘날리는 깃털 같았다. 그러므로 한 성과 다른 성을 견주어 보고, 각각의 성이 더없이 통탄스러운 결함으로 채워져 있음을 번갈아 깨닫고, 자신이 어느 쪽에 속하는지를 확신할 수 없었을 때, 그녀가 터키로 돌아가 다시 집시가 되고 싶다고 외치려 했던 것은 그리 놀라운 일이 아니었다. 그때 요란하게 첨벙 소리가 나면서 닻이 바다에 내려졌고, 돛들이 갑판 위로 굴러떨어졌다. 그녀는 이탈리아 해안에 배가 정박했음을 알았다(너무나 깊은 생각에 잠겨 있는 바람에 며칠간 아무것도 보지 못했다). 선장이 즉시 그녀에게 사람을 보내 대형 보트를 타고 함께 뭍에 오를 수 있는 영광을 누리게 해달라고 부탁했다.

다음 날 배로 돌아왔을 때 그녀는 차양 아래 자신의 긴 의자에 누웠고, 더없이 예의 바르게 주름 잡힌 스커트로 발목을 가렸다.

〈다른 성과 비교하면 우리는 무식하고 가난해.〉 그녀는 전날 마무리하지 못한 문장을 이어 가며 생각했다. 〈그들은 온갖 무기로 무장하고 있으면서 우리는 알파벳도 알지 못하게 가로막고 있어. (이렇게 시작하는 말로 미루어 볼 때, 지난밤에 그녀를 여성 쪽으로 밀어낸 무슨 일이 있었음이 분명했다. 그녀는 결국 일말의 만족감을 느끼면서 남자로서보다 여자로 말하고 있었던 것이다.) — 하지만 그들은 돛대에서 떨어

5. 영국으로 돌아가는 올랜도

지지.〉여기서 그녀는 큰 소리를 내며 하품하고는 잠이 들었다. 잠에서 깨었을 때 배는 해안 가까이에서 미풍을 받으며 항해하고 있었다. 절벽 가의 마을들이 미끄러져 바닷물에 빠지지 않은 것은 오로지 큰 바위나 올리브 고목의 얽힌 뿌리들이 중간에 끼어 있기 때문인 듯했다. 열매가 주렁주렁 매달린 수많은 나무에서 퍼져 나온 오렌지 향기가 갑판 위의 그녀에게 닿았다. 두 팔을 쭉 뻗으며(팔은 다리만큼 치명적인 매력을 갖지 못한다는 것을 그녀는 이미 배웠다) 그녀는 자신이 군마를 타고 화이트홀을 달리지 않고 누군가에게 사형 선고를 내리지 않아서 다행이라고 생각했다. 〈가난과 무지에 휩싸여 있는 편이 나아. 그건 여성의 검은 옷이지. 세상의 규칙과 원칙을 남들에게 맡기는 편이 나아. 호전적인 야심이나 권력욕, 온갖 남성적인 욕망에서 벗어나는 편이 나아. 인간의 영혼이 경험할 수 있는 최고의 황홀함을 더 속속들이 느낄 수 있으려면 말이야.〉 그녀는 마음에 깊은 울림이 있을 때 습관적으로 그랬듯이 소리 내어 말했다. 「사색과 고독, 사랑을 만끽할 수 있으려면.」

「고맙게도 나는 여자야!」 그녀는 이렇게 소리쳤고, 자신의 성을 자랑스럽게 여기는 극단적인 어리석음에 — 여자에게든 남자에게든 이보다 더 애처로운 일은 없다 — 빠져들 뻔했다. 그런데 그때 제자리에 집어넣으려고 아무리 애써도 마지막 문장 끝에 기어 들어온 한 단어, 사랑에서 멈췄다. 「사랑.」 그녀가 말했다. 그 즉시 — 사랑은 이렇게나 성급하므로 — 사랑은 인간의 형태를 띠었다. 이렇게나 사랑은 혈기 왕성하다. 다른 생각들은 기꺼이 추상적 개념으로 남아 있는 반면에 이 생각은 피와 살, 베일과 속치마, 스타킹과 조끼를 걸치지 않으면 만족하지 않았다. 올랜도가 과거에 사랑한 것은 여자들이었으므로, 이제 그녀 자신이 여자이기는 하지만 인간의 신체가 관습에 적응하는 데 괘씸할 정도로 꾸물거리기 때문에, 그녀가 사랑한 것은 여전히 여자였다. 만일 동성이라는 의식이 어떤 영향을 미쳤다면, 그녀가 과거에 남자로 느꼈던 감정을 한층 더 생생하고 깊게 되살릴 수 있었다는 것이었다. 당시에는 알 수 없었던 수천 가지의 암시와 신비가 명료해졌다. 양성을 갈라놓고 수많은 불순물을 어둠 속에 남겨 두었던 불명료함이 이제 걷혔다. 진실과 아름다움에 대한 그 시인의 말[27]에 어떤 의미라도 있다면, 이 애정은 거짓에서 잃은 것을 아름다움에서 얻었다. 마침내 그녀는 사샤의 본모습을 알게 되었다고 소리쳤다. 이 새로운 발견에 열중하고 이제야 밝혀진 그 보물을 추구하는 데 매료되어 완전히 몰입한 나머지 〈실례합니다, 마담〉이라는 남자의 목소리가 들렸을 때는 마치 귓가에 포탄이 터진 느낌이었다. 어떤 남자의 손이 그녀를 일으켜 세웠고, 가운뎃손가락에 돛대가 셋 달린 범선 문신이 새겨진 남자가 수평선을 가리켰다.

「영국 해협의 절벽입니다, 마담.」 선장이 이렇게 말하면서 하늘을 가리키던 손을 들어 경례했다. 그 순간 올랜도는 두 번째로 흠칫 놀랐다. 처음보다 더 격렬한 반응이었다.

27 영국의 낭만주의 시인 키츠는 「그리스 항아리에 바치는 노래」에서 〈아름다움은 진실, 진실은 아름다움〉이라고 노래했다.

「세상에나!」 그녀가 소리쳤다.

다행히도 오랫동안 떠나 있다가 고국을 보았으므로 깜짝 놀라 탄성을 질렀어도 핑곗거리가 있었다. 그렇지 않았더라면 지금 그녀의 마음속에서 맹렬하게 들끓는 상반된 감정을 바르톨루스 선장에게 설명하기 어려웠을 터였다. 지금 그의 팔짱을 낀 채 떨고 있는 그녀가 공작이었고 대사였다고 그에게 어떻게 말할 것인가? 겹겹이 주름진 드레스에 백합처럼 휘감긴 그녀가 사람들의 머리통을 잘라 냈고, 튤립이 만발하고 벌들이 윙윙거리던 여름날 밤에 와핑 올드 스테어스에 정박한 해적선에 올라가 화물칸의 보물 자루들 사이에서 문란한 여자들과 뒹굴었다고 어떻게 설명할 것인가? 선장의 단호한 오른손이 영국 섬의 절벽을 가리켰을 때 그녀가 드러낸 놀라움은 스스로에게도 설명할 수 없는 것이었다.

「거절하고 순응하는 것은 얼마나 즐거운가.」 그녀는 중얼거렸다. 「쫓아가고 정복하는 것은 얼마나 당당한가. 인식하고 추론하는 것은 얼마나 숭고한가.」 함께 짝지어진 이 단어들 중 어느 하나도 잘못된 것으로 보이지 않았다. 그럼에도 불구하고 백악질의 절벽이 점점 가까워졌을 때 자신에게 과실이 있고 명예를 더럽혔고 정숙하지 못하다는 느낌이 들었다. 이런 문제를 단 한 번도 생각해 보지 않은 사람에게 그것은 기이한 느낌이었다. 절벽이 점점 더 다가왔고, 마침내 절벽 중턱 아래쪽에 늘어진 허브 샘파이어를 채집하는 사람들이 맨눈에도 선명하게 보였다. 그들을 지켜보면서 그녀는 다음 순간에 스커트를 들어 올리고 뽐내며 사라질 어떤 조롱하

는 유령처럼 잃어버린 사샤, 기억 속의 사샤가 자기 내면에
서 위아래로 날쌔게 움직이는 것을 느꼈다. 바로 그 순간 그
녀의 실체를 너무나 놀랍게도 입증했는데 — 얼굴을 찌푸리
고 찡그리며 절벽과 샘파이어 채집자들을 향해 온갖 불경스
러운 몸짓을 하는 사샤를 느꼈던 것이다. 선원들이 〈안녕히
가세요, 안녕히, 스페인의 숙녀들〉이라고 노래하기 시작했을
때, 그 가사가 올랜도의 슬픈 가슴에 메아리쳤다. 뭍에 오르
는 것이 아무리 크나큰 안락과 풍요, 높은 지위와 신분을 의
미한다 하더라도(의심할 바 없이 그녀는 어떤 귀공자를 선택
하고, 그의 배우자로서 요크셔 절반을 지배할 테니까) 그래
도 만일 그것이 인습과 노예 상태, 기만을 의미한다면, 자신
의 사랑을 부정하고 자신의 팔다리에 족쇄를 채우고 입술을
오므리고 혀를 억제하는 것을 뜻한다면, 그렇다면 그녀는 다
시 그 배를 타고 방향을 돌려 집시들에게 돌아갈 것이다.
    하지만 이런 생각들이 재빨리 교차하는 가운데, 매끄럽고
하얀 대리석 돔 같은 것이 둥실 솟아올랐다. 그것이 실체이
든 환상이든 간에 그녀의 들뜬 상상에 너무나 인상적으로 보
였기에, 그녀의 눈은 그곳에 내려앉았다. 한 떼의 잠자리가
어떤 연약한 식물에 씌운 유리 덮개 위로 파르르 날개를 떨
면서 분명 만족스러워하며 내려앉듯이. 그 돔의 형태를 보자
변덕스러운 상상이 가장 오래되고 끈질기게 이어진 기억을
떠올렸다. 트위쳇의 거실에 앉아 있던 이마가 넓은 남자, 무
언가를 쓰면서, 아니, 바라보면서 앉아 있던 남자의 기억이
었다. 그 사내가 올랜도를 쳐다보지 않은 것은 확실했다. 그

는 화려한 차림새로 거기 서 있는 그녀를 전혀 보지 않는 것 같았다. 당시 자신이 틀림없이 사랑스러운 소년이었으리라는 것을 그녀는 부정할 수 없었지만. 그 남자를 생각할 때마다 요동치는 잔물결 위에 떠오른 달처럼 그 생각 주위로 온통 고요한 은빛 광채가 퍼져 나갔다. 이제 그녀는 자신의 시가 적힌 종이들이 안전하게 숨겨진 가슴에 손을 댔다(다른 손은 아직 선장에게 붙잡혀 있었다). 그녀가 가슴 속에 간직한 것은 부적과 마찬가지였을 것이다. 자신의 성이 무엇인지, 그것이 무엇을 의미하는지 따위의 성적 혼란이 가라앉았다. 이제 그녀는 시의 찬란한 아름다움만 생각했다. 말로와 셰익스피어, 벤 존슨, 밀턴의 위대한 시행이 웅장하게 울리고 메아리쳤다. 그녀의 마음이라는 성당 탑의 황금 종에 황금 추가 부딪힌 것 같았다. 그녀의 눈이 처음에 아주 희미한 형체를 포착했고 시인의 이마를 연상시키면서 일련의 무관한 생각들을 불러일으켰던 그 대리석 돔의 형상은 사실 상상의 산물이 아니라 실체였다. 배가 순풍을 받아 템스강으로 올라가면서, 온갖 연상을 불러일으켰던 그 이미지가 진실을 드러냈다. 그것은 다름 아닌 번개무늬로 세공된 흰 첨탑들 사이에 우뚝 솟아 있는 거대한 성당의 반구형 지붕이었다.

「세인트 폴 성당입니다.」 옆에 서 있던 바르톨루스 선장이 말했다. 「런던 탑입니다.」 그가 이어 말했다. 「그리니치 병원입니다. 메리 여왕을 추모하여 그 부군이신 윌리엄 3세께서 세우셨지요. 웨스트민스터 사원입니다. 국회 의사당입니다.」 그가 말하는 동안 이 유명한 건물들이 하나하나 눈앞에 떠올

171

랐다. 9월의 어느 맑은 아침이었다. 수많은 작은 배들이 강둑 사이를 오갔다. 고국에 돌아온 여행자에게 이처럼 홍겹고 홍미로운 광경이 펼쳐진 적은 없었을 것이다. 올랜도는 뱃머리 너머로 몸을 굽히고 경이감에 빠져들었다. 그녀의 눈은 너무 오랫동안 야만인들과 자연에 익숙해 있었기에 이런 도시의 장관에 매료되지 않을 수 없었다. 그러니까 저것은 그녀가 없는 사이에 렌 씨가 건축한 세인트 폴 성당의 돔이었던 것이다. 가까이에 어느 기둥에서 황금빛 머리 타래가 삐져나와 있었다. 옆에 있던 비르톨루스 선장이 그것은 기념비리고 알려 주었다. 그녀가 없는 사이에 역병이 돌았고 큰 화재[28]가 났다고 말했다. 참으려고 아무리 애를 써도 그녀의 눈에 눈물이 고여 들었다. 그러다가 눈물을 흘리는 것이 여자에게 는 잘 어울린다는 것을 기억하고 눈물이 흐르도록 내버려 두었다. 여기서 그 성대한 축제가 열렸었지. 그녀는 기억을 떠올렸다. 파도가 찰싹거리며 부딪히는 이곳에 왕실 별관이 서 있었다. 여기서 사샤를 처음 만났다. 이 근처에서(그녀는 반짝이는 물결을 내려다보았다) 무릎에 사과를 잔뜩 올려놓은 채 얼어 버린 나룻배의 여인네를 쳐다보곤 했다. 그 온갖 장관과 부패가 사라졌다. 그 칠흑 같던 밤, 무섭게 쏟아지던 비, 맹렬하게 휩쓸어 가던 격류도 사라졌다. 여기, 누런 얼음덩어리들이 공포에 질린 가여운 인간들을 태우고 빙빙 돌며 질주하던 곳에, 한 떼의 백조가 오만하게 물살을 오르내리며

28 1664년부터 시작된 흑사병이 온 나라에 퍼져 나갔고, 1666년에 일어난 런던 대화재로 런던 대부분이 소실되면서 전염병이 종식되었다.

멋지게 떠다녔다. 그녀가 마지막으로 본 이후로 런던은 완전히 달라져 있었다. 당시에는 이맛살을 잔뜩 찌푸린 듯한 작고 시커먼 집들이 옹기종기 모여 있는 곳이었다. 반역자들의 머리통이 템플바의 쇠꼬챙이 위에서 이빨을 드러내고 있었다. 자갈이 깔린 길에서는 쓰레기와 대변의 악취가 진동했었다. 이제 배가 와핑을 지나자 널찍하고 반듯하게 정돈된 대로가 눈에 들어왔다. 영양 상태가 좋은 말들이 끄는 위풍당당한 마차들이 저택 문 앞에 서 있고, 그 저택들의 내닫이창과 판유리, 반짝이는 문고리는 그 안에 사는 사람들의 부와 품위를 보여 주었다. 꽃무늬 실크를 입은 숙녀들이(그녀는 선장의 망원경을 눈에 대고 보았다) 높이 돋운 보도를 걸어다녔다. 수놓인 코트를 입은 시민들이 가로등 아래 거리 모퉁이에서 코담배를 맡았다. 그녀는 산들바람에 흔들리는 온갖 그림 간판을 보았고, 거기 그려진 것으로 미루어 그 안에서 판매되고 있는 담배나 음식물, 실크, 황금, 은제품, 장갑, 향수, 그 밖의 수많은 물건들을 재빨리 짐작할 수 있었다. 배가 런던 브리지 옆의 정박지를 향해 나아가면서 커피 하우스의 창문이 얼핏 눈길을 끌었다. 맑은 날이었으므로 그곳 발코니에는 아주 많은 점잖은 시민들이 앞에 접시를 두고 옆에는 사기 파이프를 놓고 편안하게 앉아 있었다. 그들 가운데한 사람이 신문을 보며 낭독하고 있었는데, 다른 사람들의 웃음과 논평 때문에 자주 중단되었다. 저기는 술집인가요? 저들은 재담가인가요? 저들은 시인인가요? 그녀가 바르톨루스 선장에게 묻자 그는 친절하게 알려 주었다. 고개를 약간 왼쪽으로 돌려서 제 집게손가락이 가리키는 쪽을 보시면 지금도 — 그들은 코코아트리[29]를 지나고 있었는데, 그래, 바로 저기에 그가 있었다 — 커피를 마시는 애디슨[30] 씨를 보실 수 있습니다. 다른 신사 두 분은 — 「저기 가로등에서 약간 오른쪽에 계신 분은 곱사등이이고 다른 분은 당신이나 저와 마찬가지인데요, 마담.」 — 드라이든 씨와 포프 씨입니다.[31] 「딱한 사람들이죠!」 선장의 말은 그들이 가톨릭 신자라는 뜻이었다. 「그래도 재주가 많은 분들이에요.」[32] 그가 상륙 준비를 지휘하기 위해 급히 고물 쪽으로 가면서 덧붙였다.

「애디슨, 드라이든, 포프.」 올랜도는 그 이름들이 주문이라도 되는 듯 되풀이했다. 그 순간 브루사 위로 치솟은 높은 산들이 보였지만, 다음 순간 그녀는 자기가 태어난 땅에 발을 내디뎠다.

그러나 이제 올랜도는 폭풍처럼 격렬하게 두근거리는 흥분이 법의 무쇠 같은 얼굴에 맞설 때 얼마나 무력한 것인지, 법이란 런던 브리지의 돌보다도 얼마나 더 단단한 것인지,

---

29 당시의 유명한 커피 하우스

30 Joseph Addison(1672~1719). 영국의 시인이자 수필가.

31 어느 문학 교재를 찾아보아도 알 수 있듯이, 여기서 선장은 착각하고 있음이 분명하다. 그러나 그의 착각은 악의적인 것이 아니었으므로 여기에 그대로 제시한다 — 원주.

32 존 드라이든John Dryden(1631~1700)과 알렉산더 포프Alexander Pope(1688~1744)는 17세기 영국의 대표적 시인. 50년 정도 나이 차가 있으므로 서로 교류했을 가능성이 없지만, 커피 하우스에서 함께 담소를 나누는 장면을 그리고 울프는 주를 붙여 그것을 선장의 착각 탓으로 설명한다.

대포의 포문보다도 얼마나 더 엄혹한 것인지를 배워야 했다. 블랙프라이어스의 자기 집으로 돌아오자마자 그녀는 연달아 찾아온 런던 경찰관들과 왕립 재판소의 엄숙한 특사들을 통해서 자신이 영국을 떠나 있는 동안 제기된 세 건의 큰 소송에 걸려 있으며, 그뿐 아니라 그 소송들에서 파생되었거나 관련된 수많은 소규모 소송에 걸려 있다는 사실을 알게 되었다. 그녀에게 걸려 있는 주요한 쟁점은 이런 것이었다. (1) 올랜도는 사망했고, 그러므로 어떤 재산도 보유할 수 없다. (2) 올랜도는 여자이고, 그러므로 거의 동일한 결론에 이른다. (3) 올랜도는 영국 공작으로서 로시나 페피타라는 댄서와 결혼했고, 그녀에게서 세 아들을 낳았으며, 그 아들들은 부친이 사망했으므로 그의 재산을 모두 물려받아야 한다고 주장하고 있다. 이런 중대한 쟁점을 처리하기 위해서는 물론 시간과 돈이 필요하다. 그 소송들이 진행되는 동안 그녀의 전 재산은 법원에 계류되었고, 그녀의 작위는 일시 정지된다고 선고되었다. 그리하여 자신이 살아 있는 인물인지 죽은 사람인지, 남자인지 여자인지, 공작인지 아무것도 아닌 사람인지 매우 불확실하고 모호한 상황에서 그녀는 시골 저택으로 급히 내려갔다. 법원의 판결이 날 때까지 그곳에서 (법원에서 앞으로 입증해 줄) 그의 혹은 그녀의 신원을 드러내지 않은 채 거주해도 좋다는 법원의 허락을 얻었던 것이다.

그녀가 도착했을 때는 12월의 쾌적한 저녁이었다. 눈이 내리고 있었고, 그녀가 부르사의 산꼭대기에서 보았듯이 자줏빛 그림자가 비스듬히 드리워져 있었다. 그 큰 저택은 눈 속

175

에 갈색과 푸른색, 분홍색과 자주색을 드러내며 집이라기보다는 소도시처럼 서 있었고, 굴뚝마다 그 나름의 생명을 불어넣은 듯 활기차게 연기를 내뿜었다. 거기 초원에 평온하고 장중하게 누워 있는 저택을 보았을 때 그녀는 탄성을 지르지 않을 수 없었다. 노란 마차가 파크에 들어서서 가로수들 사이로 차도를 따라 굴러가자 붉은 사슴들이 뭔가 기대하는 듯 고개를 들었다. 사슴들은 타고난 소심한 태도를 드러내는 대신 마차를 따라왔고, 마차가 멎자 안뜰 주위에 모여 섰다. 발판을 내리고 올랜도가 마차에서 내리자, 어떤 사슴은 뿔을 흔들었고 다른 사슴들은 땅을 긁었다. 한 마리는 그녀 앞으로 나와 눈 속에서 무릎을 꿇었다는 이야기도 있다. 그녀가 손을 내밀어 문고리를 잡아 두드리기도 전에 커다란 현관의 양쪽 문이 활짝 열렸다. 등불과 횃불을 머리 위로 치켜들고 그림스디치 부인과 더퍼 씨, 그리고 하인들 모두가 그녀에게 인사하러 나온 것이었다. 제일 먼저 사슴 사냥개 커뉴트 때문에 질서 정연하게 늘어선 하인들의 행렬이 흐트러지고 말았다. 그 개는 너무나 열정적으로 주인에게 달려드는 바람에 그녀를 바닥에 쓰러뜨릴 뻔했다. 그다음으로 그림스디치 부인이 절을 하려다 말고 너무 흥분한 나머지 감정이 북받쳐서 헐떡거리며 주인님! 마님! 마님! 주인님! 하고 외쳐 댔다. 결국 올랜도는 그녀의 양 뺨에 진심 어린 키스를 하면서 그녀를 달랬다. 그 후 더퍼 씨가 양피지 문서를 들고 읽기 시작했는데, 개들이 짖어 대고, 사냥꾼들이 뿔피리를 불고, 안뜰에 어수선하게 몰려든 사슴들이 달을 보고 짖어 대는 바람에 그

176

리 진전되지 않았다. 모두들 안주인 주위로 몰려들어 그녀의 귀향에 몹시 즐겁고 기쁜 심정을 여러 방법으로 드러내 보인 후에야 흩어졌다.

하인들은 돌아온 올랜도가 자신들이 예전에 알던 올랜도가 아니라는 의혹을 한순간도 품지 않았다. 혹시 인간의 마음에 어떤 의혹이 있었다 해도, 사슴과 개들의 행동을 보면 그런 의혹이 말끔히 사라졌을 것이다. 잘 알려져 있다시피, 말 없는 동물들은 정체나 특징을 인간들보다 훨씬 더 잘 감지하기 때문이다. 게다가 이제 주인님이 레이디가 되셨다면 그분보다 더 사랑스러운 숙녀는 본 적이 없고, 또한 그 두 분이 엇비슷해서 어느 쪽이 더 낫고 말고 할 것이 없다고 그림스디치 부인은 그날 밤 차를 마시며 더퍼 씨에게 말했다. 주인님이나 마님이나 똑같이 잘생기셨고, 한 나뭇가지에 매달린 복숭아 두 알 같다고 했다. 그런데 자신은 그럴지 모른다고 늘 의심해 왔기에(이 부분에서 그녀는 아주 은밀하게 고개를 끄덕였다) 놀랍지 않은 일이며(이 부분에선 다 알고 있다는 듯이 고개를 끄덕였다) 자기에게는 매우 큰 위안이 되는 일이라고 그림스디치 부인이 속내를 털어놓았다. 수건들을 손질해야 하고, 목사님 응접실의 커튼 가장자리에 좀이 슬어서 집 안에 마님이 계셔야 할 때라는 것이었다.

「그리고 마님 이후에 어린 주인님들과 어린 아씨들이 나오실 테고.」 더퍼 씨는 자신의 성스러운 직책 덕분에 이런 미묘한 문제에 대해 터놓고 말할 수 있는 권리가 있었으므로 한 마디 덧붙였다.

이렇게 옛 하인들이 하인 방에서 수군거리는 동안, 올랜도는 은촛대를 들고 홀과 화랑과 안뜰과 침실을 배회했다. 조상들 가운데 여기 옥새관(玉璽官)과 저기 의전부 장관의 거무스레한 얼굴이 자신을 다시 내려다보는 것을 보았다. 여기 귀빈용 의자에 앉아 보기도 하고, 저기 덮개가 늘어진 침대에 누워 보기도 하고, 흔들리는 아라스 벽걸이를 지켜보고, 다프네 요정이 달아나고 사냥꾼들이 뒤쫓는 그림을 보기도 하고, 어렸을 때 즐겨 했듯이 창문의 사자 문장을 통해 스며든 달빛의 노란 웅덩이에 손을 담그기도 했다. 화랑의 매끄러운 판자를 따라 미끄러지듯 나아갔는데, 그 뒤편은 거친 목재였다. 여기서는 실크를, 저기서는 새틴을 만져 보았고, 돌고래 조각이 헤엄치고 있다고 상상했고, 제임스 왕의 은제 빗으로 머리를 빗었고, 수백 년 전에 정복자 윌리엄이 가르쳐 준 방식대로 장미를 말려 만든 방향제에 얼굴을 파묻었고, 정원을 바라보며 잠자고 있는 크로커스와 휴면 중인 달리아를 상상했고, 눈 속에서 은은히 흰빛을 발하는 연약한 님프를 보았고, 그 뒤로 집채만큼 두껍고 시커먼 주목 울타리를 보았고, 오렌지 온실과 거대한 모과나무를 보았다. 그녀는 이 모든 것을 보았고, 우리가 대강 써내려 가기는 했지만, 이 각각의 광경과 소리에 그녀의 가슴은 강렬하고도 마음을 달래 주는 기쁨으로 가득 찼다. 마침내 그녀는 지쳐서 예배당에 들어가 자기 조상들이 예배를 볼 때 앉았던 붉은색의 낡은 안락의자에 몸을 파묻었다. 거기서 궐련에 불을 붙였고 (동양에서 이 습관을 들였다) 기도서를 펼쳤다.

벨벳 표지에 금실로 박음질된 그 작은 기도서는 스코틀랜드의 메리 여왕이 교수대에서 쥐었던 책이었고, 여왕의 핏방울이 튀어 생겼다는 누르스름한 얼룩을 신자들은 알아볼 수 있었다. 그러나 이 책이 올랜도의 마음에 어떤 경건한 생각을 일깨웠는지, 어떤 사악한 열정을 달래 잠재웠는지 누가 알 수 있겠는가? 온갖 교감 중에 신과의 교감이 가장 불가해한 것이니 말이다. 소설가나 시인, 역사가 모두 그 문에 손을 댄 채 머뭇거린다. 또한 신을 믿는 사람들도 우리를 일깨워주지 않는다. 그가 다른 사람들보다 더 기꺼이 죽음을 맞으려 하거나 더 열성적으로 자신의 재물을 남들과 공유하려 하는가? 그도 남들 못지않게 많은 하녀와 마차 말을 거느리고 있지 않은가? 하지만 그 모든 재물을 갖고 있으면서도 그의 말에 의하면 재물을 헛된 것으로, 죽음을 바람직한 것으로 여기는 신앙심을 갖고 있지 않은가? 여왕의 기도서에는 핏자국과 함께 머리카락과 빵 껍질도 들어 있었다. 올랜도가 이제 그 유물에 담뱃잎 조각을 보탰다. 그리하여 기도서를 읽고 담배를 피우면서 머리카락과 빵 껍질, 핏자국, 담뱃재, 이런 인간적인 쓰레기를 보고 있자니 매우 사색적인 마음이 일어나서, 비록 통상적인 신과의 교섭이 없었다고 하지만 그 상황에 적합한 경건한 기분이 들었다. 하지만 여러 신들 중에서 오로지 하나의 신이 있고, 여러 종교들 가운데 오로지 자신의 종교만 있다고 말하는 것은 매우 흔한 일이지만 더없이 교만한 가정이다. 올랜도는 그녀 나름의 믿음을 갖고 있었던 듯싶다. 세상의 누구 못지않은 경건한 열성으로 그녀는 자신의 죄와 자신의 정신 상태에 스며든 결함에 대해 숙고했다. S라는 글자는 시인의 에덴동산에 사는 뱀이라고 그녀는 생각했다. 그녀가 무엇을 하든 「참나무」1연에는 이 죄 많은 파충류가 아직도 너무 많았다. 하지만 그녀가 보기에 접미사 ⟨ing⟩와 비교하면 ⟨S⟩는 아무것도 아니었다. 그 현재 분사는 악마 그 자체라고(우리는 악마의 존재를 믿을 만한 상황에 있으므로) 그녀는 생각했다. 그런 유혹을 피하는 것이 시인의 첫 번째 의무라고 그녀는 결론을 지었다. 귀는 영혼으로 통하는 대기실인 까닭에 시는 정욕이나 화약보다도 더 확실하게 영혼을 불순하게 만들고 파괴할 수 있기 때문이다. 그렇다면 시인이 하는 일은 모든 직종 가운데 가장 고귀한 일이라고 그녀는 생각을 이어 갔다. 시인의 말은 다른 사람들의 말이 미치지 못하는 곳에 도달한다. 가난한 사람들과 사악한 인간들에게 셰익스피어의 우스꽝스러운 노래는 세상의 모든 설교자와 박애주의자들보다 더 큰 영향을 미쳤다. 그러므로 우리의 의도를 전달하는 수단을 왜곡하지 않기 위해 들이는 시간이나 노력은 아무리 많아도 지나치지 않다. 우리는 우리의 말이 우리의 생각을 감싸는 더없이 얇은 외피가 될 때까지 말을 빚어야 한다. 생각은 성스러운 것이다 등등. 이로 보아 그녀가 자신만의 종교적 영역에 다시 돌아온 것은 분명했다. 그것은 그녀가 떠나 있던 동안 시간이 흐르면서 강화되었을 뿐이고, 신앙의 편협성을 신속히 띠어 갔다.

⟨나는 성장하고 있어.⟩ 마침내 양초를 잡으며 그녀는 생각했다. ⟨나는 환상을 잃어 가고 있어.⟩ 그녀는 메리 여왕의 기

도서를 닫으며 말했다. 〈어쩌면 다른 환상을 얻기 위해.〉 그러고는 자기 조상의 유골이 놓여 있는 무덤으로 내려갔다.

하지만 마일스 경이나 저바스 경의 유골, 그리고 다른 조상들의 유골도 아시아의 산에서 그날 밤 러스텀 엘 사디가 손을 내저었던 때 이후로 위엄을 약간 잃었다. 어쨌거나 불과 3백~4백 년 전에 이 유골들은 현대의 벼락부자들처럼 출세를 지향했던 사람들이었고, 다른 졸부들처럼 저택과 작위, 훈장과 기장을 획득함으로써 출세했다. 반면에 시인들이나 교양이 있는 위대한 마음의 소유자들은 시골의 정적을 선호했을 테고, 그 선택을 위해 극도의 빈곤으로 대가를 치렀고, 이제는 스트랜드 스트리트에서 신문을 팔러 다니거나 들판에서 양 떼를 보살필 거라는 사실에 그녀의 마음은 회한에 빠져들었다. 지하실 묘지에 서서 그녀는 이집트의 피라미드를 생각했고, 그 밑에 어떤 뼈가 누워 있을지 생각했다. 잠시 마르마라 바다 너머의 광활하고 인적 없는 산들이, 침대마다 퀼트가 덮여 있고 은접시마다 은뚜껑이 덮여 있고 수많은 방들이 있는 저택보다 더 나은 거처로 여겨졌다.

〈나는 성장하고 있어.〉 그녀는 양초를 집으며 생각했다. 〈나는 환상을 잃어 가고 있어. 어쩌면 새로운 환상을 얻기 위해.〉 그녀는 긴 회랑을 걸어 자기 침실로 갔다. 그것은 불쾌하고 골치 아픈 과정이었다. 그러나 놀랍도록 흥미로운 과정이라고 그녀는 (옆에 선원들이 없었으므로) 다리를 난롯가로 쭉 뻗으며 생각했고, 자신의 자아가 거대한 건물들이 늘어선 거리처럼 자신의 과거를 따라가는 과정을 살펴보았다.

그녀는 소년 시절에 소리를 얼마나 좋아했던가. 입술에서
쏟아져 나오는 요란한 음절을 얼마나 멋진 시라고 생각했던
가. 그런데 — 아마도 사샤와 자신이 겪은 환멸의 결과였겠
지만 — 이 광적인 열정에 검은 물방울이 떨어졌고, 그것이
그녀의 열광을 침체에 빠뜨렸다. 서서히 그녀의 내면에서 복
잡하게 얽힌 수많은 방이 열리기 시작했다. 그것은 운문이
아닌 산문에서 횃불을 들어야 탐사할 수 있는 것이었다. 그
녀는 자신이 노리치의 그 박사, 브라운의 책을 옆에 두고 얼
마나 열렬히 탐구했는지를 기억했다. 그린과의 사건 이후 그
녀는 여기서 홀로 고독하게 저항할 수 있는 정신을 길렀고,
아니, 알다시피 그런 성장을 이루려면 오랜 세월이 걸리므로,
기르려고 노력했다. 「내가 즐겁게 쓸 수 있는 것을 쓰겠어.」
그녀는 이렇게 말했었고, 그래서 스물여섯 권의 시집을 지워
없앴다. 하지만 여행과 모험을 하고 심오한 생각을 하며 이
런저런 것을 선택했음에도 불구하고 그녀는 아직도 형성되
는 과정에 있었다. 미래가 무엇을 가져올지는 아무도 몰랐다.
끊임없이 변화가 일어났고, 변화는 결코 중단되지 않을 것이
다. 사고의 높은 성벽, 돌처럼 오래도록 변치 않을 듯한 습성
이 다른 마음에 와 닿자 그림자처럼 스러졌고, 구름 없는 하
늘과 거기서 반짝이는 새로 나온 별들을 남겼다. 여기서 그
녀는 창가로 걸어갔는데, 냉기가 스며들었지만 빗장을 끄르
지 않을 수 없었다. 그녀는 축축한 밤공기 속으로 몸을 내밀
었다. 숲속에서 여우 울음소리가 들려왔고, 나뭇가지를 스치
며 푸드덕거리는 꿩 소리가 들렸다. 눈이 지붕에서 미끄러져

땅에 떨어지는 소리도 들려왔다. 「맹세코, 여기가 터키보다 수천 배는 더 나아.」 그녀가 소리쳤다. 「러스텀, 당신이 틀렸어요.」 그녀는 그 집시와 논쟁을 벌이는 듯이(마음속에서 논쟁을 벌이며 그 자리에서 반박할 수 없는 누군가와의 논쟁을 이어 가는 새로운 능력을 갖게 되었다는 점에서 그녀는 영혼의 발전을 다시 드러냈다) 소리쳤다. 「이게 터키보다 더 나아. 머리칼, 빵 껍질, 담뱃재 — 우리는 얼마나 자질구레한 것들로 이루어져 있는지.」 그녀는 (메리 여왕의 기도서를 떠올리며) 말했다. 「마음이란 잡다한 것들이 모여 스쳐 지나가는 주마등이지! 어떤 순간에 우리는 출생과 신분을 개탄하고 은둔자의 행복을 열망하지. 다음 순간에는 옛 정원 산책로의 냄새에 압도되어 개똥지빠귀 소리를 듣고 눈물을 흘리지.」 그래서 설명이 필요하면서도 그 의미에 대해서는 아무런 단서도 남기지 않고 메시지를 각인해 놓는 많은 것들에 의해 늘 그렇듯 어리둥절한 심정으로 그녀는 퀼런을 창밖으로 던지고 잠자리에 들었다.

다음 날 아침에 이 생각을 이어 가려고 그녀는 펜과 종이를 꺼내 「참나무」를 새로 써나가기 시작했다. 종이 여백에 나무 열매즙으로 써야 했던 시절에 비해 잉크와 종이를 풍족하게 갖게 된 것은 이루 말로 다할 수 없는 기쁨이었다. 그녀는 이따금 깊은 절망감에 어떤 구절을 빼버렸고, 이따금 환희의 절정에서 어떤 구절을 써넣었다. 그때 어떤 그림자가 종이에 드리워졌다. 그녀는 급히 원고를 숨겼다.

그녀의 방 창문이 안뜰 한가운데로 나 있었고, 그녀가 아

는 사람도 없고 법적으로 신원 불명의 존재인 터라 아무도
만나지 않겠다는 지시를 내렸기에, 그녀는 처음에 그 그림자
를 보았을 때 깜짝 놀랐고 그다음엔 화가 났다가 (고개를 들
어 그 그림자의 정체를 보고는) 유쾌해졌다. 그것은 낯익은
그림자, 기묘한 그림자, 바로 루마니아 영토의 핀스터아르호
른과 스캔드옵붐의 황녀 해리엇 그리젤다의 그림자였던 것
이다. 그녀는 전처럼 검은 승마복에 망토를 걸치고 안뜰을
가로질러 천천히 달리고 있었다. 그녀는 머리카락 한 올도
달라지지 않았다. 바로 그녀가 영국에서부터 올랜도를 뒤쫓
아 온 여자였다! 이것이 그 불쾌한 독수리 둥지였고, 이것이
바로 그 치명적인 새였다! 올랜도는 (지금은 지나치게 따분
해진) 그녀의 유혹을 피하기 위해 자신이 머나먼 터키까지
달아났었다는 생각에 소리 내서 웃었다. 그녀의 모습에는 뭐
라 말할 수 없이 우스꽝스러운 면이 있었다. 예전에 생각했
듯이 그녀는 무엇보다도 무시무시하게 큰 산토끼처럼 보였
다. 토끼처럼 말똥말똥한 눈에 뺨은 홀쭉하고 머리에는 높은
장식이 달려 있었다. 이제 그녀는 아무도 보지 않을 때 밀밭
에서 꼿꼿하게 앉아 생각에 잠긴 산토끼처럼 멈춰 서서 올랜
도를 말똥말똥 응시했고, 올랜도는 창가에서 그녀를 되쏘아
보았다. 이처럼 한참 서로를 응시하고 나서는 그녀에게 들어
오라고 말할 수밖에 없었다. 곧 황녀가 망토에서 눈을 떨어
내는 동안 두 숙녀는 인사를 나누었다.

〈성가신 여자들.〉 올랜도는 포도주 잔을 가지러 찬장으로
향하면서 속으로 중얼거렸다. 〈여자들은 한순간도 사람을 편

히 내버려 두지 않아. 그처럼 캐내고 꼬치꼬치 캐묻고 참견하기 좋아하는 존재도 없어. 내가 이 5월제 기둥 같은 여자를 피하려고 영국을 떠났건만, 그런데 이제 —〉 그런데 황녀에게 포도주를 주려고 쟁반을 들고 다시 돌아왔을 때, 보라! 황녀가 아니라 검은 옷차림의 키 큰 신사가 서 있었다. 난로망에 옷들이 걸려 있었다. 올랜도는 어떤 남자와 단둘이 있는 것이었다.

이렇게 되어 그녀는 지금까지 까맣게 잊고 있던 자신의 성과 너무나 비현실적이라서 똑같이 혼란스러운 그 남자의 성을 갑자기 의식하면서 현기증을 느꼈다.

「아니!」 그녀가 손을 옆구리에 대며 소리쳤다. 「나를 몹시 놀라게 하시는군요.」

「온유한 여인이여!」 황녀가 한쪽 무릎을 꿇고 동시에 올랜도의 입술에 술잔을 갖다 대면서 소리쳤다. 「당신을 속인 걸 용서해 줘요.」

올랜도는 포도주를 한 모금 마셨고, 대공은 무릎을 꿇은 채 그녀의 손에 입을 맞췄다.

간단히 말해서, 그들은 10여 분간 매우 활기차게 남자와 여자 역할을 연기했고, 그러고 나서 자연스러운 대화를 나누게 되었다. 황녀가(하지만 앞으로는 그녀를 대공으로 불러야 한다) 지난날에 대해 이야기했다 — 자신은 남자이고, 언제나 남자였으며, 올랜도의 초상화를 보았을 때 절망적인 사랑에 빠졌고, 자신의 목적을 이루기 위해 여자로 변장하여 제과점에 와서 머물렀고, 올랜도가 터키로 달아났을 때 쓸쓸했으며, 그녀가 여자로 변했다는 소식을 듣자마자(이 부분에서 그는 참지 못하고 낄낄 웃었다) 그녀에게 봉사하려고 서둘러 달려왔다는 것이었다. 자신에게 올랜도는 여성의 〈전형〉이 자 〈진주〉이고 〈절정〉이었고, 언제나 그럴 것이라고 해리 대공이 말했다. 이 세 가지 〈ㅈ〉은 괴이하기 짝이 없는 낄낄 소리와 히히 소리가 뒤섞이지 않았더라면 더 설득력이 있었을 것이다. 〈만일 이게 사랑이라면, 사랑은 굉장히 우스꽝스러운 구석이 있군.〉 올랜도는 난로망 맞은편에 앉은 대공을 쳐다보며 이제 여자의 관점에서 속으로 말했다.

해리 대공이 갑자기 무릎을 꿇더니 더없이 열정적으로 선언하듯 청혼했다. 그는 자기 성의 금고에 금화가 대략 2천만 개 있다고 말했다. 토지에 대해 말할 것 같으면 영국의 어느 귀족보다도 더 많이 소유하고 있었다. 그의 사냥터는 탁월했다. 영국이나 스코틀랜드의 어떤 습지도 따라올 수 없는 들꿩을 수없이 그녀에게 제공할 수 있었다. 실은 그가 없는 동안 꿩은 개취충증에 걸려 개체가 줄었고 암사슴은 새끼를 조산했지만, 그런 일은 바로잡을 수 있다. 그들이 루마니아에서 함께 살게 되면 그녀의 도움을 받아 바로잡을 것이다.

이 말을 하면서 툭 튀어나온 그의 눈에 커다란 눈물방울이 고였다가 길고 홀쭉한 뺨의 깔깔한 표면을 타고 흘러내렸다.

남자들도 여자들 못지않게 빈번히, 터무니없이 운다는 것을 올랜도는 남자로 직접 겪은 경험을 통해 알고 있었다. 하지만 여자들은 자기들 앞에서 남자들이 감정을 드러낼 때 충격을 받아야 한다는 것을 그녀는 차차 깨달았고, 그래서 그녀는 충격을 받았다.

대공은 사과했다. 이제 그는 감정을 억제하고 돌아가겠지만 그녀의 대답을 듣기 위해 이튿날 다시 오겠다고 말했다.

그날은 화요일이었다. 그는 수요일에 왔다. 목요일에도 왔다. 금요일에도 왔다. 그리고 토요일에도 왔다. 실로 그의 방문은 사랑의 맹세로 시작하고, 지속하고, 끝났다. 하지만 그 맹세 사이에는 긴 침묵이 이어졌다. 그들은 벽난로를 사이에 두고 양쪽에 앉았다. 대공이 가끔 벽난로의 부지깽이를 넘어뜨리면 올랜도는 그것을 다시 세워 놓았다. 때로 대공은 스웨덴에서 큰 사슴을 쏘았던 일을 떠올렸고, 올랜도는 그것이 아주 큰 사슴이었는지를 물었고, 대공은 노르웨이에서 쏜 사슴만큼 어마어마하지는 않았다고 말했다. 올랜도는 그에게 호랑이를 사냥한 적이 있는지 물었고, 대공은 앨버트로스를 쏜 적이 있다고 대답했다. 올랜도는 (하품을 약간 숨기면서) 앨버트로스가 코끼리만큼 크냐고 물었고, 대공은 — 물론 매우 지각 있는 대답을 했지만 올랜도는 듣지 않았다. 그녀는 책상을 바라보고 창밖을 내다보다가 문을 쳐다보았던 것이다. 그러면 대공은 〈당신을 숭배합니다〉라고 말했고, 동시에 올랜도는 〈보세요, 비가 내리기 시작하네요〉라고 말했다. 그러면 둘 다 몹시 당황해서 얼굴이 새빨개졌고, 그러고는 어떻게 대화를 이어 가야 할지 생각해 낼 수 없었다. 사실 올랜도는 무슨 말을 해야 할지 몰라 쩔쩔맸다. 그녀가 큰돈은 잃을지 몰라도 정신적 대가는 그리 치르지 않아도 되는 〈플라이 루〉라는 게임을 생각해 내지 않았더라면, 그와 결혼해야 했을 것이다. 달리 그를 물리칠 방법을 그녀는 알지 못했다. 이 방법으로, 즉 설탕 세 덩어리와 파리만 충분히 있으면 되는 단순한 게임 덕분에 그녀는 대화의 당혹감을 극복했고, 청혼을 받아들여야 하는 상황을 피할 수 있었다. 이제 파리한 마리가 저 설탕이 아니라 이 설탕 덩어리에 앉을 거라고 그녀가 은화 하나를 걸면, 대공은 5백 파운드를 걸었다. 그래서 그들은 오전 내내 파리를(이 계절에는 당연히 파리의 동작이 굼떴고 한 시간쯤 천장 주위에서 빙빙 도는 일도 많았다) 지켜보느라 할 일이 생겼고, 마침내 어떤 멋진 청파리가 설탕을 선택하면 게임이 끝났다. 게임하는 동안 수백 파운드의 돈이 둘 사이에 오갔다. 타고난 도박꾼이었던 대공은 그 게임이 경마 못지않게 흥미진진하다고 선언하며 이 게임을 영원히 할 수 있다고 맹세했다. 그러나 올랜도는 곧 지루해졌다.

〈한창때의 멋진 아가씨가 되어 봐야 무슨 소용이야?〉 그녀가 자문했다. 〈매일 오전 내내 대공과 함께 청파리를 지켜봐야 한다면 말이지?〉

그녀는 설탕 덩어리를 보는 것도 혐오스러웠고 파리 때문에 어질어질했다. 이런 곤경을 벗어날 방법이 분명 있을 것 같았지만, 그녀는 여성의 기교를 부리는 면에선 아직 미숙했다. 이제는 남자를 때려눕히거나 양날 칼로 난도질할 수 없으므로 그녀가 생각해 낼 수 있는 최선의 방법은 이것이었다. 그녀는 청파리를 한 마리 잡아 살짝 눌러 목숨을 빼앗고(이미 반쯤 죽은 파리였다. 그렇지 않았으면 그 말 못하는 생물에 대한 동정심 때문에 그렇게 할 수 없었을 것이다) 아라비아고무 한 방울을 설탕 덩어리에 떨어뜨려서 파리를 붙여 놓았다. 대공이 천장을 응시하는 동안 그녀는 자신이 돈을 걸었던 설탕 덩어리 대신 이 덩어리를 교묘하게 바꿔 놓고는 〈루, 루!〉라고 소리치며 내기에 이겼다고 선언했다. 그녀는 대공이 스포츠와 경마에 정통하므로 그 속임수를 곧 알아챌 테고, 루 게임에서 속이는 행위는 더없이 가증스러운 범죄이고 그 범죄를 저지른 사람들은 인간 사회에서 열대의 원숭이 사회로 영원히 추방되었으므로, 그가 남자답게 그녀와 더 이상 상종하지 않겠다고 맹세할 거라고 짐작했다. 하지만 그녀는 그 다정한 귀족의 단순함을 잘못 판단했다. 그는 파리들을 자세히 관찰하지 않았다. 그에게는 죽은 파리나 살아 있는 파리나 똑같아 보였다. 그녀는 그 속임수를 스무 번 정도 썼고, 그는 1만 7,250파운드(현재 화폐로는 대략 4만 885파운드 6실링 8페니)가 넘는 돈을 그녀에게 지불했다. 그러다 결국 올랜도가 너무나 지독히 속이는 바람에 그도 더 이상은 속을 수 없었다. 마침내 그가 사실을 깨달았을 때, 보기 괴로운 장면이 펼쳐졌다. 대공은 몸을 쭉 펴고 일어섰다. 얼굴은 시뻘겋게 상기되어 있었고, 눈물이 방울방울 뺨을 타고 흘러내렸다. 그녀가 자기에게서 큰돈을 가로챘다는 사실은 아무것도 아니었다. 그녀는 마음대로 해도 좋았다. 하지만 그녀가 그를 속였다는 사실은 중요했고, 그녀가 그렇게 할 수 있다는 사실이 그의 마음을 아프게 했다. 그런데 가장 중요한 것은 그녀가 루 게임에서 속였다는 사실이었다. 게임에서 속이는 여자를 사랑하는 것은 불가능하다고 그는 말했다. 그래서 그는 감정을 주체할 수 없었다. 목격자가 없어서 다행이라고 그는 마음을 조금 추스르며 말했다. 그녀도 결국 여자에 불과하다고 말했다. 이윽고 그는 기사도 정신으로 그녀를 용서하려는 마음을 먹었고, 격한 언어를 쓴 자신을 용서해달라고 고개를 숙였다. 그때 올랜도는 거만한 고개를 숙인 그의 살갖과 셔츠 사이에 작은 두꺼비를 떨어뜨림으로써 그 문제를 간단히 처리했다.

올랜도에 대해 공정하게 말하자면, 그녀로서는 양날 칼을 휘두를 수 있었다면 그 방식을 더없이 선호했으리라고 말해야 하리라. 두꺼비를 오전 내내 몸에 숨기고 있으려면 몹시 축축해서 기분이 나쁘다. 그러나 양날 칼은 금지되어 있으니 두꺼비를 사용할 수밖에 없다. 게다가 두꺼비와 웃음은 차가운 강철이 해내지 못하는 것을 할 수 있다. 그녀는 웃었다. 대공이 얼굴을 붉혔다. 그녀가 웃었다. 대공이 욕을 퍼부었다. 그녀가 웃었다. 대공이 문을 꽝 닫고 나가 버렸다.

「고맙게도!」올랜도는 계속해서 웃으며 소리쳤다. 마차 바퀴가 미친 듯이 안뜰을 굴러가는 소리가 들려왔다. 대로를 따라 덜컹거리며 달려가는 소리가 들려왔다. 그 소리는 점점 더 희미해졌다. 이윽고 그 소리가 완전히 사라졌다.

「난 혼자야.」올랜도는 옆에 들을 사람이 없었기에 소리 내서 말했다.

소음 이후의 정적이 더욱 깊다는 사실은 아직 과학적 확인이 필요하다. 그러나 사랑 고백을 들은 직후에 외로움이 더 짙어진다는 사실은 많은 여자들이 증언할 것이다. 대공의 마차 바퀴 소리가 잦아들었을 때, 올랜도는 자기에게서 점점 더 멀어져 가는 대공(그에 대해서는 개의치 않았다)과 재산(그것도 개의치 않았다), 작위(그것도 개의치 않았다), 결혼 생활의 안정감과 부대 상황(그것도 개의치 않았다)을 느꼈다. 그러나 그녀는 인생이 자신에게서 멀어지는 소리를 들었고, 연인이 멀어지는 소리도 들었다. 「인생과 연인이라……」 그녀는 중얼거렸다. 그러고는 책상으로 가서 펜을 잉크병에 담갔다가 꺼내 이렇게 썼다.

〈인생과 연인.〉이 행은 그 앞에 적힌, 양의 피부병을 예방하기 위해 살충액에 담그는 적절한 방법에 대한 내용과 운율도 맞지 않고 의미도 통하지 않았다. 그것을 다시 읽어 보고 그녀는 얼굴을 붉히며 되풀이했다.

「인생과 연인.」 그리고 나서 펜을 내려놓은 그녀는 침실로 들어가 거울 앞에 서서는 진주 목걸이를 목에 걸었다. 그런데 목걸이가 잔가지 무늬가 있는 면직 모닝 가운에는 돋보이지 않아, 비둘기색 견직 드레스로 바꿔 입었다. 그러고는 자홍색으로 갈아입었다가 포도주색 양단 드레스로 바꿔 입었다. 파우더를 약간 뿌릴 필요가 있고, 머리칼을 이마에 이렇게 드리우면 어울릴지 모른다. 그러고 나서 그녀는 뾰족한 슬리퍼에 발을 끼우고 에메랄드 반지를 손가락에 끼었다. 「자.」 모든 준비가 끝나고 거울 양쪽의 튀어나온 촛대에 불을 밝히면서 그녀는 말했다. 이 순간 올랜도의 눈에 들어온, 눈 속에서 타오르는 것을 보기 위해 불을 밝히지 않을 여자가

있을까? ― 왜냐하면 거울 주위는 사방 눈 내리는 잔디밭이
었고, 그녀는 불꽃, 타오르는 덤불 같았다. 그녀의 머리 위에
서 타오르는 양초 불꽃은 은 이파리들이었다. 아니, 거울은
녹색 물결이었고, 그녀는 진주 목걸이를 건 인어였다. 그녀
를 안아 보려고 뱃전에 몰려든 사공들이 깊은 물에 빠질 때
까지 노래를 부르는 동굴 속의 세이렌[33]이었다. 그녀가 너무
나 어둡고, 너무나 밝고, 너무나 단단하고, 너무나 부드럽고,
너무나 놀랍게도 유혹적이라서, 누군가 옆에서 쉬운 영어로
적나라하게 〈제기랄! 마담! 당신은 사랑스러움의 화신이오〉
라고 말할 수 없다는 것이 유감스러웠다. 그것은 사실이었다.
올랜도 스스로도 (자기 외모에 대한 자만심은 없었지만) 그
것을 의식했다. 그녀는 여자들이 자신에게 있는 줄 몰랐던
아름다움이 떨어지는 이슬이나 솟아나는 샘처럼 고여 갑자
기 거울 속에서 자신을 바라볼 때 자기도 모르게 미소 짓듯
이 미소를 머금었던 것이다. 그녀는 이렇게 미소를 지으며
잠시 귀를 기울였다. 바람에 흔들리는 나뭇잎 소리와 참새가
지저귀는 소리 말고는 아무것도 들리지 않자, 그녀는 한숨을
지으며 〈인생이라, 연인이라!〉라고 중얼거리고는 몸을 휙 돌
렸다. 그러고는 진주 목걸이를 목에서 휙 잡아떼고 양단 드
레스를 등에서 떼어 내고는, 일반 귀족 남성의 말끔한 검은
색 실크 반바지 차림으로 꼿꼿이 서서 벨을 눌렀다. 하인이
들어오자 육두마차를 신속히 대기시키라고 말했다. 급한 용

<hr>

33 호메로스의 『오디세우스』에서 고향으로 돌아가는 오디세우스와 선원
들의 정신을 혼란스럽게 만들려고 아름다운 노래로 유혹하는 바다의 요정.

무가 있어 런던에 가야 한다는 말과 함께. 대공이 떠난 지 한 시간도 안 되어 그녀의 마차는 출발했다.

그녀가 마차를 타고 가는 동안 주위에 펼쳐진 풍경은 특별히 묘사할 필요가 없는 소박한 영국 풍경이었으므로, 이 기회를 이용해 그동안 이어 온 이야기의 여기저기에서 슬쩍 넘어간 한두 가지 진술에 관해 더욱 각별히 독자의 관심을 환기하고자 한다. 가령 올랜도가 사람들의 방해를 받으면 원고를 숨겼다는 점을 언급할 수 있다. 다음으로 그녀가 거울을 오랫동안 유심히 들여다보았다고 말할 수 있고, 지금 런던으로 마차를 타고 가면서 말들이 예상보다 빨리 질주할 때마다 그녀가 깜짝 놀라거나 비명을 참는 것을 주목할 수 있다. 글 쓰는 행위에 대한 조심스러움과 자기 외모에 대한 허영심, 안전에 대한 불안감, 이런 사실은 남자 올랜도와 여자 올랜도 사이에 아무런 차이도 없다고 조금 전에 진술한 말이 전혀 진실하지 않다고 암시하는 듯하다. 그녀는 여자들이 대체로 그렇듯이 자기 두뇌에 대해 조금 더 겸손해졌고, 또 여자들이 대개 그렇듯이 자기 외모에 대한 허영심이 조금 더 커지고 있었다. 어떤 감성은 두드러지게 커진 반면에 어떤 감성은 점점 줄었다. 그런 변화는 의상의 차이와 큰 관련이 있다고 어떤 철학자들은 말할 것이다. 의상이 하찮게 보일지 몰라도 단지 우리를 따뜻하게 해주는 것보다 더 중요한 기능을 한다고 그들은 말한다. 의상은 세계에 대한 우리의 관점과 우리에 대한 세계의 관점을 변화시킨다. 가령 바르톨루스 선장은 올랜도의 스커트를 보았을 때 당장 그녀를 위해 차양을 쳐주었고, 그녀에게 쇠고기 한 조각을 더 먹으라고 권했으며, 자기와 함께 대형 보트를 타고 뭍에 오르자고 요청했다. 그녀의 스커트가 흘러내리지 않고 반바지 모양으로 다리에 달라붙게 재단되었다면 그녀는 이런 대접을 받지 못했을 것이다. 그런데 우리는 대접을 받을 때 보답을 해야 할 필요가 있다. 올랜도는 무릎을 굽혀 절했고, 그의 뜻에 순응했고, 그 선량한 남자의 비위를 맞춰 주었다. 그의 말쑥한 바지가 여자의 스커트였더라면, 그리고 그의 편직 코트가 여성의 공단 보디스였더라면 그렇게 하지 않았을 것이다. 그러므로 옷이 우리를 입는 것이지, 우리가 옷을 입는 게 아니라는 견해를 많은 사실이 뒷받침한다. 우리는 팔이나 가슴의 모양새에 맞게 옷을 만들지만, 옷은 우리의 마음과 두뇌, 혀를 그것에 맞게 만들어 낸다. 그래서 이제 스커트를 입은 지 상당한 시간이 지났으므로 올랜도에게, 심지어 그녀의 얼굴에서도 어떤 변화가 드러났는데, 독자들이 5번 그림을 보면 달라진 점을 찾아낼 수 있다. 남자 올랜도와 여자 올랜도의 사진을 비교해 보면, 그 두 사람은 의심할 바 없이 동일 인물이지만 어딘가 차이가 있음을 알게 된다. 남자의 손은 거리낌 없이 칼을 잡고 있지만 여자의 손은 어깨에서 미끄러지지 않도록 공단 숄을 붙잡는 데 사용되어야 한다. 남자는 세상이 자신이 사용하도록 만들어졌고 자신의 기호에 맞게 형성된 것처럼 세상을 똑바로 직시한다. 그에 반해 여자는 미묘한 눈으로, 심지어 의혹을 품은 눈으로 세상을 곁눈질한다. 그들이 똑같은 옷을 입었더라면, 그들의 세계관은 동일했을 것이다.

이런 견해를 가진 일부 철학자들과 현자들이 있지만, 대개 우리는 다른 관점으로 기우는 경향이 있다. 양성 간의 차이란 다행히도 매우 심원한 것이다. 의상은 그 아래 깊이 숨어 있는 것의 상징에 불과하다. 올랜도로 하여금 여자의 옷과 여자의 성을 선택하도록 영향을 미친 것은 그녀의 내면에서 일어난 변화였다. 어쩌면 여기서 그녀는 다만, 대부분의 사람들에게 일어나고 있지만 명백히 표현되지 않는 것을 유난히 솔직하게 — 솔직함은 실로 그녀의 천성이었다 — 표현하고 있을 뿐인지도 모른다. 여기서 또다시 우리는 진퇴양난에 빠지게 된다. 양성은 서로 다르기는 하지만 서로 뒤섞여 있다. 어느 인간에게서나 한 성에서 다른 성으로의 전환이 일어나고, 남성이나 여성의 모습을 유지시켜 주는 것은 오로지 의상밖에 없으며, 성의 밑바닥에는 위에 있는 것의 정반대가 존재한다. 이런 사정으로 인해 일어나는 복잡하고 혼란스러운 문제는 누구나 경험해 왔다. 그러나 여기서 우리는 일반적인 문제는 차치하고 올랜도라는 특정 인물의 경우에 그것이 미친 특이한 영향만 주목하겠다.

그녀가 종종 예기치 않은 방식으로 행동하게 되었던 것은 이처럼 그녀의 내면에 남자와 여자가 뒤섞여 있고, 한 성이 우세하다가 다음 순간엔 다른 성이 강력해지기 때문이었다. 그녀의 성에 대해 호기심이 많은 사람은 가령 올랜도가 여자라면 어떻게 옷을 갈아입는 데 10분 이상 걸리지 않느냐고 묻곤 했다. 게다가 그녀는 옷을 되는대로 아무렇게나 골라

입고, 때로는 다소 초라하게 입지 않았던가? 그다음에 그들은 그래도 그녀에게 남성의 인습성이나 권력욕이 전혀 없었다고 말할 것이다. 그녀는 지나치리만큼 마음이 여렸다. 당나귀가 매질을 당하거나 고양이를 물에 빠뜨리는 광경을 보면 도저히 견딜 수 없어 했다. 그런데 그녀는 가사(家事)를 몹시 싫어했고, 여름철에는 새벽에 일어나 해가 뜨기도 전에 들판으로 나가던 것을 그들은 주목했다. 농작물에 대해 그녀만큼 잘 아는 농부는 없었다. 그녀는 누구 못지않게 술을 많이 마실 수 있었고, 위험한 게임을 좋아했다. 말을 잘 탔고, 육두마차를 최고 속도로 몰아 런던 브리지를 달릴 수 있었다. 그러나 남자처럼 과감하고 활동적이기는 하지만, 다른 한편으로는 위험에 처한 사람을 보면 한없이 여성스럽게 가슴을 졸인다는 사실이 지적되었다. 그녀는 소소한 일에도 눈물을 흘리곤 했다. 지리에 해박하지 못했고, 수학을 참을 수 없어 했으며, 남자들보다는 여자들에게서 쉽게 찾아볼 수 있는 변덕스러운 주장을 펼치기도 했다. 가령 남쪽으로의 여행은 내리막길을 가는 것이라고 말했다. 그렇다면 올랜도가 대체로 남자인지 아니면 여자인지는 분간하기 어렵고, 지금은 결정할 수 없다. 그녀의 마차가 지금 자갈길을 달가닥거리며 달리고 있으므로. 그녀는 런던의 자기 저택에 도착했다. 마차 발판이 내려지고 철문이 열렸다. 그녀는 블랙프라이어스에 있는 부친의 저택에 들어서고 있었다. 런던의 그쪽 외곽 지역이 빠르게 인기를 잃어 가고 있었지만, 그 집은 여전히 쾌적하고 방이 많은 대저택이었고, 여러 정원이 강가로 이어져 있어 쾌적한 개암나무 숲에서 산책할 수 있었다.

　이 저택에 머무르며 그녀는 자신이 여기서 추구하려던 것을 찾으려고 곧 주위를 둘러보기 시작했다. 인생과 연인 말이다. 첫 번째에 대해서는 약간 의혹이 있을 수 있다. 두 번째는 그녀가 도착하고 나서 이틀 후에 전혀 어렵지 않게 찾을 수 있었다. 그녀가 런던에 온 것은 화요일이었다. 목요일에 그녀는 당시 신분 높은 사람들의 관습에 따라 세인트 제임스 공원으로 산책을 나갔다. 그녀가 그늘진 산책로를 한두 번 이상 돌기도 전에, 상류층 인사들을 엿보러 나온 소규모의 천민들이 그녀를 주시했다. 그녀가 그들을 지나칠 때 아이를 가슴에 안은 평민 여자가 앞으로 나오더니 올랜도의 얼굴을 빤히 들여다보고는 소리쳤다. 「똑똑히 봐. 레이디 올랜도 아니야!」 여자의 일행이 몰려들어 에워쌌고, 올랜도는 순식간에 자신을 뚫어져라 쳐다보는 시민들과 장사꾼 아내들에게 둘러싸여 있음을 깨달았다. 모두들 그 유명한 소송 사건의 여주인공을 쳐다보느라 열심이었다. 그 사건이 평민들의 마음에 불러일으킨 흥미는 그 정도로 대단했다. 키 큰 신사가 즉시 앞으로 걸어와서 그녀에게 팔을 내밀며 보호해 주지 않았다면, 그녀는 밀려드는 군중에 떠밀려 매우 곤란했을 것이다 ― 숙녀들은 공공장소에서 혼자 걸어서는 안 된다는 것을 잊었던 것이다. 그 신사는 바로 대공이었다. 그녀는 몹시 곤혹스러운 심정이었지만 그 사건에서 일말의 재미도 느꼈다. 이 너그러운 귀족은 그녀를 용서했을 뿐 아니라, 그녀가 두꺼비로 경박한 장난을 친 사건을 양해했음을 알려 주기 위해 그 파충류 모양의 보석을 구입했고, 그녀를 마차에 태워 주면서 그것을 그녀의 손에 쥐여 주고 누르며 청혼을 되풀이했다.

한편으로는 군중 때문에, 또 한편으로는 대공 때문에, 그리고 보석 때문에, 그녀는 상상할 수 없이 고약한 기분으로 집에 돌아갔다. 그렇다면 질식할 지경에 이르고, 두꺼비 모양의 에메랄드 선물을 받고, 대공의 청혼을 받지 않고는 산책도 나갈 수 없단 말인가? 다음 날 아침 식탁에서 영국의 가장 높은 귀부인들이 보낸 여섯 통의 편지를 보았을 때, 그녀는 조금 나아진 기분으로 상황을 받아들일 수 있었다. 레이디 서퍽, 레이디 솔즈베리, 레이디 체스터필드, 레이디 태비스톡과 다른 이들이 더없이 정중하게 그들 가문과 그녀의 가문이 오래전부터 맺어 온 관계를 상기시키며 그녀와의 친분을 되살리기를 요청했다. 이튿날인 토요일에는 많은 귀부인들이 그녀를 방문했다. 화요일 정오쯤에는 그들의 하인들이 가까운 시일 내에 열릴 다양한 이브닝 파티와 정찬 파티, 사교 모임에 초대하는 초대장을 가져왔다. 그래서 올랜도는 런던 사교계라는 호수에 지체 없이 뛰어들었고, 그러면서 물을 튀기고 거품도 일으켰다.

그 당시나 다른 시대에도 런던 사교계를 진실하게 묘사하는 것은 전기 작가나 역사가의 능력을 벗어나는 일이다. 진실을 필요로 하지도 않고 존중하지도 않는 사람들만이, 즉 시인과 소설가만이 그 일을 하리라고 믿을 수 있다. 왜냐하면 사교계에는 진실이 존재하지 않기 때문이다. 아무것도 존재하지 않는다. 전부 다 떠들썩한 분위기 — 신기루일 뿐이다. 이 말의 뜻을 분명히 설명하자면, 올랜도는 이런 사교 모임에서 새벽 3~4시쯤 크리스마스트리처럼 상기된 뺨으로 눈을 별처럼 반짝이면서 집으로 돌아오곤 했다. 그녀는 끈을 하나 풀고는 수십 번 방을 서성였고, 또 하나를 풀고는 또다시 방을 서성였다. 잠자리에 들려고 마음먹기 전에 서더크의 굴뚝 너머로 햇살이 작열하는 때도 종종 있었다. 그녀는 자리에 누워 한 시간 남짓 웃고 한숨을 쉬며 격렬하게 뒤척이다가 결국 잠이 들었다. 그런데 이 온갖 흥분이 무엇 때문이었던가? 사교계였다. 그런데 사교계가 대체 어떻게 말하고 행동하기에 합리적인 숙녀가 그토록 흥분했을까? 간단명료하게 말하자면, 아무것도 없었다. 아무리 기억을 헤집어 보아도, 다음 날 올랜도는 뭔가 근사한 이름으로 높여 불러 줄 만한 말을 단 하나도 기억할 수 없었다. O 경은 활달했다. A 경은 정중했다. C 후작은 매력적이었다. M 씨는 재미있었다. 그러나 그들의 활달함과 정중함, 매력, 위트가 어디에 있었는지를 알아내려고 생각하다 보면, 자기 기억에 결함이 있다고 여길 수밖에 없었다. 그 어느 것 하나도 분명히 말할 수 없었던 것이다. 언제나 똑같았다. 이튿날까지 기억에 남는 것이 하나도 없었다. 하지만 그 순간의 흥분은 대단히 강렬했다. 그래서 사교계란 솜씨 좋은 주부가 크리스마스 시즌에 뜨겁게 달여 내놓는 음료 같다는 결론을 내릴 수밖에 없다. 그 맛은 열두 가지의 다양한 재료가 적절히 혼합되고 섞이는

데 달려 있다. 한 가지 재료를 떼어 내서 보면 그것 자체로는 맛이 없다. O 경을 빼내고 A 경과 C 후작 혹은 M 씨를 빼내서 따로 떼어 보면 각각은 아무것도 아니다. 그들 모두를 함께 뒤섞으면 서로 결합하여 몹시 취하게 하는 맛과 가장 유혹적인 냄새를 발산한다. 하지만 이러한 도취와 유혹적 매력은 우리의 분석 능력을 완전히 벗어난다. 그러므로 사교계는 모든 것인 동시에 아무것도 아니다. 사교계는 세상에서 가장 강력한 혼합물이고, 또한 사교계는 전혀 존재하지 않는다. 이런 괴물은 시인들과 소설가들만이 다룰 수 있고, 그처럼 대단한 것이자 아무것도 아닌 것이 그들의 작품에 넘치도록 채워져 있다. 더없는 호의를 품고 우리는 그 문제를 기꺼이 그들에게 맡긴다.

그러므로 우리는 선조들의 모범을 따라, 앤 여왕의 통치 시절[34]에는 사교계가 유례없이 화려했다고만 말하겠다. 양갓집 출신들은 누구나 사교계에 진출하는 것을 목표로 삼았다. 사교적 예절이 가장 중요했다. 아버지는 아들을 가르쳤고, 어머니는 딸을 가르쳤다. 어느 성의 교육에서든 몸가짐의 지식, 고개를 숙이고 무릎을 꿇어 절하는 기술, 칼과 부채를 다루는 솜씨, 이빨 관리, 두 다리를 품위 있게 관리하는 기술, 무릎을 유연하게 구부리는 방법, 방에 들어오고 나갈 때의 예법 등등 사교계에 있었던 사람에게 즉시 떠오를 만한 수천 가지 기술이 포함되지 않으면 완벽하지 않았다. 소년 시절의 올랜도는 장미 향수 사발을 바쳤을 때의 자세 덕분에 엘리자

---

34 1702년부터 1714년까지의 시기이다.

베스 여왕의 칭찬을 받은 적이 있으니, 그녀는 필요한 예절에 전문적으로 숙련되어 있었다고 보아야 한다. 하지만 사실 그녀는 멍한 구석이 있어서 때로 어설프게 행동했다. 그녀는 드레스 옷감을 생각해야 할 때 시를 생각하곤 했고, 여자치고는 너무나 성큼성큼 걸었고, 느닷없이 행동하는 바람에 때로 찻잔을 떨어뜨렸다.

이런 사소한 결함이 그녀의 화려한 몸가짐을 다분히 빛바래게 했든지, 아니면 그녀가 자기 조상의 핏줄에 흐르던 냉소적 유머의 핏방울을 조금 지나치게 물려받았든지 간에, 사교계에 출입한 지 스무 번도 되지 않았을 때 그녀가 자기 말을 듣는 상대가 작은 강아지 피핀밖에 없는 데서 〈대체 내게 무슨 문제가 있는 걸까?〉라고 하소연하는 소리를 들을 수 있었다는 것은 분명한 사실이다. 때는 1712년 6월 16일 화요일이었고, 그녀는 알링턴 하우스에서 열린 성대한 무도회에서 막 돌아온 참이었다. 동이 트고 있었고, 그녀는 스타킹을 벗는 중이었다. 「앞으론 단 한 사람도 만나지 못하더라도 개의치 않겠어.」 그녀는 소리치며 울음을 터뜨렸다. 그녀에게 연인은 많았지만, 결국 그 나름대로 어떤 의미가 있는 삶은 그녀를 비켜 갔다. 「이것이?」 그녀는 물음을 던졌지만 대답할 사람이 없었다. 「이것이 사람들이 인생이라고 부르는 걸까?」 그녀는 어쨌든 문장을 끝냈다. 스패니얼이 올랜도를 핥아 주었다. 올랜도는 손으로 강아지를 쓰다듬고 입을 맞추었다. 간단히 말해서, 그들 사이에는 반려견과 주인 사이에 가능한 더없이 진실한 공감이 있었다. 하지만 동물은 말을 하지 못하기 때문에 좀 더 섬세한 감정의 교류에는 큰 지장이 있다는 것을 부정할 수 없다. 강아지들은 꼬리를 흔들고 앞다리를 숙이고 뒷다리를 들어 올리며 구르고 뛰어오르고 발로 긁고 낑낑거리고 짖어 대고 침을 흘린다. 또 자기들 나름대로 정중하게 행동하기도 하고 재주를 부리지만, 말을 할 수 없기 때문에 전부 다 소용이 없다. 자신이 알링턴 하우스에서 훌륭한 사람들과 벌인 말다툼도 그랬다고, 그녀는 강아지를 바닥에 조심스레 내려놓으며 생각했다. 그들 역시 꼬리를 흔들고 숙이고 구르고 뛰어오르고 발로 긁고 침을 흘리지만, 말을 하지 못했다. 「내가 사교계에 나간 이 몇 달 동안······.」 올랜도는 스타킹 한 짝을 방구석에 내던지며 말했다. 「내가 들은 말이라곤 그저 피핀이 했을 법한 말이었어. 난 추워요. 난 행복해요. 난 배가 고파요. 난 쥐를 잡았어요. 난 뼈를 묻었어요. 내 코에 키스해 줘요.」 하지만 그것으로는 충분하지 않았다.

그녀의 감정이 이토록 짧은 기간에 도취에서 혐오로 옮겨 간 경위를 설명하기 위해서 우리는 다만 이렇게 가정할 것이다. 사교계라고 불리는 이 신비로운 구성체는 그 자체로는 절대적으로 선하거나 악한 것이 아니지만 변하기 쉬우면서도 강력한 기운을 담고 있어서, 여러분이 사교계를 올랜도가 그랬듯이 유쾌하다고 생각하면 취하게 만들고, 올랜도가 그랬듯이 역겹다고 생각하면 두통을 일으킨다. 어느 쪽이든 언어 능력과 큰 관련이 있다는 주장에 대해서는 외람되지만 의문을 제기한다. 아무 말 없이 보내는 한 시간이 기막히게 매혹적인 경우도 종종 있다. 반짝이는 재치가 이루 말할 수 없이 따분할 수도 있다. 그러나 이것은 시인들에게 맡기고 우리의 이야기를 계속해 가자.

올랜도는 이어 두 번째 스타킹을 내던지고, 앞으로 다시는 사교계에 나가지 않겠다고 결심하면서 매우 침울한 기분으로 잠자리에 들었다. 하지만 나중에 드러났듯이 그 결심은 또다시 너무 성급한 것이었다. 바로 이튿날 아침에 일어나 보니 탁자에 놓인 평범한 초대장들 가운데 어떤 귀부인, R 공작 부인의 초대장이 있었다. 지난밤에 다시는 사교계에 출입하지 않겠다고 결심했던 올랜도가 R 공작 부인의 저택으로 부리나케 사람을 보내 더없이 기쁜 마음으로 공작 부인을 찾아뵙겠다는 말을 전하게 했다는 사실은, 템스강을 따라 올라올 때 〈사랑에 빠진 숙녀〉호의 갑판 위에서 니콜라스 베네딕트 바르톨루스 선장이 그녀의 귀에 떨어뜨린 달콤한 세 단어의 영향에서 그녀가 아직도 벗어나지 못했기 때문이라고 설명할 수밖에 없다. 그는 코코아트리 커피 하우스를 가리키며 애디슨, 드라이든, 포프라고 말했다. 그 후 애디슨, 드라이든, 포프는 그녀의 머릿속에서 주문처럼 끊임없이 울렸다. 이런 어리석음을 누가 믿을 수 있을까? 하지만 실제로 그랬다. 닉 그린과 같은 문인을 겪었음에도 불구하고 그녀는 아무것도 배우지 못했다. 그 이름들은 아직도 그녀를 더없이 강력하게 사로잡았다. 아마 우리는 무언가를 믿어야 할 텐데, 올랜도는 이미 말했듯이 일반적인 신을 믿지 않았으므로 위대한 인간들을 믿었다. 하지만 차별을 두었다. 제독이나 군인, 정치가들은 그녀의 마음을 전혀 움직이지 못했다. 그러나 위대한 작가를 생각하면 마음이 동해서, 그를 보이지 않는 존재로 여길 정도로 최고의 믿음을 부여했다. 그런 본능은 건전한 것이다. 인간이 온전히 믿을 수 있는 것은 아마도 눈에 보이지 않는 존재일 터이므로. 그녀가 그 배의 갑판에서 얼핏 보았던 이 위인들은 환영처럼 느껴졌다. 거기 있던 찻잔이 도자기이고 신문이 종이라는 것을 그녀는 믿지 못했다. 어느 날엔가 O 경이 전날 밤에 드라이든과 정찬을 했다고 말했을 때 그녀는 단호하게 그의 말을 부정했다. 그런데 레이디 R의 응접실은 천재들을 알현하는 곳으로 통하는 대기실이라는 평판이 있었다. 그곳은 남자들과 여자들이 만나 벽감에 놓인 천재들의 흉상 앞에서 향로를 흔들며 찬가를 부르는 곳이었다. 때로 신이 호의를 베풀어 아주 잠깐이나마 친히 모습을 드러내기도 했다. 그곳에 들어가기를 염원하는 사람들의 입장은 오로지 지성에 의해 결정되었고, 그 안에서 오가는 말 중에 재치가 넘치지 않는 말은 하나도 없었다(는 소문이 돌았다).

그런 이유로 올랜도는 몹시 떨리는 마음으로 그 방에 들어섰다. 이미 벽난로 주위에 사람들이 반원을 그리며 모여 있었다. 늙수그레한 부인으로 가무잡잡한 피부에 검은 레이스 베일을 머리에 두른 레이디 R은 중앙의 큰 안락의자에 앉아 있었다. 귀가 약간 어두운 그녀는 그 중간 자리에서 양쪽의 대화를 통제할 수 있었다. 그녀의 양옆에는 가장 유명한 남자와 여자들이 앉아 있었다. 남자들은 누구나 한때 수상이었다는 얘기가 있었고, 여자들은 다 국왕의 정부였다는 얘기가 귓속말로 전해졌다. 모두 뛰어난 인물이었고 모두 유명 인사였음은 분명했다. 올랜도는 깊은 존경심을 느끼며 말없이 자리에 앉았다…… 세 시간 후 그녀는 깊이 고개 숙여 절하고 그곳을 나왔다.

하지만 그사이에 무슨 일이 있었느냐고 독자들은 약간 화를 내며 물을지 모른다. 그런 인물들이라면 세 시간 동안 세상에서 가장 재기 발랄하고 가장 심오하고 가장 흥미로운 말을 나눴을 것이다. 실로 그렇게 여겨질 것이다. 그러나 실은 그들은 아무 말도 하지 않았던 것 같다. 이 사실은 그들이 이 세상의 가장 화려한 사교계들과 공유하는 기이한 특징이다. 마담 뒤 데팡과 그녀의 친구들은 50년간 쉬지 않고 말했다. 그런데 그 모든 말에서 무엇이 남았던가? 어쩌면 재치 있는 말 세 마디가 남았을 것이다. 그러므로 그 모든 대화에서 아무 이야기도 없었거나, 아니면 재치 있는 이야기가 없었거나, 아니면 세 마디 재치 있는 말의 일부가 1만 8,250일 밤 동안 계속되었다고 우리는 마음대로 가정할 수 있다. 그 어느 쪽이든 간에 재치가 풍부하게 넘쳤다고는 볼 수 없다.

진실은 — 이런 맥락에서 진실이라는 단어를 감히 들먹이자면 — 이런 집단의 사람들이 모두 마법에 걸린 것 같다는 사실이다. 파티를 개최한 여주인은 현대판 마녀였다. 그녀는 손님에게 주문을 거는 마녀이다. 이 집에서 사람들은 스스로 행복하다고 생각했다. 저 집에서는 재치가 넘친다고 생각했고, 세 번째 집에서는 심오하다고 생각했다. 그것은 모두 환상이지만(이 말은 환상을 비판하려는 것이 아니다. 환상은 무엇보다도 소중하고 필요한 것이며, 환상을 만들어 낼 수 있는 여자는 이 세상의 가장 위대한 은인 중 하나이다) 환상이 현실과 부딪칠 때 산산이 부서진다는 것은 주지의 사실이므로, 환상이 만연한 곳에서는 진정한 행복이나 진정한 재기, 진정한 심오함이 용인되지 않는다. 마담 뒤 데팡이 50년 동안 재치 있는 말을 세 번 이상 하지 않았던 이유를 이런 점에서 설명할 수 있다. 그녀가 더 많이 말했더라면 그녀의 파티는 괴멸되었을 것이다. 재치 있는 말이 그녀의 입술에서 나온 순간, 포탄이 제비꽃과 데이지꽃을 쓰러뜨리듯 사람들이 나누고 있던 대화를 강타하여 부숴뜨렸다. 그녀가 그 유명한 〈생드니의 말〉을 입에 올렸을 때는 풀밭마저 시커멓게 타들어 갔다. 환멸과 절망이 잇달았다. 그 누구도 입도 뻥긋하지 않았다. 「제발 그런 말은 다시 하지 말아 주세요, 마담!」그녀의 친구들이 한목소리로 외쳤다. 그래서 그녀는 순순히 따랐다. 거의 17년 동안 그녀는 기억에 남을 만한 말을 한마디도 하지 않았고, 만사가 원만하게 흘러갔다. 환상의 아름다운 덮개는 그녀의 모임에서 그랬듯이 레이디 R의 서클에서도 부서지지 않았다. 손님들은 자신이 행복하다 생각했고, 재치가 넘친다 생각했고, 심오하다고 생각했다. 그들이 이렇게 생각했기에 다른 사람들은 더욱더 그렇게 생각했다. 그래서 레이디 R의 모임보다 더 유쾌한 사교 모임은 없다는 소문이 퍼져 나갔다. 모두들 그 모임에 초대받은 사람들을 질투했고, 초대받은 사람들은 다른 사람들이 자기들을 부러워했기에

<u>스스로를</u> 자랑스레 여겼다. 이렇게 끝없이 이어질 것 같았지만 ─ 그러나 우리가 이제 언급해야 할 것이 있다.

올랜도가 그 모임에 세 번째로 갔을 때쯤 어떤 사건이 일어난 것이다. 그녀는 여전히 세상에서 가장 재기 넘치는 경구를 듣고 있다는 환상에 젖어 있었지만, 실은 늙은 C 장군이 통풍이 왼쪽 다리에서 오른쪽 다리로 옮겨 갔다는 얘기를 아주 자세히 늘어놓았을 뿐이었고, L 씨는 어떤 이름이든 언급되기만 하면 끼어들었다. 「R이라고요? 빌리 R을 알고 있어요. 저 자신을 알듯이 잘 알지요. S 말이세요? 아주 절친한 친구입니다. T라고요? 요크셔에서 그와 함께 2주일을 지낸 적이 있어요.」 환상이 미치는 영향이 워낙 강력했기에, 이런 말은 더없이 재기발랄한 답변이자 인간의 삶에 대한 가장 예리한 논평처럼 들렸고 좌중을 웃음바다로 만들었다. 그때 문이 열리고 작은 체구의 신사가 들어왔는데, 그의 이름을 올랜도는 알아듣지 못했다. 이내 기이하게도 불쾌한 기분이 그녀를 엄습했다. 다른 사람들의 표정을 보니, 그들도 그렇게 느낀 것 같았다. 어느 신사는 어디선가 찬 바람이 들어온다고 말했다. C 후작 부인은 고양이가 소파 밑에 숨어 있는 모양이라고 격정했다. 마치 즐거운 꿈을 꾼 후에 그들의 눈이 서서히 뜨이고, 그들의 눈에 들어온 것은 값싼 세면대와 더러운 침대 덮개뿐인 듯했다. 달콤한 포도주의 술기운이 서서히 가시는 것 같았다. 장군은 여전히 말을 늘어놓았고, L 씨는 여전히 회상하고 있었다. 그러나 장군의 목덜미가 시뻘겋고 L 씨의 머리가 완전히 벗어진 것이 점점 더 또렷하게 보였다. 그들이 나

207

누는 이야기는 더할 나위 없이 지루하고 하찮은 것뿐이었다. 모두들 안절부절못했고, 부채를 가진 이들은 부채로 입을 가리고 하품했다. 마침내 레이디 R이 부채로 안락의자 팔걸이를 탁탁 두드렸다. 두 신사가 말을 중단했다.

그러자 그 작은 신사가 말했고,

다음으로 말했고,

마지막으로 말했다.[35]

그의 말에 진정한 재기와 진정한 지혜, 진정한 심오함이 담겨 있다는 것은 부정할 수 없었다. 사람들은 일제히 당혹감에 빠졌다. 그런 말은 한 번만 들어도 고약하기 짝이 없는데, 하룻저녁에 세 번이나 연거푸 들어야 하다니! 어떤 사교계도 그런 것은 견뎌 낼 수 없다.

「포프 씨.」늙은 레이디 R이 분노에 떨리는 목소리로 비아냥거리며 말했다. 「재기를 부리면서 기뻐하시는군요.」 포프 씨가 얼굴을 붉혔다. 누구도 입을 열지 않았다. 쥐 죽은 듯 침묵이 흐르는 가운데 그들은 20분 정도 앉아 있었다. 그러다가 한 사람씩 일어나더니 슬그머니 방을 나갔다. 그런 일을 겪은 후에 그들이 혹시라도 다시 돌아올지는 의심스러웠다. 깜깜한 거리에서 횃불을 밝혀 주는 소년들이 사우스오들리 스트리트에서 마차를 불러 대는 소리가 들려왔다. 문들이 꽝소리를 내며 닫히고 마차들이 출발했다. 올랜도는 포프 씨 가까이에서 층계를 내려오게 되었다. 그의 여윈 불구의 몸이

---

35 이 말들은 너무 유명하기에 되풀이할 필요가 없고, 더욱이 그가 출간한 작품에서 모두 찾아볼 수 있다 — 원주.

208

여러 가지 감정으로 흔들렸다. 그의 눈에서는 적의와 분노, 승리감, 재기, 공포가 화살처럼(그는 이파리처럼 흔들리고 있었다) 튀어나왔다. 그는 활활 타오르는 황옥이 이마에 박힌 땅딸막한 파충류처럼 보였다. 바로 그때 기이한 감정이 폭풍처럼 몰려와 이제 불운한 올랜도를 휘감았다. 한 시간도 채 지나지 않은 바로 얼마 전에 몰아친 것과 같은 지독한 환멸을 맛보게 되면 마음은 좌우로 흔들린다. 모든 것이 전보다 열 배는 더 황량하고 삭막하게 보인다. 인간의 영혼에 가장 큰 위험이 적재되는 순간이다. 그런 순간에 여자들은 수녀가 되고, 남자들은 성직자가 된다. 그런 순간에 부자들은 자기 전 재산을 양도하는 증서에 서명하고, 행복한 남자들은 조각칼로 자기 목을 긋는다. 올랜도는 기꺼이 이런 일들을 했겠지만 그보다 더 경솔한 일을 할 수도 있었는데, 그녀가 한 일이 바로 그것이었다. 자기 집으로 포프 씨를 초대한 것이다.

무장하지 않은 채 사자 굴에 들어가는 것이 경솔한 일이라면, 노 젓는 배로 대서양을 항해하는 것이 경솔한 일이라면, 세인트 폴 성당 꼭대기에 한 발로 서 있는 것이 경솔한 일이라면, 시인과 단둘이 집에 가는 것은 더더욱 경솔한 일이다. 시인은 대서양인 동시에 사자이다. 대서양은 우리를 익사시키고, 사자는 우리를 물어뜯는다. 설령 우리가 사자의 이빨을 견디고 살아난다 해도 파도엔 굴복할 수밖에 없다. 환상을 부숴 버릴 수 있는 남자는 짐승이자 밀물이다. 영혼에 환상이란 지구를 둘러싼 대기와 같다. 그 부드러운 공기를 둘

둘 감아올리면 식물이 죽고 색이 바랜다. 우리가 딛고 걸어 다니는 대지는 시커멓게 타버린 잿더미가 된다. 우리는 타오르는 진흙을 디디고, 뜨거운 자갈이 우리의 발바닥을 태운다. 진실로 인해 우리는 해체된다. 인생은 꿈이다. 꿈에서 깨어나면 죽음을 맞는다. 우리의 꿈을 앗아 가는 자는 우리의 삶을 앗아 간다(여러분이 원한다면 이런 식으로 대여섯 페이지를 계속 써나갈 수 있지만, 그 표현이 따분할 터이므로 생략하는 편이 좋겠다).

이런 주장에 따르면, 블랙프라이어스 저택에 마차가 멎었을 때쯤 올랜도는 잿더미가 되었어야 했다. 분명 지치기는 했지만 그녀에게 아직 정상적인 피와 살이 남아 있었던 것은 순전히 이 이야기에서 일찌감치 우리가 주목했던 사실 덕분이었다. 인간은 보이는 것이 적을수록 더 많이 믿는다. 자, 메이페어와 블랙프라이어스 사이의 거리들은 당시 불빛이 있기는 했으나 대체로 아주 어두웠다. 물론 엘리자베스 시대의 등불을 개선한 조명 시설이 있었다. 당시에 밤늦게 길을 가던 사람들은 별빛이나 야경꾼의 붉은 횃불에 의지해 파크 레인의 자갈 채굴장을 피하고, 토트넘 코트 로드에서 멧돼지들이 코로 흙을 파헤쳐 놓은 참나무 숲에 들어서지 않을 수 있었다. 하지만 그렇더라도 우리 시대의 현대적 효율성에는 많이 뒤떨어져 있었다. 기름 램프로 불을 켠 가로등이 2백 미터쯤 간격으로 하나씩 서 있었지만, 그 사이엔 칠흑처럼 깜깜한 공간이 꽤 길게 뻗어 있었다. 그래서 올랜도와 포프 씨는 10분간 암흑에 싸여 있었고, 그러고 나서 약 30초간 빛에 잠졌다. 그리하여 올랜도의 마음에 아주 신기한 상태가 빚어졌다. 빛이 스러지면 그녀는 더없이 감미로운 향유가 자신에게 스며드는 것을 느끼기 시작했다. 〈젊은 여자가 포프 씨와 함께 마차를 타고 달리다니, 실로 대단히 명예로운 일이야.〉 그녀는 그의 콧날을 보면서 생각했다. 〈나는 가장 축복받은 여자일 거야. 내 옆으로 1센티미터 떨어진 곳에 — 정말로 내 넓적다리에 닿은 그분의 무릎 끈 매듭이 느껴지니까 — 여왕의 왕국에서 가장 위대한 재사가 앉아 있으니. 미래 시대는 우리를 생각하며 궁금해할 테고, 미친 듯이 나를 부러워하겠지.〉 그때 가로등이 나타났다. 〈나야말로 정말 어리석고 한심한 인간이지!〉 그녀는 생각했다. 〈명예와 영광 따위는 없어. 다가올 시대는 나나 포프 씨를 단 한 번도 생각하지 않을 거야. 실로 《시대》란 게 뭐지? 《우리》는 무엇이고?〉 버클리 광장을 지날 때는 눈먼 개미 두 마리가 공통의 관심사나 흥미도 없이 잠시 접촉하게 되어 캄캄한 사막을 더듬으며 나아가는 것 같았다. 그녀는 몸을 부르르 떨었다. 그런데 이때 다시 어두워졌다. 그녀의 환상이 되살아났다. 〈이분의 이마는 무척 품위 있어.〉 그녀는 (어둠 속에서 쿠션의 툭 튀어나온 부분을 포프 씨의 이마로 착각하며) 생각했다. 〈그 안에 얼마나 강력한 천재성이 담겨 있을까! 얼마나 놀라운 재기와 지혜, 진실이…… 이 모든 보물이 얼마나 풍부하게 담겨 있을까? 그것을 얻기 위해 사람들은 기꺼이 자기 목숨을 내놓을 텐데! 당신의 빛만이 영원히 타오르는 빛이지. 당신이 없다면 인간의 순례는 새까만 암흑 속에서 지속될 거야. (이때 마차가 파크 레인의 바퀴 자국에 빠지면서 몹시 휘청거렸다.〉 천재가 없으면 우리는 뒤엎어지고 부서지겠지. 가장 존귀하고 가장 반짝이는 빛줄기여.〉 이렇게 그녀가 쿠션의 튀어나온 부분을 불러 대고 있을 때 그들은 버클리 광장의 가로등 밑을 지났고, 그녀는 자신의 착각을 깨달았다. 포프 씨의 이마는 다른 사람의 이마보다 크지 않았다. 〈가여운 인간.〉 그녀는 생각했다. 〈당신이 이렇게 나를 속였다니! 저기 쿠션의 튀어나온 곳을 당신의 이마로 착각했지. 있는 그대로 당신을 보면, 당신은 큰 멸시와 경멸을 받을 만한 인간이야! 불구에다가 허약하기 짝이 없는 당신에게는 존중해 줄 구석이 전혀 없어. 가엾게 여길 것투성이에, 경멸할 만한 것이 대부분이지.〉

다시 어둠 속에 들어서자 시인의 무릎밖에 보이지 않았으므로 그녀의 분노는 당장 사그라졌다.

〈하지만 가여운 사람은 바로 나야.〉 다시 완전히 깜깜한 곳에 들어서자 그녀는 생각했다. 〈당신이 아무리 비천한 인간일지라도 나야말로 더 비천하지 않을까? 나를 감싸고 보호하는 것은 당신이고, 야수를 겁주고 야만인들을 위협하고 내게 누에 실로 만든 옷과 양털로 만든 카펫을 만들어 준 것도 당신이지. 내가 숭배할 대상을 원하면, 당신은 자신의 이미지를 내게 제공하고 그것을 하늘 높이 박아 놓지 않았던가? 당신이 보살펴 주고 있다는 증거가 도처에 있지 않은가? 그러므로 나는 아주 겸손하게 고마워하며 고분고분해야 하지 않을까? 당신에게 봉사하고 공경하고 순종하는 것이 내 모든 기쁨이 되게 하라.〉

이때 그들은 지금 피커딜리 광장이 있는 곳 모퉁이의 큰 가로등에 이르렀다. 눈부신 빛이 번뜩이면서 그녀는 삭막하고 인적 없는 땅에서 자신과 같은 성의 타락한 사람들 옆에 서 있는 가련한 난쟁이 두 명을 보았다. 그 둘은 헐벗고 외톨이에 허약한 사람들이었다. 둘 다 상대를 도와줄 힘이 없었다. 아니, 스스로를 돌보는 것조차도 힘겨웠다. 포프 씨의 얼굴을 정면으로 들여다보면서 그녀는 생각했다. 〈당신이 나를 보호할 수 있다고 생각하는 거나, 내가 당신을 숭배할 수 있다고 생각하는 거나 똑같이 공허한 일이야. 진실의 빛은그림자도 없이 우리를 강타하고, 또 우리 둘 다에게 지독히도 맞지 않으니까.〉

물론 마차가 헤이마켓을 내려와 스트랜드 스트리트를 따라 가다 플리트 스트리트를 올라가고 마침내 블랙프라이어스의 집에 이를 때까지 환한 곳에서 어둠 속으로 나아가는 동안, 그들은 좋은 가정 교육을 받은 사람들이 그렇듯이 여왕의 기질이나 수상의 통풍에 대해 유쾌하게 이야기를 이어 갔다. 얼마 전부터 가로등 사이의 어두운 공간이 조금씩 밝아졌고, 가로등 불빛이 약간 희미해졌다. 다시 말해서, 해가 뜨고 있었다. 사물의 윤곽이 드러나면서도 그 무엇 하나 선명하게 보이지 않는 여름날 새벽의 차분하면서 흐릿한 빛 속에서 그들은 마차에서 내렸다. 포프 씨가 올랜도의 손을 잡고 도와주었다. 올랜도는 미의 여신들의 의식에 더없이 세심한 관심을 기울이며 포프 씨에게 무릎을 굽혀 절했고, 그가 앞장서서 자신의 저택에 들어가게 했다.

하지만 앞 문단을 근거로 판단해서 천재성이(그러나 천재병이라는 이 질병은 이제 영국 제도에서 뿌리 뽑히고 말았다. 세평에 의하면, 작고한 테니슨 경이 그 질병을 앓은 마지막 인물이다) 한결같이 빛을 발하는 것이라고 가정해서는 안 된다. 만일 그렇다면 우리는 매 순간 만물을 명료하게 봐야 하고, 어쩌면 그 과정에서 불에 타 죽을지 모른다. 오히려 천재성이란 광선을 한 번 내쏜 다음 한동안 빛을 발하지 않는 등대와 비슷하다. 다만 천재성은 등대처럼 규칙적이지 않아서, (포프 씨기 그날 밤에 그랬듯이) 예닐곱 번의 광선을 재빨리 연속적으로 쏘아 대고는 1년간 혹은 영원토록 암흑 속에 묻혀 있을 수 있다. 그러므로 그 광선을 믿고 항해하는 것은 불가능하고, 천재들은 암흑기에 빠져 있을 때 보통 사람들과 매우 유사하다고 한다.

이런 사실에 올랜도는 처음엔 실망했지만 행복했다. 이제는 천재적인 사람들과 빈번히 교류하며 살아가게 되었기 때문이다. 또한 흔히 생각하듯이 천재들은 우리와 아주 다른 존재가 아니었다. 애디슨, 포프, 스위프트는 차를 좋아한다는 것을 그녀는 알게 되었다. 그들은 정자를 좋아했다. 그들은 작은 채색 유리 조각을 수집했다. 그들은 정원의 작은 동굴을 아주 좋아했다. 그들은 높은 지위를 불쾌하게 여기지 않았다. 찬사를 기분 좋게 받아들였다. 하루는 짙은 자주색 정장을 입었고, 다음 날은 회색 정장을 입었다. 스위프트 씨는 멋진 등나무 지팡이를 들고 다녔다. 애디슨 씨는 손수건에 향수를 뿌렸다. 포프 씨는 두통을 앓았다. 험담도 마다하지 않았다. 그들에게는 질투심이 없지 않았다. (우리는 올랜도의 머릿속에 뒤죽박죽 떠오른 몇 가지 생각을 적어 내려가고 있다.) 처음에 그녀는 그런 하찮은 점들을 주목하는 자신에게 화가 났고, 그들의 멋진 말을 적어 두려고 공책을 마련했지만 그것은 백지로 남았다. 그렇더라도 그녀는 기분이 좋아졌고, 성대한 파티에 참석해 달라는 초대장들을 찢어 버리기 시작했으며, 저녁 시간에 약속을 잡지 않고 포프 씨나 애디슨 씨, 스위프트 씨 등등의 방문을 고대하게 되었다. 여기서 독자들이 「머리 타래의 강탈」이나 『스펙테이터』, 『걸리버 여행기』[36]를 찾아본다면, 거기 적힌 신비로운 단어들이 무슨 뜻인지 정확히 이해할 수 있을 것이다. 독자들이 이 충고를 따르기만 한다면, 실로 전기 작가나 비평가들은 온갖 수고를 덜 수 있을 것이다. 왜냐하면 이런 시를 읽을 때,

그 요정이 다이애나 여신의 순결의 법도를 깨뜨리든,
깨지기 쉬운 도자기 항아리에 흠집을 내든,
그녀의 명예를 혹은 그녀의 새 양단 드레스를 더럽히든,
그녀의 기도를 잊거나 가장무도회를 놓치든,
무도회에서 그녀의 마음을 혹은 그녀의 목걸이를 잃든.[37]

우리는 포프 씨의 낭송을 직접 들은 것처럼 그의 혀가 도

36 「머리 타래의 강탈」(1714)은 알렉산더 포프의 시, 『스펙테이터』는 애디슨과 스틸이 편집한 일간신문, 『걸리버 여행기』(1726)는 스위프트의 소설.
37 「머리 타래의 강탈」칸토 II, 105~109행.

마뱀의 혀처럼 날름거리고, 그의 눈이 번뜩이고, 그의 손이 떨리고, 그가 사랑하고 거짓말하고 고통을 겪었음을 알 수 있기 때문이다. 간단히 말해서 작가의 영혼이 간직한 온갖 비밀과 그의 삶의 온갖 경험, 그의 마음의 온갖 자질이 그의 작품에 뚜렷이 적혀 있다. 하지만 우리는 비평가들에게 이것을 설명하라고, 전기 작가들에게 저것을 해명하라고 요구한다. 그래서 터무니없이 군더더기가 늘어나는 현상은 사람들이 주체 못할 만큼 시간이 남아돌아 따분해하기 때문이라고 설명할 수밖에 없다.

그래, 이제 「머리 타래의 강탈」을 한두 페이지 읽었으므로 우리는 올랜도가 왜 그토록 재미있어 하면서도 그토록 겁을 먹었는지, 그리고 그날 오후에 왜 그토록 뺨이 상기되고 눈이 반짝였는지를 정확히 알고 있다.

그때 넬리 부인이 문을 두드리며 애디슨 씨가 마님을 찾아왔다고 말했다. 그러자 포프 씨는 얼굴을 찡그리고 미소를 지으며 일어서더니, 고개 숙여 인사하고는 절뚝거리며 나갔다. 애디슨 씨가 들어왔다. 그가 자리에 앉는 동안 『스펙테이터』의 다음 문단을 읽어 보기로 하자.[38]

〈나는 여자를 모피와 깃털, 진주와 다이아몬드, 광석과 실크로 장식할 수 있는 아름답고 낭만적인 동물로 간주한다. 스라소니는 여자에게 모피 목도리를 선사하려고 제 가죽을 그녀의 발아래 바칠 것이다. 공작새와 앵무새, 백조는 그녀

---

38 이 문단은 실제론 『스펙테이터』가 아니라 『태틀러』 제116권(1710년 1월)에서 인용되었다.

의 머프를 만드는 데 기여할 것이다. 조개를 찾아 바다를 뒤지고 보석을 찾아 암반을 파헤치고, 자연의 모든 구성물이 자연이 가장 완벽하게 빚어낸 창조물을 장식하기 위해 각각의 몫을 공급한다. 나는 여자들이 이 모든 것을 마음껏 누리도록 해주겠다. 하지만 내가 계속 얘기해 온 속치마에 대해서는 허용할 수 없고, 앞으로도 허용하지 않을 것이다.〉

우리는 그 신사의 삼각모와 모든 것을 손아귀에 쥐고 있다. 다시 한번 수정을 들여다보자. 그가 신은 양말의 주름까지도 선명하게 보이지 않는가? 그의 기지가 일으킨 온갖 파문과 굴곡, 그의 온화함과 소심함, 그의 세련미, 그가 어느 백작 부인과 결혼할 것이며 결국은 아주 품위 있게 죽으리라는 사실이 우리 앞에 훤히 드러나 있지 않은가? 모든 것이 명료하다. 애디슨 씨가 마음 내키는 대로 하고 싶은 말을 했을 때 맹렬하게 문을 두드리는 소리가 들렸고, 제멋대로 행동하곤 했던 스위프트 씨가 예고도 없이 들어왔다. 잠깐만,『걸리버 여행기』가 어디 있더라? 여기 있다! 휴이넘의 땅으로 항해하는 문단을 읽어 보자.

〈나는 완벽하게 건강한 신체와 평화로운 마음을 누렸다. 친구의 배신이나 변덕을 보지 못했고, 은밀한 적이나 공공연한 적의 침해 행위도 보지 못했다. 나는 어떤 위대한 인간이나 그의 충신에게 호감을 사려고 뇌물을 주거나 아부하거나 매춘을 알선할 필요가 없었다. 사기나 억압을 막아 줄 울타리도 필요하지 않았다. 여기에는 내 몸을 망가뜨릴 의사도 없고, 내 재산을 파산으로 몰고 갈 변호사도 없으며, 내 말과 행동을 감시하거나 내가 고용되지 못하도록 혐의를 꾸며 낼 밀고자도 없었다. 여기에는 조롱하는 자나 견책하는 자, 험 담하는 자, 소매치기, 노상강도, 가택 침입자, 변호사, 포주, 어릿광대, 노름꾼, 정치꾼, 성질 잘 부리는 지루한 수다쟁이 도 없었다……〉

하지만 멈춰라. 무쇠 같은 언어의 난타질을 멈춰라! 당신 이 당신 자신도 포함해서 우리 모두를 산 채로 가죽을 벗기 지 않으려면. 이 난폭한 남자보다 더 솔직한 사람은 있을 수 없다. 그는 너무나 거칠지만 그래도 너무나 순수하다. 너무 나 야만적이지만 너무나 친절하다. 온 세계를 조롱하면서도 한 소녀에게 아기처럼 말을 건다. 그가 정신 병원에서 죽음 을 맞으리라는 것을 의심할 수 있을까?

그래서 올랜도는 그들 모두에게 차를 따라 주었고, 때로 맑은 날이면 그들을 데리고 시골에 갔으며, 원형 응접실에서 호화로운 향연을 베풀었다. 그녀가 응접실에 그들의 초상화 를 원을 이루도록 걸어 놓았으므로 포프 씨는 애디슨 씨가 자기보다 앞섰다느니 뒤섰다느니 하는 불평을 늘어놓을 수 없었다. 그들은 재기가 넘쳤고(하지만 그들의 재치 있는 말 은 그들의 책에 모두 나와 있다) 문체의 가장 중요한 요소를 그녀에게 가르쳐 주었다. 그것은 말을 할 때 목소리의 자연 스러운 흐름인데, 그것을 들어 보지 못한 사람이라면 그 누 구도, 그린조차도, 아무리 재주를 부려도 모방할 수 없는 자 질이었다. 그것은 공기에서 태어나, 가구에 부딪힌 파도처럼 부서지고, 굴러가서 희미하게 사라져서, 결코 되살릴 수 없기 때문이다. 반세기 후에 귀를 쫑긋 세우고 되살려 보려는 자에게는 더더욱 그러하다. 그들은 말할 때 오로지 목소리의 억양으로 그녀에게 이것을 가르쳤고, 그 덕분에 그녀의 문체가 약간 달라졌다. 그녀는 매우 경쾌하고 재치 있는 시를 썼고, 산문으로 인물의 성격을 묘사했다. 그리하여 그녀는 그들에게 포도주를 아낌없이 대접했고, 정찬 식탁에서 그들 접시 밑에 은행권을 두었으며, 그들은 흔쾌히 그것을 받았다. 그녀는 그들의 헌사를 받았고, 그런 교환으로 자신이 큰 명예를 얻었다고 생각했다.

이렇게 시간이 흘렀다. 올랜도가 〈정말이지, 참 대단한 인생이야!〉라고(그녀는 아직 자신에게 필요한 그것, 즉 인생을 추구하고 있었기에), 듣는 사람이 살짝 의심을 품을 정도로 힘주어 혼잣말하는 소리를 종종 들을 수 있었다. 그러나 오래지 않아 그 문제를 좀 더 엄밀하게 고찰하지 않을 수 없는 상황이 되었다.

어느 날 그녀는 포프 씨에게 차를 따라 주고 있었다. 위에 인용된 시를 보면 누구나 알 수 있듯이, 포프 씨는 그녀의 옆 의자에 폭삭 쭈그리고 앉아서 매우 반짝이는 눈으로 주의 깊게 관찰하고 있었다.

〈맙소사!〉 그녀는 각설탕 집게를 들어 올리며 생각했다. 〈앞으로 다가올 시대의 여자들은 나를 얼마나 질투할까! 하지만…….〉 포프 씨에게 관심을 기울여야 했으므로 생각이 중단되었다. 하지만 ─ 그녀 대신 우리가 그 생각을 마무리하기로 하자 ─ 누군가 〈미래 세대가 나를 얼마나 질투할까〉라고 말할 때는, 그들이 현재 순간에 몹시 불편한 심정을 느끼고 있다고 말해도 무방하다. 이 인생이, 회고록 작가가 훗날 완성된 회고록에서 그려 낸 것처럼, 대단히 흥미진진하고 매혹적이고 영예로웠던가? 한 가지 문제를 들자면, 올랜도는 차를 무조건 싫어했다. 다른 문제를 들자면, 지성이란 성스럽고 전적으로 고매한 것이기는 하지만 더없이 더러운 시체 안에 머물면서 안타깝게도 다른 기능들을 종종 먹어 치우는 작용을 하므로, 마음이 비대한 곳에서는 심정이나 감수성, 너그러움, 자비심, 관용심, 친절함, 그 밖의 다른 것들이 숨쉴 공간이 거의 남지 않는다. 그런 데다 시인들은 스스로를 높이 평가하면서, 다른 사람들에 대해서는 저급하게 평가한다. 게다가 그들은 끊임없이 바쁘게 반목과 모욕, 질투, 재치 있는 말장난을 일삼고, 그러고는 유창하게 그것들을 쏟아 낸다. 그런 다음에는 탐욕스럽게 그것들에 대한 공감을 요구한다. 재담가들이 우리 말을 엿듣지 못하도록 조그맣게 속삭이자면, 이런 것들 때문에 차를 따르는 일은 일반적으로 생각하는 것보다 실로 더 위험한 고역이 되고 만다. 여기에 덧붙여 말하자면, (여자들이 우리 말을 엿듣지 못하도록 다시 속삭이자면) 남자들에게는 자기들끼리만 공유하는 작은 비밀이 있다. 체스터필드 경은 아들에게 비밀을 꼭 지켜야 한다고 준엄하게 말하면서 이렇게 속삭였다. 「여자들은 몸만 컸지 어린애에 불과해……. 양식 있는 남자들은 그저 그들과 장난치거나 놀아 주거나 그들의 기분을 맞춰 주고 알랑거릴 뿐이지.」 하지만 어린애들은 자기들에게 들려주지 않으려는 말을 어떻게든 듣기 마련이고, 때로 성장하기도 한다. 그러므로 어떻게든 그 말이 새어 나갔을 테고, 그래서 차를 따르는 의식 자체가 복잡하고 미묘한 일이 된다. 재주가 뛰어난 문인이 한 여자에게 자기 시를 바치고, 그녀의 판단력을 칭찬하고, 그녀의 평가를 간청하고, 그녀의 차를 마시더라도, 그렇다고 해서 그가 그녀의 의견을 존중하거나 그녀의 판단력을 존경하고 혹은 그에게 주어지지 않은 양날 칼 대신 그의 펜으로 그녀의 몸을 가르지 않으리라는 뜻은 결코 아니다. 최대한 나지막하게 속삭였어도 이 모든 비밀이 지금쯤은 새어 나왔으리라고 짐작할 수 있다. 그래서 크림 통을 들고 각설탕 집게를 벌린 채 숙녀들은 조금 안절부절못하고, 조금 하품을 하고, 창밖을 슬쩍 바라보고, 그러다 지금 올랜도가 그랬듯이 설탕을 텀벙 떨어뜨릴 수 있다 — 포프 씨의 찻잔에. 포프 씨는 누구보다도 신속하게 모욕을 당했다는 의심을 품거나 곧바로 보복하는 사람이었다. 당장 그는 올랜도를 바라보며 「어느 숙녀에게 보낸 서한: 여성의 성격에 관하여」에 나오는 유명한 문단의 초고를 건네주었다.[39] 이후 많이 다듬어지기는 했지만 초고에서도 그 구절은 대단히 놀라웠다. 올랜도는 무릎을 굽혀 절하며 그 구절은 받았다. 포프 씨는 고개 숙여 절하고 그녀를 떠났다. 그 작은 남자에게 따귀를 얻어맞은 느낌이어서, 올랜도는 뺨을 식히려고 정원 안쪽의 개

39 포프의 「어느 숙녀에게 보낸 서한: 여성의 성격에 관하여」(1735)는 이렇게 시작한다. 〈당신이 전에 무심코 흘린 말은 더할 나위 없이 진실한 말입니다 /《대부분의 여자는 아무 성격도 없습니다.》〉

암나무 숲을 거닐었다. 곧 차가운 산들바람이 얼굴을 식혀 주었다. 놀랍게도 홀로 있으니 커다란 안도감이 밀려왔다. 그녀는 강을 따라 올라가는 흥겨운 짐배들을 지켜보았다. 물론 그 광경은 과거에 일어난 한두 가지 사건을 마음에 되살려 주었다. 그녀는 가느다란 버드나무 밑에 앉아 깊은 생각에 잠겼다. 하늘에 별이 총총 나올 때까지 거기 앉아 있었다. 그러고는 일어서서 몸을 돌려 집 안으로 들어갔고, 침실로 들어가 문을 잠갔다. 이제 그녀는 자신이 사교계의 멋진 청년으로 지낼 때 입었던 옷들이 아직 많이 걸려 있는 옷장을 열었고, 그중에 베네치아 레이스로 화려하게 장식된 검은색 벨벳 정장을 골랐다. 사실 유행에 약간 뒤떨어진 옷이었지만 그녀의 몸에 꼭 맞았다. 그 옷을 입자 그녀는 지체 높은 귀족의 화신으로 보였다. 그녀는 거울 앞에서 한두 바퀴 돌아보며 다리를 자유자재로 움직이던 습성이 속치마 때문에 손상되지 않았음을 확인한 뒤 몰래 밖으로 나왔다.

4월 초의 맑은 밤이었다. 초승달과 어우러진 수많은 별빛에 가로등 불빛이 더해져, 사람들의 얼굴과 렌 씨의 건축물에 더없이 잘 어울리는 빛을 발하고 있었다. 사물의 형체가 한없이 부드럽게 보였는데, 만물이 막 용해되려는 듯한 순간에 은방울 같은 것이 떨어지자 선명해지고 활기를 띠었다. 대화도 그래야 한다고 올랜도는 (엉뚱한 공상에 빠지면서) 생각했다. 사회는 이래야 하고, 우정은 이래야 하고, 사랑은 이래야 한다. 왜 그런지는 아무도 모르지만, 우리가 사람들과의 교류에 대한 믿음을 상실하게 되면 그 즉시 헛간과 나무 혹은 건초 더미와 수레가 제멋대로 결합해서 우리에게 도달할 수 없는 것의 완벽한 상징을 제시한다. 그래서 우리는 다시 탐색을 시작하는 것이다.

그녀는 이런 생각을 하면서 레스터 광장에 들어섰다. 건물들이 낮에는 드러나지 않는, 허공처럼 보이면서도 잘 어우러진 균형을 이루고 있었다. 둥근 하늘은 지붕과 굴뚝의 윤곽을 메우려고 아주 솜씨 좋게 그려진 듯했다. 어떤 젊은 여자가 광장 한가운데 플라타너스 밑에 있는 의자에 한 팔을 옆으로 축 늘어뜨리고 다른 팔은 무릎에 올려놓은 채 낙심한 모습으로 앉아 있었는데, 그야말로 우아함과 소박함, 고적함의 화신처럼 보였다. 올랜도는 공공장소에서 사교계의 숙녀에게 인사하는 멋쟁이처럼 모자를 들어 그녀에게 인사했다. 젊은 여자가 고개를 들었다. 머리 모양이 대단히 아름다웠다. 젊은 여자는 눈을 치켜떴다. 올랜도는 그 눈이 찻주전자에서 이따금 보이지만 인간의 얼굴에서는 거의 찾아볼 수 없는 광채를 발하는 것을 보았다. 그 은빛 광채를 통해 젊은 여자는 호소하고, 바라고, 떨고, 두려워하며 그를(그녀에게는 그가 남자일 터이므로) 올려다보았다. 그녀가 일어나 올랜도의 팔짱을 끼었다. 그녀는 밤이면 자기 물건에 광을 내서 진열하고 공동 판매대에서 최고 입찰자를 기다리는 무리에 속했던 ─ 이 점을 강조할 필요가 있을까? ─ 것이다. 그녀는 제라드 스트리트에 있는 자기 숙소로 올랜도를 데려갔다. 그녀가 애원하듯 자기 팔에 가볍게 매달리는 것을 느끼면서, 올랜도의 마음속에 남자에게 적합한 감정이 일었다. 올랜도는 남자처럼 보였고, 남자처럼 느꼈고, 남자처럼 말했다. 하지만 바로 조금 전까지만 해도 여자였으므로 올랜도는 그 아가씨의 소심함과 머뭇거리는 대답, 열쇠를 더듬거리며 자물쇠에 넣는 몸짓, 그리고 망토의 주름과 축 처진 팔이 모두 올랜도의 남성성을 만족시키기 위해 꾸며진 것임을 느꼈다. 그들은 2층으로 올라갔다. 그 가여운 여자가 자기 방을 장식하느라 애를 썼고 다른 방이 없다는 사실을 숨기기 위해 노력을 들였음에도 올랜도는 한순간도 속지 않았다. 그 속임수는 올랜도의 조롱을 일깨웠고, 그 진실은 연민을 일깨웠다. 속임수를 통해 진실이 드러나면서 묘하기 그지없는 복합적인 감정을 일으키는 바람에, 올랜도는 웃어야 할지 울어야 할지 알 수 없었다. 그러는 동안 스스로를 넬이라고 부른 그 아가씨는 장갑 단추를 풀었고 왼손 엄지를 조심스럽게 숨겼다. 그 엄지손가락은 치료를 받아야 했다. 그러고 나서 그녀는 칸막이 뒤로 물러났는데, 아마 거기서 뺨에 볼연지를 바르고 옷매무새를 가다듬고 새 손수건을 목에 둘렀을 것이다. 여자들이 대개 그렇듯이 그동안 애인을 즐겁게 해주려고 내내 재잘거렸는데, 그녀의 어조로 보건대 마음은 다른 곳에 있다고 올랜도는 맹세라도 할 수 있었다. 모든 준비가 끝나자 그녀가 나왔고, 준비되어 있었다 — 그러나 올랜도는 더 이상 참을 수가 없었다. 희한하게도 고통스러운 분노와 흥분과 연민에 그녀는 변장을 벗어 던지며 자신이 여자임을 밝혔다.

그러자 넬은 길 건너편에서도 들릴 만큼 큰 소리로 웃음을 터뜨렸다.

「이봐요.」그녀가 약간 진정이 되자 말했다. 「그 말을 들어도 전혀 유감스럽지 않군요. 솔직히 털어놓자면, (그들이 같은 성이라는 사실을 알게 되자 당장 그녀의 태도가 달라졌고, 애처롭게 호소하는 태도가 사라졌다는 사실은 주목할 만했다) 솔직히 까놓고 말해서, 난 오늘 밤에 남자와 어울릴 기분이 아니거든요. 사실 나는 지독히 곤란한 처지에 빠져 있어요.」 그러고 나서 그녀는 난롯불을 지피고 펀치가 든 사발을 저으면서 자기 인생사를 들려주었다. 현재 우리의 관심을 끄는 것은 올랜도의 생애이므로 다른 아가씨가 겪은 사건들을 기술할 필요는 없지만, 넬 양에게 재치라고는 티끌만큼도 없었음에도 올랜도는 분명 시간이 그렇게 빨리 흥미진진하게 흘러간 적은 없다고 느꼈다. 이야기 도중에 포프 씨의 이름이 나왔을 때, 그 아가씨는 순진하게도 저민 스트리트에 그런 이름의 가발 제조업자가 있는데 그와 관련 있는 사람이냐고 물었다. 올랜도는 편안함에 매혹되고 아름다움에 매료되었기에, 이 가여운 아가씨의 이야기에는 비록 길거리의 상스럽기 그지없는 표현들이 넘쳐 났지만, 늘 고상한 표현들에 익숙해 있다가 상스러운 표현을 듣게 되자 그것이 포도주 맛처럼 느껴졌다. 포프 씨의 냉소와 애디슨 씨의 거들먹거리는 말, 체스터필드 경의 비밀에는 재사들과의 교류에서 느낄 법한 즐거움을 앗아가 버린 무언가가 있다는 결론에 이를 수밖에 없었다. 비록 그녀는 그들의 작품을 계속 깊이 존경해야 하지만 말이다.

넬은 프루를 데려왔고, 프루는 키티를, 키티는 로즈를 데려왔기에, 이 가여운 여성들에게 자기들 나름의 사교 모임이 있다는 것을 그녀는 알 수 있었다. 그들은 그녀를 모임의 일원으로 넣어 주었고, 각자 현재의 생활에 이르기까지 있었던 사정을 들려주었다. 몇 명은 백작의 사생아였고, 한 아가씨는 국왕의 신상에 필요 이상으로 가까웠다. 족보 대신 자신의 신원을 입증할 반지나 손수건을 주머니에 넣어 다니지 않을 정도로 비천하거나 가난한 아가씨는 없었다. 그들은 올랜도가 잊지 않고 넉넉하게 제공한 편치 사발 주위에 모여들었고, 흥미로운 이야기도 많이 들려주고, 재미있는 논평도 많이 내놓았다. 여자들이 모일 때는 — 그러나 쉿! — 그들의 말 한마디도 인쇄되는 일이 없도록 문이 꼭 닫혀 있는지를 언제나 신중하게 확인한다는 것은 부정할 수 없다. 그들이 바라는 것은 — 그런데 다시 쉿! — 층계에서 들려오는 저 소리는 남자의 발소리 아닌가? 여자들이 원하는 것을 우리가 막 말하려는 순간에 그 신사가 바로 그 말을 우리 입에서 가로챘다. 여자들에게는 어떤 욕망도 없다고 이 신사는 넬의 응접실로 들어오며 말한다. 가식일 뿐이지. 욕망이 없으므로 (그녀가 그의 요구에 응했고 그는 나갔다) 그들의 대화는 누구에게도 흥미로울 수 없다. S. W. 씨는 이렇게 말한다. 「남성이 주는 자극이 부족할 때 여자들이 서로에게 할 말이 없다는 사실은 잘 알려져 있다. 자기들끼리만 있을 때 여자들은 말을 하는 것이 아니라 서로 할퀸다.」여자들이 서로 대화를 나누지 못한다 하더라도 한없이 할퀴고만 있을 수는 없으며, (T. R. 씨가 입증했듯이) 〈여자들은 같은 성에 대해 어떤 애정도 느끼지 못하고 서로에 대해 더없는 혐오감을 간직한다〉는 것은 이미 잘 알려져 있으므로, 여자들이 서로 교제를 원할 때 무엇을 하리라고 가정할 수 있을까?

이 질문은 양식 있는 남자의 관심을 끌 수 없는 것이므로, 어떤 성에서도 면제된 전기 작가와 역사가의 권리를 누리는 우리로서는 그 질문을 무시하고, 다만 올랜도가 자신과 같은 성과의 교류에서 큰 즐거움을 느낀다고 주장했음을 진술하겠다. 그리고 그것이 불가능함을 입증하는 일은 신사들이 매우 즐겨 하는 일이므로 그들에게 맡겨 두자.

그런데 당시 올랜도의 삶을 정확하게 구체적으로 묘사하는 일은 점점 더 어려워진다. 이 시절에 제라드 스트리트와 드루리 레인 주위의 조명이나 도로 포장, 통풍 시설이 형편없던 지역들을 들여다보고 더듬어 보노라면, 그녀의 모습이 보이는 듯하다가 다시 사라진다. 그즈음 그녀는 한 종류의 옷을 다른 종류로 자주 갈아입었고 그것을 편하게 여겼기 때문에 그녀의 생활을 기록하기가 더 어렵다. 그래서 당대의 회고록들에서 그녀가 실은 그녀의 사촌인 모모 〈경〉으로 기록된 경우가 허다하다. 그 사촌의 자선 행위로 알려진 것은 실은 그녀가 너그럽게 베푼 것이었고, 그가 쓴 글로 여겨진 작품이 실제로는 그녀의 시였다. 그녀는 상이한 역할을 지속해 가면서 어떠한 고충도 느끼지 않았던 듯하다. 그녀의 성은 한 종류의 의상만 입어 온 사람들이 상상할 수 없을 정도로 자주 바뀌었다. 또한 이 방법을 통해 그녀가 두 배의 수확을 거둬들였다는 것은 의심할 여지가 없다. 인생의 기쁨이 더 커졌고, 인생의 경험도 더욱 풍부해졌다. 그녀는 품위 있는 바지와 유혹적인 속치마를 번갈아 입었고, 양성의 사랑을 똑같이 누렸다.

그러므로 우리는 성을 구별하기 어려운 중국식 가운을 걸치고 쌓인 책들 사이에서 오전 시간을 보내는 그녀의 모습을 그려 볼 수 있다. 그 차림새로 그녀는 의뢰인 한두 명을 맞이했고(그녀에게는 수십 명의 탄원자가 있었으므로), 그러고는 정원을 한 바퀴 돌아보고 개암나무 가지를 잘랐는데, 그런 일에는 반바지가 편했다. 그런 다음에 그녀는 마차를 타고 리치먼드로 달렸고 신분 높은 귀족에게서 청혼을 받는 데 가장 적합한 꽃무늬 견직 드레스로 갈아입었다. 그리고 다시 런던 시내로 가서는 변호사의 옷 같은 황갈색 가운을 입고 법원에 가서 자신의 소송 사건이 어떻게 되어 가고 있는지를 알아보았다. 그녀의 재산은 매 시간 줄어들고 있었는데, 그 사건은 1백 년 전보다 조금도 마무리 단계에 가까워진 것 같지 않았다. 그런 다음 마침내 밤이 되면 그녀는 종종 머리끝부터 발끝까지 완벽한 귀족 청년 차림으로 모험을 찾아 거리를 헤맸다.

이런 모험에 대해서 당시 많은 이야기가 전해졌는데, 가령 그녀가 결투를 했다든가, 어떤 군함의 선장으로 봉사했다든가, 발코니에서 벌거벗고 춤추는 것이 목격되었다든가, 어떤 부인과 유럽 북해 지역으로 달아났는데 그녀의 남편이 그들을 추격했다는 소문이 돌았다. 하지만 그런 이야기들이 진실인지 아닌지에 대해서 우리는 어떤 의견도 제시하지 않겠다.

환락을 찾기 위한 모험에서 실제로 무슨 일이 있었든 간에 그녀는 돌아오는 길에 이따금 어떤 커피 하우스의 창문 밑을 지났다. 거기서 자기 모습을 숨긴 채 재사들을 들여다보았고, 그들이 얼마나 현명하고 재치 있고 혹은 악의적인 말을 하고 있는지를 단 한 마디도 듣지 못하면서도 그들의 몸짓을 보며 상상했다. 아마 말이 들리지 않는 편이 더 나았을 것이다. 한 번은 볼트 코트의 커피 하우스에서 함께 차를 마시는 블라인드 위의 세 그림자를 바라보며 세 시간을 서 있었다.

그 놀이는 참으로 흥미진진했다. 그녀는 〈브라보! 브라보!〉라고 외치고 싶었다. 그것은 분명 멋진 드라마였고, 인간 삶의 두꺼운 책에서 찢어 낸 한 페이지였다! 저기 입술을 내민 작은 그림자는 불안하게 성질을 부리고 거들먹거리며 의자 위에서 안절부절못하고 뒤척였다. 저기 등이 굽은 여자의 그림자는 눈이 먼 탓에 차가 얼마나 남아 있는지를 알아보려고 손가락을 구부려 찻잔에 넣었다. 저기 큰 안락의자에 앉아 있는 로마인 같은 인물의 흔들리는 그림자는 손가락을 너무 기묘하게 꼬았고 고개를 좌우로 흔들며 차를 벌컥벌컥 삼켰다. 존슨 박사, 보즈웰 씨, 윌리엄스 부인 — 그 그림자들의 이름이었다.[40] 올랜도는 그 광경에 너무 몰입한 나머지 다른 세대가 자신을 얼마나 부러워할지를 생각하는 것도 잊었다. 이번에는 정말로 그들이 질투할 가능성이 다분했지만. 그녀는 그저

40 새뮤얼 존슨Samuel Johnson(1709~1984)은 시인이자 비평가로 18세기 후반 문단의 거장이었고, 제임스 보즈웰James Boswell(1740~1795)은 존슨의 전기를 저술한 인물로 유명하며, 애너 윌리엄스Anna Willams(1706~1783)는 시인으로 새뮤얼 존슨의 가까운 벗이었다.

계속 바라보는 데 만족했다. 마침내 보즈웰 씨가 일어섰다. 그는 노파에게 신랄하고 퉁명스럽게 인사했다. 그러나 이제 똑바로 일어나 거기 선 채로 몸을 흔들며 인간의 입술에서 나온 적 없는 더없이 숭고한 말을 읊은 저 거대한 로마인의 그림자 앞에서 보즈웰 씨는 얼마나 겸손하게 몸을 낮추었던가? 세 그림자가 거기 앉아 차를 마시면서 나누는 말이 한마디도 들리지 않았지만 올랜도는 그들에 대해 그렇게 생각했다.

어느 날 밤 이렇게 빈둥거리다가 마침내 그녀는 집에 돌아와서 침실로 올라갔다. 그녀는 레이스가 달린 코트를 벗고 셔츠와 바지 차림으로 서서 창밖을 바라보았다. 대기 중에 무언가 동요하는 기운이 있어서 도저히 잠자리에 들 수 없었다. 하얀 안개가 도시 전역을 뒤덮었다. 한겨울의 서리 내린 밤이었고, 사방에 장엄한 풍경이 펼쳐졌다. 세인트 폴 성당과 런던 탑, 웨스트민스터 사원과 런던 교회들의 온갖 탑들과 둥근 지붕들, 매끄럽고 넓은 강둑, 회관들과 집회소가 이루어 낸 풍부하고 광대한 곡선이 보였다. 북쪽에는 짧은 풀로 덮인 완만한 햄스테드 언덕이 솟아 있었고, 서쪽으로는 메이페어 거리들과 광장들이 한결같이 깨끗한 광채 속에 빛났다. 구름 한 점 없는 하늘에 확고하고 단단하게 박힌 별들이 반짝이며 이 평온하고 반듯반듯한 풍경을 내려다보았다. 더없이 투명한 대기 속에 지붕의 윤곽과 굴뚝 뚜껑이 하나하나 또렷하게 보였고, 심지어 차도에 박힌 자갈도 선명하게 보였다. 올랜도는 이 질서 정연한 광경을 바라보면서 엘리자베스 여왕 통치 시절에 집들이 들쑥날쑥하고 옹기종기 모여 있던 런던 시와 비교하지 않을 수 없었다. 당시의 그곳을 도시라고 부를 수 있다면 혼잡하기 짝이 없는 도시였고, 그녀의 블랙프라이어스 저택 창문 아래 다닥다닥 붙어 있던 집들의 집합체에 불과했다. 길 한가운데 고인 깊은 물웅덩이에 별빛이 반사되었다. 예전에 포도주 가게가 있던 모퉁이의 검은 그림자는 아마도 살해된 남자의 시체였을 것이다. 그녀는 어린 소년 시절에 보모의 품에 안겨 마름모꼴 유리창이 끼워진 창문에 붙어 서서, 한밤중의 패거리 싸움에서 부상당한 사람들의 비명 소리를 들었던 기억을 떠올렸다. 남자고 여자고 할 것 없이 깡패들이 마구잡이로 뒤엉켜서 비틀거리며 거리를 따라 몰려다녔고 거친 노래를 불러 댔다. 그들의 귀에 달린 보석이 반짝였고, 손에 들린 칼이 어슴푸레 빛났다. 그런 밤에는 하이게이트와 햄스테드 숲의 꿰뚫을 수 없이 뒤엉킨 나무들이 하늘을 배경으로 복잡하게 뒤틀려 몸부림치는 윤곽을 드러냈다. 런던을 내려다보는 높은 언덕들 중 한 곳에는 황량한 교수대가 여기저기 서 있고 그 십자가 위에 박힌 시체가 썩거나 말라 가고 있었다. 엘리자베스 시대의 구불구불한 도로에는 위험과 불안, 욕정과 폭력, 시와 오물이 넘쳐흘렀고, 시내의 작은 방들과 좁은 길은 소란스럽고 악취가 코를 찔렀다. 올랜도는 지금도 무더운 밤이면 그 냄새를 떠올릴 수 있었다. 지금은 ─ 올랜도는 창밖으로 몸을 내밀었다 ─ 모든 것이 밝고 질서 정연하고 평온했다. 자갈길 위에서 달가닥거리는 마차 소리가 희미하게 들려왔다. 멀리서 야경꾼이 외치는 소리가 들려왔다. 「서리가 내린 12시 정각이오.」 이 말이 야경꾼의 입술에서 나오자마자 자정을 알리는 첫 번째 종소리가 울렸다. 그 순간 올랜도는 세인트 폴 성당의 둥근 지붕 뒤에 모인 작은 구름을 처음 보았다. 종소리가 울리면서 그 구름은 점점 커졌고, 놀랍게도 재빨리 시커메지면서 퍼져 나갔다. 동시에 산들바람이 일었고, 여섯 번째 종소리가 울렸을 때는 동쪽 하늘 전체가 제멋대로 움직이는 어두운 구름에 뒤덮였다. 하지만 서쪽과 북쪽 하늘은 여전히 맑았다. 그러더니 구름이 북쪽으로 퍼져 나갔다. 도시 너머의 언덕과 산들이 구름에 완전히 에워싸였다. 불빛이 빛나고 있던 메이페어만 대조적으로 더욱 휘황찬란하게 타올랐다. 여덟 번째 종소리가 울렸을 때는 찢어진 구름 조각들이 급히 피커딜리 너머로 뻗어 나갔다. 그 구름들은 모여들면서 급속히 서쪽 끝자락을 향해 나아가는 것 같았다. 아홉 번째와 열 번째, 열한 번째 종소리가 울렸을 때, 어마어마한 어둠이 런던 전역으로 뻗어 나갔다. 열두 번째 종소리가 울리자 어둠이 완벽하게 내려앉았다. 사납게 요동치는 어마어마한 구름이 런던을 덮어 버렸다. 사방이 깜깜했다. 사방이 의혹이었다. 사방이 혼란이었다. 18세기가 끝나고, 19세기가 시작된 것이다.

제5장

19세기의 첫날에 런던뿐 아니라 영국 제도 전역을 뒤덮었던 거대한 구름은 그 그림자 아래 살고 있던 사람들에게 특이한 영향을 미칠 수 있을 만큼 오래 머물렀다. 아니, 사납게 몰아치는 돌풍에 끊임없이 뒤흔들렸으므로 가만히 머물러 있던 것은 아니었다. 영국의 기후에 어떤 변화가 일어난 듯했다. 비가 자주 내렸는데, 변덕스럽게 몰아치는 바람에 실려 온 까닭에 비가 그쳤다 싶으면 다시 시작했다. 물론 태양이 빛날 때도 있지만 구름에 둘러싸여 있었고, 공기는 물기를 흠뻑 머금고 있어서 광선이 퇴색했다. 칙칙한 자주색과 오렌지색, 붉은색이 18세기의 보다 선명한 풍경을 대신했다. 멍들고 음침한 하늘 아래서 양배추의 초록색은 예전처럼 선명하지 않았고, 눈의 흰색은 희끄무레했다. 하지만 그보다 더 고약한 일은, 이제 어느 집에나 습기가 스며들기 시작했다는 사실이다. 햇빛은 블라인드로 차단할 수 있고 서리는 뜨거운 난롯불로 말릴 수 있지만, 습기는 우리가 자는 동안에도 몰래 스며들기 때문에 가장 음험한 적이다. 습기는 소

233

리 없이 눈에 보이지 않게 어디에나 파고든다. 습기는 목재를 부풀리고, 주전자에 물때를 입히고, 쇠를 녹슬게 하고, 돌을 부순다. 그 과정이 아주 서서히 일어나기에, 우리는 서랍장이나 석탄 통을 들었을 때 그것이 우리 손에서 떨어지며 산산조각이 날 때까지 부패가 진행되고 있었음을 알지 못한다.

이처럼, 어느 누구도 변화가 일어난 날이나 시간을 꼭 집어서 말할 수 없을 정도로 은밀히 눈에 보이지 않게 영국의 체제가 변했고, 누구도 그것을 알지 못했다. 도처에서 그 영향이 느껴졌다. 고전적 품위를 갖추도록 애덤 형제[41]가 설계했을 방에서 맥주와 쇠고기를 먹으려고 즐거운 마음으로 식탁에 앉은 강인한 시골 신사는 이제 방 안에 스며드는 냉기를 느꼈다. 그래서 양탄자가 등장했고, 턱수염을 길렀고, 바지를 발등 밑으로 단단히 조였다. 그 시골 신사는 자기 다리에 도는 한기를 이내 자기 집에도 이입했다. 그래서 모든 가구에 덮개를 씌우고 벽과 탁자를 덮어서, 덮이지 않은 것이 없었다. 그다음에 음식의 변화는 필수적이었다. 따뜻하게 먹는 머핀이 나오고 크럼펫이 나왔다. 정찬 후의 포트와인은 커피로 대체되었다. 커피는 그것을 마시는 거실로, 거실은 유리그릇 진열장으로, 진열장은 조화(造花)로, 조화는 벽난로 위 선반으로, 벽난로 선반은 피아노로, 피아노는 응접실

41 영국의 건축가 형제인 존 애덤John Adam(1721~1792), 로버트 애덤 Robert Adam(1728~1792), 제임스 애덤James Adam(1732~1794)을 말한다. 영국의 전통에 고대 그리스 로마의 건축 요소를 차용한 고전적 건축 양식을 추구했다.

의 발라드로, 응접실 발라드는 (한두 단계를 건너뛰어) 수많은 강아지와 깔개, 도자기 장식품으로 이어지면서 가정이 — 가정은 지극히 중요한 곳이 되었다 — 완전히 달라졌다.

집 밖에는 담쟁이덩굴이 전에 없이 무성하게 퍼졌는데, 그것은 습기가 만들어 낸 또 하나의 결과였다. 맨 돌로 지은 집들이 녹색 이파리에 덮여 버렸다. 원래는 일정한 양식에 따라 설계된 정원이었지만 관목이 무성하고 제멋대로 자란 초목이 미로를 만들어 버렸다. 아이들이 태어난 침실에 스며들어간 빛은 당연히 혼탁한 녹색이었고, 어른 남녀가 지내는 응접실에 스며든 빛은 갈색과 자주색 벨벳 커튼을 통해 들어왔다. 그러나 이런 변화는 외적인 것에서 멈추지 않았다. 습기는 내부를 공격했다. 사람들은 가슴속에서 냉기를 느꼈고 마음속의 습기를 느꼈다. 자신들의 감정을 어떤 따뜻한 것에 감싸 보려는 필사적인 노력으로 그들은 잔꾀를 하나씩 부리기 시작했다. 사랑과 탄생, 죽음은 온갖 멋진 문구에 감싸였다. 남성과 여성은 점점 더 멀리 떨어져 나갔다. 솔직한 대화는 절대로 용인되지 않았다. 양성 모두 얼버무리고 은폐하는 데 공을 들였다. 바깥의 축축한 땅에서 담쟁이덩굴과 상록수가 무성하게 자라듯이 안에서도 생식력이 왕성해졌다. 평범한 여자의 일생은 출산의 연속이었다. 열아홉 살에 결혼해서 서른 살쯤이면 열다섯이나 열여덟 명의 아이를 낳았다. 쌍둥이가 많이 태어났던 것이다. 그리하여 영국 제국이 탄생하게 되었다. 그리하여 — 습기를 막을 길이 없었다. 그것은 목재에 스며들었듯이 잉크병에도 스며들어 — 문장이 부풀려졌고, 형용사가 늘어났고, 서정시는 서사시가 되었으며, 세로로 한 단 길이의 수필이었던 하찮은 글이 열 권이나 열두 권의 백과사전으로 확대되었다. 그것을 멈추기 위해 아무것도 할 수 없었던 민감한 사람의 마음에 이 모든 것이 미친 영향을 유시비어스 처브[42]가 증언할 것이다. 자신의 회고록 끝부분에서 그는 어느 날 아침에 〈별것 아닌 문제에 대해〉 서른다섯 장을 쓰고 난 후 잉크병 뚜껑을 돌려 닫고 정원을 한 바퀴 돌기 위해 밖으로 나갔다. 이내 그는 관목 숲에 파묻히게 되었다. 머리 위에서는 수많은 이파리들이 바스락거리며 반짝였다. 〈발밑에서 수백만 개의 곰팡이를 짓이기는 것〉 같았다. 정원 안쪽의 축축한 모닥불에서 자욱한 연기가 피어올랐다. 그는 지상의 어떤 불도 방대하게 뻗어 나간 저 거추장스러운 초목을 태워 버릴 요량을 낼 수 없으리라고 생각했다. 어디를 돌아보아도 걷잡을 수 없이 자란 식물들뿐이었다. 오이 줄기들이 〈풀밭을 가로질러 뒹굴며 그의 발치까지 뻗어 왔다〉. 거대한 꽃양배추가 층층이 솟아올라, 그의 혼란스러운 상상력에는, 느릅나무와 경쟁하는 듯했다. 암탉들이 쉴 새 없이 뚜렷한 색깔이 없는 달걀을 낳았다. 그는 자신의 생식력과 지금 실내에서 열다섯 번째 출산의 진통을 겪고 있는 가여운 아내 제인을 떠올리며 한숨을 쉬었고, 자신이 어떻게 가금을 탓할 수 있겠느냐고 자문했다. 그는 하늘을 올려다보았다. 천국 그 자체도, 아니 천국의 방대한 현관인 하늘도, 실로 천사들의 동의를, 부추김을 보여 주지 않았던가? 겨울이

42 울프가 만든 가상의 인물.

든 여름이든, 한 해가 시작하든 끝나든, 구름이 고래처럼, 아니 코끼리처럼 모여들어 뒹굴었다고 그는 생각했다. 하지만 아니, 수천 에이커의 허공에서 그의 뇌리에 깊이 각인된 그 비유는 피할 도리가 없었다. 영국 제도 위에 광활하게 펼쳐진 하늘은 다만 방대한 깃털 이불이었다. 정원이건 침실이건 닭장이건 가릴 것 없이 어디서나 두드러진 생식력은 하늘을 따라 모방한 것이었다. 그는 집 안으로 들어가 위에 인용된 문단을 쓰고는 자기 머리를 가스 오븐 안에 밀어 넣었다. 사람들이 나중에 그를 발견했을 때는 이미 소생할 수 없는 상태였다.

영국 전역에서 이런 상황이 전개되는 동안, 올랜도는 아무 문제 없이 블랙프라이어스의 자기 집에 파묻혀 지냈다. 그녀는 기후가 달라지지 않은 척하면서, 사람들이 아직 하고 싶은 말을 마음대로 할 수 있고, 기분 내키는 대로 반바지를 입거나 스커트를 입을 수 있다는 듯이 행동했다. 하지만 결국에는 그녀도 시대가 달라졌음을 인정하지 않을 수 없었다. 그 세기 초의 어느 날 오후에 그녀가 장식 판자로 꾸민 자신의 구식 마차를 타고 세인트 제임스 파크를 드라이브하고 있을 때, 종종 있는 일은 아니지만 어쩌다 간신히 땅에 도달한 빛줄기가 내려오면서 몸부림치다가 기묘하게도 무지갯빛 색깔로 구름에 무늬를 넣었다. 18세기의 한결같이 맑은 하늘을 보다가 그런 광경을 보게 되자 너무나 신기해서 그녀는 창문을 내리고 한참을 바라보았다. 포도색과 홍학색 구름들을 보다가 이오니아해에서 죽어 가는 돌고래들을 즐겁고도 괴로운 마음으로 떠올리게 되었는데, 이것은 그녀가 알지 못하는 사이에 이미 습기로 시달리고 있었음을 입증한다. 그러나 그 햇살이 땅에 닿아 피라미드나 1백 마리의 황소 제물, 혹은 전승 기념물(햇살이 잔칫상 같은 분위기를 자아냈기에) — 현재 빅토리아 여왕의 동상이 서 있는 넓은 언덕에 뒤죽박죽으로 쌓여 있는, 어쨌든 가장 이질적이고 어울리지 않는 물체들의 복합체 — 을 불러냈는지 혹은 환히 비추는 듯했을 때, 그녀는 얼마나 소스라치게 놀랐던지! 번개무늬와 꽃무늬로 장식된 거대한 황금 십자가에 미망인의 상복과 면사포가 걸려 있었다. 삐죽 튀어나온 다른 추악한 돌출물에는 수정궁과 아기 요람, 철모, 기념 화환, 바지, 구레나룻, 웨딩케이크, 대포, 크리스마스트리, 현미경, 멸종한 괴물, 지구본, 지도, 코끼리, 제도 기구가 걸려 있었다.[43] 오른쪽에서는 늘어진 흰옷을 입은 여자의 형체가, 왼쪽에서는 프록코트와 체크무늬 바지를 입은 통통한 신사가 그 전체를 거대한 문장(紋章)처럼 떠받쳤다. 사물들의 부조화, 정장 차림과 반나체 차림의 결합, 다양한 색깔들의 요란한 번쩍임, 격자무늬로 병치된 색채들이 올랜도를 괴롭히며 더없이 깊은 경악감을 느끼게 했다. 그녀는 평생 그토록 꼴불견이고 그토록 흉측스러우면서도 그토록 어마어마한 것은 본 적이 없었다. 그것은 햇빛이 물기를 잔뜩 머금은 공기를 비추며 만들어 낸 효과일 테고, 실로 그럴 것임에 틀림없었다. 산들바람이 불어오면 곧장 사

43 런던에서 1851년 개최된 세계 만국 박람회의 풍경에 대한 암시가 이어지고 있다. 이때 세워진 수정궁은 유명하다.

라질 것이다. 그러나 그럼에도 불구하고 마차를 타고 지나가는 그녀의 눈에 그것은 영원히 지속될 운명인 듯 보였다. 그 무엇도, 어떤 바람이나 비, 태양이나 천둥도, 그 현란한 구조물을 무너뜨릴 수 없다고 그녀는 느끼며 마차의 구석자리에 깊이 몸을 파묻었다. 다만 코가 얼룩덜룩해지고 나팔에 녹이 슬 것이다. 그러나 그것은 거기 남아서 영원히 동쪽, 서쪽, 남쪽, 북쪽을 가리킬 것이다. 마차가 콘스티튜션 힐을 미끄러지듯 올라갈 때 그녀는 뒤를 돌아보았다. 그래, 그것이 저기 햇빛 속에서 평화롭게 빛나고 있었다. 그녀는 시곗줄이 달린 시계를 끄집어내어 보았다. 물론 정오의 햇빛이었다. 그 빛은 더없이 따분하고, 무미건조하고, 새벽이나 석양의 암시에 전혀 휘둘리지 않고, 영원히 이어지도록 계획된 것 같았다. 그녀는 다시 돌아보지 않겠다고 마음먹었다. 벌써 혈관의 피가 느릿느릿 흐르는 것이 느껴졌다. 그런데 더욱 기이하게도, 버킹엄 궁전 앞을 지날 때 그녀의 뺨에 선명하고 특이한 홍조가 퍼져 나갔고, 어떤 압도적인 힘에 눌려 억지로 눈길을 내리깔고 자기 무릎을 보게 된 것 같았다. 갑자기 자신이 검은 바지를 입고 있음을 알고 그녀는 깜짝 놀랐다. 그 홍조는 시골 저택에 도착할 때까지 가시지 않았다. 말 네 필이 30마일을 속보로 걸어가는 데 걸리는 시간을 고려했을 때, 이 사실은 그녀의 순결을 입증하는 귀중한 증거로 간주되기를 바란다.

일단 집에 도착하자 그녀는 이제 가장 절박한 욕구에 따라 침대에 덮인 다마스크직 누비이불을 걷어 온몸을 꼭꼭 감쌌다. 한기를 느끼기 때문이라고 미망인 바살러뮤(선량한 그림 스디치 부인의 뒤를 이은 가정부)에게 설명했다.

「우리 모두 그렇답니다, 마님.」미망인이 깊은 한숨을 내쉬며 말했다. 「벽에서 물기가 배어 나오고 있어요.」그녀는 묘하게도 애처롭고 평온한 목소리로 말했다. 정말로 참나무 판자에 손을 대기만 하면 거기에 지문이 찍혔다. 담쟁이덩굴이 너무 무성하게 자라서 이제는 많은 창문들을 덮어 버렸다. 부엌이 너무 어두워서 주전자와 소쿠리를 분간하기 어려웠다. 가거운 건은 고양이를 석탄으로 잘못 알고 삽으로 퍼서 불 위에 던진 적도 있었다. 8월인데도 하녀들은 이미 붉은 플란넬 속치마를 서너 겹 껴입고 있었다.

「그런데 그게 사실인가요, 마님?」그 선량한 여자가 기뻐하며 물었다. 그녀의 가슴에서 황금 십자가가 오르내렸다. 「여왕님께서, 축복받으시기를, 그 뭐라더라, 입고 계신다는 것이…….」그 선량한 여자는 말을 더듬으며 얼굴을 붉혔다.

「크리놀린[44] 말이지요.」올랜도는 그 단어를 입에 올려 가정부를 도왔다(그 단어가 이미 블랙프라이어스에도 전해졌던 것이다). 바살러뮤 부인이 고개를 끄덕였다. 눈물이 이미 뺨에 흘러내리고 있었지만, 부인은 눈물을 흘리면서도 미소를 지었다. 눈물을 흘리는 것이 즐거웠던 까닭이다. 그들 모두 연약한 여자 아니던가? 그 사실을 숨기려고 크리놀린을 입다니. 그 엄청난 사실, 그 유일한 사실, 그럼에도 불구하고 얌전한 여자들은 도저히 부정할 수 없을 때까지 최선을 다해

44 여자들이 스커트를 불룩하게 보이도록 입었던 틀.

부정했던 그 유감스러운 사실, 그녀가 아이를 낳을 거라는 사실 말이다. 열다섯이나 스무 명의 아이를 낳으려면 실로 얌전한 여자들 대부분은 결국 적어도 해마다 어느 날엔가는 명백하게 드러날 이 사실을 부정하면서 생애를 보냈다.

「머핀을 뜨끈뜨끈하게 준비해 두었어요.」 바살러뮤 부인이 눈물을 훔치며 말했다. 「서재에.」

그래서 올랜도는 다마스크직 누비이불을 뒤집어쓴 채 머핀 접시 앞에 앉았다.

「머핀을 뜨끈뜨끈하게 준비해 두었어요. 서재에.」 올랜도는 바살러뮤 부인의 세련된 런던 사투리 발음으로 그 진저리나는 런던 사투리를 조심스레 흉내 내며 차를 마셨다. 그런데 아니, 우유가 든 차는 몹시 역겨웠다. 바로 이 방에서 엘리자베스 여왕이 맥주병을 손에 들고 벽난로 옆에서 두 다리를 벌리고 서 있던 기억이 났다. 벌리 경이 눈치 없이 가정문이 아닌 명령문을 사용했을 때 여왕은 갑자기 그 맥주병을 탁자에 내동댕이쳤다. 올랜도는 여왕의 목소리를 생생히 들을 수 있었다. 「아니, 이봐, 〈해야 한다〉니, 그게 군주에게 쓸 말인가?」 그리고 맥주병이 탁자에 떨어졌다. 그 흔적이 지금도 남아 있었다.

그러나 올랜도는 위대한 여왕을 떠올린 것만으로도 자기도 모르게 벌떡 일어섰다가, 누비이불에 발이 걸려 뒤로 넘어지면서 안락의자에 엉덩방아를 찧고는 욕을 내뱉었다. 내일 스커트를 만들 검은 봄버진 천을 20미터 넘게 사야겠다고 그녀는 생각했다. 그리고(이 부분에서 그녀는 얼굴을 붉혔

다) 크리놀린을 사야 하고, 그다음에(이 부분에서도 얼굴을
붉혔다) 아기 요람을 사고, 그런 다음에 또 크리놀린을 사고,
계속해서…… 정숙함과 수치심이 몹시 격렬하게 반복되면서
홍조가 피어올랐다가 사라졌다. 그 시대정신이 그녀의 뺨에
뜨겁거나 차갑게 몰아치는 것을 볼 수 있으리라. 그 시대정
신이 약간 변덕스럽게 불어와서 남편보다 먼저 크리놀린을
생각하며 얼굴을 붉히게 했더라도, 그녀의 모호한 처지는 그
녀와(심지어 그녀의 성도 여전히 논쟁거리였다) 지금까지
그녀가 살아온 변칙적인 삶에 대한 핑곗거리가 될 것이다.

   이윽고 그녀의 뺨은 차분한 색깔을 되찾았고, 시대정신
은—그것이 실로 시대정신이라면—얼마간 잠에 빠져든 것
같았다. 그러자 올랜도는 목걸이에 달린 로켓이나 잃어버린
애정의 유물을 찾으려는 듯 셔츠의 가슴팍을 더듬었지만, 그
런 것은 없었고 두루마리 종이가 나왔을 뿐이다. 바닷물에 젖
고 피에 얼룩지고 여행길에 더럽혀진 그녀의 시「참나무」원
고였다. 이것을 너무 긴 세월 동안 몹시 위험한 상황에서도 가
슴에 품고 다닌 탓에 얼룩지거나 찢어진 부분이 많았고, 집시
들과 함께 지낼 때 글을 쓸 종이가 없는 궁핍한 상황에서 여백
에 선을 긋고 줄을 그어 지우다 보니 그 원고는 해진 구멍을 아
주 꼼꼼하게 짜깁기해 놓은 것처럼 보였다. 그녀는 첫 장으로
돌아가서 자신이 소년의 글씨체로 적은 연도 1586을 보았다.
이 시를 써온 지 거의 3백 년이 되었다. 이제 끝을 낼 때가 되었
다. 그런 생각을 하면서 그녀는 페이지를 넘기며 대충 훑어보
다가 자세히 읽기도 하고 건너뛰기도 했다. 그것을 읽다 보니

자신이 오랜 세월을 살아오며 변한 게 거의 없다는 생각이 들었다. 그녀는 우울한 소년이었고, 소년들이 대개 그렇듯 죽음을 사랑했다. 그러고 나서는 혈기 왕성하고 호색적인 청년이었다. 그다음에는 활기차고 풍자적이었다. 그녀는 때로 산문을 시도해 보았고, 때로는 희곡을 써보았다. 하지만 이런 변화를 겪으면서도 자신은 근본적으로 달라지지 않았다고 생각했다. 예전과 똑같이 우울한 사색에 잠기는 기질을 갖고 있었고, 똑같이 동물과 자연을 사랑했고, 똑같이 시골과 계절을 열정적으로 찬미했다.

〈결국.〉 그녀는 자리에서 일어나 창가로 걸어가며 생각했다. 〈아무것도 변한 게 없어. 집과 정원은 예전에 있던 그대로야. 의자 하나 옮기지 않았고, 장신구 하나도 팔지 않았어. 똑같은 산책로와 똑같은 잔디밭, 똑같은 나무들, 똑같은 연못이 있고, 그 연못에는 똑같은 잉어가 살고 있다고 감히 말할 수 있겠지. 물론 엘리자베스 여왕이 아니라 빅토리아 여왕이 왕좌에 있지만, 그렇다고 무슨 차이가…….〉

이 생각이 선명하게 떠오르자마자 마치 그것을 질책하려는 듯 문이 활짝 열리면서, 집사 배스킷이 가정부 바살러뮤와 함께 찻잔을 치우려고 행군하듯 들어왔다. 방금 잉크병에 펜을 담갔고 만물의 영원성에 대한 생각을 표현하려던 올랜도는 펜 주위에 이리저리 퍼져 나간 잉크 얼룩에 화가 났다. 깃펜이 닳았기 때문이라고 그녀는 생각했다. 펜촉이 갈라져 있거나 지저분할 것이다. 그녀는 다시 펜을 담갔다. 얼룩은 더 커졌다. 그녀는 자신이 말하려던 바를 이어 가려 했지만 아무 말도 나오지 않았다. 그래서 잉크 얼룩에 날개와 수염을 붙여 장식하기 시작했고, 마침내 그것은 박쥐와 작은 곰의 중간쯤 되는 머리가 둥근 괴물이 되었다. 배스킷과 바살러뮤가 방 안에 있는 한 시를 쓸 수 없었다. 그녀가 〈불가능해〉라고 말하자마자, 놀랍고 당혹스럽게도 펜이 더할 수 없이 부드럽고 유연하게 곡선을 그리며 선회하기 시작했다. 그러더니 아주 말끔하게 기울어진 이탤릭체로 그녀가 평생 읽어 보지 못한, 지루하기 짝이 없는 시를 종이에 적어 내려갔다.

나 자신은 삶의 지친 사슬에서
　미천한 고리일 뿐,
하지만 나는 신성한 단어를 말해 왔지,
　아, 헛되이 말하지 마라!

젊은 처녀는
　지금 없는 자와 사랑하는 자를 위한 그녀의 눈물이
홀로 달빛 속에서 빛날 때
　속삭일까 —

바살러뮤와 배스킷이 *끙끙* 신음 소리를 내며 난롯불을 지피고 머핀을 담으며 방 안을 서성이는 동안에도 그녀는 쉬지 않고 썼다.

그녀는 다시 펜을 잉크에 담갔고, 펜은 이렇게 나아갔다.

그녀는 너무도 달라졌네,
저녁 하늘에 걸려 장밋빛 색조로 타오르는 구름처럼
한때 그녀의 뺨을 덮은 연분홍빛 구름이
창백하게 바래고,
환히 타오르던 홍조, 무덤의 횃불에 부서졌네.

그러나 이 부분에서 그녀가 갑자기 몸을 돌리다 잉크를 엎지르는 바람에, 이 시는 그녀가 기대했던 인간의 눈으로부터 영원히 지워지고 말았다. 그녀는 온몸을 사시나무처럼 떨며 마음을 졸였다. 자기도 모르게 쏟아져 나오는 시상에 잉크가 이처럼 멋대로 흘러나오는 것을 보게 되다니, 이보다 더 혐오스러운 일은 상상할 수 없었다. 자신에게 무슨 일이 일어난 걸까? 습기 때문일까? 바살러뮤 때문일까? 배스킷 때문일까? 무슨 일일까? 그녀는 답을 요구했다. 그러나 방은 텅 비어 있었다. 담쟁이덩굴에 뚝뚝 떨어지는 빗물을 대답으로 여길 수 없다면, 그 누구도 그녀에게 대답하지 않았다.

창가에 서 있다 보니 희한하게도 온몸이 따끔거리고 떨리는 것을 의식하게 되었다. 마치 그녀의 몸이 수천 개의 현으로 이루어져 있고, 산들바람이나 원치 않는 손가락들이 그 현들을 어루만지며 음계를 연습하는 것 같았다. 발가락이 따끔거리다가 골수가 시큰거렸다. 넓적다리뼈에서도 기이한 느낌이 들었다. 머리칼이 모두 곤두선 것 같았다. 20년쯤 후에 팅팅 울리며 노래할 전신선(電信線)처럼 그녀의 팔이 노래하며 팅팅 울렸다. 그런데 이 모든 동요가 마침내 그녀의 손에 집중되는 것 같았다. 그러다 한 손에, 그러다 그 손의 한 손가락에, 그러다 결국 응집되어 왼손 검지에 고리처럼 감겨서 떨리는 감각이 되었다. 이런 떨림을 만들어 낸 것이 무엇인지 알아내려고 손을 들었지만, 아무것도 보이지 않았다. 엘리자베스 여왕이 하사한 커다란 에메랄드가 박힌 반지뿐이었다. 이 반지를 꼈으면 충분하지 않아? 그녀는 자문했다. 에메랄드는 최고 품질이었다. 적어도 1만 파운드는 나갈 값비싼 보석이었다. 그러나 그 떨림은 더없이 기묘한 방식으로 (그렇지만 지금 우리는 인간 영혼의 가장 비밀스러운 발현을 다루고 있음을 기억하라) 〈아니, 그것으로 충분하지 않아〉라고 말하는 것 같았다. 더 나아가 그것은 따지듯이 질문을 던지는 것 같았다. 여기 빠진 것, 이 이상한 누락은 무엇을 뜻하는 거지? 마침내 가여운 올랜도는 왠지 모르게 왼손 검지가 마냥 부끄러워졌다. 그 순간 바살러뮤가 들어와 정찬 의상으로 어떤 드레스를 내놓아야 할지 물었다. 신경이 몹시 예민해진 올랜도는 당장 바살러뮤의 왼손을 흘끗 보았고, 전에 알아차리지 못했던 것을 즉시 깨달았다 ― 자신은 아무것도 끼지 않은 넷째 손가락에 누르스름한 노란색의 두꺼운 반지가 끼워져 있었다.

「반지 좀 보여 줘요, 바살러뮤.」 그녀가 반지를 받기 위해 손을 내밀며 말했다.

그 말에 바살러뮤는 악당에게 가슴을 얻어맞기라도 한듯이 행동했다. 깜짝 놀라 한두 걸음 뒤로 물러서더니, 주먹을 쥐고는 아주 당당한 몸짓으로 손을 뒤로 뺐다. 「안 돼요.」 그녀는 단호하고 품위 있게 말했다. 마님께서 원하신다면 보셔도 좋지만 결혼반지를 빼는 것에 대해서는, 대주교님이나 교황님이나 아니면 왕좌에 계신 빅토리아 여왕님도 그런 일을 강요할 수 없다는 것이었다. 그녀의 남편 토머스가 26년 6개월 3주 전에 손가락에 끼워 준 반지였다. 그녀는 그것을 끼고 잤고, 그것을 끼고 일했고, 그것을 끼고 빨래를 했고, 그것을 끼고 기도했고, 그것을 끼고 땅속에 묻힐 작정이었다. 목소리는 감정에 북받쳐 자주 끊어졌지만, 그녀가 말하려는 바는 결혼반지에 반사된 빛에 따라 천사들 사이에서 자신의 자리가 배정될 테고, 만일 1초라도 손에서 반지를 떼어 낸다면 그 광채가 영원히 사라진다는 뜻이라고 올랜도는 이해했다.

「우리에게 신의 가호가 있기를.」 올랜도는 창가에 서서 장난치는 비둘기들을 바라보며 말했다. 「우리가 사는 세상은 얼마나 대단한 것인지! 정말로 대단한 세상이야!」 복잡 미묘한 세상사가 그녀에겐 놀랍기 그지없었다. 이제 그녀에게는 온 세상이 황금으로 둘러싸인 것 같았다. 그녀가 식당으로 들어서면, 결혼반지가 그득했다. 교회에 가면, 어디에나 결혼반지가 있었다. 드라이브를 나가면, 금이든 합금이든, 얇든 두껍든, 민무늬든 매끄럽든, 결혼반지가 사람들의 손에서 은은히 빛났다. 보석상을 가득 채운 것도 반지였는데, 올랜도의 기억에 남아 있던 번쩍이는 인조 보석이나 다이아몬드가 아니라 보석이 박히지 않은 단순한 결혼반지였다. 그즈음에 그녀는 런던 사람들에게 생겨난 새로운 습성을 주목하게 되었다. 과거에는 산사나무 울타리 아래에서 노닥거리는 처녀 총각을 종종 보곤 했었다. 올랜도는 많은 커플들을 채찍 끝으로 가볍게 치고 웃으며 지나갔었다. 이제는 모든 것이 달라졌다. 떼어 놓을 수 없이 찰싹 붙은 남녀가 길 한복판에서 느릿느릿 터벅터벅 걸었다. 여자의 오른손은 예외 없이 남자의 왼손에 감싸여 있었고, 남자의 손가락은 그녀의 손가락을 꼭 쥐고 있었다. 말들의 코가 그들의 몸에 닿아야만 마지못해 조금 움직이는 일도 종종 있었다. 그런데 움직일 때도 한 몸으로 엉켜 느릿느릿 길가로 비켜섰다. 올랜도는 새로운 인종이 발견되었다고밖에 생각할 수 없었다. 그들, 그 수많은 커플들은 어떻게든 서로 딱 달라붙어 있었다. 하지만 누가 그들을 만들었는지, 언제 만들었는지는 짐작할 수 없었다. 자연이 만든 것 같지는 않았다. 그녀는 비둘기나 토끼, 사슴 사냥개를 살펴보았지만, 적어도 엘리자베스 시대 이후로 자연의 방식이 바뀌었다거나 수정되었다고 볼 수는 없었다. 짐승들 사이에 서로 떼어 놓을 수 없는 결합이란 있을 수 없다는 것을 그녀는 알고 있었다. 그렇다면 그것은 빅토리아 여왕이나 멜버른 경이 만든 것일까? 결혼이라는 위대한 발견은 그들에게서 비롯된 것일까? 하지만 여왕은 개를 좋아한다는 얘기가 있었고, 멜버른 경[45]은 여자를 좋아한다는 소문을 들은 바 있었다. 그것은 이상했고 — 또 혐오스러웠다. 사실 뗄 수 없이 붙어 있는 몸들에는 그녀의 품위 의식이나 위생 관념에 역겹게 느껴지는 무언가가 있었다. 하지만 쿡쿡 쑤시며 팅팅 울리는 손가락의 통증이 지속되는 가운데 이런

45 Lord Melbourne(1779~1848). 빅토리아 여왕 시대 영국의 총리.

것을 심사숙고하려니 생각이 제대로 정리되지 않았다. 그 생각은 하녀의 공상처럼 갈망을 품고 추파를 던지고 있었다. 그래서 그녀는 얼굴이 붉어졌다. 그들처럼 그 추한 반지를 하나 사서 끼는 것 외에는 다른 도리가 없었다. 그래서 그녀는 그렇게 했고, 수치심에 짓눌려 커튼 뒤의 어두운 곳에서 그것을 손가락에 끼워 넣었다. 하지만 아무 소용도 없었다. 쿡쿡 쑤시는 통증이 전보다 더 격렬하게, 더 분연히 이어졌다. 그날 밤 그녀는 한숨도 자지 못했다. 다음 날 아침에 펜을 들어 글을 쓰려 했을 때는 아무 생각도 할 수 없었다. 펜이 눈물을 글썽이듯 커다란 얼룩을 하나씩 만들어 냈다. 그러지 않으면 펜은 더욱 놀랍게도 때 이른 죽음과 타락에 관한 감미롭고 유창한 글을 느긋하게 써내려 갔는데, 그것은 생각을 아예 하지 않는 것보다 더 고약했다. 왜냐하면 우리는 손가락으로 글을 쓰는 게 아니라 온몸으로 ─ 그녀의 경우가 입증했듯이 ─ 쓰는 듯하기 때문이다. 펜을 조절하는 신경은 우리 몸의 모든 조직을 휘감고, 심장을 누비고, 간을 헤치고 나아간다. 통증이 일어난 부위는 왼손 같았지만, 그녀는 온몸이 구석구석 감염되었음을 느꼈다. 결국 그녀는 필사적으로 치유책을 생각하지 않을 수 없었다. 그것은 시대정신에 완전히 고분고분하게 순종하여 남편을 얻는 것이었다.

이것이 그녀의 천성적 기질과 맞지 않는다는 것은 충분히, 그리고 명백히 드러났다. 대공의 마차 바퀴 소리가 멀어져 갔을 때 그녀의 입에서 터져 나온 외침은 〈인생! 연인!〉이었지, 〈인생! 남편!〉이 아니었다. 앞 장에서 보았듯이 그녀가 런던에 가서 세상을 돌아다닌 것은 그 목적을 추구하기 위해서 였다. 하지만 시대정신은 너무나 막강한 불굴의 힘을 갖고 있어 그것에 저항하는 사람들을 의지를 꺾는 사람들보다 더 효과적으로 두들겨 부순다. 올랜도 자신은 당연히 엘리자베스 시대의 정신이나 왕정복고기의 시대정신 혹은 18세기의 정신에 경도되어 있었고, 따라서 한 시대에서 다른 시대로의 변화를 거의 의식하지 못했다. 하지만 19세기의 정신은 그녀의 기질과 극도로 어긋났고, 그리하여 그녀를 붙잡아 부순 것이었다. 그녀는 그 시대정신의 손에 잡혀 예전에 겪지 못한 패배를 맛보았음을 의식했다. 아마도 인간의 정신은 시간 속에서 자기에게 배정된 자리를 갖기 마련일 터이므로, 어떤 이들은 이 시대에 태어나고 어떤 이들은 저 시대에 태어난다. 이제 올랜도는 여자로서 성인이 되었고 서른을 넘긴 지 한두 해가 되어 성격의 윤곽이 확고해졌으므로, 그것을 원하지 않는 방향으로 구부리는 것은 참을 수 없었다.

그래서 그녀는 고분고분하게 선택한 크리놀린의 무게에 짓눌려 스커트를 질질 끌면서 응접실(바살러뮤는 서재를 그렇게 불렀다) 창문 앞에 슬픈 표정으로 섰다. 그것은 예전에 입었던 다른 드레스들보다 더 무겁고 칙칙했다. 이토록 움직임을 방해하는 옷도 없었다. 그녀는 더 이상 개들과 함께 정원을 활보할 수 없었고, 높은 언덕을 가볍게 뛰어올라 참나무 밑에 벌렁 드러누울 수도 없었다. 스커트 자락에 축축한 나뭇잎들과 지푸라기가 들러붙었다. 깃털 달린 모자는 미풍에 흔들렸다. 바닥이 얇은 구두는 금방 물에 젖고 진흙투성이가 되었다. 그녀의 근육은 유연성을 잃었다. 그녀는 징두리 벽판 뒤에 강도가 숨어 있을까 봐 불안해졌고, 난생처음으로 복도에서 유령이 나타날까 봐 겁이 났다. 이런 것들이 그녀를 새로운 발견에 복종하는 길로 한 걸음씩 나아가게 했다. 빅토리아 여왕이 발견한 것이든 다른 사람의 발견이든 간에, 그것은 남자나 여자나 제각기 인생에 주어진 배우자가 있으므로 죽음이 갈라놓을 때까지 배우자에게 의지하고 그 사람에게서 지지를 받아야 한다는 것이었다. 기댈 수 있으면 편안할 거라고 그녀는 느꼈다. 앉으면, 그래, 드러누우면, 결코, 결코, 결코, 다시 일어나지 않으면 편안할 것이다. 예전에 자존심이 무척 강한 인간이었음에도 불구하고 시대정신은 이렇듯 그녀에게 영향을 미쳤다. 그녀가 감정의 음계를 내려오면서 익숙지 않은 이 낮은 곳에 이르자, 그토록 심술궂게 몰아붙였던 팅팅 소리와 따끔거리던 통증은 더없이 감미로운 멜로디로 조율되었다. 마치 천사들이 하얀 손가락으로 하프의 현을 뜯고 그녀의 온몸에 천사들의 하모니가 스며드는 것 같았다.

하지만 내가 누구에게 기댈 수 있을까? 그녀는 거친 가을 바람에 그 질문을 던졌다. 이제 10월이었고, 언제나 그렇듯 주위는 온통 빗물에 젖어 있었다. 그 대공은 아니었다. 그가 대단히 신분 높은 숙녀와 결혼한 뒤 루마니아로 돌아가 토끼 사냥에 몰입한 지도 꽤 오랜 시간이 흘렀던 것이다. M 씨도 아니었다. 그는 가톨릭 신자가 되었다. C 후작도 아니었다. 그는 오스트레일리아로 유형을 떠났다. O 경도 아니었다. 그

6. 1840년경의 올랜도

는 오래전에 물고기 밥이 되었다. 이렇게 저렇게 그녀의 옛 친구들은 모두 떠나 버렸고, 드루리 레인의 넬과 키트 같은 여자들이 더 좋기는 했지만 기대기에는 적합지 않았다.

그녀는 창틀 위에 무릎 꿇고 앉아서 두 손을 움켜쥐고 실제로 그렇듯 호소하는 여인처럼 보이는 모습으로 빙빙 돌아가는 구름에 눈길을 던지며 물었다. 「내가 누구에게 기댈 수 있을까?」 그녀의 펜이 스스로 글을 썼듯이 이런 말이 저절로 흘러나왔고, 양손이 저절로 쥐어졌다. 그 말을 한 것은 올랜도가 아니라 시대정신이었다. 그러나 누가 물었든 간에 아무도 대답하지 않았다. 떼까마귀들이 보랏빛 가을 구름 사이에서 허둥지둥 공중제비를 넘었다. 마침내 비가 그쳤고, 하늘에 무지갯빛이 떠올라 그녀는 깃털 달린 모자를 쓰고 끈 달린 작은 신발을 신은 뒤 저녁 식사 전에 산책을 해야겠다고 생각했다.

〈나만 빼고 모두 짝이 있구나.〉 그녀는 서글픈 마음으로 안뜰을 가로질러 느릿느릿 걸어가면서 생각했다. 저기 까마귀들이 있었다. 강아지 커뉴트와 피핀도 — 비록 일시적인 결합이기는 하지만 — 오늘 저녁에는 각자 단짝이 있는 것 같았다. 〈그런데 나는 이 저택의 주인인데 독신이고, 짝도 없고, 혼자로구나.〉 지나는 길에 그녀는 아름답게 장식된 수많은 창문을 바라보며 생각했다.

예전에는 이런 생각이 머리를 스친 적이 없었다. 이제는 이 생각이 도저히 펼쳐 낼 수 없이 그녀를 짓눌렀다. 그녀는 대문을 직접 열어젖히지 않고 대신 장갑 낀 손으로 톡톡 두

드려 문지기에게 대문을 열게 했다. 비록 문지기일지라도 누군가에게 의지해야 한다고 그녀는 생각했다. 거기 머무르며 불붙은 석탄 통에서 고기 토막을 굽는 문지기를 도와주고 싶은 마음이 들기도 했지만, 너무 소심해서 그런 제안을 하지 못했다. 그래서 홀로 옆길로 들어서서 파크에 이르렀다. 홀로 산책하는 신분 높은 숙녀를 보고 밀렵꾼이나 사냥터지기 혹은 심부름하는 소년이 놀랄까 봐 처음에는 망설였고 조심스러웠다.

발을 내디딜 때마다 그녀는 어떤 남자가 가시금작화 덤불 뒤에 숨어 있지는 않은지, 혹은 어떤 야만적인 소가 그녀를 받으려고 뿔을 낮추고 덤벼들지는 않을지 불안하게 둘러보았다. 그러나 하늘에서 으스대며 날아다니는 까마귀뿐이었다. 어느 까마귀의 강청색 깃털이 야생화 벌판에 떨어졌다. 그녀는 들새의 깃털을 좋아했었고, 소년 시절엔 그것을 모으곤 했었다. 그녀는 그 깃털을 집어 들어 모자에 꽂았다. 바람이 조금 불어와서 그녀의 기분에 활기를 돋워 주었다. 머리 위에서 까마귀들이 빙빙 돌면서 깃털이 자줏빛 공기 속에 반짝이며 연이어 떨어졌으므로, 그녀는 긴 망토 자락을 질질 끌면서 깃털을 따라 야생화로 뒤덮인 벌판을 건너 언덕을 올랐다. 몇 해 동안 이렇게 멀리까지 산책을 나온 적이 없었다. 그녀는 풀 속에서 깃털 여섯 개를 주워 손가락들 사이에 끼고 살짝 끌어당겨 입술에 대고는, 그 매끄럽고 반짝이는 깃털을 느껴 보았다. 그때 언덕 비탈에서 반짝이는 은빛 연못이 눈에 들어왔다. 베디비어 경이 아서왕의 칼을 던진 호수처럼 신비로웠다.[46] 허공에서 깃털 하나가 흔들리더니 그 연못 한가운데로 떨어졌다. 그러자 이상하게도 황홀한 기분이 밀려왔다. 그녀는 새들을 세상 끝까지 따라가 폭신폭신한 풀밭에 벌렁 드러누워서, 까마귀들이 머리 위에서 거칠게 웃어대는 동안 자신은 거기서 망각을 마시겠다는 엉뚱한 생각을 했다. 그녀는 걸음을 재촉했고, 뛰었고, 발을 헛디뎠고, 질긴 야생화 뿌리에 걸려 꽈당 넘어졌다. 발목이 부러졌다. 도저히 일어설 수 없었다. 그러나 흡족한 마음으로 가만히 누워 있었다. 들버드나무와 메도스위트 향기가 그녀의 콧구멍을 간질였다. 까마귀의 거친 웃음소리가 귓가에서 울렸다. 「내 짝을 찾았어.」 그녀가 중얼거렸다. 「바로 황야야. 나는 자연의 신부야.」 그녀는 망토에 감싸인 채 연못 옆의 움푹 파인 곳에 웅크리고 누워 황홀한 심정으로 풀의 차가운 포옹에 몸을 맡기며 속삭였다. 「여기에 누울 거야. (깃털 하나가 그녀의 이마에 떨어졌다.) 베이[47]보다 더 푸른 월계수를 찾았어. 내 이마는 언제나 시원할 거야. 이 들새들의 깃털, 올빼미와 쏙독새의 깃털. 나는 거친 꿈을 꿀 거야. 내 손은 결혼반지를 절대 끼지 않을 거야.」 그녀는 손가락에서 반지를 빼며 말을 이었다. 「뿌리들이 내 손을 휘감겠지. 아!」 그녀는 긴 숨을 내쉬며 폭신폭신한 베개에 아주 편안하게 머리를 눌렀다. 「나는 수백 년 동안 행복을 추구했지만 찾지 못했어. 명예를 추

46 원탁의 기사였던 베디비어 경이 아서왕의 칼 엑스칼리버를 호수에 던졌을 때 호수에서 손이 올라와 그 칼을 받았다는 전설에 대한 언급.
47 향신료로 쓰이는 월계수 잎.

구했지만 놓치고 말았지. 사랑을 추구했지만 알지 못했어. 삶이란…… 그런데 봐, 죽음이 훨씬 더 좋아. 나는 많은 남자와 많은 여자를 알았지만…….」 그녀가 말을 이었다. 「난 어느 누구도 이해하지 못했어. 내 머리 위에 하늘만 둔 채 여기에 평화롭게 누워 있는 것이 더 낫지. 오래전에 그 집시가 내게 말했던 대로. 터키에서 그랬지.」 그녀는 구름들이 맴돌며 일으킨 경이로운 황금색 거품을 똑바로 올려다보았다. 다음 순간, 그 안에서 길이 나타났고, 붉은 먼지구름 사이에서 바위가 많은 사막을 한 줄로 지나가는 낙타들이 보였다. 낙타들이 지나가자 깊은 협곡에 아주 높고 뾰족한 바위 봉우리로 에워싸인 산들만 남았다. 그녀는 고갯길에 염소의 종소리가 울려 퍼진다고 상상했고, 양 떼 우리에 붓꽃과 용담이 피어 있는 들판이 펼쳐졌다. 그렇게 하늘이 달라졌고, 그녀의 눈길이 서서히 내려와 이윽고 비에 젖은 시커먼 땅에 이르러 사우스다운스의 둥근 언덕을 보았다. 완만한 구릉이 해안을 따라 파도처럼 흐르고 있었다. 땅이 갈라진 곳에 바다가 있었다. 배들이 지나다니는 바다였다. 저 멀리 바다에서 발사된 대포 소리가 들린 것 같아 처음에는 〈저건 무적함대야〉라고 생각했다가, 〈아니, 넬슨[48]이야〉라고 생각했다. 그러다가 그 전쟁들은 이미 오래전에 끝났고 저 배들은 분주히 오가는 상선이라는 것을 기억해 냈다. 구불구불한 강에 떠 있는 돛들은 유람선의 돛이었다. 그녀는 또 어두운 들판에 점점이 박혀 있는 가축들, 양과 암소들을 보았고, 농가의 창문 여기

48 Horatio Nelson(1758~1805). 영국의 제독.

저기에서 비치는 불빛들, 목동과 소 치는 사람이 가축들을 돌보느라 움직이는 등불들을 보았다. 그러더니 불빛들이 사라졌고, 별들이 솟아나 하늘에서 뒤엉켰다. 사실 그녀는 젖은 깃털을 얼굴에 붙이고 귀를 땅에 댄 채 잠에 빠져들고 있었는데, 그때 내면 깊은 곳에서 모루를 두드리는 망치 소리가 들려왔다. 아니, 심장의 박동이었나? 틱탁 틱탁. 이렇게 모루인지 아니면 땅속 심장을 망치로 치거나 두들기는 소리였다. 그녀는 귀를 기울이며 그것이 속보로 걷는 말발굽 소리로 바뀌었다고 생각했다. 하나, 둘, 셋, 넷, 그녀는 세었다. 그다음에는 휘청거리는 소리가 들려왔다. 그러고는 그것이 점점 가까이 다가오면서, 잔가지가 쪼개지고 말발굽이 늪지에 빨려드는 소리가 들려왔다. 말이 그녀를 거의 덮칠 정도로 가까워졌다. 그녀는 똑바로 일어나 앉았다. 노란색 줄이 길게 그어진 새벽하늘을 배경으로 시커멓게 솟아오른 말 위에 탄 남자가 보였다. 물떼새들이 그의 주위에서 오르내리고 있었다. 그는 깜짝 놀랐다. 말이 멈추었다.

「마담!」 남자가 말에서 뛰어내리며 소리쳤다. 「다치셨군요!」

「난 죽었어요!」 그녀가 대답했다.

몇 분 후에 그들은 약혼했다.

다음 날 아침 식탁에 앉았을 때 그는 자기 이름을 알려 주었다. 그는 향사(鄕士) 마마듀크 본스롭 셸머다인이었다.

「그럴 줄 알았어요!」 그녀가 말했다. 그에게는 어딘지 모

르게 낭만적이고, 기사답고, 열정적이고, 우울하고, 그러면
서도 단호한 구석이 있어서 그 거칠고 검은 깃털로 장식된
이름과 잘 어울렸다. 그녀의 마음속에서 그 이름은 까마귀
날개의 강청색 광택과 까악까악거리는 거친 웃음소리, 은빛
연못에 뱀처럼 구불구불 떨어지는 깃털, 그리고 곧이어 묘사
하게 될 수천 가지 것들을 갖고 있었다.

「내 이름은 올랜도예요.」그녀가 말했다. 그는 이미 짐작했
노라고 대답했다. 돛을 활짝 펼치고 햇빛을 받으며 당당하게
남쪽 바다에서부터 지중해를 가로질러 미끄러지듯 다가오는
배를 보면 사람들은 당장 〈올랜도〉라고 소리치기 때문이라
고 그는 설명했다.

사실 두 사람이 알게 된 시간은 아주 짧았지만, 그들은 연
인들이 늘 그렇듯 서로에 관해 조금이라도 중요한 것은 전부
다 기껏해야 2초면 짐작했다. 이제 남은 것은 이름이 무엇인
지, 어디에 살고 있는지, 가난뱅이인지 아니면 재력가인지와
같은 그리 중요하지 않은 사항을 채워 넣는 일뿐이었다. 그
는 헤브리디스 제도[49]에 성을 갖고 있지만 폐허가 되었다고
말했다. 갈매기 같은 새들이 그 성의 연회장에서 향연을 벌
였다. 그는 군인이었고, 선원이었고, 동양을 탐험했다. 지금
은 펠머스[50]에 있는 그의 쌍돛대 범선으로 돌아가는 길이었
다. 그러나 바람이 멎었으므로 남서쪽에서 돌풍이 일어야만
출항할 수 있었다. 올랜도는 서둘러 아침 식당 창문을 통해

49 스코틀랜드 서쪽에 있는 섬들.
50 잉글랜드 서남부의 콘월주에 있는 항구 도시.

풍향계에 꽂힌 도금된 표범을 바라보았다. 다행히 그것의 꼬리는 정동향을 가리켰고, 바위처럼 흔들림이 없었다. 「아! 셸, 날 두고 떠나지 말아요!」 그녀가 소리쳤다. 「난 당신을 열렬히 사랑해요.」 그녀가 말했다. 그 말이 그녀의 입에서 나온 순간, 강렬한 의혹이 두 사람의 마음에 동시에 밀려들었다.

「당신은 여자군요, 셸!」 그녀가 외쳤다.

「당신은 남자군요, 올랜도!」 그가 외쳤다.

세상이 시작된 이래로 이때처럼 격렬한 항의와 설명이 이어진 광경은 다시없었을 것이다. 그것이 끝나고 다시 자리에 앉자, 그녀가 그에게 물었다. 이 남서풍에 대한 얘기는 뭔가요? 당신은 어디로 떠나는 건가요?

「혼곶(串)으로.」 그는 간단히 대답하고는 얼굴을 붉혔다(남자도 여자처럼 얼굴을 붉히곤 하는데, 다만 조금 다른 일로 그런다). 그녀는 그에게 상당한 압박을 가함으로써, 그리고 직관력을 많이 동원함으로써, 그가 더없이 필사적이고 근사한 모험을 하면서 인생을 보냈다는 것을 알게 되었다. 그 모험이란 돌풍에 맞서 혼곶을 돌아 항해하는 것이었다. 돛대들이 부러져 나가고, 돛들은 리본처럼 찢어졌다(그녀는 그에게서 이런 자백을 어렵게 끌어냈다). 때로 배가 침몰하기도 했고, 그는 유일한 생존자로 비스킷 하나밖에 없이 뗏목을 타고 표류하기도 했다.

「요즘 사람이 할 수 있는 건 그것밖에 없어요.」 그는 멋쩍어하며 이렇게 말하고는 딸기 잼을 듬뿍 떠서 먹었다. 그리하여 돛대가 부러지고 별들이 빙빙 도는 가운데 고함을 질러 대며

이 밧줄을 잘라 배를 표류시키라거나 저것을 배 밖으로 내던
지라는 짧은 명령을 내리고, 다른 한편으로는 무척 좋아하는
박하사탕을 빨아 먹는 이 소년(그는 소년에 지나지 않았으므
로)의 모습을 떠올리자, 그녀의 눈에 눈물이 고였다. 예전의
그 어떤 눈물보다도 더 섬세한 정취를 풍기는 눈물이라는 것
을 그녀는 알아차렸다. 〈나는 여자야.〉 그녀는 생각했다. 〈마
침내 진짜 여자가 되었어.〉 그녀는 뜻밖에 이 희귀한 기쁨을
안겨 준 본스롭에게 마음속 깊이 고마워했다. 그녀가 왼쪽 다
리를 절지 않았더라면 그의 무릎에 올라앉았을 것이다.

「셀, 내 사랑.」 그녀가 다시 말을 꺼냈다. 「나에게 말해 줘
요…….」 그래서 그들은 두 시간 남짓 대화를 나눴는데, 혼곶
에 대한 이야기일 수도 있고 아닐 수도 있다. 실로 그들이 나
눈 얘기를 써내려 가봐야 얻는 바가 거의 없을 것이다. 그들
은 서로를 너무 잘 알았으므로 무슨 이야기든 할 수 있었다.
이것은 곧 그들이 아무 말도 하지 않았거나, 혹은 오믈렛을
만드는 방법이나 런던에서 최고급 구두를 살 수 있는 가게
같은 시시하고 평범한 주제로 대화를 나눴다는 말이나 마찬
가지다. 그런 이야기들은 그 배경에서 떼어 낼 때 아무 광채
도 없지만 그 배경 속에서는 분명 놀랍도록 아름다운 광채를
발한다. 왜냐하면 자연의 현명한 절약 정신 덕분에, 우리 현
대인들은 언어를 거의 쓰지 않아도 괜찮게 되었기 때문이다.
그 어떤 표현으로도 충분하지 않기 때문에, 가장 평범한 표
현으로도 충분하다. 그러므로 가장 일상적인 대화가 종종 가
장 시적인 대화가 되기도 하고, 가장 시적인 대화는 바로 글

로 적어 둘 수 없는 대화이다. 이런 까닭에 우리는 여기에 큰 공백을 남기려 하는데, 이 공간이 충만하게 채워졌음을 보여 주는 것으로 간주되어야 한다.

며칠 후 이런 이야기가 더 이어졌다.

「올랜도, 내 사랑.」 셸이 말을 꺼냈을 때 밖에서 발을 끄는 소리가 들리더니, 집사 배스킷이 들어와 순경 두 사람이 여왕의 위임장을 가지고 아래층에 와 있다고 알려 주었다.

「그들을 올려 보내게.」 셸머다인이 자기 배의 선미 갑판에 서 있는 양 짧게 말하고는 습관적으로 뒷짐을 진 채 벽난로 앞에 자리 잡고 섰다. 허리춤에 경찰봉을 매단 암녹색 제복 차림의 경관 두 명이 방으로 들어와서는 차렷 자세를 취했다. 의례적인 절차가 끝나자 그들은 자기들의 임무에 따라 올랜 도의 손에 법적 문서를 건네주었다. 봉투에 붙은 봉인용 밀 랍과 리본, 선언문, 서명 등 가장 중요한 것들을 보건대 매우 인상적인 서류였다.

올랜도는 그것을 쭉 훑어보았다. 그러고는 그 문제에 가장 밀접한 관련이 있는 다음과 같은 사항을 오른손 집게손가락 으로 가리키며 소리 내어 읽었다.

「소송은 종결되었음.」 그녀는 큰 소리로 읽었다. 「어떤 부분은 내게 유리하게, 가령…… 다른 것은 그렇지 않고. 터키에서의 결혼은 무효화됨(〈나는 콘스탄티노플 대사였어요, 셸.〉 그녀가 설명했다). 자녀들은 사생아로 선고됨(내가 스페인 댄서인 페피타에게서 세 아들을 두었다고 하더군요). 따라서 그들은 유산을 상속받지 못하고, 이건 전부 잘된 일이지요. 성? 아! 성은 어떻게 되었지? 내 성은…….」 그녀가 조금 엄숙하게 소리 내어 읽었다. 「이론의 여지 없이, 일말의 의혹도 없이(내가 조금 전에 당신에게 뭐라고 했어요, 셸?) 여성으로 선고됨. 이제 가압류가 해제된 장원은 영구히 세습되고, 피고의 몸에서 태어난 남자 상속인에게 첨부되고 한사상속(限嗣相續)된다. 만일 결혼의 불이행 시에는…….」 그러나 이 부분에서 그녀는 장황한 법률 용어에 짜증이 나서 말했다. 「하지만 결혼의 불이행은 절대 없을 테고 상속인이 없는 일도 없을 테니, 나머지는 다 아는 것으로 간주하겠어.」 그러고 나서 그녀는 파머스턴 경의 서명 밑에 자기 이름을 써넣었고, 이 순간부터 자신의 작위와 저택, 장원을 누구의 방해도 받지 않고 소유하게 되었다. 소송 비용이 어마어마해서 그녀의 자산이 이제 많이 줄어들었으므로, 그녀는 다시 높은 귀족이 되었지만 몹시 가난해졌다.

소송 사건 결과가 알려지자(풍문은 그것을 대체한 전보보다 더 빨리 날아갔다) 온 마을이 기뻐했다.

[오로지 말들을 외출시켜 줄 목적으로 마차에 붙들어 맨 텅 빈 4인승 마차와 랜도 마차들이 끊임없이 하이 스트리트

를 터덜터덜 오르내렸다. 〈황소〉 쪽에서 청원서를 낭독했고, 〈수사슴〉 쪽에서는 답변서를 낭독했다. 온 마을에 환하게 조명이 밝혀졌다. 황금 장식함은 유리 상자 속에 안전하게 밀폐되었다. 동전들은 돌 아래 적절히 안전하게 밀어 두었다. 병원들이 설립되었다. 랫 앤드 스패로 클럽이 창설되었다. 터키여자의 모형 수십 개가 시장에서 불태워졌고, 더불어 〈나는 비열한 거짓말쟁이〉라는 딱지를 입에 붙여 늘어뜨린 소작농 아들의 인형 수십 개도 화형에 처해졌다. 오래지 않아 여왕의 크림색 조랑말이 올랜도에게 바로 그날 밤 궁궐에 와서 정찬을 함께하고 하룻밤 자고 가라는 지시문을 갖고 가로수 길을 총총걸음으로 올라왔다. 예전에도 한 번 그랬듯이 R 공작 부인, 레이디 Q, 레이디 파머스턴, P 후작 부인, W. E. 글래드스턴 부인과 다른 사람들이 그녀와의 즐거운 교류를 간청하고 그들의 가문과 그녀 가문 사이의 오래된 친분을 상기시키며 보낸 초대장으로 올랜도의 식탁이 하얗게 뒤덮였다.] 여기서 이 내용을 대괄호로 적절히 둘러싼 이유는, 그것이 올랜도의 삶에서 조금도 중요하지 않은 삽입구에 불과하다는 타당한 이유 때문이다. 올랜도는 그 부분을 건너뛰고 본문으로 나아갔다. 시장에서 모닥불이 활활 타오르고 있을 때 그녀는 셀머다인과 단둘이 어두운 숲속을 거닐었다. 너무나 청명한 날이라서 나무들은 그들 머리 위로 가만히 가지를 내밀었다. 이파리 하나가 떨어질 때면, 붉은색, 금색으로 알록달록한 그 이파리가 너무도 천천히 떨어지는 바람에 올랜도의 발 위에서 결국 안식을 얻을 때까지 펄럭이며 떨어지는 것을 30분간 지켜볼 수 있었다.

「말해 줘요, 마.」그녀는 말했다(그런데 여기서 그녀가 그를 이름의 첫 음절로 부를 때는 몽상적이고, 다정다감하고, 순응적인 기분이고, 가정적이고, 방향제 나무가 탈 때처럼 약간 나른한 상태라는 것을 설명해야겠다. 해 질 녘이지만 아직 옷 갈아입을 시간은 되지 않았고, 밖에는 나뭇잎들을 반짝이게 할 만큼 비가 내렸지만, 그래도 진달래꽃 덤불에서는 나이팅게일이 노래하고, 멀리 있는 농가에선 개 두세 마리가 짖어 대고, 수탉이 울고 있으리라 — 이 모든 것을 독자는 그녀의 목소리에서 상상해야 한다).「혼곳에 대해 말해 줘요, 마.」그녀는 말했다. 그러면 셀머다인은 잔가지들과 낙엽과 속이 빈 달팽이 껍데기 한두 개를 가지고 땅 위에 혼의 모형을 작게 만들었다.

「여기가 북쪽이에요.」그는 말했다.「저기가 남쪽이고. 바람은 이 근방에서 불어와요. 이제 범선이 정서향으로 항해하고 있어요. 우리는 방금 꼭대기 하활에 달린 돛을 낮췄어요. 그래서 보시다시피 여기, 풀이 조금 난 곳에서 배가 여기 표시된 해류로 들어서요 — 내 지도와 나침반이 어디 있지, 갑판 장교? 아! 고마워요, 그거면 되겠어요. 이 달팽이 껍데기가 있는 곳이죠. 해류가 배의 우현 쪽을 급습하면 우리는 이물 제2사장(斜檣)을 장착해야 해요. 그러지 않으면 왼쪽 뱃전으로 끌려갈 테니까. 너도밤나무 이파리가 있는 곳이 거기예요. 당신은 이해할 테니까, 내 사랑 —」이렇게 그는 말을 이어 갔고, 그녀는 귀를 기울여 한 단어도 놓치지 않고 올바로 해석했다. 다시 말해서 그녀는, 그가 말하지 않아도 파도 위에 서린 푸른 인광을 보았고, 돛대 밧줄에 매달려 쨍그랑거리는 고드름을 보았다. 그가 돌풍이 몰아치는 가운데 돛대 꼭대기에 올라가서 인간의 운명에 대해 숙고하고, 다시 내려오고, 소다수 넣은 위스키를 마시고, 뭍으로 올라가고, 어떤 흑인 여자의 함정에 빠지고, 후회하고, 논리적으로 설명하고, 파스칼을 읽고, 철학서를 쓰기로 결심하고, 원숭이 한 마리를 사고, 인생의 진정한 목적에 대해 토론하고, 혼곶으로 가기로 결정한 것 등등을 보았다. 그가 들려준 이 모든 것과 수천 가지 다른 것도 이해했다. 그래서 비스킷이 다 떨어졌다고 그가 말했을 때 그녀가 〈그래요, 흑인 여자들은 매혹적이죠, 그렇지 않아요?〉라고 대답하자, 그는 자기 말의 의미를 그녀가 너무도 잘 이해했기에 놀라고 즐거워했다.

「당신이 남자가 아니라고 확신해요?」 그는 걱정스럽다는 듯 이렇게 묻곤 했고, 그녀는 되풀이해서 말하곤 했다.

「당신이 여자가 아닌 게 정말인가요?」 그러면 그들은 이러니저러니 말할 것 없이 그것을 시험해 보아야 했다. 서로 상대의 신속한 공감에 몹시 놀랐기 때문이다. 그리고 여자가 남자처럼 관대하고 솔직하게 터놓고 말할 수 있다는 것과 남자가 여자처럼 불가사의하고 신비스러울 수 있다는 것은 두 사람에게 뜻밖의 사실이었으므로, 그들은 당장 그 문제를 입증해야 했다.

그래서 그들은 계속 이야기했고, 아니, 그보다는 계속 이해해 나갔다. 생각에 비해 그것을 표현하는 단어가 나날이

빈약해지고 있는 시대에 이해력은 대화의 중요한 기술이 되었다. 언어의 빈곤 때문에 〈비스킷이 다 떨어졌다〉는 말은, 버클리 주교의 철학서를 열 번째 읽고 나면, 어둠 속에서 흑인 여자에게 키스했다는 뜻을 의미하게 된다(이런 까닭에 가장 심오한 문체의 대가들만 진실을 말할 수 있다는 결론이 나온다. 그러니 단순하게 한 음절로 쓰는 작가를 만나면, 그 가여운 사람이 거짓말하고 있다고 한 치의 의심도 없이 단정할 수 있다).

그렇게 그들은 얘기를 나누곤 했다. 그러다 알록달록한 가을 낙엽이 그녀의 발 위에 수북이 쌓이면 올랜도는 일어서서 본스롭이 거기 달팽이 껍데기들 사이에 앉아 혼곳의 모형을 만들도록 내버려 두고, 혼자 숲속 한가운데로 어슬렁어슬렁 걸어가며 〈본스롭, 난 가요〉라고 말하곤 했다. 그를 두 번째 이름 〈본스롭〉으로 부를 때면, 그녀가 고적한 기분에 빠져들어 자기들 두 사람을 사막의 작은 모래 알갱이처럼 느끼며 오로지 홀로 맞는 죽음을 갈망했다는 것을 독자에게 알려 줘야겠다. 사람들은 매일 죽어 가므로, 저녁 식탁에 앉아 죽기도 하고 이처럼 야외의 가을 숲속에서도 죽는다. 모닥불이 활활 타오르고 있고, 레이디 파머스턴이나 레이디 더비가 매일 밤 그녀에게 정찬 초대를 하는데도 그녀는 죽음에 대한 갈망에 압도되었다. 그러므로 〈본스롭〉이라고 부를 때 실제로는 〈나는 죽었어요〉라는 뜻이었고, 어떤 영혼이 유령처럼 희끄무레한 너도밤나무 숲을 헤치고 나아가듯이 길을 헤치고 나아갔다. 마치 소음과 움직임의 명멸하는 작은 빛이 꺼져 버려 이제 자유롭게 자신의 길을 택하려는 듯이, 그녀는 고독 속으로 깊이 노를 저어 갔다 — 이 모든 것을 독자는 〈본스롭〉이라고 부를 때 그녀의 목소리에서 들어야 한다. 또한 그 말의 의미를 더 잘 밝히기 위해서, 그에게도 그 동일한 단어가 신비롭게도 헤어짐과 고립, 헤아릴 수 없이 깊은 바다에서 육신을 떠난 존재가 자기 범선의 갑판을 서성이는 것을 뜻했다고 덧붙여야겠다.

이렇게 죽음이 몇 시간 지속된 후에 갑자기 어치 한 마리가 〈셸머다인!〉이라고 악을 썼다. 그녀는 몸을 굽혀 어떤 사람에게는 바로 그 단어를 뜻하는 가을 크로커스 한 송이를 꺾어, 너도밤나무 숲 사이로 푸른빛을 내며 굴러떨어진 어치 깃털과 함께 가슴에 꽂았다. 그러고 나선 소리쳤다. 「셸머다인.」 그 소리는 숲속에서 이리저리 튀어 나가, 풀밭에서 달팽이 껍데기로 모형을 만들며 앉아 있던 그에게 가서 부딪혔다. 그는 그녀를 보았고, 크로커스와 어치 깃털을 가슴에 달고 다가오는 그녀의 발소리를 들었고, 〈올랜도!〉라고 외쳤다. 그 말은(파란색과 노란색처럼 밝은 색깔들이 우리의 눈에서 혼합될 때 그 가운데 어떤 것은 우리의 생각을 물들인다는 사실을 기억해야 한다) 우선 무언가 뚫고 나가는 듯 휘어지고 흔들리는 고사리를 뜻했는데, 그것은 돛을 활짝 펼치고 약간 꿈꾸듯이 들썩거리며 흔들리는 배라는 것이 드러났다. 그 배는 1년 내내 이어지는 여름날에 항해를 해야 하는 듯이 이쪽으로 들썩이고 저쪽으로 들썩이며 당당하고 느긋하게 나아가고, 이 파도의 물마루에 올라타고 저 파도의 골에 내

7. 마마듀크 본스롭 셀머다인

려앉으며, 그러다 갑자기 모든 돛을 펄럭이면서 (조가비처럼 작은 보트에서 그 배를 올려다보는) 당신 위에 우뚝 선다. 그러고는 보라, 돛들이 무더기로 갑판에 떨어져 내린다 — 올랜도가 지금 그의 옆 풀밭에 쓰러지듯이.

이렇게 여드레인가 아흐레가 지났다. 그리고 열흘째 되는 날, 10월 26일에 올랜도는 고사리 덤불 속에 누워 있고 셸머다인은 셸리의 시를(그는 모든 시편을 암기하고 있었다) 암송하고 있을 때, 나무 우듬지에서 아주 천천히 떨어지기 시작한 이파리가 갑자기 올랜도의 발을 폴짝 넘어갔다. 두 번째 이파리가 그 뒤를 이었고, 세 번째 이파리도 그랬다. 올랜도는 몸을 부르르 떨었고 얼굴이 창백해졌다. 바람이었다. 셸머다인이 — 하지만 지금은 본스롭이라고 부르는 편이 더 적절하겠다 — 벌떡 일어섰다.

「바람!」 그가 소리쳤다.

그들은 함께 숲속을 달렸다. 달리는 그들의 몸에 바람이 나뭇잎들을 붙여 놓았다. 그들은 큰 안뜰로, 거기를 지나 작은 안뜰로 달려갔고, 놀란 하인들이 빗자루와 냄비를 내버려 두고 뒤따르는 가운데 마침내 예배당에 이르렀다. 그곳에서 신속하게 여기저기 불을 밝히면서 누군가는 나무 의자를 넘어뜨렸고, 다른 누군가는 불붙이개를 불어 껐다. 종이 울렸다. 사람들을 부르러 보냈다. 마침내 더퍼 씨가 흰 넥타이의 끝을 붙잡고 서서 기도서가 어디 있는지 물었다. 사람들이 메리 여왕의 기도서를 건네주자, 그는 황급히 낱장을 펄럭이고 넘기면서 말했다. 「마마듀크 본스롭 셸머다인, 그리고 레이디 올랜도, 무릎을 꿇으세요.」두 사람은 무릎을 꿇었다. 채색된 창문을 통해 빛과 그림자가 허겁지겁 날아 들어와 그들의 얼굴은 환히 빛났다가 어두워졌다. 수많은 문들이 탕탕거리고 놋쇠 냄비 부딪치는 소리가 들리는 가운데 오르간이 울렸고, 우르르 울리는 오르간 소리는 번갈아 가며 커졌다가 작아졌다. 몹시 늙은 더퍼 씨가 그 요란한 소음보다 더 큰 소리를 내려고 애썼지만 그의 목소리는 들리지 않았다. 그런데 한순간 사방이 고요해졌고, 한 구절이 — 아마 〈죽음의 손아귀〉였을 것이다 — 또렷이 울려 퍼졌다. 그동안 장원의 모든 하인들은 갈퀴와 채찍을 손에 든 채 몰려들어 귀를 기울였고, 누군가는 노래를 불렀고 다른 이들은 기도했다. 새 한 마리가 판유리에 부딪히기도 하고 천둥소리가 울리기도 해서, 그 누구도 순종하라는 말은 듣지 못했고, 손에서 손으로 건네진 반지를 금빛 광채 말고는 보지 못했다. 오르간이 우렁차게 울리고 번개가 치고 비가 쏟아지는 가운데 그들은 일어섰다. 레이디 올랜도는 손가락에 반지를 낀 채 얇은 드레스 차림으로 안뜰까지 나가서, 남편이 말에 오르도록 흔들리는 등자를 붙잡아 주었다. 재갈을 물리고 굴레를 씌운 그 말은 아직도 옆구리에 비지땀을 흘리고 있었다. 그는 단번에 올라탔고, 말은 앞으로 달려 나갔다. 올랜도는 거기 서서 소리쳤다. 마마듀크 본스롭 셸머다인! 그가 대답했다. 올랜도! 이렇게 외치는 소리가 종탑들 사이에서 야생 매처럼 함께 돌진하며 빙빙 돌았고, 더 높이, 더 멀리, 더 빨리 돌다가 마침내 부서졌고, 파편이 빗줄기처럼 쏟아졌다. 그녀는 안으로 들어갔다.

제6장

올랜도는 집 안으로 들어갔다. 아주 조용했다. 더없이 고요했다. 저기 잉크병이 있고, 저기 펜이 있었다. 또 저기엔 영원성을 칭송하다 중단된 그녀의 시 원고가 있었다. 그녀가 아무것도 변하지 않는다고 쓰려 했을 때, 배스킷과 바살러뮤가 차 도구를 들고 들어와 방해했다. 그러고 나서 3초 반 만에 모든 게 변했던 것이다 ─ 그녀는 발목이 부러졌고, 사랑에 빠졌고, 셸머다인과 결혼했다.

그것을 입증할 결혼반지가 그녀의 손가락에 끼여 있었다. 사실 그 반지는 셸머다인을 만나기 전에 자신이 직접 손가락에 낀 것이었지만, 그것은 쓸데없는 정도가 아니라 더 고약한 짓이었음이 드러났다. 그녀는 이제 반지가 손가락 마디를 넘어 빠지지 않게 조심하면서 미신적인 존중심을 품고 반지를 빙글빙글 돌렸다.

「결혼반지는 왼손 약지에 껴야 해.」 그녀는 배운 것을 신중하게 되풀이하는 아이처럼 말했다. 「반지가 조금이라도 소용 있으려면.」

그녀는 이처럼 소리를 내서, 평소보다 더 젠체하는 말투로, 마치 누군가에게 칭찬받고 싶고 자기 말을 엿듣기를 바라는 듯이 말했다. 실로, 이제 마침내 생각을 가다듬을 수 있게 되었으므로 그녀는 자신의 행위가 시대정신에 미칠 영향을 고려하게 되었다. 그녀는 자신이 셸머다인과 약혼하고 결혼한 행위가 시대정신의 승인을 받을지 무척 알고 싶었다. 그녀의 몸은 분명 아주 말짱한 상태였다. 손가락은 황야에서의 그날 밤 이후로 한 번도 쑤시지 않았고 통증이라고 일컬을 만한 것도 없었다. 하지만 일말의 의혹이 남아 있음은 부정할 수 없었다. 그녀는 결혼했고, 그것은 사실이었다. 그러나 남편이 언제나 혼곶 주위를 항해하고 있다면 그것이 결혼일까? 그를 좋아한다면 그것이 결혼일까? 다른 사람을 좋아한다면 그것이 결혼일까? 마지막으로, 여전히 시작(詩作)을 이 세상 무엇보다도 원한다면 그것이 결혼일까? 그녀는 의혹을 품었다.

하지만 그 문제를 시험해 볼 것이다. 그녀는 반지를 보았다. 잉크병을 보았다. 감히 할 수 있을까? 아니, 엄두가 나지 않았다. 그러나 해야 한다. 아니, 할 수 없었다. 그러면 무엇을 해야 할까? 가능하면 졸도를 해볼까? 그러나 그녀는 평생 지금보다 더 건강하게 느낀 적이 없었다.

「제기랄!」 예전의 기분이 돌아와서 그녀는 소리쳤다. 「자, 시작한다!」

그녀는 펜을 잉크병에 깊이 쑤셔 박았다. 하지만 놀랍게도 폭발은 일어나지 않았다. 그녀는 펜촉을 끌어냈다. 그것은 젖어 있었지만 잉크 방울은 떨어지지 않았다. 그녀는 썼다. 글이 나오는 데 조금 오래 걸렸지만 결국 나왔다. 아, 그런데 의미가 통하는 말일까? 그녀는 의아했고, 펜이 제멋대로 다시 장난을 칠까 봐 공포가 밀려왔다. 그녀는 읽었다.

그리고 나는 들판에 갔지,
싹터 오르는 풀이 늘어진 백합 꽃받침에 가려 칙칙한 곳,
음울하고 이국적으로 보이는 뱀 모양의 꽃,
칙칙한 자줏빛 스카프를 둘렀지, 이집트 아가씨들처럼 —[51]

이렇게 써가면서 그녀는 어떤 힘이(지금 우리는 인간 정신의 모호하기 그지없는 발현을 다루고 있음을 기억하라) 어깨너머로 읽고 있다가, 그녀가 〈이집트 아가씨들〉이라고 썼을 때 멈추라고 말하는 것을 느꼈다. 〈풀〉은 괜찮아. 그 힘은 가정 교사가 사용하는 줄자를 들고 첫 부분으로 돌아가며 말하는 것 같았다. 〈늘어진 백합 꽃받침〉은 경탄스럽고, 〈뱀 모양의 꽃〉은 숙녀의 펜에서 나오기에는 좀 과격한 표현이기는 하지만 아마 워즈워스는 의심할 바 없이 인정해 주었을 거야. 그러나…… 〈아가씨들〉? 〈아가씨들〉을 넣을 필요가 있을까? 당신 남편은 혼곳에 있다고 했지? 아, 그렇다면 그걸로 됐어.
이렇게 시대정신은 판정을 내렸다.
올랜도는 마음속으로(이 모든 일이 마음에서 일어났으므로) 그 시대정신에 깊이 고개 숙여 절했는데 — 중요한 일을

51 비타 색빌웨스트의 수상작 『대지』(1926)에서 인용된 부분.

하찮은 것에 빗대어 보자면 — 자기 여행 가방 한구석에 들어 있는 시가 한 다발 때문에 초조해하던 여행객이 가방 뚜껑에 흰 백묵으로 친절하게 휘갈겨 써준 세관원에게 깊이 고개 숙이는 것과 같았다. 만일 시대정신이 그녀의 마음속 내용물을 주의 깊게 검토한다면 고가의 밀수품을 찾아내서 최고 벌금을 물리지 않을지 그녀는 몹시 불안했던 것이다. 그녀는 간신히 빠져나왔다. 그녀는 시대정신에 교묘하게 경의를 표함으로써, 반지를 끼고 황야에서 한 남자를 찾음으로써, 자연을 사랑하고 풍자가나 냉소가 혹은 신러하자 — 당장 적발될 물품을 갖고 있는 사람 — 가 되지 않음으로써 가까스로 그 시험을 통과할 수 있었다. 그래서 그녀는 실로 마땅히 그래야 하듯이 깊은 안도의 숨을 내쉬었다. 작가와 시대정신 간의 거래는 한없이 미묘한 것이고, 작품의 운명은 전적으로 그 둘 사이의 까다로운 타협에 달려 있기 때문이다. 그 문제가 이렇게 정리되었으므로 올랜도는 무척 행복했다. 자기 시대와 싸울 필요도 없고, 복종할 필요도 없었다. 그녀는 그 시대의 산물이면서도 그녀 자신이었다. 그러므로 이제 그녀는 글을 쓸 수 있었고, 글을 썼다. 그녀는 쓰고, 쓰고, 또 썼다.

이제 11월이었다. 11월이 지나면 12월이 된다. 그다음에는 1월, 2월, 3월, 4월이 온다. 4월이 지나면 5월, 6월, 7월, 8월이 이어진다. 그다음은 9월이다. 그러고 나서 10월인데, 보라, 11월이 다시 돌아왔고 꼬박 1년이 지났다.

이런 식으로 전기를 저술하는 것은 나름의 장점이 있기는 하지만 내용이 약간 부실하므로, 우리가 만일 계속 이런 식으로 써나간다면 독자는 달력쯤은 자기가 혼자서 쭉 읽어 갈 수 있다고 불평하면서, 그러니 호가스 출판사[52]가 이 책의 적정 가격으로 얼마를 책정하든 간에 그 돈이 자기 주머니에서 빠져나가지 못하게 하겠노라고 할지도 모른다. 그러나 주인공이 지금 올랜도가 우리를 빠뜨린 곤경에 전기 작가를 밀어 넣을 때 그가 무엇을 할 수 있겠는가? 소설가나 전기 작가에게 적합한 단 하나의 주제는 인생이라고, 경청할 만한 의견을 가진 사람들은 모두 동의했다. 인생이란 의자에 가만히 앉아서 생각하는 것과는 전혀 무관하다고 그 동일한 권위자들은 판단했다. 생각과 인생은 정반대나 마찬가지다. 따라서 — 올랜도가 지금 하고 있는 일은 바로 의자에 앉아 생각하는 것이므로 — 그녀가 생각을 끝낼 때까지 전기 작가가 할 수 있는 일이라곤 그저 달력을 읽어 내려가고, 묵주를 세고, 코를 풀고, 난롯불을 쑤석이고, 창밖을 내다보는 것뿐이다. 올랜도가 너무 고요히 앉아 있었기에 핀이 떨어지는 소리도 들릴 정도였다. 정말로 핀이라도 떨어졌다면 좋았을 것을! 그것도 일종의 인생이었을 텐데. 혹은 나비 한 마리가 파닥이며 창문으로 들어와 그녀의 의자에 앉았더라면 그것에 대해 쓸 수 있을 텐데. 아니면 그녀가 일어나서 말벌을 한 마리 죽였더라면. 그러면 우리는 당장 펜을 꺼내 들고 써내려 갔을 텐데. 비록 말벌의 피에 불과하더라도 유혈 사태이니까. 피가 난무한 곳에 인생이 있다. 말벌을 죽이는 것은 인간을 죽이는 것에 비

52 울프가 남편 레너드 울프와 함께 설립하고 운영한 작은 출판사.

해 지극히 사소한 일일지라도, 소설가나 전기 작가에게는 이처럼 그저 부질없는 공상에 빠지고, 이처럼 생각에 잠기고, 이처럼 하루가 지나고 또 하루가 와도 담배와 종이 한 장과 펜과 잉크병을 놓고 의자에 앉아 있는 것보다는 더 바람직한 주제였다. 주인공이 그들의 전기 작가를 좀 더 배려해 주면 좋을 텐데! 이렇게 우리는 (인내심의 한계에 이르고 있으므로) 불평할 수 있다. 우리가 그토록 많은 시간과 노고를 아낌없이 쏟아부은 주인공이 우리의 손아귀를 완전히 빠져나가서 제멋대로 행동하는 것을 —— 그녀가 한숨을 쉬다가 숨을 헐떡이고, 얼굴을 붉혔다가 파랗게 질리고, 눈이 등불처럼 환히 빛나다가 새벽처럼 초췌해지는 것을 보라 —— 지켜보는 것처럼 짜증스러운 일이 어디 있을까? 우리 눈앞에서 벌어지고 있는 이 감정과 흥분의 무언극을 일으키는 것 —— 사고와 상상력 —— 이 하나도 중요하지 않다는 것을 알고 있으면서도 바라봐야 하는 것보다 더 굴욕적인 일이 있을까?

그러나 올랜도는 여자였다 —— 파머스턴 경이 바로 얼마 전에 그 사실을 입증했다. 우리가 한 여자의 생애를 기술할 때는 행동에 대한 요구를 포기하고 그 대신 사랑으로 대치할 수 있다는 것에 대해선 일반적으로 이의가 없다. 사랑은 여자의 존재 그 자체라고 어느 시인[53]이 말했다. 탁자에서 글을 쓰고 있는 올랜도를 잠시 바라보면, 그 소명에 그녀만큼 적합한 여자는 없다는 것을 인정하게 된다. 그녀는 분명 여자

53 바이런의 「돈 후안」에 나오는 시행, 〈남자의 사랑은 남자의 인생과 별개의 것이지 / 그것은 여자의 존재 그 자체〉에 대한 언급.

이고, 아름다운 여자이며, 인생의 전성기에 있는 여자이므로, 머지않아 글을 쓰고 사색에 잠긴다는 가식을 떨쳐 버리고 적어도 어떤 사냥터지기에 대한 생각에 잠기기 시작할 것이다 (남자에 대해 생각하는 한, 여자가 생각에 잠기는 것을 반대할 사람은 없다). 그러고 나서 그녀는 그에게 짧은 편지를 써 보낼 테고(그녀가 편지를 쓰는 한, 누구도 여자가 글을 쓰는 데 반대하지 않는다) 일요일 해 질 녘에 은밀히 만나기로 약속할 것이며, 이윽고 일요일 해 질 녘이 될 것이다. 그 사냥터지기는 창문 밑에서 휘파람을 불 것이다 — 이런 것이야말로 인생을 이루는 가장 중요한 요소이고 소설의 유일한 소재다. 분명 올랜도는 이 중 한 가지를 했겠지? 하지만 슬프게도, 한없이 유감스럽게도, 올랜도는 이런 일을 하나도 하지 않았다. 그렇다면 올랜도는 사랑을 하지 못하는 사악한 괴물이라고 여겨야 할까? 그녀는 개들에게 다정했고, 친구들에게 충실했고, 굶주리는 시인 열두 명에게는 너그러운 아량 그 자체였고, 시에 대한 열정을 갖고 있었다. 그러나 사랑은, 남성 소설가들이 정의하는 사랑은 — 그런데 결국 그들보다 더 권위 있게 말하는 사람이 어디 있는가? — 다정함이나 충실함, 너그러움 혹은 시와 아무 관련도 없었다. 사랑은 속치마를 벗어 내리는 것이고, 그리고…… 하지만 사랑이 무엇인지는 우리 모두 알고 있다. 올랜도가 그런 일을 했던가? 진실을 따르자면 우리는 이렇게 말할 수밖에 없다. 아니, 그녀는 조금도 하지 않았다고. 그렇다면 전기의 주인공이 사랑도 하지 않고, 뭔가를 죽이지도 않고, 오로지 생각하고 상상할 뿐이라면,

우리는 그 주인공이 시체나 다름없다는 결론을 내리고 그녀를 떠날 수밖에 없다.

이제 우리에게 남은 유일한 것은 창밖을 내다보는 일뿐이다. 제비들이 있고, 찌르레기가 있고, 많은 비둘기와 까마귀한두 마리가 있다. 모두들 제 나름대로 무언가에 몰두하고있다. 어떤 것은 벌레를 찾고, 다른 것은 달팽이를 찾는다. 어떤 것은 퍼덕거리며 나뭇가지로 날아가고, 다른 것은 잔디밭에서 조금씩 뛰어다닌다. 그때 어떤 하인이 녹색 베이즈 앞치마를 두른 채 안뜰을 가로지른다. 아마 그는 식품 저장실의 어떤 하녀와 은밀한 관계를 맺고 있을지 모르지만, 눈에보이는 증거가 없으므로 우리는 그저 최선을 바라며 내버려둘 수밖에 없다. 얇거나 두터운 구름이 지나가면서 그 아래잔디밭 색깔이 약간 탁해졌다. 해시계는 평소처럼 아리송하게 시간을 가리킨다. 우리의 마음은 인생에 대한 한두 가지질문을 한가하게, 헛되이 던지기 시작한다. 인생, 그것은 노래한다. 아니, 인생은 벽난로 시렁에 올려놓은 주전자처럼흥얼거린다. 인생아, 인생아, 그대는 무엇인가? 빛인가 어둠인가, 하급 하인의 베이즈 앞치마인가 아니면 풀밭에 드리워진 찌르레기의 그림자인가?

그러면 이 여름날 아침에, 만물이 자두꽃과 꿀벌을 흠모하고 있을 때, 계속 탐구해 보기로 하자. 웅얼거리고 우물거리면서 찌르레기(종달새보다 더 붙임성 있는 새이므로)에게물어보기로 하자. 쓰레기통 가장자리에 앉아 허드렛일하는하녀의 머리칼을 나뭇가지들 사이에서 골라내며 무슨 생각

을 하는지. 인생이 무엇이냐고 우리는 농장 대문에 기대서서
묻는다. 인생, 인생, 인생! 찌르레기가 외친다. 마치 우리의
말을 알아들은 것처럼, 다음에 무슨 말을 써야 할지 모르는
작가들이 늘 그러듯, 안팎에서 질문을 해대고 살짝 엿보고
데이지 꽃을 따면서 성가시게 캐묻는 이 습관이 무슨 의미가
있는지를 정확히 안다는 듯이. 그럴 때면 저들이 여기 와서
인생이 무엇이냐고 내게 묻는 거야, 라고 새가 말한다. 인생,
인생, 인생!

그러면 우리는 야생화가 만발한 황야를 터벅터벅 걸어 검
붉고 푸르고 짙은 자줏빛이 어우러진 언덕의 높은 등성이에
올라 털썩 몸을 던지고는 거기 누워 몽상에 빠지고, 작은 구
멍 속의 자기 집으로 지푸라기를 운반하는 메뚜기 한 마리를
본다. 메뚜기는 (메뚜기의 쓱싹쓱싹 소리에 그토록 성스럽고
다정한 이름을 붙여 줄 수 있다면) 말한다. 인생은 노동이야.
혹은 먼지에 막힌 식도에서 나오는 붕붕 소리를 우리는 그렇
게 해석한다. 개미가 동의하고, 꿀벌도 동의한다. 그런데 우
리가 여기에 오래 누워 있다가, 저녁이 되어야 나타나 색깔
이 흐릿해진 야생화 벨 헤더 사이에서 살금살금 움직이는 나
방에게 묻는다면, 나방은 몰아치는 눈 폭풍 속에서 떨리는
전신선의 거칠고 무의미한 소리를 우리의 귀에 대고 속삭일
것이다. 히히, 하하. 웃어라, 웃어라! 나방이 말한다.

그렇다면 인간과 새와 벌레에게 물어보았고, 수년간 녹색
동굴에 홀로 살면서 물고기의 말을 들어 보려 했던 사람들의
얘기로는 물고기는 결코, 절대로 말을 하지 않으므로(그래서

어쩌면 인생이 무엇인지 알고 있을지 모르지만), 모두에게 물어보았어도 우리는 조금도 현명해지지 않았고 다만 더 늙고 냉담해졌을 뿐이라서(한때 우리는 이것이야말로 인생의 의미라고 맹세할 수 있을 뭔가 단단하고 매우 희귀한 것을 책 속에 간직할 수 있기를 기도하지 않았던가?) 이제 되돌아가서 인생이 무엇인지 알려 주기를 이제나저제나 하며 기다리는 독자에게 솔직히 터놓고 말해야 한다 ─ 아아, 우리는 모릅니다.

이 순간, 이 책을 소멸의 위기에서 구해 줄 시간에 딱 맞춰, 올랜도가 의자를 뒤로 밀었고 팔을 쭉 뻗어 펜을 내려놓고는 창가에 가서 소리쳤다. 「끝났어!」

그녀는 이제 눈에 와닿은 특이한 광경 때문에 바닥에 쓰러질 뻔했다. 정원이 있고, 새들이 있었다. 세상은 평소와 다름없이 굴러가고 있었다. 그녀가 글을 쓰고 있던 동안에도 세상은 내내 변함없이 흘러가고 있었던 것이다.

「내가 죽어도 세상은 전혀 달라지지 않겠지!」 그녀가 소리쳤다.

이 감정이 너무도 강렬하게 밀려와서, 그녀는 해체되는 자기 몸도 상상할 수 있었다. 실제로 쓰러질 듯 현기증이 났을 것이다. 그녀는 아름답고 무심한 풍경을 멍하니 응시하며 잠시 서 있었다. 이윽고 그녀가 정신을 차렸을 때, 희한한 일이 벌어졌다. 그녀의 가슴 위에서 쉬고 있던 원고가 마치 살아 있는 생물인 양 이리저리 움직이며 꿈틀거리기 시작했다. 더욱 기이하게도, 그것은 매우 섬세한 공감이 그들 사이에 작용한다는 것을 보여 주었다. 올랜도는 고개를 숙이자 그것이 말하려는 바가 무엇인지 이해할 수 있었다. 그 원고는 사람들에게 읽히기를 원했다. 그것은 읽혀야 한다. 읽히지 않으면 그녀의 가슴속에서 죽을 것이다. 난생처음으로 그녀는 단호하게 자연에서 돌아섰다. 그녀의 주위에는 사슴 사냥개와 장미 덤불이 널려 있었다. 그러나 사슴 사냥개와 장미 덤불은 읽을 줄 모른다. 그것이야말로 신의 애석한 과오라는 생각이 예전에는 그녀의 뇌리를 스친 적이 없었다. 인간만이 그런 재능을 받았다. 인간이 필요했다. 그녀는 벨을 눌렀다. 당장 런던에 갈 수 있도록 마차를 대기시키라고 지시했다.

「11시 45분 기차를 타기에 딱 맞는 시간입니다, 마님.」 배스킷이 말했다. 올랜도는 증기 기관차의 발명[54]을 아직 알지 못하고 있었다. 자신은 아니지만 자신에게 전적으로 의존하는 한 존재의 고통에 너무나 몰입되어 있었던 것이다. 그래서 그녀는 난생처음으로 기차를 보았고, 객차에 들어가 자리에 앉았고, 무릎을 덮개로 감싸면서도 〈지난 20년간 (역사가들의 말로는) 유럽의 얼굴을 완전히 바꾸어 놓은 그 엄청난 발명〉(실은 역사가들의 생각보다 더 빈번하게 일어나는데)에 대해서는 단 한 번도 생각하지 않았다. 다만 기차가 몹시 지저분하고 지독히도 덜컹거리며 창문이 열리지 않는다는 것을 알아차렸을 뿐이다. 생각에 잠긴 그녀는 빠르게 달린 기차 덕분에 한 시간도 지나지 않아 런던에 도착했고, 어디

54 증기 기관이 기차에 처음 사용된 것은 1830년대였다.

로 가야 할지 몰라 채링크로스 역의 플랫폼에 서 있었다.

　18세기에 그녀가 그 많은 즐거운 날들을 보냈던 블랙프라이어스의 옛 저택은 구세군과 우산 공장에 나뉘어 팔린 뒤였다. 그녀는 위생적이고 편리하며 상류 사회의 중심에 있는 메이페어에 다른 주택을 구입했다. 그런데 메이페어에서 그녀의 시는 욕망을 풀어놓을 수 있을까? 맙소사! 그녀는 귀족 부인들의 반짝이는 눈과 귀족들의 균형 잡힌 다리를 떠올리며 그들은 책을 읽는 습관이 없다고 생각했다. 그들이 독서를 좋아한다면 한없이 유감스러운 일일 테니까. 게다가 레이디 R의 사교 모임이 있었다. 거기에서는 똑같은 이야기가 계속되고 있으리라는 것을 그녀는 믿어 의심하지 않았다. 아마 통풍이 장군의 왼쪽 다리에서 오른쪽 다리로 옮겨 갔을 것이다. L 씨는 T가 아니라 R와 열흘간 함께 지냈을 것이다. 그러고 나서 포프 씨가 들어올 것이다. 아! 그런데 포프 씨는 이미 죽었다. 지금의 재사들은 어떤 사람들일지 궁금했다 — 하지만 그것은 짐꾼에게 물어볼 수 있는 질문이 아니어서 그녀는 계속 걸음을 옮겼다. 이제 수많은 말들의 머리에 매달린 수많은 종이 딸랑거리는 소리에 귓속이 어수선했다. 바퀴가 달린 아주 기이하고 작은 상자들이 줄지어 인도 옆에 서 있었다. 그녀는 걸음을 옮겨 스트랜드 스트리트에 들어섰다. 그곳의 소음은 더 고약했다. 순종 말이나 짐마차 말이 끄는 온갖 크기의 마차들이 노부인 한 명을 실었거나 아니면 실크 모자를 쓰고 턱수염이 난 남자들을 꼭대기까지 가득 태운 채 뗄 수 없을 정도로 뒤엉켜 있었다. 오랫동안 크고 평범한 종이의 모양새에 익숙해 있던 그녀의 눈에는 마차와 수레, 합승 마차들이 서로 무섭게 싸우고 있는 것처럼 보였다. 오랫동안 펜 긁는 소리에 익숙해 있던 그녀의 귀에 거리의 소음은 난폭하고 무시무시한 불협화음으로 들렸다. 인도는 빈틈하나 없이 혼잡했다. 인파의 흐름이 사람들의 몸과 휘청거리며 느릿느릿 움직이는 마차들 사이를 믿지 못할 정도로 민첩하게 요리조리 빠져나가고 들어오면서 끊임없이 동쪽으로 서쪽으로 흘러갔다. 보도 가장자리에 서 있던 남자들은 장난감이 든 쟁반을 내밀면서 고함을 질렀다. 모퉁이에서는 여자들이 봄꽃이 가득한 큰 바구니 옆에 앉아 소리를 질렀다. 인쇄된 신문을 겨드랑이에 끼고 말들의 콧잔등 앞으로 뛰어다니는 소년들도 고함을 질렀다. 큰일 났어요! 큰일 났어요! 처음에 올랜도는 국가적인 위기 순간을 맞닥뜨린 모양이라고 생각했다. 그것이 다행스러운 일인지 비극적인 일인지 알 수 없어서 그녀는 걱정스럽게 사람들의 얼굴을 쳐다보았다. 그러나 더욱 어리둥절해졌다. 여기 절망에 빠진 한 남자가 지나가면서 끔찍한 슬픔을 겪은 듯이 혼자 중얼거렸다. 그를 팔꿈치로 밀치고 지나간 쾌활한 얼굴의 뚱뚱한 사람은 온 세상에 축제가 열린 듯이 어깨로 헤치고 나아갔다. 무슨 일인지 도무지 영문을 알 수 없다고 그녀는 결론지었다. 남자나 여자나 모두 자기 일에 열중하고 있었다. 그런데 그녀는 어디로 가야 할까?

그녀는 아무 생각 없이 걸음을 옮기다가 어느 거리를 따라 올라가고 다른 거리를 따라 내려오며 핸드백과 거울, 실내복,

꽃, 낚싯대, 도시락 바구니가 포개져 진열되어 있는 큰 창문들을 지났다. 두껍거나 얇은 온갖 색깔과 무늬의 천들이 고리에 묶이고 꽃 줄처럼 이어져서 풍선처럼 사방팔방에 휘날렸다. 때로 그녀는 차분한 주택들이 늘어선 거리를 지나갔다. 수수하게 〈1번〉, 〈2번〉, 〈3번〉으로 붙은 번지수가 2백인지 3백까지 이어진 그 집들은 각각 서로의 완벽한 모사품이었다. 두 개의 기둥과 여섯 개의 계단이 있고, 커튼 한 쌍이 말끔히 내려져 있고, 가족의 점심 식사가 식탁에 차려져 있으며, 어느 창문에서는 앵무새가 밖을 내다보고 다른 창문에서는 남자 하인이 내다보았다. 단조롭게 이어진 집들의 풍경에 그녀는 현기증을 느꼈다. 그다음에는 탁 트인 넓은 광장에 이르렀다. 중앙에는 단추를 꼭 채운 뚱뚱한 남자들의 검은 동상들이 번쩍이며 서 있고, 군마들이 활보하며, 기념비가 솟아 있고, 분수에서 물이 떨어지며, 비둘기들이 파닥였다. 이렇게 집들 사이의 보도를 따라 걷고 또 걷다 보니 몹시 시장기가 느껴졌다. 그녀의 가슴 위에서 무언가가 들썩이며 그것을 망각한 그녀를 질책했다. 그녀의 원고 「참나무」였다.

그녀는 그것을 소홀히 한 자신의 태만에 당황한 나머지 서 있던 곳에서 걸음을 딱 멈추었다. 마차가 한 대도 보이지 않았다. 널찍하고 멋진 거리가 희한하게도 텅 비어 있었다. 다만 연로한 신사 한 명이 다가오고 있었다. 그의 걸음걸이가 어딘지 모르게 어렴풋이 익숙한 느낌을 주었다. 조금씩 가까워지는 그를 보며 그녀는 과거의 언제인가 그와 만난 적이 있다고 확신했다. 그런데 어디서 만났을까? 지팡이를 들고 꽃을 단춧구멍에 꽂고 불그레하고 포동포동한 얼굴에 흰 콧수염을 빗으로 다듬은 남자, 이렇게 말끔하고 퉁퉁하며 유복해 보이는 신사가 과연 그 사람일 수 있을까? 그래, 아이코, 맞아! 그녀의 아주 오랜 친구 닉 그린이었다!

동시에 그가 그녀를 보았고, 그녀를 기억했고, 그녀를 알아보았다. 「레이디 올랜도!」 그가 실크 모자를 들어 먼지가 일 정도로 휘두르며 소리쳤다.

「니컬러스 경!」 그녀가 외쳤다. 그의 몸가짐을 보니, 엘리자베스 여왕 시절에 그녀와 많은 사람들을 풍자했던 그 독설적인 삼류 작가가 이제는 출세해서 훈작사가 되었음이 분명했고, 의심할 바 없이 덤으로 멋진 직위도 수십 가지 얻었으리라고 직관적으로 감지했던 것이다.

다시 고개 숙여 절하며 그는 그녀의 짐작이 옳았음을 인정했다. 그는 훈작사가 되었고, 문학 박사였고, 교수였다. 20권의 저서를 발간한 저자였다. 간단히 말해서, 그는 빅토리아 시대의 가장 영향력 있는 비평가였다.

아주 오래전에 자신에게 그토록 큰 고뇌를 일으켰던 남자를 만나자 그녀의 감정은 격렬하게 요동쳤다. 이 사람이 담뱃불로 그녀의 카펫을 태워 구멍 내고, 이탈리아식 벽난로에서 치즈를 굽고, 열흘 중 아흐레는 동이 틀 때까지 말로와 다른 작가들에 대해 그토록 재미있는 이야기를 들려주던 그 성가시고 안절부절못하던 사람일 수 있을까? 그는 지금 회색 모닝 정장을 말쑥하게 차려입고, 단춧구멍에 분홍색 꽃을 꽂았으며, 옷에 어울리는 회색 스웨이드 가죽 장갑을 끼고 있었다. 그런데 그녀가 놀라워하는 사이에 그는 또다시 고개 숙여 절하더니, 함께 점심 식사를 할 수 있으면 영광이겠다고 말했다. 여기서 절을 한 것은 조금 지나쳤지만, 예의 바른 몸가짐을 모방한 것은 칭찬할 만했다. 그녀는 어리둥절한 마음으로 그를 따라 고급 음식점에 들어섰다. 사방에 붉은 플러시 천이 깔려 있고 흰 식탁보 위에 은제 양념 통이 놓인 그 식당은 예전에 모래 깔린 바닥에 나무 의자, 펀치 사발과 지저분한 변기, 신문지나 타구가 널려 있던 선술집이나 커피 하우스와는 천양지차였다. 그는 장갑을 잘 펴서 옆 탁자에 놓았다. 그녀는 그가 바로 그 남자라는 것을 여전히 믿을 수 없었다. 예전에는 1인치 정도로 길었던 그의 손톱은 깨끗하게 깎여 있었다. 검은 수염이 돋았던 그의 턱은 면도로 밀어 반반했다. 다 해진 리넨 셔츠의 소맷자락이 수프에 빠지곤 했었는데 지금은 황금 커프스단추가 달려 있었다. 실은 그가 신중하게 포도주를 주문했을 때에야 비로소 오래전 맘지 포도주에 대한 그의 취향을 떠올리며 그가 같은 사람이라는 것을 실감할 수 있었다. 「아!」 그는 한숨을 쉬었는데, 그렇지만 무척 편안해 보였다. 「아! 친애하는 마담, 문학의 위대한 시대는 끝났어요. 말로, 셰익스피어, 벤 존슨 ─ 이들이 거인이 었지요. 드라이든, 포프, 애디슨 ─ 이들이 영웅이었어요. 지금은 모두, 모두 다 죽었어요. 그런데 그들이 우리에게 누구를 남겨 주었나요? 테니슨, 브라우닝, 칼라일!」[55] 그의 목소리

55 세 인물 모두 빅토리아 시대 문학의 거장이다. 앨프리드 테니슨Alfred Tennyson(1809~1892)과 로버트 브라우닝Robert Browning(1812~1889)

에는 어마어마한 경멸이 담겨 있었다. 「실은 말입니다……」
그는 스스로 포도주를 한 잔 따르며 말했다. 「우리의 젊은 작
가들은 모두 서적상에게 빚을 지고 있어요. 그들은 양복쟁이
의 청구서를 갚는 데 도움이 된다면 어떤 쓰레기든 만들어
내지요. 이 시대의 특징은……」 그는 전채 요리를 먹으며 말
했다. 「괴팍스러운 기교와 무모한 실험입니다 — 엘리자베
스 시대 사람들은 한순간도 참아 주지 않았을 것이지요.」

「아뇨, 친애하는 마담.」 그는 웨이터가 그의 승낙을 받기
위해 보여 준 넙치 그라탱을 허락하고 넘겨주며 말을 이었
다. 「위대한 시대는 끝났어요. 우리는 타락한 시대에 살고 있
는 겁니다. 우리는 과거를 소중히 간직해야 하고, 고대 작가
들을 모델로 삼아 글을 쓰는 작가들을 — 아직 몇 명은 남아
있거든요 — 존중해야 합니다. 급료를 위해서가 아니라 바
로……」 이 부분에서 올랜도는 〈글로르를 위해서!〉라고 소
리칠 뻔했다. 실로 그녀는 그가 3백 년 전에도 똑같은 말을
한 것을 들었다고 맹세할 수 있었다. 물론 그가 언급한 이름
들은 달라졌지만 그의 마음은 동일했다. 닉 그린은 전혀 변
하지 않았다. 훈작사 작위를 받았음에도 불구하고. 하지만
어떤 변화가 있는 것은 분명했다. 그가 애디슨을 모델로 삼
아(과거에는 키케로였지, 라고 그녀는 생각했다) 펜을 종이
에 대기 전에 아침마다 침대에 누워(자신이 분기마다 지급
해 준 연금 덕분에 그가 그렇게 할 수 있었다고 그녀는 자랑

은 19세기의 대표적 시인이고, 토머스 칼라일Thomas Carlyle(1795~1881)
은 영향력이 큰 평론가이자 사상가이다.

스럽게 생각했다) 적어도 한 시간은 최고 작가들의 최고 작품들을 혀 위에 굴림으로써 현대의 천박함과 개탄스러운 모국어를(그가 미국에서 오래 살았을 거라고 그녀는 믿었다) 정화해야 한다고 말을 이어 가는 동안, 그가 3백 년 전에 쉴 새 없이 얘기를 늘어놓았던 것과 똑같은 방식으로 말을 이어 가는 동안, 그렇다면 그가 어떻게 달라진 것일까, 라고 그녀는 틈을 내어 자문했다. 그는 통통해졌다. 하지만 일흔에 가까운 나이였다. 그의 얼굴에는 윤기가 돌았다. 문학 연구가 번창하는 업종인 것은 분명했다. 그런데 어쩐지 예전의 안절부절못하고 불안해하던 활기가 보이지 않았다. 그의 이야기는 실로 재치가 있었지만, 이제는 그리 허물없고 편안하게 느껴지지 않았다. 그가 〈내 가까운 친구 포프〉나 〈내 너그러운 친구 애디슨〉을 2초마다 한 번씩 언급한 것은 사실이지만, 점잖은 분위기가 그를 감싸서 짓눌렀다. 그는 예전처럼 시인들에 관한 스캔들을 들려주기보다는, 오히려 그녀의 친척들이 어떤 말을 하고 어떤 행동을 했는지를 그녀에게 알려주는 것이 더 좋은 모양이었다.

왠지 모르게 올랜도는 실망했다. 그녀는 이 오랜 세월 동안(그녀의 은둔 생활과 신분, 그녀의 성이 그 핑곗거리가 되겠지만) 문학이란 바람처럼 거칠고, 불처럼 뜨겁고, 번개처럼 신속한 것이라고, 정도에서 벗어나 예측할 수 없고 돌연히 나타나는 것이라고 생각해 왔다. 그런데 보라, 문학은 공작 부인에 대한 이야기나 늘어놓는 회색 정장 차림의 노신사였던 것이다. 그녀가 너무도 맹렬한 환멸을 느꼈기에 드레스

윗부분을 채운 고리인지 단추가 떨어져 나갔고, 그러면서 「참나무」 원고가 탁자에 떨어졌다.

「원고로군요!」 니컬러스 경이 금테 코안경을 쓰며 말했다. 「매우 흥미롭군요. 대단히 흥미로워요! 한번 읽어 보게 해주세요!」 그래서 약 3백 년의 시차를 두고 니컬러스 그린은 다시 올랜도의 원고를 집어 커피 잔과 술잔들 사이에 내려놓고는 읽기 시작했다. 그러나 지금 그가 내린 판단은 과거와 판이하게 달랐다. 페이지를 넘기면서 그는 이 시가 애디슨의 「카토」를 연상시킨다고 말했다. 톰슨의 「사계절」과 비교해 볼 때 양호했다. 현대 정신의 흔적이 전혀 보이지 않는다고 말하면서 다행스러워했다. 진실과 자연, 그리고 인간의 가슴이 명하는 바를 심사숙고함으로써 태어난 시이고, 그것은 실로 무원칙한 기벽이 넘쳐 나는 시절에 매우 찾아보기 어려운 자질이다. 이 시는, 물론, 당장 출판되어야 한다.

사실 올랜도는 그의 말뜻을 알아듣지 못했다. 그녀는 드레스의 가슴 부분에 늘 그 원고를 품고 다녔다고 말했다. 그러자 니컬러스 경은 상당히 재미있어 했다.

「그런데 로열티는 어떻게 할까요?」 그가 물었다.

올랜도의 마음은 즉시 버킹엄 궁전과 거기 머물렀던 거무스름한 군주들을 떠올렸다.[56]

니컬러스 경은 무척 즐거워했다. 자신이 모 씨들에게(이 부분에서 그는 유명한 출판사를 언급했다) 한 줄 써 보내면, 그들이 기꺼이 이 책을 그들의 출판 목록에 올릴 거라는 뜻

56 로열티royalty 는 왕족과 인세 두 가지 의미를 갖고 있다.

이었다고 설명했다. 아마도 2천 부까지는 권당 10퍼센트로, 그 이상은 15퍼센트로 로열티를 조정할 수 있을 것이다. 비평가들에 대해 말하자면, 가장 영향력 있는 모 씨에게 자신이 직접 한 줄 써 보내겠다. 그런 다음 모 출판사 편집장의 아내에게 의례적인 인사를 — 말하자면 그녀의 시에 대한 약간 부풀린 칭찬을 — 보내면 결코 해롭지 않을 것이다. 그는 찾아갈 생각이다……. 이렇게 그는 쉴 새 없이 말을 이었다. 올랜도는 이런 말을 전혀 이해하지 못했고, 과거에 경험한 바가 있기 때문에 그의 선의를 전적으로 신뢰하지는 않았다. 그러나 그가 바라는 쪽으로, 그리고 시 자체의 열렬한 욕구에, 순응하는 수밖에 없었다. 그래서 니컬러스 경은 피에 젖은 꾸러미를 말끔하게 싸고 그의 코트 모양새가 망가지지 않도록 판판하게 펴서 가슴 주머니에 넣었다. 그리고 서로 여러 차례 인사를 나눈 뒤 헤어졌다.

올랜도는 거리를 따라 올라갔다. 이제 그 시가 사라지고 나니 — 원고를 품고 다니던 가슴이 텅 빈 듯했다 — 그녀는 마음 내키는 대로 생각하는 것 말고는 할 일이 없었다 — 인간 운명의 예사롭지 않은 우연에 대해 생각할 수 있으리라. 그녀는 지금 세인트 제임스 스트리트에 있었다. 기혼 여성으로서 손가락에 반지를 끼고 있었다. 과거에 커피 하우스가 있던 곳에 지금은 레스토랑이 있었다. 햇살이 빛나고 비둘기 세 마리와 잡종 테리어 한 마리, 이륜마차 두 대와 4인승 랜도 마차가 있었다. 그렇다면 인생이란 무엇일까? 이 생각이 맹렬하게, 느닷없이(늙은 그린이 왠지 그 생각을 불러일으킨게 아니라면) 떠올랐다. 어떤 생각이 불쑥 맹렬하게 떠오를 때마다 그녀는 곧장 가까이 있는 전신국에 가서 남편에게 전보를 보냈는데, 이런 사실을 바탕으로 독자들은 그녀와 남편 (혼곶에 있는)의 관계에 대해 생각하기에 따라 부정적으로나 호의적으로 논평할 수 있겠다. 〈세상에나, 셸.〉 그녀는 전문을 써내려 갔다. 〈인생 문학 그린 오늘……〉 이 부분에서 그녀는 더없이 복잡한 마음의 전체 상태를 전신국 직원이 전혀 알아채지 못하게 한두 단어로 전달할 수 있도록 두 사람이 만들었던 암호를 끼워 넣었다. 그렇게 덧붙인 〈라티간 글럼포부Rattigan Glum-phoboo〉라는 단어는 마음 상태를 정확하게 요약했다. 오전에 일어난 사건이 그녀에게 깊은 인상을 주었을 뿐 아니라, 올랜도가 성장하고 있으며 — 그것이 꼭 더 나아졌다는 말은 아니다 — 〈라티간 글럼포부〉가 매우 복잡한 심적 상태를 나타냈다는 것은 — 그 의미에 대해서는 독자가 머리를 짜내서 생각해 보면 스스로 알아낼 것이다 — 독자의 주의를 끌지 않을 수 없을 것이다.

전보에 대한 답장은 몇 시간 내로 받을 수 없었다. 실로, 혼곶에 돌풍이 불어 그녀의 남편이 돛대 꼭대기에 올라가 있거나, 다 망가진 활대를 잘라 내거나, 혹은 비스킷만 갖고 홀로 보트에 타서 표류하고 있을지도 모른다고 그녀는 상층 구름이 재빨리 흘러가는 하늘을 흘끗 쳐다보며 생각했다. 그래서 그녀는 전신국을 나온 후 마음을 달래려고 옆 가게에 들어섰다. 우리 시대에는 너무 흔한 가게라서 묘사할 필요도 없지만, 그녀의 눈에는 아주 신기하게 보였다. 책을 파는 가게였다. 긴 생애를 살아 오면서 그녀는 주로 원고를 보아 왔다. 스펜서가 작고 읽기 힘든 필체로 쓴 거친 갈색 종이 원고도 직접 들고 보았었다. 셰익스피어와 밀턴의 원고도 본 적이 있었다. 사실 그녀는 4절판과 2절판 원고를 꽤 많이 소장하고 있었는데, 그녀를 칭송하는 소네트도 종종 끼어 있었고 때로 머리칼 한 타래도 들어 있었다. 그러나 선명한 글씨에, 모양이 동일하고, 판지로 제본되고 얇은 종이에 인쇄되었기에 단명할 수밖에 없는 이 무수한 작은 책들은 그녀를 한없이 놀리게 했다. 반 크라운에 살 수 있고 주머니에 넣을 수도 있는 셰익스피어 전집이 있었다. 활자가 너무 작아서 거의 읽을 수 없었지만 그럼에도 불구하고 그것은 놀라운 책이었다. 작품들 — 그녀가 직접 보았거나 들어 본 적이 있던 작가들의 작품과 그 밖의 더 많은 책들이 긴 선반들의 이쪽 끝에서 저쪽 끝까지 늘어서 있었다. 탁자들과 의자마다 더 많은 〈작품들〉이 쌓여 뒹굴었다. 그녀는 한두 장 넘기다가 이것들이 종종 다른 작품에 대한 작품이라는 것을 알았다. 니컬러스 경과 수십 명의 다른 저자들이 저술한 책인데, 잘 알지는 못하지만, 그 책들이 인쇄되고 제본된 것을 보니 그들도 대단히 위대한 작가들인 모양이라고 그녀는 생각했다. 그래서 서점 주인에게 그 서점에서 조금이라도 중요한 책은 모두 보내 달라는 놀라운 주문을 하고는 그곳을 나왔다.

그녀는 오래전부터 알았던 하이드 파크에 들어섰다(저기 갈라진 나무 밑으로 해밀턴 공작이 모훈 경의 칼에 찔려 떨어졌던 사건을 그녀는 기억했다). 그녀의 입술이 전보에 쓴 단어들을 무의미한 가락에 맞춰 웅얼거리기 시작했는데, 이런 일은 대개 그녀의 입술 탓이었다. 「인생, 문학, 그린, 오늘, 라티간 글럼포부.」 그 바람에 공원 관리인 몇 명이 그녀를 의심스럽게 쳐다보았고, 그녀가 걸고 있는 진주 목걸이를 보고서야 그녀가 제정신이라고 호의적으로 판단했다. 그녀는 서점에서 신문과 비평지를 한 아름 안고 왔는데, 이윽고 어느 나무 밑에 털썩 주저앉아 그 신문들을 주위에 펼쳐 놓은 뒤 팔꿈치를 괴고는 이 대가들이 발휘한 창작의 고귀한 기술을 이해하려고 최선을 다해 애썼다. 쉽사리 잘 믿는 예전의 성향이 아직도 그녀의 내면에 살아 있던 탓에, 주간 신문의 흐릿해진 활자도 그녀의 눈에는 성스럽게 보였던 것이다. 그래서 그녀는 팔꿈치를 괴고 엎드려 예전에 알았던 시인 존 던의 전집에 관한 니컬러스 경의 논문을 읽었다. 그런데 그녀가 자기도 모르게 자리 잡은 곳은 서펀타인 연못에서 멀지 않았다. 1천 마리의 개 짖는 소리가 그녀의 귀에 울렸다. 마차 바퀴들이 끊임없이 질주하며 주위를 빙빙 돌았다. 머리 위에서는 나뭇잎들이 한숨을 쉬었다. 이따금 편직 스커트와 꼭 끼는 진홍색 바지가 그녀에게서 몇 걸음 떨어지지 않은 곳에서 풀밭을 가로질렀다. 한번은 신문지 위에 큰 고무공이 날아와 튀었다. 보라색, 오렌지색, 붉은색, 푸른색이 나뭇잎들의 작은 틈새로 쏟아져 내려와, 그녀의 손가락에 끼워진 에메랄드 반지에서 반짝였다. 그녀는 한 문장을 읽고 하늘을 올려다보았다. 하늘을 올려다보고는 다시 신문을 내려다보았다. 인생? 문학? 인생에서 문학이 태어난다고? 하지만 얼마나 지독히 어려운 일일까! 왜냐하면 ─ 그 순간 꼭 끼는 진홍색 바지가 지나갔다 ─ 애디슨은 인생을 어떻게 표현했을까? 개 두 마리가 뒷다리로 서서 춤을 추며 다가왔다. 램[57]은 인생을 어떻게 묘사했을까? 왜냐하면 니컬러스 경과 그의 친구들의 글을 읽으면서(그녀는 주위를 돌아보며 간간이 읽었는데) 왠지 어떤 인상을 받게 되었는데 ─ 이 부분에서 그녀는 자리에서 일어나 서성였다 ─ 그들이 우리로 하여금 느끼게 하는 것은 ─ 그것은 대단히 불편한 느낌이었는데 ─ 결코, 절대로, 자신이 생각하는 바를 말해서는 안 된다는 것이었다(그녀는 서펀타인 연못의 둑 위에 섰다. 청동색 물이 흘렀다. 거미처럼 가느다란 보트들이 한쪽 둑에서 다른 쪽으로 스치듯 지나갔다). 그들은 사람이 늘, 언제나 다른 사람들처럼 써야 한다고 느끼게 만들었다고 그녀는 생각을 이어 갔다(그녀의 눈에 눈물이 고였다). 그녀는 발가락으로 작은 보트를 밀면서 생각했다. 정말이지, 난 그렇게 할 수 없어(이때 니컬러스 경의 평론이, 어떤 논문이든 읽고 난 지 10분 후에 그렇듯이, 그의 방, 그의 머리, 그의 고양이, 그의 책상 모양새를 그 평론을 쓴 날의 시간과 함께 그녀의 눈앞에 떠올렸다). 난 그렇게 할 수 없어, 라고 그녀는 그 평론을 이런 관점에서 고려하면서 생각을 이어 갔다. 서재에 앉아, 아니 서재가 아니라 곰팡내 나는 거실에 진종일 앉아서, 귀여운 청년들에게 다른 데 가서 떠벌리면 안 된다고 주의를 주면서 터퍼가 스마일스에 대해 뭐라고 말했는지[58] 따위의 시시한 일화를 들

57 Charles Lamb(1775~1834). 영국의 수필가.

려주는, 그런 일은 할 수 없어. 그녀는 쓰라린 눈물을 흘리며 계속 생각했다. 그들은 전부 너무나 남성적이야. 게다가 나는 공작 부인이 끔찍하게 싫어. 케이크도 좋아하지 않아. 나도 꽤 심술궂기는 하지만 그만큼 심술궂게 굴 수는 없었어. 그러니 내가 어떻게 비평가가 되어 우리 시대 최고의 영어 산문을 쓸 수 있겠어? 빌어먹을! 그녀가 이렇게 소리치며 그 보잘것없는 작은 보트를 너무 격렬하게 밀치는 바람에 그 배는 청동색 물결에 가라앉을 뻔했다.

자, 실은 사람이 어떤 마음 상태(간호사들이 쓰는 표현으로)에 있을 때는 ─ 올랜도의 눈에는 아직도 눈물이 고여 있었다 ─ 그 사람이 바라보는 사물이 그 자체가 아니라 다른 것이 되는데, 그것은 더 크고 더 중요하면서도 동일한 것으로 남는다. 이런 마음 상태에서 서펀타인 연못을 바라보면 그 물결은 곧 대서양의 파도만큼 커지고, 그 장난감 보트는 원양 정기선과 분간할 수 없어진다. 그래서 올랜도는 작은 보트를 자기 남편의 쌍돛대 범선으로 보았고, 자신이 발가락으로 만들어 낸 물결을 혼곶의 산더미 같은 파도로 보았다. 잔물결을 타고 오르는 장난감 보트를 지켜보면서 그녀는 유리벽을 오르고 또 오르는 본스롭의 배를 보았다. 배는 점점 더 높이 올라갔고, 1천 개의 죽음을 품은 흰 물마루가 배 위에 아치처럼 드리워졌다. 배는 1천 개의 죽음 사이로 지나갔

58 마틴 파쿼 터퍼Martin Farquhar Tupper(1810~1889)는 당대 유명한 극작가였고 새뮤얼 스마일스Samuel Smiles(1812~1904)는 자조 철학의 창시자였으며, 이들은 빅토리아 시대 작가들의 특징적인 유형이었다.

고 사라졌다 ─「가라앉았어!」그녀가 고뇌에 찬 소리를 내질렀다 ─ 그런데 보라, 그 배가 대서양 건너편에서 다시 안전하고 온전한 형태로 오리들 사이에서 항해하고 있었다.[59]

「황홀해!」그녀가 소리쳤다. 「황홀해! 우체국이 어디 있지?」그녀는 생각했다. 〈셸에게 당장 전보를 보내서 말해야 하는데…….〉그러고는 〈서펀타인 연못에 떠 있는 장난감 보트〉와 〈황홀해〉를 번갈아 외치며 서둘러 파크 레인으로 향했다. 그 두 가지는 서로 교체될 수 있고, 정확히 동일한 것을 의미했다.

「장난감 보트, 장난감 보트, 장난감 보트.」그녀는 이렇게 계속 되뇜으로써, 중요한 것은 존 던에 대한 닉 그린의 논문도 아니고, 여덟 시간 노동 법안이나 계약 조항이나 공장 법령도 아니라고 스스로에게 강력히 주장했다. 중요한 것은 쓸모없고, 갑작스럽고, 맹렬한 거야. 생명을 바치게 하는 것. 붉은색과 푸른색과 자주색. 정신, 화사한 빛. 저 히아신스(그녀는 아름다운 히아신스 화단을 지나고 있었다) 같은 것. 오염이나 종속, 인류의 오점이나 동족애에서 벗어난 것. 무모하고 우스꽝스러운 나의 히아신스, 즉 내 남편 본스롭 같은 것. 그게 바로 서펀타인 연못의 장난감 보트, 황홀함이야. 중요한 건 황홀함이야. 이렇게 그녀는 소리 내서 말하며 스태너프 게이트에서 마차를 기다렸다. 남편과 함께 살지 않았기에

---

59 울프는 자전적 수필 「과거의 스케치」에서 어린 시절 연못에 장난감 돛단배를 띄웠던 기억을 회고하는데, 이 부분과 유사한 점이 많다. 배가 연못 중간쯤에서 가라앉았는데 여러 달 후에 부초를 건져 내던 사람의 그물에서 그 배를 다시 찾았을 때의 기쁨을 생생하게 묘사하고 있다.

결과적으로 그녀는 바람이 잘 때를 제외하면 파크 레인에서 이렇게 큰 소리로 실없이 중얼거리곤 했다. 빅토리아 여왕이 권고했던 대로 그녀가 1년 내내 남편과 함께 살았더라면 분명 달랐을 것이다. 그러나 그렇지 않다 보니 남편에 대한 생각이 별안간 밀려오곤 했다. 그녀는 그에게 즉시 말해야 한다고 생각했다. 아무리 터무니없는 소리를 하든, 이야기를 아무리 뒤죽박죽으로 만들든 간에 조금도 개의치 않았다. 닉 그린의 논문은 그녀를 깊은 절망에 빠뜨렸다. 장난감 보트는 그녀를 환희의 절정으로 들어 올렸다. 그래서 그녀는 길을 건너려고 기다리면서 〈황홀해, 황홀해!〉라고 되풀이했다.

그러나 그 봄날 오후에는 교통이 혼잡해서, 그녀가 계속 거기에 서서 황홀해, 황홀해, 혹은 서펀타인 연못의 장난감 보트를 되뇌고 있을 때, 영국의 부유한 권력자들은 모자와 외투를 단정하게 차려입고 사두마차와 2인승 사륜마차, 4인승 사륜 포장마차에 조각처럼 앉아 있었다. 마치 황금 강이 응결되어, 굳어 버린 황금 덩어리들이 파크 레인을 가로막고 있는 것 같았다. 숙녀들은 손가락에 명함 통을 끼고 있었고, 신사들은 무릎 사이에 금손잡이가 달린 지팡이를 넘어지지 않게 세워 놓았다. 거기 서서 바라보던 그녀는 경탄과 경외감을 느끼지 않을 수 없었다. 다만 한 가지 생각이 떠올라 그녀의 마음을 어지럽혔다. 그것은 커다란 코끼리나 믿을 수 없이 거대한 고래를 본 사람들이라면 으레 떠올릴 만한 생각으로, 긴장감이나 변화, 활동을 틀림없이 혐오할 저 거대한 짐승들이 어떻게 자기 종족을 번식시킬까 하는 의문이었다.

그 당당하고 평온한 얼굴들을 바라보면서 올랜도는 아마 그들의 번식기가 끝난 모양이라고 생각했다. 이것은 그 결실이고, 이것은 그 완성이다. 그녀가 지금 바라본 것은 한 시대의 승리였다. 뚱뚱한 몸으로 품위 있게 그들은 거기 앉아 있었다. 그런데 이제 경찰이 손을 내렸다. 그 물결이 흘러갔다. 멋진 사물들의 거대한 덩어리가 움직였고, 흩어졌고, 피커딜리로 사라졌다.

그래서 그녀는 파크 레인을 건너 커즌 스트리트에 있는 자기 집으로 갔다. 거기서 메도스위트 꽃이 만발했을 때 마도 요새와 총을 든 아주 늙은 노인을 보았던 기억이 떠올랐다.

자기 집의 문지방을 넘어서다 보니 체스터필드 경이 예전에 했던 말이 기억날 것 같았다 — 하지만 그 기억은 되살아나지 않았다. 보기 좋은 유쾌하고 우아한 몸짓으로 모자를 여기 내려놓고 코트를 저기 내려놓던 체스터필드 경을 볼 수 있었던 그녀의 차분한 18세기 저택은 지금 꾸러미들로 온통 어질러져 있었다. 그녀가 하이드 파크에 앉아 있는 동안 서적상이 그녀가 주문한 책을 배달했기에, 집 안은 회색 종이로 포장되고 깔끔하게 끈으로 묶인 온갖 빅토리아 문학 서적으로 넘쳐 났고, 충계에서 미끄러진 꾸러미들도 있었다. 그녀는 꾸러미를 최대한 많이 자기 방으로 옮겼고, 하인들에게 나머지를 가져오라고 한 뒤 재빨리 끈들을 잘라 내고 이내 수많은 책에 둘러싸였다.

16세기, 17세기, 18세기의 그리 많지 않은 문학 작품에 익

숙했던 그녀는 자신이 주문한 것의 결과를 보고 경악했다. 빅
토리아 시대인들에게 빅토리아 문학이란 제각기 뛰어난 네
명의 위대한 이름[60]을 의미했을 뿐 아니라, 네 명의 위대한 이
름을 가라앉히고 파묻은 수많은 알렉산더 스미스, 딕슨, 블
랙, 밀먼, 버클, 테인, 페인, 터퍼, 제임슨[61]을 뜻했다 — 이 수
많은 작가들은 큰 소리로 떠들썩하게 말해서 눈에 잘 띄었고,
누구 못지않게 큰 관심을 요구했다. 인쇄물에 대한 올랜도의
존경심은 고된 시련을 맞게 되었다. 하지만 메이페어의 높은
집들 사이로 들어오는 빛을 조금이라도 더 받기 위해 창가로
의자를 옮기고 나서 그녀는 어떤 결론에 이르려고 애썼다.

　이제 빅토리아 시대의 문학에 관한 결론에 이르는 데 단 두
가지 방법이 있음이 명백해졌다. 하나는 8절판 책 60권에 걸
쳐 이에 대해 자세히 써내려 가는 것이고, 다른 방법은 이 문
장 길이의 여섯 줄로 압축해서 정리하는 것이다. 이 두 가지
방법 중에서, 우리는 시간이 촉박하므로 효율성을 위해 두 번
째 방법을 선택하기로 한다. 그렇게 나아간다. 그러고 나서
올랜도는 (대여섯 권의 책을 펼쳐 본 뒤에) 귀족에게 헌정된
책이 단 한 권도 없다는 것이 아주 이상하다는 결론에 이르렀

　60　빅토리아 시대의 대표 문인들로는 대개 시인 로버트 브라우닝, 앨프리
드 테니슨, 매슈 아널드, 소설가 찰스 디킨스, 브론테 자매, 조지 엘리엇, 토머
스 하디, 윌리엄 새커리, 비평가 토머스 칼라일 등을 들지만, 여기서 4인이 구
체적으로 누구를 가리키는지는 불확실하다. 울프의 블룸즈버리 그룹 친구였
던 리턴 스트레이치는 풍자적인 전기 『빅토리아 시대의 위인들』(1918)을 썼
는데, 여기서 4인이 다뤄지고 있으므로 이에 대한 장난스러운 언급으로 볼
여지도 있다(그러나 스트레이치 책이 다루는 4인은 문학가들은 아니다).
　61　빅토리아 시대 문학의 팽창을 주도한 이류급 작가들에 대한 언급.

다. 다음으로 (방대하게 쌓인 회고록을 넘겨보며) 이 작가들 중 몇 명의 족보는 자기 가문의 절반에도 미치지 못한다는 것을 알게 되었다. 다음으로는 크리스티나 로세티 양[62]이 차를 마시러 왔을 때 각설탕 집게를 10파운드 지폐로 감싼다면 극히 현명하지 못한 행동이 되리라는[63] 결론에 이르렀다. 다음으로(1백 주년을 기념하는 정찬 초대장이 여섯 개 와 있었다) 문학이 이 모든 정찬을 먹은 후 매우 뚱뚱해졌음이 틀림없다는 것이었다. 다음으로(그녀는 이것이 저것에 미치는 영향에 관한 강연이라든가 고전주의의 부활, 낭만주의의 존속, 그리고 이와 비슷한 매력적인 제목이 붙은 수십 개의 강연에 초대되었다) 이 모든 강연을 들었으므로 문학은 매우 무미건조해졌으리라는 결론이었다. 그다음으로는(여기서 그녀는 어떤 귀족 부인이 베푼 환영 만찬회에 참석했다) 문학이 이런 모피 목도리를 둘렀으므로 매우 점잖을 빼게 되었으리라는 것이었다. 다음으로(여기서 그녀는 첼시에 있는 칼라일의 방음 장치가 된 방을 방문했다) 천재들이 이렇게 스스로를 애지중지할 필요가 있었으니 문학은 매우 까다로워졌음이 분명하다는 것이었다. 이렇게 해서 마침내 그녀는 최종 결론에 이르렀는데, 그것이 가장 중요한 결론이긴 하지만 우리가 한도로 삼은 여섯 줄을 이미 많이 초과했으므로 생략해야겠다.

이런 결론에 이르렀으므로 올랜도는 창밖을 바라보며 꽤

62 Christina Rosseti(1830~1894). 영국의 시인.
63 문인이나 예술가들에 대한 귀족의 후원이 사라진 현상에 대한 암시.

긴 시간을 서 있었다. 누구든 결론을 내고 나면, 마치 공을 네트 너머로 넘겼으므로 눈에 보이지 않는 상대방이 공을 돌려보내기를 기다려야 하는 것 같기 때문이다. 체스터필드 하우스 너머 무색의 하늘에서 이제 무엇을 보낼지 그녀는 궁금했다. 그래서 양손을 꼭 쥐고 상당한 시간을 의아해하며 서 있었다. 갑자기 그녀는 깜짝 놀랐다 ─ 여기서 우리는 예전처럼 〈청순〉과 〈정절〉, 〈정숙〉이 문을 밀고 들어와, 우리가 이제 전기 작가로서 말해야 할 것을 마땅히 고상하게 정리하는 법을 생각해 낼 수 있도록 적어도 숨 돌릴 틈을 제공해 주었으면 하고 바라지 않을 수 없다. 그러나 아니! 예전에 이 숙녀들은 벌거벗은 올랜도에게 자기들의 흰옷을 던져 주었는데, 그것이 몇 인치 옆에 떨어진 것을 보고는 그녀와의 교류를 오랜 세월 포기했고 지금은 다른 곳에 정신을 쏟고 있었다. 그렇다면 이 흐릿한 3월 아침에 이 부정할 수 없는 사건을, 그것이 무슨 일이든 간에, 누그러뜨리고 베일로 가리고 덮어 주고 숨겨 줄 일이 일어나지 않을 것인가? 왜냐하면 갑자기 격렬하게 움찔한 후에 올랜도는 ─ 그러나 고맙게도 바로 이 순간에 거리의 이탈리아인 악사가 뒷골목에서 요즘도 이따금 연주하는, 가느다란 고음의 피리 소리처럼 떨리는 구식 손풍금 소리가 밖에서 울려왔다. 이렇게 끼어든 풍금 소리를 초라하기는 하지만 천상의 음악으로 받아들이고, 헐떡이는 소리와 신음 소리가 들리더라도 그 순간이 올 때까지, 그것이 다가오는 것을 부정할 수 없는 순간까지, 그 풍금 소리로 이 페이지를 채우기로 하자. 그것이 오는 것을 하인도 보았고, 하녀도 보았으며, 독자도 보아야 할 것이다. 분명 올랜도 스스로도 그것을 더 이상 무시할 수 없었기에 — 손풍금 소리가 울려 우리를 생각의 나래에 실어 보내도록 하라. 음악이 울릴 때 생각은 물결 위에서 흔들리는 작은 배에 지나지 않는다. 온갖 배들 가운데 가장 어설프고 변덕스러운 생각에 실려 지붕 꼭대기와 빨래가 널린 뒤뜰 너머로 나아가면 — 여기가 어디일까? 저 잔디밭과 중앙의 첨탑, 대문 양쪽에 머리를 든 채 웅크리고 있는 사자를 어디서 보았을까? 아, 그래, 큐 왕립 식물원이다! 글쎄, 큐 식물원이라면 괜찮겠다. 그러니 지금 우리는 큐 식물원에 있다. 여러분에게 오늘(3월 2일) 자두나무 밑에 피어난 무스카리와 크로커스, 그리고 아몬드 나무에 돋아난 싹을 보여 주겠다. 그래서 그곳을 걷노라면 10월에 땅속에 묻혔다가 지금 꽃을 피우고 있는 솜털투성이의 붉은 구근을 생각하게 된다. 적절히 말로 표현할 수 없는 많은 것을 꿈꾸게 되고, 담뱃갑에서 담배 한 개비나 시가를 꺼내게 되고, 망토를 (운율에 맞게) 참나무[64] 아래 펼쳐 놓고 거기 앉아서 물총새를 기다리게 된다. 그 새가 저녁 무렵에 강둑 사이를 오가는 것을 보았다는 말이 있다.

기다려! 기다려! 물총새가 온다. 물총새가 오지 않는다.

그동안 공장의 굴뚝들과 거기서 뿜어져 나오는 연기를 보라. 도시의 사무원들이 외출복을 입고 쏜살같이 지나가는 것을 보라. 개를 데리고 산책하는 노부인과 새 모자를 처음으로 비뚜름하게 쓰고 있는 하녀를 보라. 그 모든 것을 보라. 하

64 망토*cloak*와 참나무*oak*의 각운이 같다.

늘은 자비롭게도 모든 이들의 가슴속 비밀을 숨겨 주도록 명하였기에, 우리는 어쩌면 존재하지 않을지도 모르는 무언가가 있지 않을지 의심하려는 유혹을 끝없이 받는다. 그래도 담배 연기 사이로, 모자나 보트 혹은 도랑에 빠진 쥐에 대한 자연스러운 욕망이 찬란하게 충족되어 활활 타오르는 것을 보고 경의를 표한다. 과거에 타오르는 불빛을 보았듯이 — 마음이 이처럼 야트막한 구렁 위에서 느긋하게 배회하고 손풍금의 연주가 들려올 때, 마음은 이토록 어리석게도 깡충깡충 팔짝팔짝 뛰어오른다 — 콘스탄티노플 근처의 뾰족탑들을 배경으로 들판에서 활활 타오르는 불을 보았듯이.

어서 오라, 자연스러운 욕망이여! 어서 오라, 행복이여! 성스러운 행복이여! 온갖 즐거움이여! 꽃과 포도주(비록 꽃은 시들고 포도주는 취하게 하지만). 일요일마다 런던을 벗어나게 해주는 반 크라운짜리 기차표. 어둑한 교회에서 부르는 죽음에 대한 찬송가. 타자기를 두드리고, 편지를 정리하고, 고리와 사슬을 주조하여 제국을 결속시키는 일을 방해하고 좌절시키는 것이라면 그 무엇이든. 상점 여직원의 입술에 거칠게 그어진 붉은 활(큐피드가 아주 서툴게 붉은 잉크에 엄지손가락을 담갔다가 지나가면서 되는대로 징표를 남긴 듯이)도 환영한다. 어서 오라, 행복이여! 강둑 사이를 쏜살같이 날아다니는 물총새여. 남성 소설가들이 그것에 대해 뭐라 말하든, 모든 자연스러운 욕망의 충족이여! 혹은 기도나 거절이여, 어서 오라! 어떤 형태로 오든 더 많은 형태가, 더 신기한 형태가 있을 테니. 개울이 검은색으로 흐른다 — 운에 맞는 표현으로 〈꿈결처럼〉[65] 흐르면 좋으련만. 그러나 우리의 일상적 운명은 그보다 더 칙칙하고 고약하다. 꿈이 없지만 살아 있고, 의기양양해하고, 능수능란하고, 습관적이고, 갑자기 강둑에서 튀어나와 쏜살같이 다른 쪽으로 날아가며 사라지는 새 날개의 푸른빛을 올리브색 그늘로 덮어 버리는 나무 밑에 서 있다.

그렇다면 행복이여, 오라. 그러나 행복이 가버린 후, 시골 여관 응접실의 얼굴을 흐릿하게 만드는 얼룩진 거울처럼 선명한 이미지를 부풀리는 그런 꿈은 오지 마라. 우리가 자고 있는 한밤중에 전체를 쪼개서 우리를 갈기갈기 찢고, 우리에게 상처를 주고, 우리를 분열시킬 꿈들은 오지 마라. 그런 꿈이 아니라 깊은 잠에, 모든 형체가 마모되어 무한히 부드러운 먼지나 헤아릴 수 없이 어둑한 강물이 되도록, 깊은 잠에 빠지라. 거기서 미라처럼, 나방처럼 몸을 포개고 장막에 뒤덮인 채 잠의 밑바닥 모래 위에 엎드리자.

그러나 기다려라! 기다려라! 지금 우리는 눈먼 자들의 나라에 가지 않을 것이다. 안구의 가장 깊은 곳에서 그어진 성냥처럼 푸른빛을 내며 그 새는 날아가고, 타오르고, 잠의 봉인을 뜯어 버린다. 물총새. 그래서 생명의 붉고 진한 물줄기가 조수처럼 역류하며 거품을 일으키고, 방울방울 떨어지며 흘러든다. 우리는 일어서고, 우리의 눈은(대단히 편리한 각운[66]이 우리가 죽음에서 삶으로의 불편한 이행을 무사히 넘

---

65 개울stream과 꿈dream의 각운에 대한 언급.
66 일어서다rise와 눈eyes의 각운이 같다.

어서게 해주므로) 갑자기 주목한다 ― (이 부분에서 손풍금
이 돌연 연주를 멈췄다).

「아주 건강한 사내애예요, 마님.」산파인 밴팅 부인이 올랜
도의 첫아이를 품에 안겨 주며 말했다. 다시 말해서, 올랜도
는 3월 20일 목요일 새벽 3시에 무사히 아들을 낳은 것이다.

올랜도는 또다시 창가에 섰다. 하지만 독자들은 용기를 내
시기를. 똑같은 일이 오늘은 일어나지 않을 것이다. 오늘은
결코 똑같은 날이 아니기 때문이다. 아니, 우리가 지금 올랜
도처럼 창밖을 내다본다면 파크 레인의 풍경이 꽤 달라졌음
을 알 수 있기 때문이다. 아니, 지금 올랜도가 서 있듯이 10분
남짓 서 있더라도 사륜 포장마차를 단 한 대도 보지 못할 것
이다.「저것 좀 봐!」며칠 후 그녀는 말 한 마리도 달려 있지
않고 터무니없이 짧아진 마차가 저절로 굴러가기 시작했을
때 소리쳤다. 참, 나, 말이 없는 마차라니! 이렇게 말했을 때
누군가에게 불려 갔지만, 그녀는 잠시 후 돌아와서 창밖을
다시 내다보았다. 요즘은 날씨가 요상했다. 하늘 자체가 달
라졌다고 생각하지 않을 수 없었다. 에드워드 왕이 ― 보라,
저기 그가 건너편에 사는 어떤 숙녀[67]를 찾아가기 위해 그의
말끔한 사륜마차에서 내려오고 있었다 ― 빅토리아 여왕을
계승한 이후로 하늘은 이제 예전처럼 자욱하지도, 물기를 머
금지도, 다채로운 색채를 발산하지도 않았다. 구름은 쪼그라

---

67 비타의 애인이었던 바이올렛 트레퍼시스의 어머니 케펠 부인은 에드
워드 7세의 정부였다.

들어 얇은 망사처럼 보였다. 하늘은 금속으로 만들어진 것 같았는데, 안개 속의 금속처럼 뜨거운 날씨에 녹청색이나 구릿빛 또는 오렌지색으로 변했다. 그것 — 이런 수축 — 은 조금 놀라웠다. 모든 것이 쪼그라든 것 같았다. 어젯밤에 마차를 타고 버킹엄 궁전을 지나다 보니, 영원히 지속될 것 같았던 그 방대한 건물이 흔적도 보이지 않았다. 실크해트, 미망인의 상복, 트럼펫, 현미경, 화환, 모든 것이 사라져서 얼룩하나 남기지 않았고, 보도에 물웅덩이도 남지 않았다. 그러나 지금 — 또다시 시간이 좀 지난 후에 그녀는 좋아하는 창가 자리로 돌아왔다 — 저녁 무렵이 되자 가장 놀라운 변화가 드러났다. 집집마다 밝혀진 빛을 보라! 손을 한 번 대기만 해도 방 전체가 환해졌고, 수백 개의 방이 환하게 빛났다. 방은 이것이나 저것이나 정확히 똑같았다. 작고 네모난 상자 속에서 모든 것을 볼 수 있었다. 사적인 공간이 없었다. 예전의 집들에 흔했던, 온종일 침침한 곳이나 외진 구석이 없었다. 흔들리는 등잔을 들여다가 이 탁자, 저 탁자에 조심스럽게 내려놓는 앞치마를 두른 여자도 없었다. 손을 한 번 대면방 전체가 환했다. 하늘도 밤새 환했다. 인도도 환했다. 모든것이 환했다. 그녀는 정오에 다시 창가로 돌아왔다. 근래에여자들은 얼마나 가늘어졌는지! 여자들의 몸은 곡물 줄기처럼 곧았고, 윤기가 돌았고, 형체가 똑같았다. 남자들의 얼굴은 손바닥처럼 털 하나 없이 반반했다. 대기가 건조해서 모든 사물의 색깔이 선명하게 보였고, 뺨의 근육이 뻣뻣해지는것 같았다. 지금은 울기가 더 어려웠다. 물은 2초 안에 뜨거워졌다. 담쟁이덩굴은 시들어 버렸거나 담벼락에서 떨어져 나갔다. 식물은 예전만큼 무성하지 않았다. 가족은 더 작아졌다. 커튼과 커버는 꼬불꼬불 주름이 잡혔고, 벽에는 아무 무늬도 없었기에 길거리나 우산, 사과 같은 실물을 그린 화려한 그림을 액자에 넣어 걸거나 혹은 나무 벽 위에 그렸다. 이 시대는 명확하고 뚜렷한 분위기가 감돌았는데, 그 분위기는 소란스럽고 필사적인 면모를 제외하면 18세기를 연상시켰다 — 이런 생각을 하는 동안, 그녀가 수백 년간 걸어온 듯한 기나긴 터널이 넓어졌다. 빛이 쏟아져 들어왔다. 마치 피아노 조율사가 그녀의 등에 열쇠를 꽂아 신경을 팽팽하게 당겨 놓은 듯, 그녀의 생각이 신기하게도 조여지고 긴장했다. 동시에 청각이 예리해졌다. 방 안에서 나는 온갖 속삭임과 탁탁거리며 타는 장작 소리도 들을 수 있었다. 벽난로 위의 시계가 째깍거리는 소리는 망치 소리처럼 울렸다. 이렇게 몇 초간 빛이 점점 더 밝고 환해지면서 모든 사물이 점점 더 선명하게 보였고, 시계는 점점 더 크게 째깍거렸다. 마침내 그녀의 귓속에서 폭발이 일어났다. 올랜도는 머리를 난폭하게 얻어맞은 듯 벌떡 일어섰다. 열 번이나 난타당했다. 실은 아침 10시였다. 10월 11일이었다. 1928년이었다. 바로 현재 순간이었다.

올랜도가 깜짝 놀라 손을 가슴에 대고 얼굴이 하얗게 질린 것은 누구도 이상하게 생각할 필요가 없다. 지금이 현재 순간이라는 것보다 더 무시무시한 계시가 있을 수 있을까? 우리가 이 충격을 딛고 살아남을 수 있는 것은 오로지 과거가 한쪽에서 우리에게 피신처를 제공하고 미래가 다른 쪽에서 피신처를 제공하기 때문이다. 그러나 지금은 깊은 생각에 빠져들 시간이 없었다. 올랜도는 이미 너무 늦었던 것이다. 그녀는 아래층으로 뛰어 내려가 그녀의 차에 올랐고, 자동 시동 장치를 누르고 출발했다. 푸른빛이 감도는 거대한 건물 덩어리들이 공중에 솟아 있었다. 굴뚝의 붉은 갓들이 허공에 불규칙하게 점점이 박혀 있었다. 길은 은빛 못대가리처럼 빛났다. 조각 같은 흰 얼굴의 운전사들이 모는 버스들이 그녀에게 돌진했다. 스펀지와 새장, 녹색의 모조 에나멜가죽으로 싸인 상자들이 보였다. 그러나 그녀는 이런 광경이 자기 마음속에 1인치의 몇 분의 1만큼도 가라앉지 못하게 했다. 지금 이 순간이라는 좁은 널빤지 위를 건너고 있는데, 저 밑에서 사납게 넘실대는 급류에 떨어질까 봐 겁이 났던 것이다. 「가려는 곳을 똑바로 보는 게 좋지 않겠어? ……손을 쭉 뻗어. 할 수 있잖아?」 이 말이 저절로 튀어나오기라고 한 듯이 그녀는 신랄하게 이렇게 내뱉었을 뿐이다. 거리가 엄청나게 혼잡했던 것이다. 사람들은 가려는 곳을 보지도 않고 길을 건넜다. 사람들이 붉은빛과 노란 화염이 들여다보이는 유리 창문 주위에서 윙윙거리고 붕붕거리고 있었다. 벌처럼 보인다고 올랜도는 생각했지만, 그것이 벌이라는 생각은 싹둑 잘려 나갔다. 눈을 재빨리 움직여 전체를 훑어보고는 사람의 몸이라는 것을 알아차렸던 것이다. 「가려는 곳을 똑바로 보는 게 좋지 않겠어?」 그녀는 딱딱거리며 내뱉었다.

하지만 드디어 그녀는 마셜 앤드 스넬그로브 백화점 앞에서 차를 세우고 안으로 들어갔다. 온갖 색조와 향기가 그녀를 감쌌다. 〈현재〉가 뜨거운 물방울처럼 그녀에게 떨어져 내렸다. 여름날 산들바람에 나부끼는 얇은 천처럼 빛이 위아래로 흔들렸다. 그녀는 가방에서 구매할 물건의 목록을 꺼냈고, 다채로운 색깔의 물이 흐르는 수도꼭지 밑에 그 단어들 — 남아용 구두, 목욕 소금, 정어리 — 을 받치고 있는 듯이 기이하게도 딱딱한 목소리로 읽기 시작했다. 그녀는 그 단어들에 빛이 닿으면서 글자들이 변하는 것을 바라보았다. 목욕 소금과 구두는 뭉툭하게 무뎌졌고, 정어리는 톱처럼 깔쭉깔쭉해졌다. 이렇게 그녀는 마셜 앤드 스넬그로브 백화점 1층에 서서 여기저기를 둘러보고 이 냄새, 저 냄새 들이마시며 몇 초를 낭비했다. 그러고는 문이 열려 있다는 그럴듯한 이유가 있었기에 엘리베이터 안으로 들어갔고, 부드럽게 위로 올라갔다. 엘리베이터가 올라가는 동안, 이제는 삶의 구조 자체가 마술이라고 그녀는 생각했다. 18세기에는 모든 일을 어떻게 하면 되는지 알고 있었다. 그런데 여기서 나는 공중으로 솟아오르고 있다. 미국에서 말하는 누군가의 목소리도 들을 수 있다. 사람들이 날아가는 것을 본다. 그런데 그런 일들이 어떻게 이루어지는지 호기심을 느낄 엄두도 내지 못한다. 그래서 마술에 대한 내 믿음이 되살아난다. 이제 엘리베이터가 약간 흔들리면서 2층에서 멈췄다. 그녀는 익숙지 않은 독특한 냄새를 풍기는 산들바람에 색색의 천들이 무수히 나부끼는 환영을 보았다. 엘리베이터가 멈추고 문이 활짝 열릴 때마다 그 세계의 다른 부분이 펼쳐졌고, 거기 딸린 냄새가 풍겨 왔다. 그녀는 엘리자베스 시대 와핑 근처의 강을 떠올렸다. 보물선과 상선들이 정박해 있곤 했다. 그 배들은 얼마나 풍부하고 기묘한 냄새를 풍겼던가! 보물 자루에 손을 넣었을 때 손가락 사이로 빠져나가던 거친 루비 원석의 감촉이 얼마나 생생하게 남아 있는지! 그러고는 서키와 — 그 여자의 이름이 무엇이든 간에 — 뒹굴었을 때 컴벌랜드의 등불이 번쩍이며 자신들의 몸을 비췄었지! 컴벌랜드 가족은 지금 포틀랜드 플레이스에서 살고 있는데, 얼마 전에 그들과 함께 점심 식사를 했을 때 그녀가 그 노인에게 신 로드에 있는 빈민 구호소에 관해 가벼운 농담을 던졌더니 그는 눈을 찡긋했었다. 그런데 여기서 엘리베이터가 더 이상 올라갈 수 없으므로 내려야 했는데, 그들이 쓰는 말로 어느 〈매장〉에 들어가는 것인지 알 수 없었다. 그녀는 가만히 서서 구입 목록을 살펴보았지만, 목록에 있는 목욕 소금이나 남아용 구두를 어디에서든 찾을 수만 있으면 다행이었다. 사실 그녀는 아무것도 사지 않고 다시 내려가려 했는데, 목록에 있는 마지막 항목을 아무 생각 없이 소리 내어 말하는 바람에 무례한 일을 저지르지 않을 수 있었다. 그것은 〈더블베드용 시트〉였다.

〈더블베드용 시트〉라고 그녀는 카운터에 있는 남자에게 말했다. 신의 자비로운 섭리 덕분에, 카운터에 있던 남자는 우연히도 시트를 파는 사람이었다. 그림스디치가, 아니 그림스디치는 죽었지. 바살러뮤가, 아니 바살러뮤도 죽었다. 그럼 루이즈가 — 루이즈가 몹시 흥분해서 그녀에게 말했다. 왕족 침대의 시트 안쪽에 난 구멍을 찾아냈다는 것이다. 많

은 왕과 여왕이, 엘리자베스와 제임스, 찰스, 조지, 빅토리아,
에드워드가 그 침대에서 잤다. 시트에 구멍이 난 것은 놀랄
일이 아니었다. 그러나 루이즈는 누가 구멍을 냈는지 알고
있다고 확신했다. 여왕의 부군이었다.

「지저분한 독일인!」 그녀가 말했다(또다시 전쟁이 시작되
었는데, 이번에는 독일에 대항해서 싸우는 전쟁이었다).[68]

〈더블베드용 시트〉라고 올란도는 꿈꾸듯이 되풀이했다.
온통 은색으로 꾸며진 방에 은색 덮개가 깔린 더블베드였다.
지금 생각하면 약간 천박한 취향이지만, 그 방에 가구를 비
치했을 때 그녀는 은을 열렬히 좋아했었다. 점원이 더블베드
용 시트를 가지러 갔을 때 그녀는 작은 거울과 분첩을 꺼냈
다. 요즘 여자들은 자신이 처음 여자가 되어 〈사랑에 빠진 숙
녀〉호의 갑판에 누워 있었을 때처럼 에둘러 말하지 않는다고
그녀는 극히 무심하게 분을 바르면서 생각했다. 콧잔등에 적
절한 색이 나도록 찬찬히 분칠을 했다. 뺨에는 절대 바르지
않았다. 솔직히 말해서, 그녀는 지금 서른여덟 살이었지만
하루도 더 나이 들어 보이지 않았다. 그녀는 얼어붙은 템스
강으로 사샤와 함께 스케이트를 타러 갔던 그날 빙판 위에서
와 똑같이 입술을 삐죽 내밀고, 부루퉁하고, 멋지고, (사샤의
말대로 수백만 개의 촛불이 켜진 크리스마스트리처럼) 장밋
빛으로 발그레했다.

「아일랜드산 최고급 리넨입니다, 마담.」 상인이 시트를 카

68 빅토리아 여왕의 부군 앨버트는 독일 출신이고 여왕과의 사이에 9남
매를 두었다.

운터 위에 펼치면서 말했다 — 그때 그들은 나뭇가지를 줍고 있던 노파를 보았었다. 그녀가 리넨을 만지작거리며 다른 생각에 빠져들 때, 매장들 사이의 회전문이 열리더니 아마도 잡화 매장의 분홍색 양초에서 흘러나온 듯한 밀랍 향내가 훅 풍겨 왔다. 그 냄새는 조가비처럼 어떤 인물 주위를 감돌았다 — 소년일까? 소녀일까? 젊고, 날씬하고, 유혹적이고 — 맙소사! 모피를 두르고 진주를 감고 러시아 바지를 입은 아가씨였다. 그러나 부정한, 부정한 여자!

「부정한 여자!」 올랜도가 이렇게 외치자(점원은 옆에 없었다) 매장 전체에 누런 물결이 휘몰아쳐 격렬하게 요동치는 듯했다. 멀리서 앞바다로 나가는 러시아 배의 돛대가 보였고, 그러자 기적처럼(어쩌면 문이 다시 열렸을 것이다) 그 냄새가 만들어 낸 조가비가 연단이 되었다. 그 연단에서 모피를 두른 뚱뚱한 여자가 걸어 내려왔다. 놀랍게도 원래의 모습을 간직한, 유혹적이고, 왕관을 쓴 어떤 대공의 정부였다. 볼가강 강둑 너머로 몸을 내밀고 샌드위치를 먹으면서 사람들이 물에 빠져 죽는 광경을 지켜보았던 그 여자가 올랜도 쪽으로 상점을 따라 걸어오고 있었다.

「오, 사샤!」 올랜도가 외쳤다. 실로 그녀는 사샤가 이 지경에 이르렀다는 데 충격을 받았다. 사샤가 너무 뚱뚱하고 너무 둔해졌던 것이다. 올랜도는 모피에 휘감긴 이 잿빛 머리칼의 여자와 러시아 바지를 입은 아가씨의 유령이 양초 냄새와 흰 꽃, 낡은 배들과 함께 보이지 않게 자기 등 뒤로 사라지도록 리넨 위로 고개를 숙였다.

「오늘 냅킨이나 수건, 먼지떨이는 필요하지 않으세요, 마담?」 점원이 끈질기게 물었다. 구입 목록 덕분에 올랜도는 이제 목록을 들여다보면서 더없이 침착한 태도로 필요한 것이 딱 한 가지 있는데 목욕 소금이라고 대답할 수 있었다. 그것은 다른 매장에 있었다.

그러나 다시 엘리베이터를 타고 내려가면서 — 어떤 장면이든 반복되다 보면 자기도 모르게 빠져들기에 — 또다시 그녀는 현재 순간의 저 밑에 잠겨 버렸다. 엘리베이터가 쿵 하고 바닥에 부딪혔을 때, 강둑에 부딪혀 깨지는 항아리 소리가 들린 것 같았다. 어딘지 몰라도 매장을 제대로 찾아가야 하는데 그녀는 핸드백들 사이에 넋을 잃고 서 있었고, 공손하고 가무스레하며 머리칼을 단정하게 빗은 팔팔한 점원들의 권유를 하나도 듣지 못했다. 그들은 그녀와 똑같이, 어쩌면 그들 중 몇몇은 그녀 못지않게 자랑스러운, 유구한 혈통을 이어받았겠지만, 아무것도 통과시키지 않는 현재라는 차단막을 치고는 오늘날 한낱 마셜 앤드 스넬그로브 백화점의 점원으로 나타난 것이다. 올랜도는 거기 서서 망설였다. 커다란 유리문을 통해서 옥스퍼드 스트리트의 차량을 내다볼 수 있었다. 버스가 버스 위에 쌓이다가 휙 움직이며 흩어지는 것 같았다. 그렇게 그날 템스강에서 얼음덩어리들이 격렬히 요동쳤었다. 양털 슬리퍼를 신은 늙은 귀족이 그 얼음덩어리 위에서 두 다리를 벌린 채 앉아 있었다. 그는 떠내려가면서 — 그녀는 지금 그의 모습을 볼 수 있었다 — 아일랜드 반역자들에게 저주를 퍼부었다. 그는 가라앉았고, 바로 그 자리에 그녀의 차가 서 있다.

〈시간이 내 위로 흘러갔어.〉그녀는 정신을 차리려고 애쓰면서 생각했다. 〈이제 중년이 시작되는 거야. 참 희한하지! 이제는 그 어떤 것도 그저 한 가지에 그치지 않으니 말이야. 핸드백을 들면 얼음 속에서 얼어 죽은 나룻배의 노파가 생각나고. 누군가 분홍색 양초에 불을 붙이면 러시아 바지를 입은 소녀가 보이고. 문밖으로 걸어 나오면 지금처럼……〉그녀는 옥스퍼드 스트리트의 인도로 걸음을 옮겼다. 〈지금 느껴지는 이 맛은 뭐지? 약초 맛이야. 염소의 방울 소리가 들려. 산이 보이고. 터키인가? 인도? 페르시아?〉그녀의 눈에 눈물이 고였다.

지금 눈물이 가득 고인 채 페르시아의 산을 떠올리면서 자동차에 타려는 그녀를 바라보는 독자는 올랜도가 현재 순간에서 너무 멀리 벗어났다는 느낌을 받을 것이다. 실로 삶의 기술을 가장 성공적으로 다루는 사람들, 대개 무명의 존재인 이들은, 보통 사람의 몸에서 일제히 울리는 60~70개의 서로 다른 시간대를 어떻게든 동시에 이끌어 나간다는 것을 부정할 수 없다. 그래서 11시 종이 울릴 때, 나머지 시간대에서도 일제히 울린다. 현재는 과거에서 난폭하게 찢겨 나오지도 않고 과거 속에서 완전히 잊히지도 않는다. 우리는 그들이 자기들의 묘비에 새겨진 대로 자신들에게 주어진 68년이나 72년을 꼬박 살았다고 말해도 무방하다. 나머지 사람들 중 일부는 우리들 사이를 걷고 있지만 죽은 사람이라는 것을 우리는 알고 있다. 어떤 사람들은 여러 형태의 삶을 경험하고 있지만 아직 태어나지 않았다. 스스로 서른여섯 살이라고 말하지만 수백 살이 된 사람들도 있다. 인간의 삶이 진실로 얼마나 오래 지속되는가는, 『영국 인명 사전』[69]에서 뭐라고 말하든 간에, 늘 논쟁거리이다. 그것은, 시간을 재는 것은, 어려운 일이기 때문이다. 어떤 예술이든 예술과 접촉하는 것만큼 시간을 재빨리 교란시키는 것도 없다. 아마도 시를 사랑한 탓에 올랜도는 구입 목록을 분실하고 정어리와 목욕 소금과 구두도 없이 집으로 향하게 되었을 것이다. 이제 그녀가 차문에 손을 댔을 때, 현재가 다시 그녀의 머리를 강타했다. 열한 번이나 난폭한 공격을 받았다.

「빌어먹을!」 시계 종소리가 신경 조직에 큰 충격을 주었으므로 그녀는 소리쳤다. 충격을 받은 그녀에 대해 이제 한동안 할 수 있는 말이라고는, 그녀가 인상을 찌푸리고 감탄스러울 정도로 능숙하게 기어를 바꾸면서 전처럼 외쳤다는 것뿐이다. 「가야 할 곳을 똑바로 보라고!」 「어디로 가려는지도 모르는 거야?」 「그때 왜 그렇게 말하지 않았어?」 그동안 자동차는, 그녀의 능숙한 운전 솜씨 덕분에, 쏜살같이 나아가 방향을 바꾸고 비집고 들어가고 미끄러지듯 리젠트 스트리트와 헤이마켓, 노섬벌랜드 스트리트를 지나고 웨스트민스터 다리를 건너 좌회전하고 직진한 뒤 우회전하고 다시 직진했다…….

1928년 10월 11일 목요일에 올드 켄트 로드는 무척 혼잡했다. 사람들이 인도에 넘쳐흘렀다. 여자들은 쇼핑백을 들고

---

69 버지니아 울프의 아버지 레슬리 스티븐이 편집한 사전.

있었다. 아이들은 뛰어다녔다. 포목점에서는 할인 판매를 하고 있었다. 거리들은 넓어졌다가 좁아졌다. 긴 가로수 길이 서서히 좁아지는 듯 보였다. 여기에 시장이, 여기에는 장례식장이 있었다. 여기에 〈Ra — Un〉이라고 적힌 현수막을 든 시위 행렬이 지나갔다. 그 밖에 또 무엇이 있을까? 고기가 새빨갛게 보였고, 푸줏간 주인이 문가에 서 있었다. 여자들의 신발 굽은 거의 닳아 있었다. 〈Amor Vin(사랑은 모든 것을 이긴다).〉 이런 표어가 현관 위에 붙어 있었다. 어떤 여자가 깊은 생각에 잠겨 아주 조용히 침실 창밖을 내다보았다. 애플존, 애플베드, 언더트⋯⋯. 그 무엇도 전체를 볼 수 없고 처음부터 끝까지 다 읽을 수도 없다. 시작이 — 두 친구가 거리를 가로질러 서로 만나러 가는 것처럼 — 보인 것은 끝이 결코 보이지 않는다. 20분이 지난 후 몸과 마음은 마대에서 찢겨 떨어져 나간 종잇조각 같았고, 재빨리 운전해서 런던을 벗어나는 과정은 사실 무의식이나 죽음이 나서기도 전에 먼저 인간의 심신을 잘게 토막 내는 것과 같아서, 올랜도가 이 순간 어떤 의미에서 존재한다고 말할 수 있는지는 도저히 알 수 없는 문제였다. 실은 그녀를 완전히 해체된 인간으로 간주하고 포기해야 했을 테지만, 이때 마침내 녹색 칸막이가 오른쪽에 쳐지고 거기에 작은 종잇조각들이 더 천천히 떨어졌고, 다음으로 왼쪽에 또 다른 칸막이가 쳐지면서 이제 공중에서 제각기 돌아가는 조각들만 볼 수 있었다. 양쪽에 쳐진 녹색 칸막이가 계속 버티고 있어서 그녀의 마음은 그 자체 안에서 사물을 놓치지 않았다는 환상을 회복할 수 있었고,

오두막 한 채와 농가의 안마당 그리고 네 마리 암소를 거의 실물 크기로 볼 수 있었다.

이렇게 되자 올랜도는 안도의 한숨을 내쉬고는 담배에 불을 붙였고, 1~2분간 말없이 연기를 내뿜었다. 그러고는 주저하듯이, 마치 그녀가 원하는 사람이 거기 없을지도 모른다는 듯이, 〈올랜도?〉라고 불렀다. 만일 마음속에 (되는대로 어림 잡아 말해서) 76개의 서로 다른 시간대가 동시에 재깍거리고 있다면, 인간의 영혼에는 이 시간대나 다른 시간대에 머물렀던 사람들이 — 우리에게 신의 가호가 있기를! — 수없이 존재하지 않을까? 누군가는 2,052명이 있다고 말한다. 그러므로 누군가 혼자 있을 때 〈올랜도?〉(그것이 그의 이름이라면)라고 부른다면 그것은 세상에 흔하디흔한 일이다. 그 부름의 의미는 이런 것이다. 어서 오라, 어서 오라! 나는 이 특정한 자아가 싫증 나서 죽을 지경이니까. 나는 다른 자아를 원해. 그런 연유로 우리는 친구들에게서 놀라운 변화를 보게 된다. 그러나 그 자아의 출항이 전적으로 순탄한 일은 아니다. 올랜도가 (시골에 갔으므로 아마도 다른 자아가 필요했기에) 말했듯이 누군가 〈올랜도?〉라고 부르더라도, 그녀가 원하는 그 올랜도는 그래도 오지 않을 수 있기 때문이다. 웨이터의 손에 쌓인 접시처럼 차곡차곡 쌓여 우리를 형성하는 그 자아들은 다른 곳에 애착과 공감을 느끼고 있고, 여러분이 그 자아들을 뭐라 부르든 간에(이 자아들 중 많은 것들은 이름이 없다) 자기들 나름의 소소한 기질과 권리를 갖고 있다. 그래서 어떤 자아는 비가 내려야만 올 테고, 다른 자아는 녹색 커튼이 드리워진 방에만 올 것이며, 또 다른 자아는 존스 부인이 옆에 없어야 올 테고, 또 다른 자아는 포도주 한 잔을 주겠다고 약속해야 올 것이며, 이런 식으로 기타 등등 조건이 맞아야 할 것이다. 누구나 자신의 상이한 자아들과 맺은 상이한 조건을 자기 경험을 토대로 대폭 확대시킬 수 있기 때문에 — 어떤 조건들은 너무나 황당하고 우스꽝스러워서 활자로 기록할 수도 없다.

그래서 올랜도는 헛간 옆 모퉁이에서 누군가에게 물어보는 어조로 〈올랜도?〉라고 부른 뒤 기다렸다. 올랜도는 끝내 오지 않았다.

「그럼 좋아.」 올랜도는 이런 경우에 사람들이 흔히 하듯이 쾌활한 기색으로 이렇게 말하고는 다른 방법을 시도했다. 그녀가 불러낼 수 있는 자아들은 아주 다양했고, 우리가 여기서 공간을 내줄 수 있는 것보다 훨씬 많기 때문이다. 한 사람이 가진 자아가 수천 개나 되더라도, 전기에서는 예닐곱 개의 자아만 묘사하면 완전하다고 간주된다. 그러므로 우리가 이 전기에서 묘사할 수 있었던 자아들 중에서 골라 올랜도는 지금 죽은 흑인의 머리를 떨어뜨리고 다시 묶어 매달았던 소년을 불렀을지 모른다. 언덕 위에 앉아 있던 소년, 어떤 시인을 보았던 소년, 여왕에게 장미 향수가 든 사발을 바쳤던 소년을. 아니면 사샤와 사랑에 빠졌던 청년을 불렀을지 모른다. 궁정 신하를, 대사를, 군인을, 혹은 방랑객을. 아니면 그 여자가 와주기를 바랐을지 모른다. 그 집시 여자, 우아한 숙녀, 은둔자, 인생을 사랑한 아가씨, 문단의 후견인, (뜨거운 목욕물과 저녁의 난롯불을 뜻하는) 마 또는 (가을 숲속에 피어난 크로커스를 뜻하는) 셀머다인 또는 (우리가 매일 경험하는 죽음을 뜻하는) 본스롭 또는 그 셋을 합쳐 ─ 그러면 이 지면에서는 자세히 설명할 수 없는 수많은 의미를 뜻한다 ─ 불렀던 여자가 와주기를. 그들은 서로 달랐고, 올랜도는 그들 중 누구라도 불렀을 것이다.

어쩌면. 그러나 지금 확실해 보이는(이제 우리는 〈어쩌면〉과 〈보인다〉의 영역에 있으므로) 것은 그녀가 가장 필요로 했던 자아가 초연하게 멀리 떨어져 있다는 것이었다. 그녀의 혼잣말을 엿들어 보면, 올랜도는 운전을 하면서 ─ 모퉁이를 돌 때마다 새로운 자아가 나타나므로 ─ 재빨리 자아를 교체하고 있었다. 어떤 연유인지 설명할 수 없지만, 욕망의 추진력을 가진 최우위의 의식적 자아가 오로지 하나의 자아이기를 바랄 때 이런 일이 일어난다. 어떤 사람들의 말로는 이것이 진정한 자아이고, 우리가 우리 내면에 존재한다고 주장하는 모든 자아들의 결합체이다. 그 많은 자아들은 우두머리 자아, 핵심 자아에 의해 통솔되고 감금되며, 연합되고 통제된다. 올랜도가 찾고 있는 것은 분명 이 자아라고 독자는 운전하는 그녀의 말을 엿들으며 판단할 수 있다(그녀의 말이 횡설수설이고, 앞뒤가 맞지 않고, 하찮고, 지루하고, 때로 이해할 수 없더라도, 그것은 숙녀의 혼잣말을 엿들은 독자의 잘못이다. 우리는 다만 그녀의 말을 그대로 옮겨 적을 뿐이고, 어느 자아가 말하고 있는지에 대한 우리의 의견을 괄호 안에 넣었는데 여기서 우리의 의견이 틀릴 수도 있다).

「그렇다면 무엇이지? 그렇다면 누구지?」 그녀가 말했다. 「서른여섯 살. 자동차에 타고 있고, 여자. 그래, 그러나 수백만 가지의 다른 것일 수도 있지. 나는 속물일까? 복도에 걸린 가터 훈장? 사자 문장(紋章)? 내 조상들은? 그들을 자랑스럽게 여기나? 그래! 탐욕스럽고 사치스럽고 사악한 사람일까? 내가 그럴까? (이 부분에서 새로운 자아가 끼어들었다.) 그렇다 해도 전혀 상관없어. 진실한가? 그런 것 같아. 관대한가? 아, 그건 중요하지 않아. (이 부분에서 새로운 자아가 끼어들었다.) 아침에 고급 리넨이 깔린 침대에 누워 비둘기 소리를 듣지. 은접시, 포도주, 하녀, 시종. 우쭐댄다고? 어쩌면. 쓸데없이 너무 많은 것을 갖고 있지. 내가 쓴 책들도 그래. (이 부분에서 그녀는 고전적인 제목을 50개 열거했는데, 그것은 아마도 그녀가 찢어 버린 초기 낭만주의적 작품일 거라고 우리는 생각한다.) 쉽게 펜을 놀리고, 말이 많고, 로맨틱하지. 그러나(이 부분에서 또 다른 자아가 끼어들었다) 뭐 하나 제대로 하지 못하고 서툴게 만지작거리기만 하지. 그보다 더 서툴 수는 없었어. 그런데…… 그런데(이 부분에서 그녀는 한 단어 때문에 망설였다. 우리가 〈사랑〉이라고 넌지시 암시하면 꼭 맞는 말은 아니었겠지만, 분명 그녀는 웃고 얼굴을 붉히며 외쳤다) 두꺼비 모양의 에메랄드! 해리 대공! 천장에 붙은 청파리! (여기서 또 다른 자아가 끼어들었다.) 그런데 넬과 키트, 사샤는? (그녀는 침울한 기분에 빠져들었다. 실은 눈물이 고여서 한참을 울었다.) 나무, 라고 그녀가 말했다. (여기서 또 다른 자아가 끼어들었다.) 나는 저기서 천 년을 살아온 나무들을(그녀는 숲을 지나고 있었다) 사랑해. 그리고 헛간을(그녀는 길가의 다 허물어져 가는 헛간을 지났다) 사랑해. 그리고 양치기 개도. (이때 양치기 개 한 마리가 총총 걸음으로 길을 건넜다. 그녀는 조심스럽게 개를 피했다.) 그리고 밤을. 그러나 사람은. (여기서 또 다른 자아가 끼어들었다.) 사람이라고? (그녀는 질문하듯이 되풀이했다.) 모르겠어. 수다스럽고, 악의적이고, 늘 거짓말을 하지. (이때 그녀는 고향의 하이 스트리트에 들어섰는데, 그날이 장날이라서 농부들과 목동들, 암탉이 담긴 바구니를 든 노파들로 북적였다.) 나는 농부를 좋아해. 나는 농작물을 이해해. 그러나(이 부분에서 또 다른 자아가 등대의 빛줄기처럼 그녀 마음의 표면을 스치듯 날아왔다) 명예라! (그녀는 웃었다.) 명예! 7판이나 찍었지. 상을 받았고. 석간신문에 사진도 실렸어. (여기서 그녀는 「참나무」와 그녀가 받은 〈버뎃 쿠츠〉 기념상을 언급하고 있었다. 이 틈을 이용해서 말하건대, 이 전기가 나아가려는 정점, 이 책의 끝마무리를 그녀가 이처럼 시큰둥하게 웃으며 내동댕이친 것은 그녀의 전기 작가에게 몹시 당혹스러운 일이다. 하지만 사실 여자에 대한 전기를 쓸 때는 모든 것 — 절정과 끝맺음 — 이 제자리에 놓이지 못한다. 남자의 전기에서 강조되는 곳이 강조되는 일도 없다.) 명예라! 그녀는 되풀이했다. 시인 — 사기꾼. 둘 다 매일 아침 배달되는 우편물처럼 규칙적으로 찾아오지. 식사하고 만나고, 만나고 식사하고. 명예…… 명예라! (여기서 그녀는 시장의 혼잡한 군중 사이로 지나가기 위해 속도를 줄여야 했다. 하지만 어느 누구도 그녀를 주목하지 않았다. 이미 상을 받았고 원한다면 왕관 세 개를 이마에 겹쳐 쓸 수도 있었을 숙녀보다 생선 가게의 작은 돌고래가 훨씬 더 큰 관심을 끌었다.) 아주 천천히 차를 몰아가면서 그녀는 이제 옛 노래의 한 소절인 양 흥얼 거렸다. 「내 금화로 꽃 피는 나무를 살 거야. 꽃 피는 나무, 꽃 피는 나무. 내 꽃나무 사이를 걸으며 명예가 뭔지 아들에게 말해 줄 거야.」 이렇게 그녀는 흥얼거렸다. 이제 그녀가 흥얼 거린 말들이 묵직한 구슬을 꿴 야만인의 목걸이처럼 여기저 기 늘어지기 시작했다. 〈내 꽃나무 사이를 걸으며〉라고 그녀 는 단어들을 강조하며 노래했다. 「그리고 서서히 뜨는 달을, 지나가는 짐마차를 볼 거야……」 여기서 그녀는 갑자기 딱 멈추고, 차의 보닛을 응시하며 깊은 생각에 빠졌다.

〈그는 트위쳇의 탁자에 앉아 있었어.〉 그녀가 생각했다. 〈더러운 옷깃을 달고…… 그는 목재를 측정하러 온 늙은 베 이커 씨였을까? 아니면 셰 ─ 피 ─ 어였을까?〉[70] (깊이 존경 하는 사람의 이름을 입에 올릴 때 그 이름을 온전히 다 말하 는 법은 절대 없으므로.) 그녀가 10분간 멍하니 눈앞을 응시 하느라 차는 거의 멈추어 있었다.

「홀렸어!」 그녀는 이렇게 소리치며 갑자기 액셀러레이터 를 밟았다. 「홀렸어! 어린 시절부터 쭉. 저기 기러기가 날아 가네. 창가를 지나 바다로 날아가지. 나는 펄쩍 뛰어올라(그 녀는 핸들을 꽉 움켜잡았다) 기러기를 향해 팔을 뻗었어. 그

70 작품 초반에서부터 자주 반복된 늙은 시인의 이미지가 셰익스피어였 음을 내비치는 대목.

322

런데 기러기는 너무 빨리 날아가. 나는 그 새를 여기서……
거기서…… 저기서…… 영국, 페르시아, 이탈리아에서 보았
어. 그 새는 늘 재빨리 바다로 날아가고, 나는 늘 그 뒤에다
그물 같은 단어들을 던지지. (이 부분에서 그녀는 손을 내밀
었다.) 해초만 들어 있는 그물이 갑판 위에서 오그라들듯이
그 단어들도 오그라들어. 때로 그물 바닥에 은 한 조각이 —
단어 여섯 개가 — 있을 때도 있지. 하지만 산호초에 사는 큰
물고기는 한 번도 없었어.」이 부분에서 그녀는 고개를 숙이
고 깊은 생각에 잠겼다.

그런데 바로 이 순간, 그녀가 〈올랜도〉를 부르기를 그만두
고 다른 생각에 빠져 있을 때, 그녀가 불렀던 그 올랜도가 스
스로 나타났다. 이제 그녀에게(그녀는 저택의 대문을 지나
파크에 들어서고 있었다) 엄습한 변화로 알 수 있듯이.

그녀의 온몸이 어두워지고 차분히 가라앉았다. 표면을 매
끄럽고 견고하게 만들어 주는 박편이 덧붙여질 때처럼, 얕은
곳은 깊어지고 가까운 곳은 멀어지며, 우물 벽 안에 물이 담
기듯 모든 것이 담겼다. 그렇게 이 올랜도가 덧붙여지자 그
녀는 이제 어두워지고 고요해졌고, 그런 명칭이 옳건 그르건
간에 이른바 단일한 자아, 진정한 자아가 되었다. 그러고는
침묵에 빠져들었다. 아마도 사람들이 큰 소리로 말할 때는
(어쩌면 2천 개가 넘는) 자아들이 분열을 의식하며 소통하려
고 애쓰는 중이겠지만, 소통이 이루어지면 침묵에 잠기기 때
문이다.

그녀는 파크의 경사진 잔디밭에 늘어선 느릅나무들과 참

나무들 사이의 굽은 마찻길로 능숙하고 신속하게 차를 몰았다. 파크의 경사가 너무도 완만해서, 잔디밭이 물이었다면 매끄러운 녹색 물결이 온 해안에 퍼져 나갔을 것이다. 여기에 심어진 너도밤나무와 참나무가 장엄한 숲을 이루고 있었다. 그 사이를 사슴들이 걸어 다녔는데, 한 마리는 눈처럼 희고 다른 사슴은 철망에 뿔이 걸려 고개를 한쪽으로 갸우뚱하고 있었다. 이 모든 것, 나무와 사슴, 잔디밭을 그녀는 더없이 흡족하게, 마치 그녀의 마음이 액체가 되어 물체 주위를 흐르며 완전히 감싸듯이 바라보았다. 다음 순간 그녀는 앞뜰에 차를 세웠다. 수백 년간 그녀가 말을 타거나 육두마차를 타고 시종들이 앞서 달리거나 뒤따라오게 하면서 왔던 곳이었다. 깃털이 흔들리고, 횃불이 번쩍이고, 지금은 이파리를 떨어뜨리는 그 꽃나무들이 꽃을 흩날리던 곳이었다. 이제 그녀는 홀로 왔다. 가을 낙엽이 떨어지고 있었다. 문지기가 대문을 열었다. 「좋은 아침이에요, 제임스.」 그녀가 말했다. 「차 안에 짐이 있어요. 그걸 들어다 주겠어요?」 이 말 자체는 아름답지도, 흥미롭지도, 중요하지도 않은 말이라고 인정할 수 있지만, 이제 의미가 가득 채워져 불룩해지자 잘 익은 밤처럼 나무에서 떨어졌고, 일상의 오그라든 껍질이 의미로 빽빽하게 채워질 때 놀랍도록 감각을 충족시킨다는 것을 입증해 주었다. 일상적인 온갖 움직임과 행동도 이제는 마찬가지였다. 그래서 올랜도가 3분도 채 지나지 않아 스커트를 능직 바지와 가죽 재킷으로 갈아입은 것을 보면 마치 마담 로포코바[71]

71 Lydia Lopokova(1892~1981). 당대의 유명한 발레리나. 블룸즈버리

가 자신의 최고 기량을 발휘한 듯한 아름다운 동작에 매료될 것이다. 그녀는 식당으로 성큼성큼 걸어 들어갔다. 그곳에 있던 옛 친구 드라이든과 포프, 스위프트, 애디슨은 처음에 〈저기 수상자가 오는군!〉이라고 말하는 듯이 점잔 빼며 그녀를 주시했다. 하지만 2백 기니의 상금이 딸린 상이라는 것을 떠올리곤 괜찮다고 여기는 듯이 고개를 끄덕였다. 〈2백 기니래.〉 그들이 말하는 것 같았다. 〈2백 기니라면 코웃음 칠 액수가 아니지.〉 그녀는 빵과 햄을 한 조각 잘라서 붙이고는 아무 생각 없이 큰 걸음으로 방을 활보하며 먹기 시작했고, 그러면서 사교계의 관습을 단번에 떨쳐 버렸다. 대여섯 번 방안을 돌고 나서는 스페인산 적포도주를 한 잔 단숨에 들이켰고, 한 잔 더 따른 뒤 손에 들고 긴 복도를 활보하면서 열두 개의 응접실을 지났고, 그렇게 저택을 찬찬히 돌아보기 시작했다. 사슴 사냥개와 스패니얼이 그녀를 따라나섰다.

이것은 모두 일상적인 일과에 속하는 일이었다. 그녀가 돌아와서 집을 돌아보지 않는다면, 귀가한 뒤에 할머니에게 키스하지 않는 것과 같았다. 그녀는 자기가 들어설 때 방들이 환해진다고, 자신이 없는 동안 잠을 자고 있었던 듯이 뒤척이며 눈을 뜬다고 상상했다. 또한 자신이 그 방들을 수백 번, 수천 번 보았지만 단 두 번도 똑같아 보인 적이 없었다고 생각했다. 그 방들의 기나긴 생애에 무수한 분위기가 축적되어 있고, 여름과 겨울, 화창한 날씨와 칙칙한 날씨, 그녀 자신의 운세와 그곳을 찾은 사람들의 성격에 따라 변하는 것 같았다.

그룹의 일원이었던 경제학자 케인스의 부인.

그 방들은 낯선 이들에게 늘 정중했지만 약간 따분해했다. 그녀에게는 완전히 터놓고 편안하게 대했다. 실로 그러지 않을 이유가 있을까? 그들이 서로를 알게 된 지 4백 년이나 되었다. 그러니 서로 숨길 것이 없었다. 그녀는 각 방들의 슬픔과 기쁨을 알았다. 또한 각 방들의 나이와 작은 비밀을 알았다. 숨겨진 서랍이나 감춰진 찬장 혹은 보수되거나 나중에 덧붙여진 어떤 결함 같은 것도. 그 방들도 그녀의 온갖 기분과 변화를 알았다. 그녀는 그 방들에 아무것도 숨기지 않았고, 소년으로 그리고 여자로 그 방에 와서 울고 춤추고, 수심에 잠기고 흥겨워했다. 이 창턱 아래 긴 의자에서 그녀는 첫 번째 시를 썼다. 이 예배당에서 결혼했다. 그리고 여기 묻힐 거라고 그녀는 긴 화랑의 창틀에 무릎을 꿇고 스페인산 포도주를 홀짝이며 생각했다. 비록 상상하기 어려운 일이긴 하지만, 사람들이 그녀의 시신을 그녀의 조상들 사이에 내려놓을 때 문장의 사자 무늬가 바닥에 노란빛 웅덩이를 만들 것이다. 그녀는 불멸을 믿지 않았지만, 자기 영혼이 벽판에 닿은 붉은빛과 소파 위의 초록빛과 더불어 영원히 오가리라고 느끼지 않을 수 없었다. 왜냐하면 그 방은 — 그녀는 천천히 걸음을 옮기며 대사의 침실에 들어섰다 — 수백 년간 바다 밑바닥에 박혀 있으면서 물살에 부딪혀 딱딱한 껍질이 생기고 수백만 가지 색으로 채색된 조가비처럼 영롱하게 빛났던 것이다. 장밋빛과 노란색, 초록색과 모래색이 반짝였다. 조가비처럼 부서지기 쉽고, 보는 각도에 따라 색깔이 변하고, 텅 비어 있는 방이었다. 여기서 다시는 어느 대사도 자지 않을 것이다. 아, 하지만 그녀는 그 저택의 심장이 어디서 아직도 뛰고 있는지를 알았다. 그녀는 그 방이 자신을 볼 수 없도록(그녀는 그렇게 상상했다) 살짝 문을 열고 문지방에 서서, 어김없이 태피스트리를 들썩이며 끊임없이 불어 대는 실낱같은 바람에 솟아오르다 떨어지는 태피스트리를 바라보았다. 사냥꾼은 여전히 말을 달렸고, 다프네는 여전히 날아가듯 달아났다. 아무리 미약해도, 아무리 멀리 물러났어도 심장이 여전히 뛰고 있다고 그녀는 생각했다. 방대한 저택의 노쇠한 불굴의 심장이.

이제 개들을 가까이 부른 뒤 그녀는 참나무 제재목이 바닥 전체에 깔려 있는 회랑을 지났다. 빛바랜 벨벳 의자들이 벽에 기댄 채 일렬로 늘어서서 엘리자베스, 제임스, 어쩌면 셰익스피어, 결코 오지 않았던 세실을 위해 양팔을 내밀고 있었다. 그 광경을 보니 우울해졌다. 그녀는 의자들을 차단했던 밧줄을 떼어 냈다. 그러고는 여왕의 의자에 앉았다. 레이디 베티의 탁자에 놓인 원고를 펼쳐 보았고, 오래되어 시든 장미 이파리들에 손가락을 넣어 휘저었고, 제임스 왕의 은브러시로 자기의 짧은 머리칼을 빗었다. 그녀는 왕의 침대에서 깡충깡충 뛰었고(루이즈가 새 시트를 깔았어도 다시는 거기서 잠을 자는 왕이 없을 것이다) 침대에 깔린 낡은 은색 덮개에 뺨을 대고 눌렀다. 그러나 사방에 좀이 슬지 않도록 끼워 넣은 작은 라벤더 봉지들이 있었고, 〈만지지 마시오〉라고 인쇄된 쪽지가 올려져 있었다. 그녀가 직접 그 쪽지를 놓기는 했지만, 그것들은 그녀를 질책하는 것 같았다. 이 저택이 더

는 온전히 자신의 소유물이 아니라고 그녀는 한숨을 쉬며 생
각했다. 그것은 이제 시간의 소유물이자 역사의 소유물이어
서, 살아 있는 자의 손길과 통제를 넘어섰다. 여기서 맥주가
쏟아지는 일은 이제 결코 없을 테고(그녀는 예전에 닉 그린
이 머물렀던 침실에 들어섰다) 카펫이 불에 타서 구멍 나는
일도 없을 거라고 그녀는 생각했다. 2백 명의 하인들이 침대
를 데울 다리미나 큰 벽난로에 넣을 커다란 장작을 들고 복
도를 뛰어다니며 소동을 벌이는 일도 결코 없을 것이다. 바
깥의 작업장에서 에일 맥주를 제조하고, 양초를 만들고, 안
장을 만들고, 돌의 모양을 다듬는 일도 결코 없을 것이다. 쇠
망치와 나무망치 소리가 요즘은 들리지 않았다. 의자들과 침
대들은 텅 비었다. 은과 금으로 만든 큰 술잔들은 유리 찬장
안에 갇혀 있었다. 침묵이 거대한 날개를 퍼덕이며 텅 빈 저
택을 휘저었다.

그래서 그녀는 회랑 끝에 있는 엘리자베스 여왕의 딱딱한
안락의자에 앉았다. 개들이 웅크리며 주위를 둘러쌌다. 회랑
은 멀리 뻗어 있었고, 그 끝에는 빛이 거의 사라져 어둑했다.
그것은 마치 과거 속으로 깊이 파들어간 굴 같았다. 그곳을
유심히 바라보는 그녀의 눈에 웃고 이야기를 나누는 사람들
이 들어왔다. 그녀가 알았던 위대한 사람들. 드라이든, 스위
프트, 포프. 대화를 나누는 정치가들. 창턱 옆 긴 의자에서 장
난치는 연인들. 긴 식탁에서 먹고 마시는 사람들. 그들의 머
리 주위를 맴돌면서 재채기와 기침을 일으키는 장작 연기.
거기서 더 멀리 나아가면, 카드리유 춤을 추려고 정렬한 화

려한 댄서들이 보였다. 피리 소리처럼 가늘지만 그럼에도 장중한 음악이 연주되기 시작했다. 오르간 소리가 울려 퍼졌다. 예배당 안으로 관 하나가 실려 왔다. 예배당 밖으로 결혼 행렬이 나갔다. 투구를 쓰고 무장한 사람들이 전쟁터로 떠났다. 그들은 플로든과 푸아티에에서 깃발을 가지고 돌아와 벽에 꽂았다. 긴 회랑이 이렇게 채워졌다. 그런데 더 멀리 응시하다 보니 엘리자베스 시대와 튜더 시대를 넘어 끝나는 부분에서 누군가 더 늙고, 더 어슴푸레하고, 더 거무칙칙한 두건을 쓴 형체가 보이는 듯했다. 금욕적이고 엄격한 어떤 수도사가 책 한 권을 양손으로 움켜잡고 걸어가며 중얼거렸다.

마구간 시계가 우레처럼 울리며 4시를 알렸다. 그 어떤 지진도 이처럼 온 마을을 허물어 버린 적이 없었다. 회랑과 그곳을 점유한 자들이 모두 가루가 되어 버렸다. 회랑을 바라보는 동안 어둡고 가무스레했던 그녀의 얼굴이 화약이 폭발한 듯 환히 밝아졌다. 바로 이 빛 속에서 그녀 주위에 있던 것들이 아주 선명하게 드러났다. 파리 두 마리가 빙빙 돌고 있고 그것들의 몸에서 푸른 광채가 도는 것을 그녀는 보았다. 자신이 딛고 있는 참나무 바닥의 옹이가 보였고, 씰룩거리는 개의 귀가 보였다. 동시에 정원에서 삐걱거리는 나뭇가지 소리, 파크에서 기침하는 양 울음소리, 창문을 지나는 칼새의 날카로운 소리가 들려왔다. 그녀는 된서리가 내린 곳에 갑자기 벌거벗고 서 있는 듯이 온몸이 와들와들 떨렸고 얼얼했다. 하지만 런던에서 시계가 10시를 울렸을 때와는 달리 완벽한 평정을(그녀는 이제 하나이자 전체인 존재였으며, 아마도 더

8. 현재의 올랜도

확장된 표면으로 시간의 충격을 흡수했으므로) 유지했다. 그녀는 일어섰다. 하지만 허둥대지 않고 개들을 부른 뒤 확고하게, 그러나 아주 민첩한 동작으로 층계를 내려가서 정원으로 나갔다. 정원의 식물 그림자들이 신기하게도 또렷하게 보였다. 마치 눈에 현미경이라도 부착된 듯이 화단의 흙 알갱이를 하나하나 볼 수 있었다. 복잡하게 뒤얽힌 나뭇가지들도 모두 다 보였다. 풀잎 하나하나가 다 선명했고, 잎맥의 무늬와 꽃잎도 또렷하게 보였다. 그녀는 오솔길을 따라 오는 정원사 스텁스를 보았는데, 그의 각반에 달린 단추도 모두 또렷하게 보였다. 수레를 끄는 말 베티와 프린스도 있었는데, 베티의 이마에 있는 하얀 별 무늬와 프린스의 꼬리에 유난히 길게 늘어진 세 가닥의 털이 전에는 이처럼 선명하게 보인 적이 없었다. 네모난 안뜰로 나가자, 저택의 고색창연한 회색 벽들이 표면이 긁힌 새로 찍은 사진처럼 보였다. 빈의 붉은 카펫이 깔린 오페라 하우스에서 사람들이 귀 기울여 듣던 무도곡을 압축한 음악이 테라스의 확성기에서 들려왔다. 그녀는 바로 현재 순간에 의해 팽팽히 긴장하고 있었지만 또한 기이하게 두렵기도 했다. 마치 시간의 심연이 입을 벌리고 1초를 내보낼 때마다 알지 못하는 위험이 함께 튀어나올 듯이. 그 긴장감이 너무도 가차 없고 혹독해서 고통을 느끼지 않고는 오래 견딜 수 없었다. 그녀는 자기 다리가 자신을 위해 움직이듯이 일부러 더 씩씩하게 발을 옮겨 정원을 지났고 파크에 들어섰다. 여기서 그녀는 몹시 애쓰며 목공소 옆에서 억지로 걸음을 멈추었고, 꼼짝 않고 서서 수레바퀴를 만드는 조 스텁스를 지켜보았다. 그녀가 그의 손을 뚫어지게 응시하고 있을 때 15분을 알리는 종소리가 울렸다. 그 소리는 손으로 잡을 수 없이 너무나 뜨거운 운석처럼 그녀의 몸을 쏜살같이 뚫고 지나갔다. 조의 오른손 엄지에 손톱이 없고 손톱이 있어야 할 곳에 분홍색 살이 도톰하게 올라온 것이 역겨울 정도로 선명하게 보였다. 그것에 너무나 몸서리가 나서 그녀는 순간적으로 현기증을 느꼈지만, 사방이 깜깜해진 그 순간에 눈꺼풀을 한 번 깜박이자 현재의 압박에서 풀려났다. 그녀가 눈을 깜박일 때 드리워지는 암영에는 뭔가 기묘한 것이 있었다. 그것은 (누구든 지금 하늘을 쳐다봄으로써 스스로 시험해 볼 수 있듯이) 현재에는 늘 부재하는 것이고 — 그래서 그것에 대한 공포가 일고 형언하기 어려운 특징이 생기는데 — 그것에 이름표를 꽂고 아름다움이라 부르려면 가슴이 떨린다. 그것은 형체가 없고, 그 나름의 실체나 특성이 없는 그림자 같기 때문이다. 하지만 그것은 어떤 대상에든 달라붙으면 그 대상을 변화시키는 힘을 갖고 있다. 이제 이 암영은 그녀가 목공소에서 어지러워 눈을 깜박이는 동안 살그머니 빠져나와 그녀가 받아들인 수많은 광경에 달라붙었고, 그것들을 견딜 만하고 이해할 수 있는 것으로 만들어 주었다. 그녀의 마음은 바다처럼 요동치기 시작했다. 그래, 그녀는 안도의 긴 숨을 내쉬며 목공소에서 몸을 돌려 언덕을 오르기 시작했다. 나는 다시 삶을 시작할 수 있어. 그녀는 생각했다. 나는 서펀타인 연못 옆에 있어. 작은 보트가 1천 가지 죽음의 하얀 아치를 올라가고 있어. 이제 난 이해할 것 같아…….

그녀는 이렇게 말했고, 아주 분명하게 말했다. 하지만 지금 자기 눈앞에 있는 물체의 진실성을 증언하는 데는 매우 무심해서 양을 암소로, 스미스라는 노인을 그와 아무 관계도 없는 존스라는 사람으로 쉽게 착각하리라는 것은 숨길 수 없는 사실이다. 손톱이 없는 엄지손가락 때문에 일어난 현기증의 암영이 이제 그녀의 (시각에서 가장 멀리 떨어진 부분인) 두뇌 뒤쪽에 있는 웅덩이로 들어가 더욱 짙어졌다. 그 웅덩이 속에 있는 사물은 너무도 짙은 암흑 속에 머물러 있어서 그것이 무엇인지 우리는 거의 알 수 없다. 그녀는 이제 모든 것이 비치는 이 웅덩이인지 바다인지를 내려다보았다 ── 실로 인간의 가장 강렬한 열정들이나 예술과 종교는 가시적인 세계가 잠시 흐릿해질 때 머리 뒤쪽의 어두운 공동(空洞)에서 보이는, 그 공동에 비친 상이라고 어떤 이들은 말한다. 그녀는 이제 그곳을 오래, 깊이, 파고들며 바라보았다. 그러자 즉시 그녀가 언덕을 오르며 걷고 있는, 양치식물이 무성한 오솔길은 길일 뿐 아니라 서펀타인 연못이 되기도 했다. 산사나무 덤불은 명함 통과 금손잡이가 달린 지팡이를 들고 앉아 있는 신사 숙녀이기도 했다. 양들은 메이페어의 높다란 저택들이기도 했다. 마치 그녀의 마음이 이리저리 갈라지고 빈터가 있는 숲이 되어 버린 듯, 모든 것이 다른 것이기도 했다. 사물이 더 가까워졌고, 더 멀어졌고, 뒤섞였고, 분리되었고, 끊임없이 교차하는 빛과 그늘 속에서 더없이 기묘하게 결합되고 조합되었다. 사슴 사냥개 커뉴트가 토끼를 추격하는 것을 보며 4시 반쯤 되었을 거라고 ── 실은 6시 23분 전이었다 ─ 생각했을 때를 제외하면 그녀는 시간을 완전히 잊고 있었다.

양치식물이 무성한 오솔길은 굽이지고 구불구불하게 돌아가면서 더욱 높아졌고, 어느덧 꼭대기에 서 있는 참나무에 이르렀다. 그 나무는 그녀가 1588년경에 처음 본 이래로 더 장대하고 견고해졌으며 옹이도 많아졌지만, 아직도 한창때였다. 날카롭고 뾰족한 작은 나뭇잎들이 가지에 촘촘히 매달려 여전히 흔들리고 있었다. 그녀는 벌렁 드러누웠고, 등뼈에서 나온 갈비뼈처럼 이리저리 뻗어 나간 그 나무의 뿌리를 자기 몸 밑에서 느꼈다. 자신이 세계의 등에 타고 있다는 느낌이 들어 좋았다. 자신을 뭔가 단단한 것에 밀착시키는 것이 좋았다. 그녀가 벌렁 누웠을 때, 가죽 재킷의 가슴팍에서 붉은 천으로 제본된 작고 네모난 책이 떨어져 나왔다. 그녀의 시 「참나무」였다. 〈모종삽을 가져왔어야 했는데〉라고 그녀는 생각했다. 나무뿌리 위에 흙이 너무 얕게 덮여 있어서 의도한 대로 그곳에 책을 파묻을 수 있을지 의심스러웠다. 게다가 개들이 파낼지도 모른다. 이 상징적인 기념 의식에 행운이 따르지 않을 모양이라고 그녀는 생각했다. 그렇다면 그 의식을 치르지 않는 것도 괜찮을 터였다. 책을 파묻으면서 읊으려 했던 짧은 연설이 혀끝에서 빙빙 맴돌았다(그 시집은 저자와 화가의 서명이 있는 초판본이었다). 「나는 이 책을 바치고자 여기에 파묻습니다.」 이렇게 말할 생각이었다. 「대지가 내게 준 것을 대지에 돌려 드리며.」 그런데 맙소사! 일단 이렇게 우물거리며 입 밖에 내자 그 말이 얼마나 우스꽝스럽게 들렸던지! 일전에 늙은 그린이 연단에 올라가서 그녀를 밀턴과 (그 시인이 눈멀었다는 점을 제외하고) 비교하며 평가하고는 2백 기니짜리 수표를 건네주던 일이 떠올랐다. 그 순간 그녀는 여기 언덕에 서 있는 참나무를 생각했고, 그 나무와 이런 행사가 무슨 관계가 있을지 의아해했었다. 찬사와 명성이 시와 무슨 관계가 있을까? 7판이 나왔다는(이 책은 이미 그 못지않게 팔려 나갔다) 사실이 시의 가치와 무슨 관계가 있을까? 시를 쓰는 것은 어떤 은밀한 거래이자 어떤 목소리에 답하는 목소리가 아니었나? 그래서 이 요란한 찬사와 비난, 자신을 흠모하는 사람들을 만나거나 흠모하지 않는 사람들을 만나는 일, 이 모두가 시 자체 — 어떤 목소리에 답하는 목소리 — 와는 도무지 걸맞지 않은 것이었다. 숲과 농장, 서로 목을 맞대고 대문에 서 있는 갈색 말들, 대장간과 부엌, 그토록 공들여 밀과 순무, 풀을 키워 내는 들판, 그리고 붓꽃과 백합꽃을 흩날리는 정원의 나지막한 옛 노래 소리에 그녀가 이 긴 세월 동안 더듬거리며 내놓은 대답보다 더 은밀하고, 더 느리고, 더 연인들의 친교 같은 것이 있을 수 있을까? 그녀는 생각했다.

그래서 그녀는 책을 파묻지 않고 땅 위에 펼쳐진 채 내버려 두고는, 이 저녁 햇살에 환해졌다가 그림자에 어두워지기도 하는 대양의 밑바닥처럼 다채롭게 변하는 광활한 풍경을 바라보았다. 저기 느릅나무들 사이에 교회 탑이 서 있는 마을이 보였다. 파크 안에는 둥근 잿빛 지붕의 장원이 있었고, 섬광 같은 빛이 온실 위에서 타오르고 있었다. 농장 안마당에는 누런 곡물 더미가 쌓여 있었다. 들판에는 거무스레한 나무들이 무리지어 있고, 들판 너머로 삼림 지대가 길게 이어졌다. 거기에 은은한 빛을 발하는 강이 흐르고, 그 너머에 다시 언덕이 이어졌다. 아주 멀리 스노든산의 험준한 바위가 구름 사이로 하얗게 드러났다. 그녀는 멀리 스코틀랜드의 산들과 헤브리디스 제도 주위를 소용돌이치며 흐르는 거친 물결을 보았다. 바다에서 대포를 발사하는 소리를 들으려고 귀를 기울였다. 아니, 불어 대는 바람 소리뿐이었다. 지금은 전쟁이 없었다. 드레이크도 사라졌고, 넬슨도 사라졌다. 〈그런데 저기에……〉 그녀는 머나먼 곳을 바라보던 눈길을 다시 자기 발아래의 땅으로 떨구며 생각했다. 〈한때 내 땅이 있었어. 구릉들 사이의 저 성도 내 것이었지. 바다까지 거의 이어져 내려간 저 황무지도 전부 내 것이었어.〉 이때 그 풍경이 (명멸하는 빛의 장난이었음이 분명하다) 뒤흔들리면서 뒤죽박죽으로 포개졌고, 방해가 되는 집들과 성들, 숲들이 텐트 모양의 비탈에서 미끄러져 내렸다. 터키의 민둥산들이 그녀의 눈앞에 있었다. 타는 듯이 뜨거운 정오였다. 그녀는 햇볕에 익어 가는 언덕 비탈을 응시했다. 염소들이 그녀의 발치에서 모래 덮인 풀을 뜯어 먹고 있었다. 독수리 한 마리가 그녀의 머리 위로 솟구쳐 올랐다. 집시 노인 러스텀의 걸걸한 목소리가 그녀의 귓속에서 꺽꺽거렸다. 「이것과 비교하면 당신의 유구한 가문이나 혈통, 당신의 재산이 대체 뭐란 말이오? 4백 개의 침실과 은뚜껑이 덮인 접시, 먼지 터는 하녀들로 뭘 하겠다는 거요?」

이 순간 어느 교회에서 울린 시계 소리가 골짜기에 퍼져 나갔다. 텐트처럼 생긴 풍경이 부서지고 무너져 내렸다. 현재가 그녀의 머리 위에 다시 빗발처럼 쏟아졌다. 그러나 이제는 빛이 전보다 더 부드럽게 사그라지면서 작고 세밀한 것은 드러나지 않았고, 다만 안개 낀 들판과 등불이 켜진 오두막들, 잠드는 거대한 숲, 그리고 어느 오솔길을 따라 전진하는 어둠을 밀어내는 부채 모양의 빛이 남았다. 시계가 9시를 쳤는지 10시를 쳤는지 11시를 쳤는지 그녀는 알 수 없었다. 밤이 되었던 것이다 ─ 그녀가 어느 시간대보다 좋아했던 밤이 되면, 마음의 검은 웅덩이에 비친 상들이 낮보다 더 투명하게 빛났다. 지금은 사물이 형상을 이루어 가는 어둠 속을 깊이 들여다보면서 마음의 웅덩이에서 때론 셰익스피어를, 때로는 러시아 바지를 입은 여자를, 때론 서펀타인 연못에 떠 있는 장난감 보트를, 그리고 폭풍이 일어 큰 파도가 출렁이며 혼곳을 지나는 대서양을 보면서 졸도할 필요가 없었다. 그녀는 어둠 속을 들여다보았다. 저기 남편의 범선이 파도 꼭대기로 오르고 있었다. 그것은 위로, 위로, 위로 올라갔다. 그 앞에 1천 번의 죽음을 안은 하얀 아치가 솟았다. 아, 지각 없는 남자, 아, 터무니없는 남자, 저렇게 쓸데없이 돌풍에 맞서면서 언제나 혼곳 주위를 항해하다니! 그러나 범선은 그 아치를 통과했고, 건너편으로 나아갔다. 마침내 안전했다!

「황홀해!」 그녀가 소리쳤다. 「황홀해!」 그러자 바람이 잦아들고 물결이 잠잠해졌다. 그녀는 달빛 속에서 평화롭게 잔물결 치는 파도를 보았다.

「마마듀크 본스롭 셸머다인!」 그녀는 참나무 옆에 서서 외쳤다.

그 아름답고 반짝이는 이름이 하늘에서 강청색 깃털처럼 떨어졌다. 그녀는 깊은 허공을 아름답게 가르며 천천히 떨어지는 화살처럼 방향을 돌려 휘어지며 떨어지는 그것을 바라보았다. 그는 늘 그랬듯이 바람이 잠든 순간에 올 것이다. 파도가 잔물결을 찰랑이고, 얼룩덜룩한 나뭇잎이 가을 숲에서 그녀의 발 위로 천천히 떨어질 때, 표범이 잠잠해질 때, 달이 물 위에 떠 있고, 하늘과 바다 사이에 아무것도 움직이지 않을 때. 그때 그가 왔다.

이제 사방이 고요했다. 자정이 가까웠다. 삼림 지대 위로 달이 서서히 떠올랐다. 달빛이 땅 위에 유령의 성을 세웠다. 저기 솟은 거대한 저택의 창문은 모두 은빛에 휘감겨 있었다. 벽이나 단단한 물질은 전혀 없었다. 모든 것이 환영이었다. 모든 것이 고요했다. 죽은 여왕의 방문을 준비하려는 듯 집 전체에 불이 밝혀져 있었다. 발아래를 내려다보다가 올랜도는 안뜰에서 흔들리는 검은 깃털을 보았고, 깜박거리는 횃불과 무릎을 꿇는 그림자를 보았다. 여왕이 다시 자기 마차에서 내렸다.

「충심으로 환영합니다, 여왕 폐하.」 그녀는 이렇게 외치며 허리를 깊이 굽혀 절했다. 「변한 것은 아무것도 없습니다. 돌아가신 영주인 제 부친께서 안내해 드릴 겁니다.」

그녀가 이렇게 말할 때 자정의 첫 번째 종소리가 울렸다. 현재의 차가운 산들바람이 살짝 두려움을 토해 내며 그녀의 얼굴을 스쳤다. 그녀는 근심스럽게 하늘을 올려다보았다. 이제 하늘은 구름에 덮여 어둠침침했다. 바람이 그녀의 귀에서 포효했다. 그러나 으르렁거리는 바람 소리 속에서 점점 더 가까이 다가오는 비행기의 웅웅 소리가 들렸다.

「여기예요! 셸! 여기!」 그녀는 진주알 목걸이가 거대한 달 모양의 거미 알처럼 빛나도록 (이제 밝게 빛나는) 달을 향해 가슴을 드러냈다. 비행기가 구름을 뚫고 나와 그녀의 머리 위에 와서 멈추었다. 그녀의 주위를 맴돌았다. 어둠 속에서 그녀의 진주가 인광성(燐光性)의 불꽃처럼 타올랐다.

이제 멋진 선장이 되었고 건강하고 혈색 좋고 민첩한 셸머다인이 땅에 뛰어내렸을 때, 그의 머리 위로 들새 한 마리가 날아올랐다.

「기러기야!」 올랜도가 외쳤다. 「기러기…….」

그리고 자정을 알리는 열두 번째 종소리가 울렸다. 1928년 10월 11일, 목요일, 자정의 열두 번째 종소리였다.

도판 출전

이 책에 실린 도판은 1928년 영국 초판본에서부터 수록되어 있던 것이다.

1. 소년 올랜도Orlando as a Boy (12쪽)

The Hon. Edward Sackville from 'The Two Sons of Edward, 4th Earl of Dorset' by Cornelius Nuie, in Lord Sackville's private apartments, Knole.

2. 어린 러시아 공주The Russian Princess as a Child (56쪽)

Angelica Bell, aged nine, photographed by Vanessa Bell.

3. 황녀 해리엇The Archduchess Harriet (120쪽)

Mary, 4th Countess of Dorset, by Marcus Gheeraerts, in Lord Sackville's private apartments, Knole.

4. 대사 올랜도Orlando as Ambassador (132쪽)

Richard Sackville, 5th Earl of Dorset, by Robert Walker (previously attributed to Gilbert Soest), in Knole collection.

5. 영국으로 돌아가는 올랜도Orlando on her return to England (166쪽)
Vita Sackville-West photographed by Lenare, 2 November 1927.

6. 1840년경의 올랜도Orlando about the year 1840 (252쪽)
Vita Sackville-West photographed by Vanessa Bell & Duncan Grant, 14 November 1927.

7. 마마듀크 본스롭 셸머다인Marmaduke Bonthrop Shelmerdine, Esquire (268쪽)
Unknown man c. 1820 by unknown artist, in Nigel Nicolson's private collection, Sissinghurst.

8. 현재의 올랜도Orlando at the present time (330쪽)
Vita Sackville-West at Long Barn, photographed probably by Leonard Woolf, 29 April 1928.

역자 해설

황홀한 의식의 향연

1

버지니아 울프의 소설 『올랜도*Orlando: A Biography*』는 그에 앞서 발표된 『댈러웨이 부인*Mrs. Dalloway*』이나 『등대로*To the Lighthouse*』와는 달리 여러 장르적 성격이 혼합된 독특한 작품이다. 우선 이 소설은 표면적으로 전기 양식을 표방하면서도 대개 작품 말미에 오는 감사의 글을 제일 앞에 놓고 순전히 허구적인 감사의 말을 늘어놓는가 하면, 사실을 기록하겠다고 주장하는 전기 작가가 감당할 수 없는 환상적 플롯을 전개함으로써 전기 장르를 풍자한다. 또한 엘리자베스 시대부터 19세기에 이르기까지 영국의 대표적 작가들의 모습을 단편적으로 그려 내고, 특히 엉터리 시인 닉 그린이 영향력 있는 비평가로 행세하는 모습을 제시함으로써 영국 문단과 문학사를 풍자하기도 한다. 이 복잡 미묘한 작품을 탄생시킨 작가의 에너지는 무엇보다도 거침없이 유희적이고 풍자적인 상상력이었음이 분명해 보인다.

이 소설의 초고를 마친 후 울프는 이 소설을 〈작가의 휴가〉라고 부르면서 진지한 의도 없이 자유분방하게 써내려 간 작품이었음을 시사했다. 무엇보다도 엘리자베스 시대에 귀족 청년이었던 주인공 올랜도가 17세기 후반 콘스탄티노플에서 여자로 변한 뒤 집시들과 생활하다 영국으로 돌아와 18세기와 19세기를 거쳐 1928년 현재 시점에 서른여섯 살의 여성으로서 시집을 출간하고 남편과의 합일을 기대하는 장면으로 끝나는 플롯은 이 작품이 사실주의 소설의 틀을 벗어나 판타지의 영역에 있음을 알려 준다. 3백 년 넘게 이어지는 올랜도의 일생과 놀라운 성적 전환이 주인공에게 별다른 의혹을 불러일으키지 않고 순순히 받아들여진다는 것도 판타지 장르의 한 특징이다. 또한 소설 속 인물들이 특히 후반부에서 사실적으로 묘사되지 않고 캐리커처나 알레고리에 가깝게 제시되는 것도 그런 장르적 성격을 따른다고 볼 수 있다.

또한 이 소설은 3백 년이 넘는 통시대적 설정을 통해 주인공 올랜도가 진정한 자아를 찾아가는 기나긴 모험의 여정을 그려 냄으로써 로맨스 장르의 구도를 보여 주기도 한다. 올랜도는 여러 시대와 사회를 넘나들면서 각 사회의 관습이나 제도, 규범이 절대적인 것이 아니라 제각기 고유한 시대적·사회적 산물임을 인식하게 된다. 그 과정에서 그녀는 각 사회의 상대적 가치와 성적 규범에 실망하거나 환멸을 느끼고 자신의 고정 관념이나 허위의식을 하나씩 벗어 버리면서 진정한 자아를 추구한다. 이는 비평가 노스롭 프라이가 역설한 전통적 로맨스 장르의 원형archetype 탐구를 보여 준다고 말할 수 있다.

이 소설의 또 다른 특징은 시각적·청각적 이미지가 유난히 풍부하게 제시된다는 점이다. 따라서 이 작품은 빛나는 이미지들이 어우러진 한 편의 서정시처럼 느껴지기도 한다. 특히 마지막 30여 페이지에서 의식의 흐름과 결합된 다양한 이미지들의 신속한 흐름과 변화는 한 편의 랩소디처럼 절정으로 치닫는다. 여기서 울프는 스스로 원했던 바, 시나 음악의 차원으로 나아가는 소설을 창조했다고 볼 수 있다.

이런 여러 가지 특징 때문에 이 소설은 일반적인 사실주의 소설과 상당히 다르고, 울프의 작품에 익숙지 않은 독자에게는 더욱 난해하게 여겨질 수 있다. 이 작품을 읽으려면 아무런 선입견 없이 울프가 그려 내는 장면의 이미지를 그려 보고 그 이미지에 잠시 몰입했다가 다음 장면으로 나아가는 방법이 최선일 것이다. 이 소설에서 그려진 경험에 대해 합리적인 설명을 덧붙이려는 노력은 무익한 것일지 모른다. 올랜도 스스로도 자신의 경험을 설명하기 어렵다고 거듭 말할 뿐아니라, 울프가 그려 내려는 의식의 궁극적 확장은 본래 설명이 불가능한 것일지 모르기 때문이다.

2

울프는 이 소설을 한때 연인이었고 그 후에도 가까운 벗으로 지낸 비타 색빌웨스트Vita Sackville-West(1892~1962)

에게 헌정했고, 그녀를 모델로 삼아 올랜도를 그려 냈다. 울프 생전에는 울프보다 더 유명한 시인이자 소설가였던 귀족 출신의 비타 색빌웨스트의 가족사나 친족 관계, 또 수백 년 간 그 가문의 장원이었던 놀Knole은 이 소설의 소재로 곳곳에 녹아들어 있다. 비타가 여자이기 때문에 장원을 상속받지 못해서 느꼈던 쓰라린 상실감을 달래 주기 위해 울프는 올랜도가 여자가 되고 나서도 장원을 상속받게 만들었다는 논평도 있다. 비타 색빌웨스트의 아들이 이 작품을 〈문학사에서 가장 길고 가장 매혹적인 연애편지〉라고 평한 것은 과장된 면이 있지만, 울프가 이 작품을 구상하고 써나갈 때 비타와의 관계에서 얻은 기쁨이나 격려, 영감에 고무되었음은 분명하다고 짐작할 수 있다.

근래에 이 소설은 연극이나 영화, 심지어 오페라로 제작되기도 하고 여성학이나 동성애, 젠더, 트랜스베스타이트(이성의 옷을 즐겨 입는 사람) 연구의 각별한 주목을 받고 있다. 성 전환을 겪는 주인공을 통해 성 정체성의 문제를 중점적으로 제기하고 있기 때문이다. 올랜도는 대사로 근무하던 터키에서 혁명이 발발한 후 느닷없이 여자로 변신하고, 올랜도를 쫓아다니며 끊임없이 청혼하는 대공 해리는 트랜스베스타이트적 면모를 보인다. 올랜도의 남편인 선장 셀머다인은 구체적인 인물이라기보다는 알레고리에 가깝지만 남성인 동시에 여성적인 인물이다. 이런 인물들을 통해 울프는 성 정체성에 관한 근본적인 물음을 던지고 있다고 볼 수 있다.

우선 흥미로운 점은 올랜도가 여성으로 변신한 뒤에도 성을 거의 의식하지 않는다는 사실이다. 그녀는 달라진 자신의 몸을 보고도 별다른 의혹 없이 자연스럽게 받아들이고, 집시들과 함께 생활하면서도 성적 차이를 의식하지 않는다. 그러다가 영국으로 돌아가는 상선에서 우연히 자신의 발목을 보고 높은 돛대에서 떨어질 뻔한 선원을 본 후에 여자에게 강요되는 행위 규범을 깨닫기 시작하는데, 이는 성적 규범이나 고정 관념 자체가 사회적 산물임을 보여 준다고 할 수 있다. 가령 여자는 순결해야 한다든가 다리를 드러내서는 안 된다는 관념은 (어쩌면 터키에서는 통용되지 않을) 당대 영국 사회의 통념인 것이다. 올랜도의 하인들과 하녀들이 올랜도가 성 이외에는 달라진 점이 전혀 없다고 거듭 증언한다는 사실은, 생물학적 성이란 그 자체로서 중립적 요소일 뿐이고 성격이나 성향에 영향을 미치는 요인이 아니라는 점을 시사한다고 하겠다.

역사적으로 영국에서 여성은 대체로 교육받지 못하고 재산을 소유하지 못한 반면, 남성은 학식과 권력, 부를 소유하고 정복과 쟁취를 추구하도록 고무되어 왔다. 이러한 사실을 바탕으로 울프는 이듬해에 발표된 『자기만의 방 *A Room of One's Own*』에서 여성의 가난이나 남성의 권력욕이 마음에 미치는 영향을 분석하면서, 여성이 독자적인 세계를 구축하기 위해서는 경제적으로 자립해야 할 필요성을 역설한다. 하지만 이 소설에서 지체 높은 귀족으로서 무지와 가난에서 벗어나 있고 남성으로서 권력과 명예, 재산을 향유한 올랜도는 인간의 영혼이 가장 황홀한 경험을 맛보려면 〈호전적인 야심이나 권력욕, 온갖 남성적인 욕망에서 벗어나는 편)이 더 낫다고 말하는데, 이 말의 의미는 작품 말미에 가서야 보다 분명하게 드러난다.

양성적 인물로서 올랜도는 미묘한 성적 관념과 규범에 민감하게 반응하며 그것이 얼마나 인위적인 것인지를 드러낸다. 그녀는 16세기 중반부터 각 시대의 규범이나 가치에 적응하려 하지만, 완전히 정착하지 못하고 언제나 사회와 문화의 경계에 놓인 채 실망과 환멸을 느낀다. 17세기에 영국으로 돌아가면서 그녀는 귀족으로서 안락하고 풍요롭게 실더라도 여자로서 인습의 노예가 되어 말과 행동이 억제된다면 차라리 터키로 되돌아가겠다고 생각하기도 한다. 18세기의 유명한 시인 포프의 찻잔에 각설탕을 떨어뜨렸다가 그의 분노를 사는 장면은 성 역할에 대한 고정 관념을 보여 주는 일례이다. 또한 여성의 출산을 강요하는 빅토리아 시대에는 결혼반지를 마련하고 실제로 결혼함으로써 〈시대정신〉을 기꺼이 존중하고 수용하려 하지만, 진정한 자아를 숨기고 타협하는 것에 불과하다. 20세기에 이르러 자신의 솔 메이트*soul mate*이자 제2의 자아*alter ego*라 볼 수 있는 셸머다인을 만날 때까지 그녀는 여성으로서 심리적인 제약과 억압을 경험한다. 남편과의 재회를 그려 내는 마지막 장면은 남성적 여성과 여성적 남성의 결합, 양성성의 기쁨과 환희를 표현한다고 할 수 있다.

올랜도는 17세기 영국 사교계의 공허함과 18세기 문인들의 허위의식에 맞닥뜨리면서 양성에 가능한 경험을 모두 체험하기 위해 옷을 갈아입음으로써 임의로 성을 선택한다. 이 과정에서 스커트와 바지, 즉 의상의 차이가 일으키는 행동 방식과 의식의 차이에 대해 고찰하면서, 단적으로 말하자면 〈옷이 우리를 입는 것이지, 우리가 옷을 입는 게 아니라〉고 주장한다. 〈우리는 팔이나 가슴의 모양새에 맞게 옷을 만들지만, 옷은 우리의 마음과 두뇌, 혀를 그것에 맞게 만들어 낸다.〉 더 나아가 남자는 세상이 〈자신의 기호에 맞게 형성된 것처럼 세상을 똑바로 직시〉하는 반면, 〈여자는 미묘한 눈으로, 심지어 의혹을 품은 눈으로 세상을 곁눈질한다〉. 양성이 같은 옷을 입었더라면 그들의 세계관이 동일했으리라는 것이다. 이는 매우 의미심장한 통찰이 아닐 수 없다.

더 나아가 올랜도는 남성성과 여성성이 확연히 분리된 것이 아니라 사람의 내면에 뒤섞여 있다고 말하기도 한다. 〈어느 인간에게서나 한 성에서 다른 성으로의 전환이 일어나고, 남성의 모습이나 여성의 모습을 유지시켜 주는 것은 오로지 의상〉이며, 인간은 누구나 이렇게 일어나는 복잡하고 혼란스러운 문제를 경험해 왔다는 것이다. 결국 성 정체성이란 확고부동한 것이 아니라 유동적이고, 하루에도 수십 번씩 변화할 수 있으며, 어느 시점에 어느 성이 우세한가에 따라 남성적이라든가 여성적이라고 판단할 수 있는 것이다. 이는 성 정체성이 실은 사회적으로 규정된 개념이며, 인간의 내면은 그런 인위적 규정을 넘어서는 복잡다단한 것임을 시사한다고 하겠다.

터키에서 돌아온 올랜도는 자신의 저택에서 깊은 사색에 잠겨 있다가 자신이 성장하고 있다고 말한다. 〈나는 환상을 잃어 가고 있어. 어쩌면 새로운 환상을 얻기 위해.〉 그것은 불쾌하고 골치 아픈 과정이지만 놀랍도록 흥미로운 과정이라고 그녀는 덧붙인다. 사실 이 작품은 3백 년이 넘는 긴 세월 동안 이어진 올랜도의 성장 과정을 그려 낸다고 볼 수 있다. 성 관념이나 성 정체성의 문제는 그녀의 자아가 성장하는 기나긴 과정에서 변화하는 한 가지 환상일 뿐이다.

젊은 청년 올랜도가 잃어버린 가장 큰 환상은 정열적 사랑의 환상이다. 러시아 공주 사샤에 대한 사랑의 열병은 올랜도의 존재를 송두리째 흔들 만큼 강렬한 것이었기에, 쓰라린 배신을 겪고 나서 그는 고향에 칩거하며 고통스러운 은둔 생활을 이어 간다. 유례없는 혹한으로 얼어붙은 템스강에서 스케이트를 타고 사랑을 나눈 올랜도와 사샤의 모습은 더없이 아름다운 젊은 날의 사랑의 환상을 보여 준다. 반면 20세기의 런던 백화점에서 늙어 버린 사샤의 추한 모습을 일견하는 장면은 그 사랑의 실상을 보여 줌으로써 그 환상의 상실이 얼마나 쓰라리고 아픈 경험인지를 다시 한번 느끼게 한다.

영국 귀족으로서 자신의 혈통과 가문에 대한 자부심과 긍지도 올랜도가 떨쳐 내야 하는 또 다른 환상이다. 그녀의 계급적 의식에 대해 늙은 집시 러스텀은 자기 조상이 2천~3천 년 전에 피라미드를 건설했던 사람들이라고 말하면서 고작해야 몇백 년에 불과한 올랜도의 혈통을 조롱한다. 영국으로 돌아온 올랜도는 가족 예배당 지하 묘지에 앉아 조상들의 유골 사이에서 정복과 축재, 야만적 행위에 탐닉했을 조상들에 대한 생각에 잠긴다. 온 대지를 소유하고 있다고 느끼며 수천 년간 살아온 집시들과, 한때 세속적 권력과 명예를 누렸지만 지금은 바닥에 나뒹구는 유골로 남아 있는 그녀의 조상들의 대조는 다분히 인상적이다.

　이와 관련하여 올랜도가 잃게 되는 또 다른 환상은 웅장하고 아름다운 저택과 영지에 대한 자부심과 소유욕일 것이다. 그 저택은 365개의 침실과 50개의 층계가 있고 여러 국왕과 대사 등 국가의 주요 인사들이 머물렀던 곳이지만, 러스텀이 주장하듯 집시들이 소유한 대지에 비하면 비속한 허영심의 표상일 뿐이다. 더욱이 그 저택은 과거의 영광이 사라졌고, 이제는 아무도 앉지 않아 먼지만 쌓이는 여왕의 의자나 찢어진 국왕의 시트처럼 무용한 유물이 되어 버린 것이다. 수백 년이 지나면서 쇠락해 가는 이 저택에 의미가 있다면, 그것은 올랜도의 숱한 감정을 목격하고 공감하며 함께 지내 온 세월일 것이다. 다른 집들과 마찬가지로 이 저택은 그 안에서 살아온 사람의 감정과 의식이 녹아든 자아의 그릇이자 표현으로서의 의미를 갖는다고 볼 수 있다.

　올랜도에게 사랑의 상실 못지않게 쓰라린 경험은 자기 종족의 최고 시인이 되기를 열망했던, 불후의 명성에 대한 환상의 상실이다. 허장성세에 능하고 자기 과시가 심한 삼류 시인 닉 그린은 올랜도를 한가로운 귀족 시인으로 풍자하고 조롱함으로써 그의 자존심에 큰 상처를 입힌다. 자기 시대의 최고 작가가 되려는 욕망이 처참하게 부서지자 올랜도는 습작들을 찢어 버리고 〈홀로 고독하게 저항할 수 있는 정신〉을 기르려고 애쓰며 오로지 자신의 즐거움을 위해서만 글을 쓰겠다고 결심한다. 명예에 대한 환상을 깨뜨렸다는 점에서 이 쓰라린 경험은 일면 그에게 필요한 통과 의례가 된 셈이다.

19세기에 저명한 문학 비평가로 다시 등장한 닉 그린은 여전히 맹목적으로 과거의 문학을 선호하고 현대의 작품을 경시하는 인물이지만, 올랜도의 시「참나무」를 칭찬하고 출판할 수 있도록 도와준다. 그는 과거의 잘못에 대해 보상하거나 자신이 받은 후원에 보답하려는 듯이 올랜도에게 호의를 베푼다. 마치 3백여 년 후에 시적 정의 *poetical justice* 혹은 인과응보가 이뤄지듯이, 그의 주선 덕분에 올랜도는 시집을 출간하고 상과 상금을 받고 명성을 얻는다. 하지만 이제 그녀에게는 그런 것이 별다른 의미가 없다. 명예보다 시가 더 중요하고, 또한 자신의 시보다 언덕에 서 있는 실제의 참나무가 더 중요하다고 느끼고 있기 때문이다.

올랜도가 엘리자베스 시대의 사춘기 시절부터 써오기 시작한 시「참나무」는 수백 년간 수없이 첨삭되고 나서야 완성된다. 자신의 자아를 찾고 표현하려는 기나긴 노력의 결실로서 그 시는 결국 바로 올랜도 자체인 셈이다. 〈시를 쓰는 것은 어떤 은밀한 거래이자 어떤 목소리에 답하는 목소리가 아니었나?〉 자연의 목소리나 인생의 목소리에 진솔하게 대답하려던 그 지난한 과정은, 올랜도의 타고난 성적, 계층적 혹은 인종적 자부심이나 명예욕, 열정적 사랑에 대한 환상이 하나씩 벗겨지고 본연의 자아를 찾으려는 의식의 긴 여정이었던 것이다.

4

자신의 자아를 찾아가는 올랜도의 긴 여정은 각 시대의 고정 관념이나 일련의 환상에서 벗어나는 데 그치지 않고 일상적 의식을 넘어 〈어쩌면 새로운 환상을 얻으려는〉 경험으로 나아간다. 이 소설의 마지막 부분에서 특히 신속히 전개되며 소용돌이치는 현란한 이미지들은 관현악의 다양한 악기들이 순차적으로나 동시에 강렬한 음을 내면서 대단원에 이르는 듯 강렬하게 분출되는 작가의 창조적 에너지를 느끼게 한다.

이런 생각을 하는 동안, 그녀가 수백 년간 걸어온 듯한 기나긴 터널이 넓어졌다. 빛이 쏟아져 들어왔다. 마치 피아노 조율사가 그녀의 등에 열쇠를 꽂아 신경을 팽팽하게 당겨 놓은 듯, 그녀의 생각이 신기하게도 조여지고 긴장했다. 동시에 청각이 예리해졌다. 방 안에서 나는 온갖 속삭임과 장작이 탁탁거리며 타는 소리도 들을 수 있었다. 벽난로 위의 시계가 째깍거리는 소리는 망치 소리처럼 울렸다. 이렇게 몇 초간 빛이 점점 더 밝고 환해지면서 모든 사물이 점점 더 선명하게 보였고, 시계는 점점 더 크게 째깍거렸다. 마침내 그녀의 귓속에서 폭발이 일어났다. 올랜도는 머리를 난폭하게 얻어맞은 듯 벌떡 일어섰다. 열 번이나 난타당했다. 실은 아침 10시였다. 10월 11일이었다. 1928년이었다. 바로 현재 순간이었다.

울프가 다른 작품들에서도 사용하는 〈현재 순간〉이라는 표현은 그 의미가 무엇인지 명확지 않지만, 위의 인용에서 드러나듯 의식이 각성되어 시각과 청각이 극도로 예리해지고 모든 사물이 선명하게 뇌리에 각인되는 순간을 가리키는 듯 싶다. 이런 상태에서 서른여섯 살의 올랜도는 린던의 백화점에서 쇼핑하며 주마등처럼 밀려드는 과거의 환영들과 소리, 이미지에 휩싸이고, 시골 저택으로 차를 운전해 가면서 자신의 자아들을 부르고 특히 〈우두머리 자아, 핵심 자아〉가 다가오기를 염원한다. 저택에 도착한 올랜도는 회랑에 앉아 까마득한 과거에서부터 현재에 이르는 영국 역사와 자기 인생의 단면들을 일견하고 러스텀의 조롱을 떠올리기도 한다. 그러다가 참나무가 서 있는 언덕에 올라 남편 셸머다인의 비행기가 도착하기를 기다릴 때 자정의 시계 소리가 울린다. 올랜도가 가슴을 드러내 달빛에 반사된 진주 목걸이의 빛에 인도되어 셸머다인의 비행기가 이내 도착하고 그가 비행기에서 뛰어내릴 때 올랜도는 더없는 황홀감에 남편과 합일한다.

이처럼 1928년 10월 11일 아침부터 자정까지를 다룬 마지막 부분은 사실주의 소설이나 일상적 의식의 영역을 넘어선 경험을 그려 내고 있다. 소설의 후반부에서 작가의 관심은 올랜도의 의식에서 일어나는 일에 집중되어 있음이 분명하다. 이렇듯 마음과 의식의 세계를 전면에 부각시키고 탐구한다는 점에서 이 소설은 이전 작품들과는 다른 영역에 들어섰다고 볼 수 있다.

울프는 자신의 유명한 에세이 「현대 소설Modern Fiction」에서 마음은 〈수많은 인상들, 사소하거나 환상적이거나 덧없거나 강철처럼 예리하게 각인된 인상을 받아들인다. 사방에서 인상들이 들어오고, 무수한 원자들이 소나기처럼 끊임없이 쏟아지면서 월요일이나 화요일의 삶을 형성한다〉고 썼다. 사실 그녀가 탐구하는 마음이나 의식은 현대에 들어와서도 그 속성을 명확히 알지 못하는 영역에 속한다. 최근에 미국 프린스턴 공대의 로버트 잔 교수는 〈마음은 아주 미세한 입자로 되어 있으며, 이것이 물리적 입자와 동일하므로 입자로 존재할 때는 일정한 공간에 한정되어 있지만 파동으로 그 성질이 변하면 시공간을 초월하여 이동할 수 있다〉고 말한 바 있다. 이 주장을 빌려 말하자면, 이 소설에서 울프는 소나기처럼 마음에 쏟아지는 수많은 인상들을 기록하는 것을 넘어서서 마음의 입자들이 시공간을 초월한 상태를 그려 낸 것이 아닐까, 라고 생각할 수 있다.

올랜도는 마음이란 잡다한 것들이 모여 스쳐 지나가는 주마등 같다고 생각하고, 우리의 내면에 2,052개의 자아가 존재하며 76개의 시간대가 동시에 째깍거린다고 농담조로 언급하기도 한다. 나아가 〈실로 삶의 기술을 가장 성공적으로 다루는 사람들, 대개 무명의 존재인 이들은, 보통 사람의 몸에서 일제히 울리는 60~70개의 서로 다른 시간대를 어떻게든 동시에 이끌어 나간다〉고 덧붙인다. 아인슈타인 이후 일반화된 시간의 상대적 개념을 고려하면 위의 언급이 순전히 터무니없는 농담은 아니라고 볼 수 있는데, 이 소설이 〈인간 영혼의 모호하기 그지없는 발현〉을 다루고 있다는 화자의 말도 같은 맥락에서 고려할 필요가 있다.

이런 시각에서 올랜도를 구성하는 자아들을 살펴보면, 우울하고 내성적인 소년 올랜도, 엘리자베스 여왕의 총애를 받으며 쾌락을 추구했던 청년 올랜도, 매혹적인 사랑에 배신당하고 음울한 사색과 시작(詩作)에 빠져들었던 올랜도, 터키 대사로 임명되어 국사를 수행하면서도 향락적인 생활에 탐닉했던 올랜도, 집시들과 생활하며 민둥산에서 양을 치며 사색에 잠기던 올랜도, 18세기의 영국 사교계에 출입하고 작가들과 교류하면서 뛰어난 기지를 찾으려던 올랜도, 가정과 출산이 중시되던 빅토리아 시대에 적응하려던 올랜도, 20세기 초에 시인으로 명성을 얻은 올랜도에 이르기까지 수없이 다양하다.

이 수많은 자아들이 제각기 구체적 시공간에 존재하고 각 시대의 조건에 제약받는 자아(〈웨이터의 손에 쌓인 접시처럼 차곡차곡 쌓여 우리를 형성하는 그 자아들〉)라면, 진정한 자아는 이 모든 자아들의 결집체로서 그것들을 연합하고 통제한다. 올랜도가 우두머리 자아, 핵심 자아라고 부르는 그 진정한 자아는 역사적·사회적 조건을 벗어난 초월적 자아이며, 이 자아와의 만남과 합일이이야말로 진정한 자기 발견이고 자기실현이다. 따라서 그런 순간은 현재 의식의 한계를 뛰어넘는 초월적 순간일 것이다.

그런데 바로 이 순간, 그녀가 〈올랜도〉를 부르기를 그만
두고 다른 생각에 빠져 있을 때, 그녀가 불렀던 그 올랜도
가 스스로 나타났다. 이제 그녀에게(그녀는 저택의 대문을
지나 파크에 들어서고 있었다) 엄습한 변화로 알 수 있듯이.
그녀의 온몸이 어두워지고 차분히 가라앉았다. 표면을
매끄럽고 견고하게 만들어 주는 박편이 덧붙여질 때처럼,
얕은 곳이 깊어지고 가까운 곳은 멀어지며, 우물 벽 안에
물이 담기듯 모든 것이 담겼다.

이처럼 우두머리 자아와 결합할 때 의식은 완벽하게 충일
한 상태가 되어 주위의 사물을 감싸고 흡수한다. 이런 상태
에서는 일상적인 말이나 행동도 의미로 충만해지고 놀라운
충족감을 준다. 또한 〈하나이자 전체인 존재〉가 되어 외적 충
격을 받아들이므로 완벽한 평정을 유지한다. 이런 초월적 순
간에는 개별적 자아들의 차이가 소멸되고 다른 인간들이나
자연적 사물과의 융합이 자연스럽게 일어날 것이다.
여기서 〈단일한 자아, 진정한 자아〉라든가 〈하나이자 전체
인 존재〉와 같은 표현은 실제로 체험해 보기 전에는 실감하
기 어려운 것임에 틀림없다. 이런 관념적 표현들이 플라톤의
이데아론이나 중세 신학을 연상시키는 면이 있기는 하지만,
울프가 그려 내는 것은 종교나 철학과 무관하게 인간 내면에
서 벌어지는 의식의 확장과 초월적 상태일 것이다. 이런 결

말 부분에 대해 주디 리틀 같은 비평가는 〈초월, 내적 성찰, 신비주의〉를 암시한다고 지적하고, 진 알렉산더는 올랜도가 〈삶의 종교적 미지의 영역〉에 대한 탐구로 나아가면서 풍자가 사라졌다고 언급한다. 울프 자신도 일기에서 〈사실 나는 이 작품을 유희로 시작했는데 써나가다 보니 진지해졌다〉고 기록한 바 있다. 진지해질 수밖에 없었던 것은 그것을 표현하려는 욕구가 그만큼 절실했기 때문일 것이다.

여기서 〈진지하게〉 그려진 의식의 신비로운 확장은 울프의 이전 작품들에서도 그 중심에 놓여 있다고 볼 수 있다. 『댈러웨이 부인』에서 댈러웨이 부인이 전혀 알지 못하는 참전 군인 셉티머스가 자살할 때 그와 동질감을 느끼는 순간이라든지, 『등대로』에서 램지 부인이 등대 불빛을 바라보며 합일감을 느끼는 순간이나, 화가인 릴리 브리스코가 비전을 얻었다고 말하며 마지막 획을 긋는 순간 등 울프의 소설은 일상적 의식으로 이해하기 힘든 경험을 종종 그려 내는데, 바로 그러한 초월적 의식이 내재하고 있었다고 생각할 수 있다. 『올랜도』에서는 그런 신비로운 경험이 보다 구체적이고 강렬한 이미지를 통해서 본격적으로 탐구된 셈이다.

울프는 『올랜도』가 그다음 작품인 『파도 The Waves』로 도약하는 계기가 되었다고 말한 바 있다. 여러 의식들의 교류와 신비로운 조화를 통해 모든 이들이 영원히 연결되어 있음을 그려 낸 실험적 작품 『파도』를 보면, 울프의 소설이 어떤 방향으로 나아가고 있는지 보다 명확하게 드러난다. 흔히 울프의 소설이 〈의식의 흐름〉 기법을 사용하여 종잡을 수 없이 떠오르는 인상이나 기억, 이미지를 포착하여 마음을 그려 낸다고 평가하는데, 적어도 『올랜도』에서부터는 일상적 의식을 넘어선 확장된 의식을 본격적으로 추구한다고 하겠다.

이 소설에서 여러 차례 언급되는 마음의 검은 웅덩이, 모든 사물이 비치는 웅덩이는 차분히 가라앉을 때 심상을 떠올리는 마음(어쩌면 잠재의식으로 불릴 수 있는 의식)을 드러내는 듯하다.

그녀는 이제 모든 것이 비치는 이 웅덩이인지 바다인지를 내려다보았다 — 실로 인간의 가장 강렬한 열정들이나 예술과 종교는 가시적인 세계가 잠시 흐릿해질 때 머리 뒤쪽의 어두운 공동(空洞)에서 보이는, 그 공동에 비친 상이라고 어떤 이들은 말한다. 그녀는 이제 그곳을 오래, 깊이, 파고들며 바라보았다. 그러자 즉시 그녀가 언덕을 오르며 걷고 있는, 양치식물이 무성한 오솔길은 길일 뿐 아니라 서펀타인 연못이 되기도 했다. (……) 마치 그녀의 마음이 이리저리 갈라지고 빈터가 있는 숲이 되어 버린 듯, 모든 것이 다른 것이기도 했다. 사물이 더 가까워졌고, 더 멀어졌고, 뒤섞였고, 분리되었고, 끊임없이 교차하는 빛과 그늘 속에서 더없이 기묘하게 결합되고 조합되었다.

〈머리 뒤쪽의 어두운 공동〉이란 인간의 경험과 감정, 생각, 기억을 저장하고 스스로 조합하여 어떤 심상을 떠올리는 의식의 영역일 것이다. 사방이 고요한 한밤중에 이제 진정한 자아가 된 올랜도는 애쓰지 않고도 이 검은 웅덩이에서 파도 꼭대기로 오르는 남편의 범선을 보고, 1천 번의 죽음을 안은 하얀 아치가 솟구쳐도 결국 그 아치를 통과한 남편의 범선을 보며 황홀한 기쁨을 느낀다. 이 희열감은 초월적 의식이 지상의 삶에 대해 느끼는 기쁨이거나 혹은 확장된 의식 그 자체의 기쁨일 수도 있다. 그 어느 쪽이든 간에 울프는 여기서 확장된 의식의 희열을 그려 냈고, 그것은 올랜도가 거듭 되뇌는 〈황홀해!〉라는 외침에서 단적으로 드러난다.

우리가 그 황홀함에 공감할 수 있든 그렇지 않든 간에, 울프가 그려 낸 영혼의 성장과 의식의 확장은 그 자체로 희귀하고 경이로운 비전이라 할 수 있다. 〈아마도 인간의 정신은 시간 속에서 자기에게 배정된 자리를 갖기 마련일 터이므로, 어떤 이들은 이 시대에 태어나고 어떤 이들은 저 시대에 태어〉나서, 어쩌면 지속적이고 영속적인 진화 과정을 거치며 점진적으로 변화하고 성장하는 것일지 모른다. 동양의 윤회 사상이나 서양의 신비주의 철학을 연상시키는 이런 경이로운 비전이 고도의 예술적 기교가 가미된 빛나는 문장으로 표현되었다는 것은 울프의 고유하고 독보적인 업적이라 하겠다.

끝으로, 이 작품의 번역 원본으로는 Virginia Woolf, *Orlando: A Biography*(Oxford: Oxford University Press, 1998)를 사용했음을 밝힌다.

2020년 7월
이미애

버지니아 울프 연보

1878년 레슬리 스티븐(1832~1904)과 줄리아 프린셉 덕워스(1846~1895)가 결혼함. 각기 배우자와 사별한 이전의 결혼에서, 레슬리는 딸 로라(1870~1945)를, 줄리아는 조지(1868~1934), 스텔라(1869~1897), 제럴드(1870~1937) 덕워스 남매를 둠.

1879년 버네사 스티븐(~1961) 출생.

1880년 토비 스티븐(~1906) 출생.

1882년 출생 1월 25일 애들린 버지니아 스티븐Adeline Virginia Stephen 출생. 레슬리 스티븐, 『영국 인명 사전*Dictionary of National Biography*』의 편집자로 일함.

1883년 **1세** 에이드리언 레슬리 스티븐(~1948) 출생.

1885년 **3세** 레슬리 스티븐, 『영국 인명 사전』 제1권을 출간함.

1891년 **9세** 레슬리 스티븐, 『영국 인명 사전』 편집자 직을 사임함. 로라, 정신 병원에 입원함.

1895년 **13세** 줄리아 스티븐 사망.

1896년 **14세** 버네사, 회화 수업을 받기 시작함.

1897년 15세 버지니아, 킹스 칼리지에서 그리스어와 역사 수업을 청강함. 규칙적으로 일기를 쓰기 시작함. 4월 스텔라 덕워스, 잭 힐스와 결혼함. 7월 스텔라 사망. 버지니아, 최초의 신경 쇠약 증세를 보임. 제럴드 덕워스, 출판사를 설립함.

1899년 17세 버지니아, 클라라 페이터로부터 라틴어와 그리스어를 배움. 토비, 케임브리지 대학의 트리니티 칼리지에 입학하여 리턴 스트레이치, 레너드 울프(1880~1969), 클라이브 벨(1881~1964) 등과 함께 학교에 다님.

1901년 19세 버네사, 로열 아카데미 스쿨에 입학함.

1902년 20세 버지니아, 재닛 케이스로부터 고전을 배움. 에이드리언, 케임브리지 대학의 트리니티 칼리지에 입학.

1904년 22세 레슬리 스티븐 사망. 버지니아, 최초의 자살 기도. 조지 덕워스 결혼. 스티븐 4남매와 블룸즈버리 구역의 고든 스퀘어 46번지로 이사함. 레너드 울프가 실론으로 가기 전에 찾아옴. 버지니아, 이탈리아와 프랑스를 여행함. 『가디언*Guardian*』에 첫 기고를 함.

1905년 23세 버지니아, 몰리 칼리지의 주간 대중 교양 강좌에서 가르침. 토비, 케임브리지의 친구들을 집으로 초대함. 〈블룸즈버리 그룹〉이 시작됨. 버지니아, 에이드리언과 함께 포르투갈과 스페인을 여행함.

1906년 24세 4남매, 그리스를 여행함. 버네사와 토비, 티푸스 발병. 11월 20일 토비 사망. 11월 22일 버네사, 클라이브 벨의 청혼을 수락함.

1907년 25세 버네사, 결혼함. 버지니아, 에이드리언과 함께 피츠로이 스퀘어로 이사함.

1908년 26세 버네사의 장남 줄리언 출생. 버지니아, 버네사 부부와 함께 이탈리아를 여행함.

1909년 27세 버지니아, 캐럴라인 에밀리아 고모로부터 2천5백 파운드의 유산을 상속받음. 리턴 스트레이치의 청혼. 상호 동의로 취소. 버지니아, 오톨라인 모렐과 처음 만남.

1910년 [28세] 버지니아, 여성 참정권 운동에 참여함. 버네사의 차남 쿠엔틴(~1996) 출생.

1911년 [29세] 버지니아, 서식스 지방의 리틀 탈런드 하우스를 임대함. 레너드, 실론에서 귀국. 11월 버지니아, 에이드리언, 레너드, 존 메이너드 케인스(1883~1946), 덩컨 그랜트(1885~1978)가 런던의 브런즈윅 스퀘어에 있는 집을 공동 임대함.

1912년 [30세] 버지니아, 서식스 지방의 애셤 하우스를 임대함. 8월 10일 레너드와 결혼함. 울프 부부, 런던의 클리퍼드 인으로 이사함.

1913년 [31세] 버지니아, 첫 소설 『출항*The Voyage Out*』 원고를 제럴드 덕워스에게 넘김. 7월 버지니아, 요양소에 들어감. 9월 자살 시도.

1914년 [32세] 제1차 세계 대전 발발.

1915년 [33세] 『출항』 출간. 4월 울프 부부, 리치먼드의 호가스 하우스로 이사함. 버지니아, 다시 규칙적으로 일기 쓰기를 시작함.

1917년 [35세] 인쇄기 구입. 호가스 출판사 설립. 여기서 최초로 출간한 작품은 부부 합작의 『두 이야기*Two Stories*』.

1918년 [36세] 버지니아, T. S. 엘리엇(1888~1965)을 만남. 버네사의 딸 앤젤리카 출생.

1919년 [37세] 울프 부부, 서식스 지방의 멍크스 하우스를 매입함. 두 번째 소설 『밤과 낮*Night and Day*』이 덕워스의 출판사에서 출간됨. 「현대 소설론Modern Novels」(1925년 〈Modern Fiction〉으로 개정)이 『타임스 리터러리 서플리먼트*Times Literary Supplement*』에 게재됨.

1920년 [38세] 『출항』과 『밤과 낮』이 미국에서 출간됨.

1921년 [39세] 단편집 『월요일이나 화요일*Monday or Tuesday*』이 호가스 출판사에서 출간됨. 이후 영국 내에서 그녀의 작품은 모두 여기서 출간됨. 이 단편집은 미국 하코트 브레이스에서 출간되었고, 이후로 이 출판사가 미국 내에서 그녀의 작품을 출간하게 됨.

1922년 ⁴⁰세 세 번째 소설 『제이콥의 방*Jacob's Room*』이 출간됨. 비타 색빌웨스트(1892~1962)와 처음 만남. 1921년과 1922년에 버지니아가 일으킨 심각한 발작으로 울프 부부, 리치먼드로 이사함. 1923년에 건강 호전. 1924년 초에 런던으로 돌아옴.

1923년 ⁴¹세 울프 부부, 스페인 여행 후 파리를 들러 귀국함. 호가스 출판사에서 T. S. 엘리엇의 『황무지*The Waste Land*』가 출간됨.

1924년 ⁴²세 울프 부부, 태비스톡 스퀘어로 이사함. 케임브리지 대학의 이단 협회에서 〈허구의 인물*Character in Fiction*〉이라는 제목으로 강의함.

1925년 ⁴³세 네 번째 소설 『댈러웨이 부인*Mrs. Dalloway*』과 평론집 『일반 독자*The Common Reader*』가 출간됨. 아마도 이 무렵(4월)에 「댈러웨이 부인의 파티Mrs. Dalloway's Party」 단편들을 쓴 듯.

1926년 ⁴⁴세 헤이스 코트 스쿨에서 〈책을 어떻게 읽을 것인가?*How Should One Read a Book?*〉라는 제목으로 강의함.

1927년 ⁴⁵세 다섯 번째 소설 『등대로*To the Lighthouse*』가 출간됨. 울프 부부, 첫 자동차를 구입함.

1928년 ⁴⁶세 여섯 번째 소설 『올랜도*Orlando: A Biography*』가 출간됨. 10월 케임브리지 대학에서 두 차례 강의를 함. 그중 하나가 『자기만의 방*A Room of One's Own*』의 기초가 됨. 『등대로』로 페미나 문학상 수상.

1929년 ⁴⁷세 『자기만의 방』 출간. 『포럼』지에 「여성과 허구Women and Fiction」를 기고함.

1931년 ⁴⁹세 일곱 번째 소설 『파도*The Waves*』가 출간됨. 여성 협회에서 〈여성을 위한 직업들*Professions for Women*〉이라는 제목으로 강연함.

1932년 50세 『일반 독자』 제2권이 출간됨. 케임브리지 대학에서 1933년 클라크 강연의 연사로 초빙되었으나 사절함.

1933년 51세 여성 시인 엘리자베스 브라우닝의 전기 『플러시, 전기 *Flush, A Biography*』를 출간함. 울프 부부, 자동차로 이탈리아를 여행함.

1934년 52세 오톨라인 모렐의 집에서 W. B. 예이츠를 만남. 조지 덕워스 사망. 로저 프라이 사망.

1935년 53세 울프 부부, 독일을 여행함. 이탈리아와 프랑스를 거쳐 귀국함.

1937년 55세 여덟 번째 소설 『세월 *The Years*』이 출간됨. 조카 줄리언 벨이 스페인 내전에서 전사함.

1938년 56세 평론 『3기니 *Three Guineas*』가 출간됨.

1939년 57세 울프 부부, 런던으로 망명한 지그문트 프로이트를 방문함. 울프 부부, 메클렌버그 스퀘어로 이사함.

1940년 58세 『로저 프라이 전기 *Roger Fry: A Biography*』가 출간됨.

1941년 59세 마지막 소설 『막간 *Between the Acts*』을 탈고함. 3월 28일 버지니아, 서식스의 우즈강에서 자살.

열린책들 세계문학 254 올랜도

옮긴이 이미애 현대 영미 소설로 서울대학교 영어영문학과에서 박사 학위를 받았고, 동 대학교에서 강사 및 연구원으로 가르쳤다. 조지프 콘래드, 제인 오스틴, 존 파울즈, 카리브 지역의 영어권 작가들에 대한 논문을 썼고, 역서로는 버지니아 울프의 『자기만의 방』, 『등대로』, 조지 엘리엇의 『아담 비드』, J. R. R. 톨킨의 『호빗』, 『반지의 제왕』(공역), 제인 오스틴의 『설득』 등이 있다.

지은이 버지니아 울프 **옮긴이** 이미애 **발행인** 홍지웅·홍예빈
발행처 주식회사 열린책들 **주소** 경기도 파주시 문발로 253 파주출판도시
전화 031-955-4000 **팩스** 031-955-4004 **홈페이지** www.openbooks.co.kr
Copyright (C) 주식회사 열린책들, 2020, *Printed in Korea.*
ISBN 978-89-329-1254-7 04840 **ISBN** 978-89-329-1499-2 (세트)
발행일 2020년 7월 30일 세계문학판 1쇄

이 도서의 국립중앙도서관 출판예정도서목록(CIP)은 서지정보유통지원시스템 홈페이지(http://seoji.nl.go.kr)와 국가자료공동목록시스템(http://www.nl.go.kr/kolisnet)에서 이용하실 수 있습니다.(CIP제어번호:CIP2020029147)

열린책들 세계문학
Open Books World Literature

각 권 8,800~15,800원